Christian Linker

Toxische Macht

W0417935

CHRISTIAN LINKER

TOXISCHE MACHT

ROMAN

dtv

Von Christian Linker ist bei bold lieferbar:
Influence – Fehler im System

Für Silke

Ausführliche Informationen über
unsere Autorinnen und Autoren und ihre Bücher unter
www.readbold.de

MIX
Papier aus verantwortungsvollen Quellen
FSC® C083411

Originalausgabe
© 2021 bold, ein Imprint der dtv Verlagsgesellschaft mbH & Co. KG, München
Dieses Werk wurde vermittelt durch Agentur Brauer
Umschlaggestaltung: sempersmile, München, unter Verwendung
eines Motivs von Shutterstock
Layout & Satz: Gaby Michel, Hamburg
Gesetzt aus der Documenta
Druck und Bindung: CPI books GmbH, Leck
Printed in Germany · ISBN 978-3-423-23024-7

1

Immerhin wird er mal von sich sagen können, er habe mit der späteren Bundeskanzlerin geschlafen. Aber wer will so was schon hören? Peinliches Gepose von einem, der verloren hat.

Maikel schaut ihr zu, wie sie zum Schluss nochmals von der Bühne in die Menge ihrer jubelnden Anhänger winkt. Etliche tragen bunte Corona-Masken in den Regenbogenfarben der Partei. Ist das noch Nostalgie oder schon wieder die Sorge vor der nächsten Welle? Es heißt ja, ohne die Pandemie würde es FUTURE heute gar nicht geben oder zumindest nicht so. Und erst recht keine Kanzlerkandidatin namens Coco. Scheinbar beiläufig schiebt sie sich den Hut (den Hut!) ein Stück aus der Stirn, bis ihre blonden Fransen darunter hervorschauen. Sie lächelt ihr scheinbar schüchternes Coco-Lächeln, bevor sie sich umdreht und mit der schlaksigen Eleganz ihrer überlangen Gestalt im Hintergrund verschwindet.

Maikel wischt den Livestream von seinem Handybildschirm fort und tippt auf die Fußball-App. Werder wieder chancenlos. Maikel leider auch. Er lässt die Hand mit dem Handy sinken, reibt sich mit Daumen und Zeigefinger der anderen die Nasenwurzel, wie alte weiße Männer das in seiner Vorstellung so tun, und sagt schicksalsschwer: »Sie wird gewinnen. Es ist gelaufen.«

»Gelaufen ist es erst morgen um achtzehn Uhr«, erwidert

Posch. »Bis die Wahllokale schließen, kann noch einiges passieren.«

Der alte weiße Mann sitzt gegenüber von Maikels Schreibtisch in dem schweren alten Ledersessel, den er wohl nur für sich selbst in Maikels Büro hat stellen lassen, weil er der Einzige ist, der da jemals drinsitzt. Noch nie hat Maikel hier Besuch empfangen, außer von Posch.

Reine Durchhalteparolen, denkt Maikel. Nicht, dass Posch auch noch von Wunderwaffen anfängt ... ha, ha. Einen gewissen Zynismus hat Maikel sich bewahrt, auch wenn er längst aufseiten der Leute steht, die er früher bekämpft hat. Und da ist auch noch ein kleiner Teil in ihm, der Coco den Sieg sogar gönnen würde. Warum muss er immer an Sex denken, wenn er sie sieht? Im Fernsehen oder auf Insta oder Facebook oder auf den Plakaten, mit denen das Land vollgepflastert ist.

FUTURE! Fürchtet euch nicht!

Er kratzt sich am Hinterkopf, als wäre da ein Phantomschmerz. Klar, er hätte sich einen neuen Hut kaufen können, aber das wäre Quatsch gewesen, denn der ist ja längst *ihr* Markenzeichen.

■

»Kannst jetzt mit Lächeln aufhören, Coco.«

Kerim sagt das, als wäre es witzig gemeint, doch das ist es nicht. Coco weiß, dass ihr Lächeln immer öfter einfriert.

Puh ... es ist vorbei.

Endlich vorbei.

Das heißt – es könnte morgen erst so richtig anfangen. Alles. Aber zumindest der Wahlkampf ist zu Ende. Drüben vor der Bühne, auf dem Marktplatz, rufen noch immer tausend Leute ihren Namen. Der improvisierte Backstagebereich hier bietet ihr ein bisschen Privatsphäre.

»Du warst so wunderbar, Coco«, sagt Tabea und reicht ihr die Wasserflasche.

»Wir waren alle wunderbar, das ganze Team«, erwidert Coco, wie sie es an dieser Stelle immer tut. Sie setzt an und trinkt. »Ihr seid alle wunderbar, vor allem … ähm, du.«

»Sina«, sagt das Mädchen verlegen.

»Sina, klar. Entschuldige.«

»Nicht schlimm«, sagt Sina.

»Doch«, widerspricht Coco bitter. »Ist es.«

Gott, peinlich! Noch vor einem halben Jahr wäre ihr das nicht passiert. Dabei ist Sina eine Sensation, macht gerade Abi und kandidiert parallel für den Bundestag. Zwar hat sie keine Chance auf das Direktmandat, hier in … verdammt, wie heißt jetzt die Stadt noch mal? Also jedenfalls hier in der ostdeutschen Provinz, aber Sina ist die Nummer eins auf der Landesliste von Sachsen-Anhalt, sie wird es nach Berlin in den Bundestag schaffen, eine Sensation, wie gesagt, aber wer kann sich denn bitte gleich so viele Sensationen auf einmal merken? Die Partei ist ja voller sensationeller Leute mit sensationellen Geschichten. Die eigentliche Sensation sollte die Partei selbst sein. FUTURE.

In achtzehn Monaten von null auf dreiundzwanzig Prozent.

Die Fülle an Sensationen verdampft in Cocos Kopf. Immer öfter. Wie jetzt gerade. Ein diffuser Dunst. Dabei ist sie doch selbst dieser Tage die größte aller Sensationen: Coco, Studentin, vierundzwanzig, laut Umfragen vielleicht Deutschlands nächste Kanzlerin. Den Tag heute mitgerechnet, ist sie während des Wahlkampfes einhundertdreimal aufgetreten, in einhundertdrei verschiedenen Städten, manchmal drei an einem Tag, erst gestern waren sie noch in … ja, wo denn bloß? *Neue Langsamkeit* steht fett auf den Plakaten, es steht fett über dem Wahlprogramm, sie hat es Tausende Male ausgesprochen, bis der Slogan völlig hohl geworden ist. Langsamkeit?

Coco legt den Kopf in den Nacken. Wenn sich jetzt ganz langsam einer der Querträger der Bühnenkonstruktion da oben lösen und direkt auf sie stürzen … tragisches Ende einer Blitzkarriere … plötzlich und unerwartet …

Sie versucht, das Bild fortzuwischen.

Draußen singen sie ihren Namen. Es klingt wie im Fußballstadion: »Coco Kanzlerin, schalalalala!«

Noch ein kurzer Blick nach oben. Der Träger sitzt bombenfest.

Sie gibt Tabea die Flasche zurück und fragt: »Steht dein Angebot noch? Du weißt schon – das Wochenendhaus deiner Eltern.«

»Klaro.«

»Gute Idee«, sagt Kerim, der mitgehört hat. »Da können wir ein bisschen runterkommen vor dem großen Tag.«

Coco legt eine Hand auf Kerims Arm und sagt leise, aber bestimmt: »Ich fahre allein.«

Kerim klappt den Mund auf, sagt aber nichts.

»Ich brauch ein paar Stunden nur für mich, okay?«

»Sicher.«

Sie wendet sich um, nimmt den Hut ab und fährt mit den Fingern über das dunkel schimmernde Band. Sie will allein sein, aber eigentlich auch nicht. Sie muss mit jemandem reden.

Gott, wie bescheuert! Sie hat seit Monaten praktisch nichts anderes mehr getan, als zu reden. Gefühlt mit allen achtzig Millionen Menschen in diesem Land, bis auf einen einzigen. Den, mit dem sie eigentlich am allerbesten reden kann. Den hat sie seit fast einem Jahr nicht mehr gesprochen.

Aber seine Handynummer hat sie noch.

■

Maikel kann es nicht lassen, er greift wieder nach dem Handy und suhlt sich in den Bildern und Videos. Twitter, Insta, Facebook, sie ist überall.

#post_corona_welt
#future
#wahlkampfabschluss
#cocomania
#cocokanzlerin
#die-mit-dem-hut
#fürchteteuchnicht
#neue_langsamkeit

Sie haben alles versucht. Posch und Maikel, die Akademie, die alternativen Medien bis hin zu Bot- und Trollarmeen. Aber ganz egal, was sie unternahmen: Coco und ihre Partei sind bloß immer stärker geworden.

Von wegen, FUTURE spielt die junge gegen die alte Generation aus? Unsinn. In der jubelnden Menge drängen sich Menschen jedweden Alters. Von wegen, FUTURE macht nur Politik für hippe Großstadt-Wessis? Unsinn. Die Abschlusskundgebung fand soeben in Quedlinburg statt, Landkreis Harz, Sachsen-Anhalt. Von wegen, ein Wahlsieg der Klimahysterikerinnen von FUTURE würde Zehntausende Menschen in die Arbeitslosigkeit stürzen? Unsinn. Auf der Bühne stand gerade sogar der berüchtigte Braunkohle-Bob und faselte von neuen Jobs in der Lausitz. Coco hat einfach …

Wieso steht jetzt ihr Name auf dem Display? Das Handy vibriert in seiner Hand. Maikel braucht eine Weile, um zu begreifen. Dann wirft er Posch einen Blick zu. Der glotzt in sein Cognacglas. Maikel zögert. Nach »damals« rief sie ihn eine Weile lang ständig an, er ging kein einziges Mal dran. Wann haben ihre Anrufe eigentlich aufgehört? Auch schon lange her.

Schließlich tippt er auf das grüne Icon.

»Hi.«

»Hey, Maikel. Ich weiß, du wunderst dich, dass ich dich gerade jetzt anrufe, und ich könnte fast verstehen, wenn du mich gleich wegdrückst.«

Komisch, plötzlich wieder ihre Stimme zu hören. Nicht im Fernsehen, Radio, Internet, sondern einfach so.

»Ich gratuliere dir erst morgen«, brummt Maikel.

Posch hebt den Kopf.

»Kann ich dich sehen? Ich muss ... einfach dringend mit jemandem reden. Das ist alles so ... die ganze Situation, ich meine: Gott, die Leute wollen, dass ich Kanzlerin werde und ich hab ... ich muss einfach mit dir reden. Können wir uns sehen? Wo bist du gerade?«

»Im Büro, in Zscheproda. Die Akademie, für die ich arbeite – du hast vermutlich davon gehört.«

»Ich bin in der Nähe vom Harz, ich ...«

»Ich weiß.« Er muss lächeln. »Quedlinburg. Sieht man ja auf allen Kanälen.«

Poschs Augen werden größer.

»Tabea, also Tabeas Eltern, die haben ein kleines Ferienhaus im Südharz. Ich bin auf dem Weg dahin. Hast du Zeit?«

Er kann Nein sagen. Schade, keine Zeit. Er kann anschließend zu Posch sagen, das wäre bloß irgendein alter Kumpel gewesen, jemand aus Maikels Zeit bei FUTURE. Wenn er jetzt Ja sagt ... obwohl – das ist ja noch kein Todesurteil. Er kann es sich immer noch überlegen. Er hätte ein paar Stunden Fahrt, um eine Entscheidung zu treffen. Es liegt in seiner (in seiner!) Hand.

»Ja.«

»Danke! Echt. Ich schick dir die Adresse. Bis später.« Kurze Pause. »Ich freu mich.«

»Ich mich auch«, murmelt er und legt das Handy weg. Zittern seine Finger?

»Das war doch nicht etwa – *sie*?«, fragt Posch. Er hat sein Glas weggestellt. »Erzählen Sie schon, Maikel!«

»Sie will mich sehen«, flüstert Maikel. »Allein.«

»Ist das wahr?« Posch springt verblüffend behände auf. »Die Vorsehung reicht uns also im letzten Augenblick die Hand.« Er lacht leise. »Wir sollten die Vorsehung nicht enttäuschen. Kommen Sie mit.«

Maikel folgt seinem Chef aus dem Büro, über den Flur und die Treppe hinauf. Die hölzernen Stufen knarzen überlaut in der Stille, weil an diesem Samstag niemand hier ist außer ihnen beiden. Sie knarzen wie unter festen, entschlossenen Tritten, als wollten sie kaschieren, dass Maikels Beine puddingweich geworden sind. Poschs Büro liegt im zweiten Stock, unter dem Dach. Ein Blick über die endlosen Wälder, hinter denen die Welt so beruhigend weit weg erscheint.

Posch öffnet seinen Tresor und entnimmt ihm das Fläschchen Pentobarbital, das Maikel schon einmal in Händen gehalten hat. Es war doch nur ein Gedankenspiel, keine ernsthafte Option!

Damals hat er sich seltsamerweise nicht gefragt, warum Posch das Zeug überhaupt besitzt. Ob er es zu diesem oder einem ähnlichen Zweck besorgt hat oder vielleicht, im Fall der Fälle, für sich selbst?

»Ich glaube nicht, dass das jetzt noch irgendwas bringen würde«, sagt Maikel. Er findet selber, dass sich das wie eine Ausrede anhört. »Wir würden Coco doch bloß im letzten Augenblick zur Märtyrerin machen.«

»Haben Sie vergessen, dass wir über Suizid sprechen?«, entgegnet der Alte. Entweder bemerkt er Maikels Skrupel nicht oder er geht elegant darüber hinweg. »Selbstmörder sind Feiglinge. Wenn das noch heute Abend oder gleich morgen früh durch die Medien geht, wird das für FUTURE ein Schock sein. Die Coco-

Jünger werden sich von ihr verraten und im Stich gelassen fühlen. Sie werden enttäuscht zu Hause bleiben. Nicht alle natürlich, nicht mal die meisten von ihnen. Aber die letzten Umfragen waren doch derart knapp, dass ein paar Tausend Stimmen den Unterschied machen können.«

Er hält Maikel das Fläschchen hin.

»Halten Sie das überhaupt für glaubhaft«, fragt Maikel. »Selbstmord?«

»Denken Sie an all die Gerüchte, dass Constanze Frahm an Burn-out leidet.«

»Gerüchte, die *wir* in die Welt gesetzt haben«, wendet Maikel ein.

Posch lächelt. »Manche Gerüchte erfüllen sich, wenn man sie nur oft genug wiederholt.«

Maikels Handy brummt. Coco hat ihm den Standort des Ferienhauses auf Google Maps markiert.

»Machen Sie sich keine Sorgen um Ihr Alibi. Erinnern Sie sich daran, was wir besprochen hatten.« Posch legt ihm väterlich eine Hand auf die Schulter. »Sind Sie bereit, Ihr Land zu retten?«

Zögernd streckt Maikel die Hand aus und steckt das Fläschchen ein. Es schaudert ihn. Wie ungeheuerlich! Jetzt wäre es hilfreich, Hass zu spüren. Hass ist die Waffe gegen Zweifel. Er ruft sich das Bild ins Gedächtnis. Coco und Kerim. Es funktioniert.

»Ich melde mich, Herr Posch.«

■

Coco biegt auf die Autobahn und fädelt sich in den Verkehr ein. Ein alter Golf. Freunde von Freunden von Tabea haben ihn spontan aufgetrieben und Coco, die eigentlich nur im absoluten Notfall ein Auto benutzt, hat ihren großen Rucksack auf die Rückbank geworfen und ist losgefahren. Hier handelt es sich ja irgendwie tatsächlich um einen Notfall. Das Handy steckt in einer Halterung an der Frontscheibe und zeigt ihr den Weg durch die sattgrüne Landschaft. In den Mittelgebirgen beginnt der Frühling später als anderswo. Alles so frisch und unverbraucht, explodierende Lebenslust, bereit für einen neuen Anfang. Der perfekte Moment für eine historische Zäsur. Das morgige Datum hat sich ihr in die Stirn eingebrannt.

Gott, es könnte wirklich passieren!

Die ganze Zeit über ist ihr das wie ein witziges Gedankenexperiment vorgekommen, sogar heute Morgen noch. Bundeskanzlerin. Mit Tabea und Kerim ist sie vor ein paar Wochen den Organisationsaufbau des Kanzleramts durchgegangen. Sie haben versucht zu verstehen, was all die verschiedenen Funktionen überhaupt bedeuten, und dann haben sie überlegt, wer bei einem Wahlsieg welchen Job kriegen sollte. Tabea natürlich Büroleiterin, wie jetzt quasi auch schon. Kerim meinte im Scherz, er würde gern die Leitung der Geheimdienste übernehmen, aber Coco dürfte ihn vor allem in der Fraktion brauchen. Kanzleramtsministerin sollte lieber irgendjemand mit Erfahrung im Berliner Politikbusiness werden – Gizem oder jemand anderes von den Ü30-Leuten. Alles rein theoretische Gedankenspiele, wie gesagt. Was haben sie gelacht, während sie Namen in das Organigramm kritzelten. So wie wenn du dir mit dreizehn ausmalst, dein eigenes Leben würde mal verfilmt, und du überlegst, welcher Hollywoodstar welchen Mitschüler verkörpern könnte. Doch in dem Augenblick, als Coco vorhin die Bühne verließ, da ist es ihr jäh bewusst geworden: Es kann passieren!

Aber lebt sie nicht längst schon in dieser Politikblase? Ohne dass sie es sich bis jetzt richtig klargemacht hat? Meetings und

Briefings, Interviews und Homestorys, 17-Stunden-Tage vom Pressefrühstück bis zum Spendendinner und Tabea schickt ihr stets die aktuellen Hintergrundinfos aufs Handy und Kerim die Stichworte für die Liveschalte mit den *Tagesthemen* und irgendjemand hat währenddessen vegane Sandwiches besorgt und jemand anderes ist zum Waschsalon geflitzt und hat ihre Klamotten gewaschen. Von wegen: *neue Langsamkeit*. Sie kann sich kaum erinnern, wann sie zuletzt selbst gewaschen hat. Oder geputzt oder gekocht. Sie hat zwar keinen Hunger – seit Wochen schon hat sie eigentlich keinen Hunger mehr –, aber sie hat plötzlich Lust zu kochen. Sie könnte ja irgendwo anhalten und ein paar Lebensmittel kaufen. Doch das hieße wieder Autogramme geben und für Selfies lächeln und vermutlich auch, von irgendwelchen Hatern beschimpft zu werden. Sie schaltet das Radio ein.

»… hat zur selben Zeit auch FUTURE nochmals seine Anhänger mobilisiert. Bei der Abschlusskundgebung im sachsen-anhaltinischen Quedlinburg betonte Spitzenkandidatin Constanze Frahm, dass die morgige Wahlentscheidung …«

Coco drückt Knöpfe, überall laufen jetzt Nachrichten, es gibt kein Entkommen – ah, doch. Fußballbundesliga. Bayer Leverkusen mit erdrückendem Ballbesitz, doch die Werkself schafft es nicht, ihre Dominanz in zählbare Ergebnisse umzusetzen, sprich: endlich ein Tor zu erzielen.

Sie macht das Radio aus und gibt sich dem beruhigenden Brummen des alten Benzinmotors hin. Auf dem Beifahrersitz liegt der Hut.

Ich scheiß auf FUTURE, hat Maikel damals gesagt. *Und ich scheiß auf dich, Coco. Leb wohl.*

Natürlich hat sie niemandem erzählt, dass sie ihn angerufen hat. Die anderen hätten sicher versucht, es ihr auszureden.

Der Gedanke, ihn heute Abend wiederzusehen, prickelt auf

ihrer Haut. Fast mehr als der Gedanke an morgen. Er hat etwas ähnlich Verruchtes an sich wie ihr erster Kuss damals.

■

Damals, am Beginn der Pandemie, war *Social Distancing* angesagt und Fremde zu küssen hätte fast schon als eine Art fahrlässiger Tötung gelten können. Das heißt – eigentlich kannte Coco niemanden, der ernsthaft Angst davor hatte, sich selbst mit dem Virus zu infizieren. Aber es ging darum, die Ausbreitung zu stoppen, um nicht Zehntausende von Toten zu riskieren. Darum waren Unis und Schulen und Clubs und Kinos und Kneipen und fast alles andere geschlossen und natürlich würde es keine Party zum Semesterbeginn geben.

Wenn es eine Party gegeben hätte, wären Coco und Maikel sich womöglich gar nicht über den Weg gelaufen. Doch es gab eben keine Party in jenem Frühjahr, dafür andauernd alle möglichen Videokonferenzen – zum Austausch mit der Lerngruppe aus der Uni oder zur Vorbereitung auf die Bachelorarbeit oder einfach zum Quatschen mit den Freundinnen aus der Schulzeit in Leverkusen. Oder als Online-Workshop von und für Fridays for Future. Coco fand solche Meetings wahnsinnig anstrengend, ohne dass sie sagen konnte, wieso genau. Nach einer halben Stunde hatte sie regelmäßig genug davon, auf die vielen kleinen Gesichter in den vielen kleinen Rechtecken zu starren. Dann begann sie, in anderen Tabs ihres Browsers stumme Filmchen anzusehen oder ihre E-Mails zu checken oder ihr Bankkonto, während sie hoffte, dass die Aufmerksamkeitsanzeige der Software tatsächlich deaktiviert war. Außer an diesem Nachmittag Ende März, an dem ihre Mitbewohnerin Tabea sie freundlich genötigt hatte, an einem Treffen zur Planung des nächsten Klimastreiks teilzunehmen. Der Streiktag sollte nach den Osterferien stattfinden, in der ersten Woche des neuen Semesters, und fiel natürlich wie alles andere auch dem Virus zum Opfer. Stattdessen sollte online gestreikt und demonstriert werden und mit Plakaten an den Fenstern und auf den Balkonen.

»Wenn wir mal ehrlich sind«, sagte gerade ein Typ mit Hut auf dem Kopf, »kam Corona gerade zum richtigen Zeitpunkt für uns. Ich hatte schon länger den Eindruck, dass der Bewegung die Puste ausgeht. Wisst ihr, was ich meine?«

Coco wusste es nicht, aber sie fand es trotzdem interessant, weil dieser Typ nicht nur einen sehr coolen Hut trug, sondern auch hinreißende Sommersprossen hatte. Unten links stand sein Name: Maikel.

»Zu den Demos sind zuletzt immer weniger Leute gekommen«, fuhr Maikel fort, »und zugleich haben viele aus der Bewegung immer mehr gearbeitet, rund um die Uhr, bis zum Umkippen. Mir fallen auf Anhieb zwei, drei Leute ein, die der Lockdown quasi vor dem Burn-out gerettet hat.«

Er hockte auf einem Bett, vielleicht ein WG-Zimmer. Trug er den Hut immer auch indoor oder bloß, wenn eine Kamera lief? Na, jedenfalls stand er ihm. Keine Frage.

»Aber genau jetzt dürfen wir nicht nachlassen«, sagte Tabea. Das klang ein bisschen spooky, denn Coco hörte Tabeas Stimme zuerst aus dem Nebenzimmer und dann einen Sekundenbruchteil zeitversetzt über den Lautsprecher ihres Laptops. Coco stöpselte die Kopfhörer ein, drehte eine ihrer langen Locken um den Zeigefinger und versenkte sich in die Betrachtung des Sommersprossengesichts unter dem Hut, während Tabea sagte: »Immerhin hören die Politikerinnen und Politiker jetzt endlich mal auf die Wissenschaft, zumindest beim Thema Corona. Das ist doch was, oder? Davon kann die ganze Gesellschaft was mitnehmen. Und wenn die Krise vorbei ist, müssen wir gut aufgestellt sein, damit wir ...«

Coco ließ ihre Locke los, öffnete den Chat und schrieb diesem Maikel eine PN: *Was sollten wir denn dann deiner Meinung jetzt tun, statt einfach weiterzumachen wie bisher?*

»... und dann werden wir bereit sein«, sagte Tabea nebenan.

Es war irgendwie affig, zu zweit in derselben kleinen Wohnung zu sitzen und an zwei verschiedenen Geräten dieses Meeting zu verfolgen – ökologisch erst recht Quatsch. Aber sich zu zweit einen Bildschirm zu teilen war bloß noch nerviger, sie hatten es schon ausprobiert. Und außerdem hätte Coco auf diese Weise nicht privat chatten können.

Spazierengehen, schrieb Maikel zurück. *Das macht den Kopf frei.*

Und wo spazierst du so?, fragte Coco. *Wohnst du auch hier in Köln?*

Ja. Und ich suche noch eine Person, die mir spaziert. Natürlich mit 1,5 m Sicherheitsabstand.

Dating in Zeiten der Ausgangsbeschränkungen – es hatte den Reiz des Verbotenen. Coco fuhr mit der fast menschenleeren Straßenbahn hinüber auf die linke Rheinseite und traf Maikel im Volksgarten, wo sie an der Terrasse des verschlossenen Restaurants mit den angeketteten Tischen und Stühlen vorbei und unter den blühenden Bäumen um den kleinen Weiher herum flanierten. Das war schön. Und mit ihm zu reden war noch schöner. Meistens kamen ihr Jungs oder Männer entweder zu einsilbig vor oder sie laberten zu viel herum, ohne richtig etwas zu sagen. Bei Maikel hatte sie das Gefühl, er brauche nie ein Wort zu viel und auch keines zu wenig. Müßig zu überlegen, ob es sich auch unter normalen Umständen so perfekt angefühlt hätte – die Zeiten waren eben nicht normal, und niemand wusste, ob sie es je wieder werden würden und wann. Irgendwann blieben sie stehen und Maikel unterschritt den Sicherheitsabstand.

Und Coco schob ihm den Hut aus der Stirn und küsste ihn.

Küssen und Reden lässt sich praktischerweise auch sehr gut im Bett, das kam der allgemeinen Situation entgegen. Maikel verzichtete darauf, an Ostern zu seinen Eltern nach Bremen zu fahren, und auch Coco, deren Elternhaus nur ein paar Kilometer weiter weg in Leverkusen stand, verlegte das österliche Familientreffen ins Internet. So verbummelten die beiden etliche halbe Tage im Bett und diskutierten über Virologie und Klimawandel oder über die ziemlich unbefriedigende Rolle, die Prinz Philip, Duke of Edinburgh, als Ehemann an der Seite der britischen Königin zu spielen hatte – jedenfalls in der Netflix-Serie *The Crown*, die Coco und Maikel sich bingewatchingmäßig reinzogen. Auch die ständigen Online-Meetings und die Livestreams der zum neuen Semester wieder einsetzenden Vorlesungen ließen sich vom Bett aus verfolgen. Selbst der Online-Klimastreik wäre vom Bett aus möglich gewesen, und sie kamen sich ein bisschen wie John Lennon und Yoko Ono vor, die vor einem halben Jahrhundert etwas Ähnliches praktiziert hatten.

Doch Tabea sorgte dafür, dass sie aus dem Bett rauskamen. Sie bollerte an Cocos Tür und rief: »Los, raus, wir müssen Plakate verteilen! Ihr beiden kommt gefälligst mit.«

»Man darf aber nur maximal zu zweit rausgehen«, widersprach Maikel.

Da polterte Tabea ganz ungeniert ins Zimmer, zeigte auf ihn und sagte streng: »Leute, die zusammen in einem Haushalt leben, können zusammen draußen rumlaufen, auch wenn sie mehr als zwei Personen sind. Und du wohnst ja quasi schon längst hier.«

»Aber ich bin später noch mit 'nem Kumpel verabredet«, wehrte Maikel ab. »Auch zum Plakate-Aufhängen, drüben in der Südstadt.«

»Schreib ihm, dass er rüberkommen soll«, brummte Tabea. »In

der Südstadt muss man eh niemanden mehr überzeugen. Hier im Rechtsrheinischen schon, wir brauchen jede helfende Hand.«

»Aber die Regeln?«

»Dann bilden wir halt zwei Zweiergruppen. Ich mach schon mal Kaffee.«

Tabea dampfte ab und knallte die Tür hinter sich zu.

Maikel kroch wieder unter die Bettdecke, legte seinen Kopf auf Cocos Bauch und fragte: »Ist deine Mitbewohnerin immer so ironiefrei?«

»Nee, sonst ist die ganz witzig«, meinte Coco. »Aber beim Klima kennt sie kein Pardon. Und sie organisiert für ihr Leben gern.«

»Na, dann.« Maikel robbte unter der Decke hervor und setzte sich auf. »Lass uns gehorchen. Wenn ich bei deiner Mitbewohnerin verkacke, hat unsere Beziehung keine Chance.«

Beziehung, dachte Coco. Hatten sie eine Beziehung? Der Lockdown erschien ihr manchmal wie ein verworrener Traum. Zwischendurch hielt sie es für denkbar, dass sie eines Tages aufwachte und nicht nur das Virus wäre fort, sondern auch Maikel. Beide hatten gleichermaßen etwas seltsam Unwirkliches an sich. Sie kannte Maikel kaum vier Wochen und bis jetzt hatten sie so gut wie nichts miteinander erlebt außer Sex und langen Gesprächen und Pizzabestellen und Serienschauen. Andererseits gab es sicher Leute, deren Ehe über Jahrzehnte hinweg so funktionierte.

»Außerdem«, schob er nach und grinste, »hab ich mir so viel Mühe mit dem Schild gegeben.«

»Gott!«, stöhnte sie. »Wenn's sein muss.«

Sie schwang sich aus dem Bett und betrachtete Maikels Klamotten, die auf dem Boden verstreut lagen. Spontan griff sie nach seinem Panamahut, setzte ihn auf und stellte sich vor den Spiegel. Ihr langes Haar quoll darunter hervor wie ausgegossenes Gold.

»Kann ich so an der Demo teilnehmen?«

»Nackt teilnehmen ist kein Problem«, meinte er. »Hängt nur davon ab, wie du die Kamera ausrichtest. Ich glaub eh, dass die Hälfte der Leute bei diesen Online-Konferenzen in Wirklichkeit ohne Hose im Bett sitzt. Oder höchstens mit Schlafanzug.«

Coco lachte.

»Ich meine doch den Hut, Mann. Findest du, dass er mir steht?«

»So was von«, sagte er. »Besser als mir, wenn du mich fragst. Nicht nur, weil du nackt bist.«

Coco legte den Kopf schräg und fummelte ein paar Strähnen unter dem Hut hervor. Drückte die Brust raus, reckte das Kinn, drehte sich ins Profil. Sie war nicht mehr vierzehn, sie war erwachsen und kam damit klar, eins vierundachtzig groß zu sein; sie musste schon lange nicht mehr dauernd den Kopf und die Schultern nach vorn hängen lassen, weil ihr die eigene Größe unangenehm war. Aber mit Hut, nee. Too much. Sie drehte sich um und warf Maikel den Hut wie einen Frisbee zu. »Dein Ding, Indiana Jones.«

Als sie wenig später angezogen in die WG-Küche kamen, betrachtete Tabea gerade das große Pappschild, das Maikel gestern Abend gebastelt hatte. Es zeigte ein rundes Verkehrszeichen – Höchstgeschwindigkeit 130 – und darunter den Schriftzug: »Tempolimit ist kein Grund für Kastrationsangst!«

»Warum schaust du so kritisch?«, fragte Coco.

»Weiß nicht«, meinte Tabea. »Ich versteh ja die Aussage … aber irgendwie find ich phallische Metaphern immer ein bisschen alte-weiße-Männer-mäßig.«

»Aber genau um die geht's doch«, widersprach Maikel, »die alten weißen Männer. Das sind die Letzten, die sich noch gegen ein Tempolimit wehren. Gerade jetzt, wo wegen Corona die Autobahnen leer sind, drücken sie richtig auf die Tube, als wollten sie unbedingt, dass die Leitplanke dem Virus zuvorkommt. Gestern Abend fandest du's noch cool.«

»Da hatte ich auch acht bis neun Gläser Pinot Noir.«

»Man muss die Leute eben da abholen, wo sie stehen«, meinte Coco und goss Kaffee in ihren Thermobecher. »Beziehungsweise wo sie rasen.«

»Von mir aus.«

Sie klemmten sich weitere schon vorbereite Plakate und Pappschilder unter die Arme und zogen los.

War Tabea ironiefrei, wie Maikel meinte? Nee, natürlich nicht, überlegte Coco. Nur im Vergleich zu ihr viel klarer, viel konsequenter. Wütender irgendwie auch. In den Metropolen dieses Landes ist ein links-alternativer Lebensstil vor allem erst mal das: ein Lifestyle. Im ländlichen Sachsen-Anhalt hingegen war das eine Entscheidung, die einen eine Menge Freunde kosten konnte, so hatte Tabea das mal erklärt. Vielleicht war ihre Jugend auf dem Lande einfach härter gewesen als Cocos Aufwachsen hier am Rhein. Von Cocos Elternhaus bis zur Uni fuhr man nicht länger als von dem heruntergekommenen Haus in Köln-Kalk, wo sie und Tabea seit eineinhalb Jahren wohnten. Cocos Vater Thorsten hatte es eine hirnrissige Idee genannt, nach Köln zu ziehen, wo doch die Mieten gerade explodierten, aber Coco wollte halt das richtige Studileben mit WG und so. Tabea war die perfekte Mitbewohnerin. Sie hatten sich an der Uni kennengelernt und Coco hatte Tabeas Enthusiasmus bewundert, sie sogar ein klein wenig darum beneidet. Tabea war von Anfang an »dabei« gewesen, also bei Fridays for Future, als noch kaum jemand den Namen Greta Thunberg kannte, und hatte Coco förmlich mitgerissen, sie zu den Demos mitgenommen und zu Vorträgen und Diskussionsrunden. Schnell hatten beide Frauen festgestellt, dass sich Tabeas preußische Strenge – nicht nur beim Klimaschutz – mit Cocos rheinischer Leichtigkeit gut ergänzte.

Schließlich will niemand einen Planeten retten, auf dem alle Leute schlechte Laune haben.

»Hier, der Baum wäre gut für ein Plakat«, meinte Tabea. »Und da drüben die Straßenlaterne.«

Maikel zog einen Kabelbinder durch die vorgebohrten Löcher und befestigte das Teil.

»Hey, Maikel!« Der Typ stand plötzlich vor ihnen. Vollbart, Männerdutt, breites Lächeln. »Alter, da bist du ja. Ihr seid ganz schön fleißig, wie?«

»Hi«, nuschelte Maikel mit einem zweiten Kabelbinder zwischen den Zähnen und nickte zu den beiden Frauen hin. »Das – das sind Constanze ...«

»Coco«, warf Coco ein, »so nennen mich alle.«

»... und Tabea. Und das ist Lutz. Wir kennen uns aus der Germanistik und waren letztes Jahr oft zusammen bei den Demos.« Er zog den zweiten Kabelbinder fest und betrachtete sein Werk.

Lutz nickte den beiden Frauen zu und sagte: »Cooles Schild, Tabea.«

Tabea deutete mit dem Daumen auf Maikel und meinte: »Ist von ihm.«

»Ah«, machte Lutz, »du bist deiner Männerkiste treu geblieben.«

»Was für eine Männerkiste?«, fragte Coco.

»Habt ihr übrigens das mit der Parteigründung mitgekriegt?«, fragte Lutz übergangslos.

Maikel schüttelte den Kopf. »Eine Partei?«

»Da war jetzt so 'ne Diskussion auf dem Discord-Channel der AG Struktur. Ein paar Leute haben vorgeschlagen, eine Partei fürs Klima zu gründen. FUTURE.«

»Nie gehört«, sagte Maikel. »Ehrlich gesagt war ich in den letzten Wochen nicht so wahnsinnig aktiv, ich hab mehr so ...«

Seitenblick auf Coco, Grinsen, seine Sommersprossen tanzten.

»Ich weiß nicht, was ich davon halten soll«, sagte Tabea, die anscheinend voll informiert war. »'ne Menge Leute meinen, dass das der Anfang vom Ende der Klimaschutzbewegung wäre. Wir stehen doch schließlich hier, um die Parteien aufzurütteln, die es schon gibt. Um Druck auf die Politik zu machen. Man kann nicht Druck auf etwas machen, von dem man selbst ein Teil ist.«

»Ja, schon klar.« Lutz nickte. »Vor zwei Monaten hätte ich das auch gesagt. Da war ich sicher, dass Parteien sowieso nichts bringen, nur Kampagnen und Aktionen. Aber durch Corona ist alles anders geworden. Die Leute vertrauen plötzlich wieder der Politik, den klassischen Medien und so. Und irgendwie geht es ja inzwischen auch um viel mehr als nur das Klima.«

»*Nur* das Klima?«, wiederholte Tabea argwöhnisch. »Was heißt denn: nur?«

»Ich denke, es geht um eine komplett neue Art zu leben«, sagte Lutz. »Schaut mal – wir sehen doch durch den Lockdown, wie schnell eine ganze Gesellschaft sich aus ihren Gewohnheiten lösen kann, wenn sie bloß mal kapiert, wie viel auf dem Spiel steht. Und eine solche neue Art zu leben müsste man irgendwie ... na, mir fällt kein gutes Wort dafür ein.«

»Hey, ihr Studenten!« Auf der anderen Straßenseite hatte sich im ersten Stock eines Hauses ein Fenster geöffnet und ein Mann im Feinrippunterhemd beugte sich heraus. »Ihr seid doch Studenten, oder? Das Kontaktverbot gilt immer noch, falls ihr das nicht mitgekriegt habt!«

Tabea holte schon Luft, um eine deftige Erwiderung über die Straße zu brüllen, doch Lutz sprach unverdrossen weiter: »Jedenfalls – wer, wenn nicht wir, hat denn die Visionen und die Kompetenzen, um politisch für eine neue Lebensart zu kämpfen? Also der Plan ist, Anfang August mit einem großen Barcamp zu starten. Natürlich nur, wenn bis dahin wieder Versammlungen stattfinden dürfen.«

»Seid ihr taub?«, rief der Kerl im Unterhemd. »Sollen wir normalen Leute wegen so Hanseln wie euch am Ende alle krepieren? Ich ruf gleich die Polizei!«

»Ja, machen Sie nur«, rief Tabea. »Ohne Klimaschutz krepieren wir eh.«

»Wär doch vielleicht auch was für dich, Maikel«, sagte Lutz, wobei er immerhin zwei Schritte rückwärtsging, um eine Art *Distancing* zu simulieren. »Ich meine dieses Barcamp. Du könntest sicher einen Workshop zu deiner Männersache anbieten.«

»Was ist das denn jetzt für eine Männersache?«, wollte Coco wissen.

»Ich hatte ein literaturwissenschaftliches Seminar, da ging es um Männlichkeit.« Kurz sah Maikel zu Boden, als sei das ein schlüpfriges Thema. »Also – was für Fiktionen stecken dahinter, welche Bilder und Konstrukte gibt es da, was ist dran an der Rede von toxischer Männlichkeit, solche Sachen.«

»Wow, das find ich gut«, sagte Tabea mit ihrem Preußenernst im Blick. »Ich predige schon seit Jahren, dass Genderthemen nicht nur was für Frauen sind. Und überhaupt – dass Männer lernen, ihre Männlichkeit neu zu definieren.«

»Also die Definition von letzter Nacht fand ich eigentlich schon ganz ...« Coco brach ab. »Wirst du etwa rot, Maikel?«

Sie fasste seinen Kopf mit beiden Händen und küsste ihn. Tabea runzelte die Stirn. Wobei – es war doch witzig, oder nicht? Gerade diese ganzen Gendersachen sollte man viel unverkrampfter sehen, fand Coco. Sie boxte Tabea kumpelhaft gegen die Schulter und sagte: »Sorry. Verliebte sind manchmal peinlich.«

»Anzeige ist raus!«, rief der Mann von seinem Fenster aus und hielt mit triumphierendem Blick sein Handy in die Höhe.

»Na gut, lasst uns mal lieber auseinandergehen«, sagte Maikel. »Ich hab schon von Leuten gehört, die mussten zweihundert Euro abdrücken, weil sie zusammen im Park saßen.« Er gab Coco einen Kuss und sagte: »Ich zieh noch was mit Lutz weiter. Kommst du später zu mir?«

»Wenn wir bis dahin nicht im Knast sitzen«, antwortete Coco.

Die beiden Männer wandten sich zum Gehen und Coco sah ihnen nach.

»Verrückte Idee, eine Partei zu gründen«, sagte Tabea, »und das mitten in der Pandemie. Kann mir kaum vorstellen, dass in diesem Sommer irgendwo so was wie ein Barcamp stattfinden wird.«

»Nee«, meinte Coco nur. Ein Barcamp oder Kongress oder dergleichen wäre ohnehin das Letzte, was ihr einfiele, wenn sie an den Sommer dachte. Vielmehr sah sie Weinberge und Pinienhaine und wilde Atlantikwellen vor sich, und ganz kurz zog die plötzliche Sehnsucht ihr die Brust zusammen, so stahlhart und körperlich griff das Fernweh nach ihr. Eigentlich war der Plan gewesen, in diesem Semester die Bachelorarbeit zu schreiben und dann nach dem Abschluss für ein paar Wochen mit Zelt und Rucksack durch Frankreich, Spanien und Portugal zu touren, vielleicht allein, vielleicht mit ein paar Leuten, und dann im Herbst ins Masterstudium zu starten. Aber in diesem Frühjahr schien es fraglich, ob es im Sommer überhaupt wieder erlaubt sein würde, ins Ausland zu reisen.

Wie das klang, wenn man sich solche Worte durch den Kopf gehen ließ: Reisen ins Ausland erlaubt ... solche Formulierungen kannte Coco bloß aus Fernsehdokus über die DDR und den Mauerfall. Wobei – damals hatten sich ja auch mitten in der allgemeinen Unsicherheit Leute zusammengefunden, um neue Parteien zu gründen. Konnte man das vergleichen? Nee, eher nicht. Damals hatte bestimmt Aufbruchstimmung geherrscht, jedenfalls kein Lockdown.

Vielleicht kam die Idee der Parteigründung auch bloß daher, dass die Leute sich nach irgendeiner Perspektive sehnten, nach irgendeinem Projekt über den Tag hinaus.

Ob Maikel eigentlich auch so ein Projekt war?, fragte sie sich unwillkürlich. Über den Tag hinaus?

Als sie an diesem Abend in seinem Bett lag, fragte sie ihn: »Was genau verstehst du eigentlich unter toxischer Männlichkeit?«

Maikel griff zu seinem Handy, suchte in seinen WhatsApp-Chats nach einem Bild und hielt es ihr hin. Sah aus wie ein Ausschnitt aus einem Porno, fotografiert aus der Sicht eines Mannes, der ein sehr junges Mädchen von hinten penetriert und mit einer Hand die beiden langen Zöpfe des Mädchens festhält, als wären es die Zügel eines Pferdes. Darunter stand: *Klima-Gretel wird ökologisch sauber recycelt.*

Coco nahm das Handy und scrollte einmal hinauf und wieder hinunter.

»Gott, wer schickt dir so einen Scheiß?«

»Ein Typ aus meinem Abijahrgang. Jerko. Das ist 'ne WhatsApp-Gruppe von den Jungs, mit denen ich früher rumgehangen hab, damals in Bremen.«

Sie scrollte wieder nach unten. Maikel hatte geschrieben: *Jerko, du arme Wurst. Brauchst du solche Wichsvorlagen, weil du sonst keinen hochkriegst aus lauter Angst, dass Mädchen mit eigener politischer Meinung deine Männlichkeit bedrohen?*

Darauf folgten Antworten wie: *Alter, hast du deinen Humor verloren?* Oder: *Ist es schon so weit, dass wir uns sogar hier unter Buddys selber zensieren müssen? Bald darf man gar nix mehr sagen.*

Maikel nahm ihr das Handy wieder aus der Hand und sagte:

»Keiner von den Jungs ist irgendwie rechts oder ein sogenannter Klimawandel-Leugner oder so was. Die finden das einfach nur lustig. Aber dahinter steht diese Rollenzuschreibung: Als Mann lässt du dir von einer Frau nichts vorschreiben. Du hast die Macht und dein Pimmel ist dein Zepter.«

»Sag mal, übertreibst du da nicht ein bisschen?«

»Im Gegenteil. Hast du mal ernsthaft Songtexte von Leuten wie Kollegah oder Farid Bang angehört? Wo alle Frauen Schlampen sind außer Mutti, wo geile Autos und goldene Uhren deinen Status definieren und jeder Kerl 'ne Schwuchtel ist, der nicht seine Feinde disst, indem er deren minderjährige Töchter in den Arsch fickt?«

»Ähm … nein. Hab ich nicht. Ich hör eher Lizzo oder Missy Elliot, aber die haben auch ziemlich explizite Texte.«

»Es geht nicht darum, ob die Texte explizit sind. Sondern um die Zuschreibungen dahinter. Wenn Kollegah dir sagt, dass du dringend der Boss sein sollst, weil du sonst kein richtiger Mann bist, und dass du dazu einen Boss-Cock brauchst, ist das ja nur die extremste Form der Botschaft. Es beginnt natürlich viel früher. Dass du auch im einundzwanzigsten Jahrhundert als Junge noch komisch angeguckt wirst, wenn du im Kindergarten mit Puppen spielst. Oder wenn du dich für Gedichte interessierst statt für fette Autos. Oder wenn du auf Tanzen stehst statt auf Fußball.«

»Hm …«, machte Coco und schaute zur gegenüberliegenden Wand, an der ein ziemlich großer Wimpel des SV Werder Bremen hing.

»Findest du, dass man dir deine Begeisterung für Fußball aufgezwungen hat?«, fragte sie. »Falls du dich umorientieren willst, könnte ich dir zumindest einen besseren Verein anbieten.«

Maikel lachte. »Bevor ich Fan von einem Plastikclub wie Bayer Leverkusen werde, geh ich lieber zum Bodenturnen. Aber ohne

Scheiß: Ich will doch nicht, dass man alle Jungs umerzieht. Ich will nur, dass Jungs und Männer die Wahlfreiheit haben. Ohne sich erst mühsam aus einer Schublade rauskämpfen zu müssen. Ich meine – ich stehe auf Fußball *und* auf Gedichte. Und ehrlich gesagt fände ich es sehr geil, in einem Porsche Cayenne mit zweihundertvierzig Sachen über die Autobahn zu brettern. Ich habe aber die Freiheit, es bleiben zu lassen. Weil ich halt auch verstehe, dass SUVs Klimakiller sind und außerdem tödliche Waffen im Straßenkampf des Großstadtdschungels. Ich habe die Freiheit, statt im Porsche auf meinem alten Hollandrad durch die Stadt zu cruisen, ohne dass ich mich deswegen weniger männlich fühle. Und ich will dafür kämpfen, dass jeder Junge und jeder Mann diese Freiheit erleben kann.«

»Verstehe. Aber ein Boss sein, das würdest du auch ganz gern, oder?«

Er setzte sich auf. »Wie meinst du das?«

»Du kannst gut reden«, sagte sie, »du hast eine klare Haltung und die kannst du gut rüberbringen. Sicher wirst du ein guter Lehrer, Deutsch und Geschichte, deine Studienfächer, das passt perfekt. Aber du könntest genauso gut in die Politik gehen.«

»Du denkst an diese Partei, die sie gründen wollen?«

Coco nickte und sah ihn vor sich, wie er im Bundestag am Rednerpult steht. Die tanzenden Sommersprossen, den Hut. Ob man im Bundestag wohl einen Hut tragen durfte? Er würde sich fulminante Redeschlachten mit den AfD-Leuten liefern und die Videos davon würden viral gehen. Doch etwas an diesem Bild störte sie, und schließlich kam sie drauf.

»Aber ich glaube auch«, sagte sie und räusperte sich. »Ich glaube, wenn du wirklich was verändern willst, dann darfst du diese toxische Männlichkeit nicht mit toxischen Mitteln bekämpfen.«

Er schaute ernsthaft überrascht. »Welche toxischen Mittel?«

»Abwertung«, sagte sie. »Was du in dieser WhatsApp-Gruppe geschrieben hast. Dass dein alter Kumpel keinen mehr hochkriegt. Das ist ja kein Argument, sondern du machst ihn lächerlich, mit genau demselben Kackbild von Männlichkeit. Oder dein Schild heute an dieser Ampel. Von wegen Kastrationsangst.«

Maikel schwieg und sah an die Decke. Schließlich murmelte er: »Guter Punkt. Darüber muss ich mal in Ruhe nachdenken.«

»Das glaub ich dir sogar.«

»Hä? Was jetzt?«

»Dass du drüber nachdenkst. Das ist doch eigentlich eine Phrase, mit der man ein unliebsames Thema beendet. Komischerweise trau ich dir aber zu, dass du dir wirklich die Zeit nehmen wirst, darüber nachzudenken.«

Er wandte das Gesicht zu ihr und schaute sie an, als sähe er sie zum allerersten Mal.

»So was hat noch nie jemand zu mir gesagt. Du bist echt … tiefgründig.«

Coco musste lachen.

»Das hat wiederum zu *mir* noch nie einer gesagt. Dass ich tiefgründig wäre. Ich glaube, die meisten Leute halten mich eher für oberflächlich.«

»Wer?«

»Meine Eltern. Meine große Schwester. Tabea sicher auch. Und eigentlich haben sie recht. Ich halte mich selber auch für oberflächlich, ehrlich gesagt.«

»Warum das denn?«

»Keine Ahnung. Muss ich wohl ebenfalls mal in Ruhe drüber nachdenken.«

»Vielleicht ist das der Schlüssel. Das in Ruhe nachdenken.«

»Versteh ich nicht. Ruhe?«

»Ja.« Er nickte. »Nenn es meinetwegen *Entschleunigung*. Wir sehen doch jetzt gerade im Lockdown, auf wie viele Dinge man verzichten kann. Und dass Achtsamkeit keine Phrase ist. Ich bin echt mal gespannt, ob am Ende der Krise davon was übrig bleibt. Oder ob wir uns anschließend noch mehr Stress und Druck machen, um die Wirtschaft wieder aufzubauen, bevor das nächste Virus zuschlägt.«

Coco runzelte die Stirn und schaute an die Decke. Eigentlich war sie immer ganz gut darin gewesen, gegen die Uhr zu spielen, sie war immer hauchdünn just in time, sowohl mit den Creditpoints an der Uni wie auch mit ihren Buzzerbeatern beim Basketball. Oder beim Bouldern: gucken, entscheiden, zupacken, hochziehen. Sie konnte blitzschnell Bilder, Wörter, ganze Texte erfassen, als bestünde der ganze Alltag aus Swipen wie bei Tinder. Was sie für Oberflächlichkeit hielt, war vermutlich der Preis dafür. Wer virtuos über die Oberfläche surft, kann nirgendwo tiefer eindringen. Aber dieses Hochgeschwindigkeitsleben war in diesem Frühjahr gegen eine unsichtbare Wand namens COVID-19 geknallt und zu Boden gegangen und da lag es nun und staunte über seine umherkullernden Einzelteile, die irgendwie nur noch wenig Sinn zu ergeben schienen.

Hinter der Wand lag Leere.

Sie inhalierte Maikels Geruch und genoss seine Nähe.

Maikel brachte in ihr was zum Klingen und sie in ihm.

Sie schlug die Bettdecke zurück, drehte sich zu ihm und setzte sich rittlings auf Maikels Schoß.

»Danke für deine Gedanken«, flüsterte sie und küsste ihn. »Aber eine Frage hab ich noch. Die Sache mit dem Porsche. Dass du lieber mit deinem Hollandrad fährst und dass das für dich Freiheit bedeutet, das klingt ziemlich gut.«

»Nicht wahr?« Er vergrub sein Gesicht zwischen ihren Brüsten.

»Aber es sagt sich auch leicht, solange du Student bist und

keine reichen Eltern hast und das mit diesem Auto eh unrealistisch ist. Doch was würdest du tun, wenn dir plötzlich jemand einen Porsche Cayenne vor die Tür stellen und dir den Schlüssel in die Hand drücken würde?«

»Pah.« Er hob den Kopf und sah sie an. »Dann würde ich natürlich … hm. Keine Ahnung.«

2

Es tut so verdammt gut, das Gaspedal durchzutreten und den Cayenne auf zweihundert hochzuziehen, auf zweihundertzehn, zweihundertzwanzig und volles Rohr an den ganzen *Cucks* auf der rechten Spur vorbeizubrettern. Von *Manowar* schaltet er auf *Danheim* um, vom hymnischen Metal zu düsterem Pagan-Folk mit dem treibenden Rhythmus eines uralten nordischen Rituals. *Blotjarl.* Was für eine ungeheuerliche Vorstellung, einen Menschen zu töten. Nein, nicht irgendeinen Menschen, sondern die eigene Ex-Freundin. Nein, nicht irgendeine Ex-Freundin, sondern die Frau, auf der die Hoffnungen einer ganzen Nation ruhen. Na, zumindest die Hoffnungen von der Hälfte einer Nation. Ihre Leute haben alles getan, um sie als große Versöhnerin zu inszenieren. Nach den Jahren, in denen sich das Land immer tiefer gespalten hat, soll dieses Mädchen die Macht haben, die Menschen wieder zueinanderzubringen.

Bullshit.

Das Gegenteil ist der Fall, denn wenn sie gewinnt, wird es zum Bürgerkrieg kommen. Wer genau hinhört – und das kann Maikel schließlich, genau hinhören –, kriegt mit, wie es an den Rändern gärt. Und es sind nicht die Kräfte von rechts, die den Krieg erklären, sondern Coco und ihre Bewegung mit all den Gutmenschen, Klima-Hysterikern, Gender-Extremisten, Öko-Faschisten, die den Krieg angezettelt haben. Die, die immer angeblich so tolerant sind und selbst Toleranz einfordern für ihre Homoehe und Flüchtlingsliebe, sie gönnen der anderen Hälfte der Bevölkerung nicht den Urlaubstrip mit dem Flugzeug nach Malle und nicht den SUV in der Garage und nicht mal mehr das Steak auf dem Teller. Außerdem haben Cocos Leute die Lehren aus der Coronakrise verraten, sie wollen nichts mehr wissen von den Veränderungen, die Corona gebracht hatte. Denn wenn die Pandemie doch eines bewiesen hat, dann die totale Schädlichkeit der Globalisierung, des Multikulturismus, der offenen Grenzen. Es gibt eben keine *One-World*, es hat sie auch nie gegeben, das war schon immer eine Illusion, doch Maikel hat lange daran geglaubt, viel zu lange, bevor er seine Augen öffnete.

Alte Freunde sagen, er hätte sich um hundertachtzig Grad gedreht, ein paar beschimpfen Maikel inzwischen schon als Nazi. Das muss er eben aushalten. Dabei war er es nicht, der sich geändert hat, jedenfalls nicht im Innern, nicht im Kern. Im Kern ist es ihm immer um Freiheit gegangen, um die Möglichkeit, sich entscheiden zu können zwischen Cayenne und Hollandrad. Viel zu lange ist er blind dafür gewesen, dass die anderen in ihrer Arroganz und ihrem Kontrollwahn unter Freiheit immer nur ihre eigene Freiheit verstehen. Dass sie unter dem Deckmantel der Toleranz eine Gesinnungsdiktatur errichten wollen, totalitärer als alle zuvor.

Natürlich ist Coco nicht die treibende Kraft dahinter, sie ist ja selbst eine Getriebene. Bei ihren letzten Auftritten in der Öffentlichkeit ist sie ihm immer mehr wie eine Marionette vorgekommen. Puppenhaft, mechanisch, fremdgesteuert. Vielleicht wird es am Ende eine Erlösung für sie sein.

Er versucht, es sich vorstellen: Ankommen, Wiedersehen, Hallo, lange her, blabla. Was trinken? Ja, gute Idee. Sie wird ihm den Rücken zudrehen oder kurz aus dem Raum gehen, er kippt ihr das Zeug ins Glas, in Clubs passiert das ständig, kann also nicht so schwer sein. Und der Rest auch nicht. Kein Blut, keine Schmerzen, sie wird einfach einschlafen wie Dornröschen. Nur ohne den Prinzen. Der Prinz war er ja selbst, und zwar lang genug.

Ja, so könnte es gehen.

Nur eines fehlt noch. Der Wille.

Thymos. Mit nichts anderem hat er sich während der letzten Monate so intensiv beschäftigt. Also theoretisch. Jetzt kommt der Praxistest. Du musst es wollen. Denk an Kerim. Das hilft.

Einen Tick zu spät tritt er auf die Bremse, und kurz fühlt er die unbändige Lust, diesen räudigen Dacia Logan, der sich da unversehens auf die linke Spur verirrt hat, einfach wegzurammen. Er blendet auf, hupt, gestikuliert, sieht die aufgerissenen Augen des Fahrers vor sich in dessen Rückspiegel und gönnt sich den Spaß, nachdem der Dacia endlich Platz gemacht hat, an ihm vorbei- und ebenfalls auf die rechte Spur zu ziehen und ihn dabei so haarscharf zu schneiden, dass der Typ am Steuer hart bremsen muss und fast den Siebentonner hinter sich in den eigenen Kofferraum kriegt.

Hat gutgetan. Trotzdem sollte er das lassen, fällt ihm plötzlich ein. Sonst schreibt sich noch irgendein selbst ernannter Tugendwächter das Kennzeichen auf und Maikels Alibi wäre im Eimer.

Konzentrier dich, Mann.

■

Der alte Golf rollt auf die Tankstelle zu und Coco checkt rasch die Personen ab. Nur eine Zapfsäule ist besetzt, ein alter Mann schiebt gerade den Tankstutzen in die Öffnung seines Lieferwagens. Im Shop erkennt sie den Tankwart und zwei Frauen, die an einem Stehtisch lehnen. Eigentlich ganz überschaubar. Sie hält neben der Waschanlage, nimmt ihr Portmonee und steigt aus.

Der Alte hebt den Kopf, glotzt sie an, starrt zu dem Wahlplakat hinüber, das auf der anderen Straßenseite hängt, dann wieder zu ihr. Unwillkürlich fährt sie sich mit der Hand übers kurze Haar. Eigentlich sieht sie sich auf den Plakaten gar nicht ähnlich, denkt sie jedes Mal. Vor allem ohne Hut.

Sie betritt den Shop und sofort beginnen die beiden Frauen an ihrem Stehtisch miteinander zu tuscheln. Wobei sie wahrscheinlich eh schon die ganze Zeit ins Gespräch vertieft waren, aber Coco glaubt trotzdem, dass es nun um sie geht. Rasch greift sie eine Packung Nudeln aus dem Regal und geht zur Kasse. Frisches Gemüse gibt es natürlich nicht im Tankstellenshop, egal, Hauptsache, sie ist gleich wieder weg.

»Alles?«, fragt der Tankwart. »Nicht getankt?«

»Nee, nicht getankt.« Coco zögert, dann sagt sie: »Bitte noch eine rote Gauloises.«

»'tschuldigung«, sagt jetzt eine der beiden Frauen. »'tschuldigung? Sind Sie Coco Frahm?«

Coco dreht sich zögernd zu ihnen um.

»Klar, das ist sie«, sagt die andere, eine Rothaarige in Jeansjacke. »Eindeutig das Coco-Virus.«

Die, die zuerst gesprochen hat, schiebt ihre große grüne Brille ein Stück nach unten, um Coco über die Ränder hinweg zu mustern.

»Das ist schon das dritte Mal heute«, sagt Coco und bemüht ein Lächeln. »Ich sehe ihr wohl ziemlich ähnlich.«

»So ein Zufall«, meint die Rothaarige. »Und Sie tragen sogar dieselben Klamotten.«

»Bitte?«

Die Frauen nicken synchron zu einem Flachbildschirm, der in der hinteren Ecke des Raumes unter der Decke hängt. Coco hat ihn beim Reinkommen gar nicht bemerkt. Ohne Ton läuft ein Nachrichtensender, am unteren Bildschirmrand tickern die

Zwischenstände vom Fußball vorbei und darüber sieht Coco sich selbst, wie sie von der Bühne aus in die Menge winkt.

»Ist das dein Golf da draußen?«, fragt die Bebrillte. »Ich dachte, ihr hasst Autos.«

»Sorry ... ich bin einfach völlig fertig, okay? Ich brauch ein bisschen Ruhe.«

»Hättest du ja gleich sagen können«, brummt die Rothaarige. »Aber das Lügen liegt dir wohl, hm?«

Coco merkt, dass eine innere Maschine anspringt. Die Maschine unterdrückt routiniert den ersten Impuls, einfach zu gehen, und auch den zweiten, nämlich die beiden Ladys mit einem bösen Spruch kurz, aber wirksam zu zerstören, sie sendet Sätze an Cocos Sprachzentrum, offene, kompetenzorientierte Fragen, um mit den beiden Frauen *ins Gespräch zu kommen*, sich für ihre *Sorgen* zu interessieren, ihre Themen *ernst zu nehmen*, sich auf sie ...

Kackmist! Coco zieht ihrer inneren Maschine den Stecker, bezahlt Nudeln und Kippen und geht, ohne die beiden zu beachten, hinaus. Dort schließt der Alte gerade den Tankdeckel seines Lieferwagens ab und ruft: »Hey, junge Frau!«

Coco beschließt, ihn zu ignorieren, und öffnet die Fahrertür.

Der Alte kommt ein paar Schritte auf sie zu, zeigt auf das Wahlplakat auf der anderen Straßenseite und sagt: »Das sind doch Sie, oder? Hören Sie, junge Frau. Seit Jahren bin ich zu keiner Wahl mehr gegangen, aber morgen tu ich's noch mal. Ich mach ein Kreuz bei Ihrer Partei, hören Sie? Sie sind meine letzte Hoffnung darauf, dass diese Welt doch noch nicht komplett im Arsch ist.«

»Oh, danke.« Kurz fährt die Maschine noch mal hoch und projiziert ein Lächeln auf ihr Gesicht.

Der Alte lächelt auch, seine Augen leuchten. »Enttäuschen Sie mich nicht, Mädchen.«

Coco steigt ein, wirft Nudeln und Kippen auf den Beifahrersitz und brettert zurück auf die Straße. Mit einer Hand am Lenkrad schnallt sie sich an, drückt aufs Gas, bis der Motor aufjault, als würde er an ihrer Stelle heulen.

Enttäuschen Sie mich nicht!

Das Gesicht des Alten steht ihr noch ganz kurz vor Augen und reiht sich dann in einen endlosen Chor aus Hundertausenden von Gesichtern ein. Ein Parkplatzschild fliegt vorbei. Coco fährt wieder raus, hier ist es einsam, kein anderes Auto, keine Menschenseele. Sie hält an und reißt die Folie von der Zigarettenpackung. Sie hat kein Feuerzeug gekauft, aber in diesem altertümlichen Wagen gibt es einen Zigarettenanzünder.

Gott, tut das gut. Der Rauch vermischt sich mit dem Dunst der Leere ihres Kopfes und sediert das bisschen, was an Gedanken noch übrig ist.

Die beiden Tussen im Shop waren doof. Aber das ist nicht schlimm, mit so was kommt sie klar. Diese beiden Frauen erwarten nichts von ihr und können also auch niemals von ihr enttäuscht sein. Der Alte schon. Wie Millionen andere. Allen voran Kerim. Und Tabea. Und Sina und überhaupt alle.

Nee, nicht alle. Maikel nicht.

Es gibt wohl überhaupt niemanden in diesem Land, der von Coco weniger erwartet als er.

Ein schmales Gebüsch trennt den Rastplatz von der Fahrbahn. Lkw donnern vorbei. Es wären nur ein paar Schritte … und im Bruchteil einer Sekunde hätte sie es hinter sich. Sie schaudert, schüttelt sich, sofort ist das Bild verschwunden.

Sie nimmt noch einen tiefen Zug.

■

Wenn sie an die Beziehung denkt, die immerhin mehr als ein Jahr gehalten hat, dann hat sie nur an die ersten Monate schöne, ungetrübte Erinnerungen. Schön waren nur die Monate vor FUTURE, vor ihrer Wahl zur Vorsitzenden. Jene seltsam zeitfernen Monate während der Coronakrise, wo es keine Projekte, Meetings, Briefings, Aktionen gab, nur eine einzige Beschäftigung – vom Serien-Gucken mit Maikel abgesehen –, und das war die Bachelorarbeit. Nach langen Diskussionen mit Tabea hatte sie sich für ein feministisches Thema entschieden: *Geschlechtsspezifische Lohnunterschiede und ihre volkswirtschaftlichen Auswirkungen.* Noch während des Corona-Lockdowns war eine erste Studie über die Rolle der Frauen während der Pandemie erschienen, die hatte sie gleich mit einarbeiten können. Auch wenn es wenig ermutigend war: Denn natürlich waren es auch hier wieder die Frauen, die sich hauptsächlich um das Homeschooling und die Kinderbetreuung kümmerten, selbst da, wo die Väter ebenfalls im Homeoffice saßen oder sogar arbeitslos geworden waren. Egal wie emanzipiert und reflektiert ein modernes Paar auch sein mag – sobald Kinder kommen, schienen alle wieder in die alten Rollenmuster zurückzufallen.

Während sie damals an der Arbeit schrieb, ertappte sich Coco manchmal dabei, sich so ein Leben auszumalen mit Mann und Kindern. Maikel, der schon mit dem Masterstudium begonnen hatte, folgte den Vorlesungen auf YouTube, absolvierte Seminare per Videokonferenz und interessierte sich ansonsten hauptsächlich für die Vorbereitung des Founding-Future-Camps Anfang August, das den Startschuss zur Gründung der Partei geben sollte. Je näher der Sommer rückte, desto ungewisser schien, ob es dieses Camp jemals geben würde, denn noch immer waren keine großen Menschenansammlungen erlaubt. Auch Cocos Abschlussfeier fiel aus. Das Zeugnis für ihren Bachelor in Volkswirtschaft erhielt sie schnöde per Post.

Wenig später entschied ein Verwaltungsgericht, dass das geplante Camp – als Veranstaltung der politischen Willensbildung – unter gewissen Auflagen im Freien stattfinden dürfe.

Sie hatten ein altes Zechengelände mitten im Ruhrgebiet in eine riesige Zeltstadt verwandelt. Coco fühlte sich eher wie auf einem Festival als auf einer politischen Veranstaltung. Eigentlich war es beides, denn neben den ganzen Workshops und Diskussionsforen traten Bands auf und ein Hauch von Woodstock lag über allem. Man musste sich nur die ganzen bunten Mund- und Naseschutztücher und -masken wegdenken und natürlich das Meer aus Solarmodulen, die überall in der Sonne glänzten und Strom für die Bühnentechnik produzierten oder für die zahllosen Handyladestationen. Crowdfunding und das Engagement einiger Stiftungen hatten die Finanzierung dieses Riesenevents binnen erstaunlich kurzer Zeit möglich gemacht.

Natürlich hatte Coco keine Ahnung, wie sich Woodstock tatsächlich angefühlt haben mochte, und sie kannte auch niemanden, den man da fragen könnte, denn ihre Großeltern waren alles andere als Hippies gewesen. Fleißige Wirtschaftswunderkinder, die anpackten und arbeiteten, damit die eigenen Kinder es mal besser haben würden. Thorsten, Cocos Vater, war Ingenieur, der Erste in seiner Familie, der studierte. Bildungsaufsteiger. Auch ihre Mutter Jutta, Personalerin bei der Bank, war so eine Bildungsaufsteigerin. Es geht immer nach vorn, es geht immer aufwärts, mit diesem Vertrauen waren Leute wie Cocos Eltern aufgewachsen. Sie waren nicht dumm, sie verstanden, was Klimawandel bedeutet, und rein vom Verstand her wussten sie, dass die Zukunft des Planeten auf dem Spiel stand. Dass ihre Art zu leben den Planeten ruinierte, dass ewiges Wachstum einfach nicht möglich war und dass die Menschheit kurz vor der Katastrophe stand, wenn sich nicht sofort alles änderte. Sie wussten es, aber sie konnten es nicht fühlen – seit Corona weniger als je zuvor. Jutta fuhr jetzt sogar wieder häufiger mit dem Auto als vorher, wegen der geringeren Ansteckungsgefahr. Und Thorsten, der eigentlich auf dem Weg gewesen war, ein kritischer Konsument zu werden, redete jetzt nur noch davon, Arbeitsplätze zu retten. Sie hatten über Corona das Klima ganz vergessen, wie es schien.

Hier waren jetzt knapp tausend Leute beisammen, die versuchten, beide Krisen zusammenzudenken. *#fighteverycrises!* Es konnte ein historischer Augenblick werden. Oder auch nicht, jedenfalls einte sie alle miteinander dieses Gefühl, zur richtigen Zeit am richtigen Ort das Richtige zu tun. Teil von etwas ganz Großem zu sein.

Maikel sah sich als Historiker genötigt, vor einem massenpsychologischen Überschwang zu warnen. Aber das fand Coco unnötig. Schließlich gab es eh genug Kritik von außen. An jeder Ecke stand eine Twitterwall, wo neben den euphorischen Tweets der Anwesenden auch Botschaften wie *Wir brauchen keine Partei!* oder *Ihr spaltet die Bewegung!* zu lesen waren oder: *Es herrscht immer noch eine Pandemie und jetzt ist echt nicht die Zeit für so was.*

Im Camp selbst spielten diese Warnungen aber keine große Rolle. Das Organisationsteam verbreitete Aufbruchstimmung und Optimismus und ließ sich dafür feiern. Die eigentlichen Gesichter des Camps waren die Klimaschutzaktivistin Jule Angerhof, die dank zahlreicher Talkshowauftritte bereits einen gewissen Promistatus genoss, und ihr Mitstreiter Kerim Makkawi, der mit Anfang dreißig deutlich zu den Älteren im Camp gehörte. Die beiden moderierten am zweiten Abend auf der Hauptbühne im Zentrum des Camps die Präsentation diverser Ergebnisse aus diversen Arbeitsgruppen quer durch alle denkbaren Themenfelder von der Verkehrspolitik über die Innere Sicherheit bis zum Rentensystem. Es gab an die zweihundert Thesen, über die per Handy abgestimmt wurde, ob sie *verworfen* oder *zur weiteren Ausarbeitung der Programmkommission übergeben werden* sollten – und dass das ganze Prozedere nicht sterbenslangweilig geriet, war vor allem Kerim zu verdanken, der mit seinem breiten Lachen den perfekten Showmaster gab. Seine improvisierten Überleitungen und witzigen Kommentare gefielen den Leuten. Und Jule gefielen augenscheinlich seine schwarzen Locken, überlegte Coco, während Jule ihm wieder über den Kopf wuschelte wie einem kleinen Jungen, der einen Keks stibitzt hat.

»Bisschen affektiert, die Show«, meinte Tabea, »oder?«

Sie hockten im Schneidersitz am Boden inmitten von ein paar Hundert anderen Leuten, die ebenfalls zum Voting gekommen waren. Streifen aus Sprühkreide teilten den Asphalt in verschiedene Kästchen wie ein riesiges Schachbrett, damit die Abstandsregeln eingehalten werden konnten. Wer darauf keine Lust hatte, verfolgte das Geschehen woanders, denn auf dem ganzen Gelände standen Großbildleinwände – oder auf dem eigenen Smartphone, denn natürlich wurde alles live gestreamt, und abstimmen konnte auch, wer gar nicht dabei war, das ging mit einer speziellen Voting-App direkt vom Handy aus.

»Aber kurzweilig ist es«, meinte Coco und schaute prüfend aufs Display. »Rettet uns das Bedingungslose Grundeinkommen aus der Corona-Rezession? Oder lenkt das nur vom eigentlichen Problem der Wachstumslogik ab?«

»Ich hab den mal gegoogelt«, sagte Maikel. »Kerim Makkawi. Ziemlich bunter Vogel.«

»Ich bin dagegen«, erklärte Tabea. »Wie Jule schon gesagt hat – wir müssen den Wachstumsfetisch überwinden. Mit dem Grundeinkommen füttern wir ihn bloß.«

»Ob man Fetische füttern kann?«, überlegte Coco. »Jule ist ja echt eine wortgewaltige Frau, aber ihre Bilder sind ein bisschen schräg. Oder?« Sie stupste Maikel an. »Herr Germanist?«

»Schaut mal«, sagte Maikel, ohne darauf einzugehen. »Kerim war ursprünglich bei den Grünen. Dann saß er für die Piratenpartei irgendwo im Stadtrat. Ist dann zur Linkspartei gewechselt. Und ist da wieder ausgetreten, weil die Linken zu sehr an der Braunkohle hängen, heißt es hier. Na, jetzt bastelt er sich seine eigene Partei. Und kann gleich Vorsitzender werden.«

»Da tippe ich eher auf Jule«, widersprach Tabea. »Erstens hat sie den Promibonus. Und zweitens ist sie wirklich wortgewaltig. Schräge Bilder hin oder her.«

»Gott, soll ich jetzt mit Ja oder Nein stimmen?«, fragte Coco.

Aus der Sitztraube im benachbarten Abstandskästchen beugte sich jemand zu ihnen hinüber und sagte: »Es wird sowieso auf ein gleichberechtigtes Vorstandsduo hinauslaufen, ein Mann und eine Frau.«

»Und jetzt dürft ihr wieder drücken«, rief Jule von der Bühne. »Für oder gegen das Grundeinkommen drücken.«

»Man versteht sie so schlecht«, brummte Coco. »Ich hör immer nur *drugga.*«

»Sie kommt halt aus Bayern«, meinte Maikel.

»Kann sie nicht trotzdem Hochdeutsch reden wie wir anderen auch?«, fragte Coco.

Maikel lachte und meinte: »Was du redest, ist doch kein Hochdeutsch. In meinen Bremer Ohren klingt alles, was du sagst, total breit.«

»Un' wie hör icke mir an?«, fragte Tabea.

»Wie eine Berliner Göre«, antwortete Maikel. »Spricht man etwa so in Anhalt?«

»Ihr habt alle keine Ahnung«, rief ein Typ, der halb mitgehört hatte. »Das krasseste Deutsch sprechen immer noch wir Türken.«

»Aber mit viel scharf«, gab Coco zurück und der Typ lachte.

»Und da kommen die Balken, Leute«, rief Kerim, »oh my god, das ist so unglaublich spannend! Und ... ihr habt entschieden: Die Forderung nach einem Grundeinkommen wird nicht ins Programm aufgenommen.«

»Mist«, fluchte Coco, »jetzt hab ich vor lauter Gequatsche gar nicht abgestimmt.«

»Wie hättest du dich denn überhaupt entschieden?«, fragte Tabea.

Coco stöhnte. »Das ist ja das Problem. Ich merke, dass ich zu ganz vielen Themen überhaupt keine Meinung habe, weil ich mich viel zu wenig auskenne.«

Da schwenkte Maikel seine Hand über die ganze Halle und sagte: »Du hast einen Bachelor in VWL, du verstehst von vielen Themen rein fachlich sicher mehr als die meisten anderen hier.«

Ja, das stimmte. Vielleicht dachte sie zu viel darüber nach? Da war wieder die Frage der Zeit. Sie war doch so gut im Swipen und diese Politik- und Parteigründungsshow hier war im Grunde auch nicht viel anders als Tinder – Schuldenschnitt für alle Coronakredite nach links wischen, Einführung einer Bürgerversicherung nach rechts ... Einfach mal dem Bauchgefühl vertrauen. Das wäre vielleicht oberflächlich, sähe aber nicht danach aus. Sich verquatschen und der Stimme enthalten hingegen schon.

»Nächstes Thema«, kündigte Jule auf der Bühne an. »Soll FUTURE fünfzig Prozent Erbschaftssteuer fordern für einen Post-Corona-Green-Deal? Hier seht ihr wieder die Pro-Argumente aus dem Workshop – und da drüben die Contra-Seite ...«

»Ich find FUTURE als Namen irgendwie immer noch doof«, sagte Maikel. »Vielleicht hat ja noch irgendjemand eine zündende Idee bis zum Gründungskongress.«

»Gehst du da eigentlich hin?«, fragte Tabea ihn. »Zu diesem Kongress?«

»Ich war noch nie irgendwo Gründungsmitglied«, meinte er. »Und vielleicht kann ich mich da tatsächlich engagieren.«

»Maikel wird natürlich der männliche Part im Vorstandsduo«, sagte Coco aus voller Überzeugung und gab ihm einen Kuss. »Und wenn er erst mal Bundeskanzler ist, werde ich die First Lady sein.«

Maikel lachte hohl. »Ich kann mir nicht vorstellen, dass du stumm lächelnd im Hintergrund stehen magst«, sagte er. »Du bist keine First Lady und auch kein Prinz Philip. Davon abgesehen hätte ich bei einer Wahl ganz sicher keine Chance gegen jemanden wie Kerim. Aber es wird ja Gremien geben, Ausschüsse, Arbeitskreise, einen Parteirat oder so was, da werde ich was finden, wo ich mitmachen kann.«

»Und damit habt ihr euch für fünfzig Prozent Erbschaftssteuer entschieden«, verkündete Kerim von der Bühne aus. »Macht schnell ein Selfie mit dieser Grafik, damit eure Kinder später wissen, wem sie das zu verdanken haben, wenn sie von allem nur die Hälfte erben.«

Gelächter, Blitzlichtgewitter.

Maikel verzog das Gesicht, als Coco ihr Handy hochhielt und ihr Gesicht an das von Tabea drückte.

»Machst du alles, was der Typ da vorne befiehlt?«, fragte er.

»Nur, wenn's witzig ist«, meinte Coco und knipste. »Schöne Grimasse, Tabea. Und jetzt mit dir.«

»Nee, danke.« Maikel nahm seinen Hut ab und hielt ihn theatralisch vor sein Gesicht.

Tabea fragte: »Hast du für oder gegen die Erbschaftssteuer gestimmt?«

»Gott, wie doof.« Coco musste lachen. »Ich hab's schon wieder verpeilt.«

»Achtung.« Maikel zeigte zur Bühne. »Jetzt kommt was aus meinem Workshop.«

»... oder aber, dass Väter künftig nur noch dann Elterngeld bekommen, wenn sie mindestens sechs Monate ihre Kinder zu Hause betreuen. Bitte gebt jetzt euer Votum ab.«

»Ihr seid natürlich dafür«, sagte Maikel in die Runde.

»Weil du es bist.« Coco tippte auf den Ja-Button und dann auf *Abstimmen.* »Richtig geschnallt hab ich es aber nicht. Weil du doch immer sagst, dass es dir um Wahlfreiheit geht.«

»Manchmal muss man Leute auch zu ihrer Freiheit zwingen«, meinte Tabea. »Ich find's jedenfalls gut. Und außerdem wird das endgültige Programm erst später beschlossen, wenn sich die Partei offiziell gründet.«

»Puh, war das knapp«, rief Kerim auf der Bühne. »Mit einer hauchdünnen Mehrheit abgelehnt. Weiter geht's mit ...«

»Wenn das eh alles nur vorläufig ist, können wir ja auch was essen gehen«, meinte Coco. »Ich hab total Hunger.« Sie stand auf. »Wir können ja beim Essen weiter abstimmen.«

Sie bewegte sich wie eine Seiltänzerin über die aufgeklebten Linien zwischen den Leuten hindurch. Coco fragte sich, wie ernst die ganzen Menschen wohl diese Veranstaltung nahmen. Es wurde engagiert debattiert, zugleich lag eine große Leichtigkeit über allem, die ihr eigentlich gefiel. Wahrscheinlich war dieses Camp in diesem traurigen Sommer der abgesagten Konzerte und Festivals für viele das erste Event seit Monaten, und sie wären vielleicht mit demselben Elan auch zu einer Convention von Briefmarkensammlern gepilgert.

Maikel und Tabea folgten ihr in Richtung der Catering-Zone. An einem Imbissstand kauften sie Falafel und streiften über das Gelände. Es war inzwischen dunkel und unzählige Scheinwerfer tauchten die bizarre Industriekulisse mit ihren alten Fördertürmen in wechselnde Farbtöne.

Sie ließen sich an einem Tisch nieder und Coco meinte: »Das mit der Erbschaftssteuer ist eigentlich eine super Idee. Nicht so sehr wegen Arm und Reich. Eher deswegen, weil die Generation, die jetzt ihre Vermögen vererbt, genau die Generation ist, die den Planeten in diesen Zustand gebracht hat. Ich meine – spätestens seit 1972 wusste man, dass es kein grenzenloses Wachstum gibt. Der ganze Wohlstand der letzten fünfzig Jahre wurde auf Kosten unserer Zukunft erwirtschaftet. Da ist es nur fair, wenn man einen Teil davon nimmt, um die Reparatur zu bezahlen.«

»Das fällt dir spät ein«, meinte Tabea.

Maikel nahm seinen Hut ab, kratzte sich am Kopf und meinte: »Da sind wir wieder beim Thema Zeit. Weißt du noch, wie wir darüber gesprochen haben? Von wegen – *in Ruhe über alles nachdenken.*«

»Manchmal geht das eben nicht«, sagte Tabea. »Die Zeit zum Nachdenken ist vorbei, es muss gehandelt werden. Es eilt.«

»So funktioniert das aber nicht«, widersprach Coco und schaute grübelnd in den Nachthimmel. Ihre Finger spielten mit dem Hut, den Maikel auf den Tisch gelegt hatte. Das Gespräch mit ihm damals im Bett ging ihr durch den Kopf. »Ich glaube, dass Geschwindigkeit genau unser Problem ist.«

»Inwiefern?«

»Das ist doch der wahre Grund, warum so viele Menschen Rechts wählen. Weil ihnen die Veränderung zu schnell geht. Bis Corona kam, waren wir alle im absoluten Dauerstress. Guckt mal … die Globalisierung, die Digitalisierung, die ganze scheiß neoliberale Deregulierung. Das ist alles der reinste Stress. Unsere Eltern dachten, wenn man sich mehr anstrengt, kann man sich auch mehr leisten. Aber heute musst du dich nur immer noch mehr anstrengen, bloß um nicht abzustürzen. Davon wird man doch krank. Und dann kam das Virus und hat beim Planeten die

Pausentaste gedrückt. Jetzt erholen wir uns langsam davon und stehen vor der Wahl: Machen wir weiter wie vorher? Oder erfinden wir uns neu? Schaffen wir einen Markt, dem es nicht mehr um Wachstum geht, und eine Politik, der es nicht ums Durchsetzen von Interessen geht? Schaffen wir eine Gesellschaft, die sich Zeit nimmt für sich selbst? Werden wir einen anderen Blick auf uns als Menschen entwickeln? Eine neue Form von Achtsamkeit? Haben wir nicht gemerkt, dass die letzten Monate nicht nur Verzicht bedeuteten, sondern auch neue Formen von innerer Freiheit? Ich wünschte, wir könnten diese Entschleunigung, diese Langsamkeit hinüberretten in die Post-Corona-Zeit. Weniger Autofahren, weniger Fleisch essen, all das – es darf nicht als Bedrohung rüberkommen, sondern wir müssen die Leute dafür begeistern, dass wir durch Verzicht freier werden können, dass Langsamkeit glücklich macht und dass alle mitgenommen werden können, egal ob alt oder jung, ob in der Stadt oder auf dem Land, ob ... ähm – wieso guckt ihr mich alle so ...?«

Coco brach ab. In ihrem Redefluss hatte sie überhaupt nicht mitbekommen, dass die Gespräche um sie herum verstummt waren, dass die Menschen an diesem Tisch an ihren Lippen hingen, auch die Leute am Nebentisch, und dass weitere Leute einfach stehen geblieben waren und einen Kreis um sie bildeten, der sich nur kurz öffnete, um ein Kamerateam durchzulassen. Auf der Kamera stand: ZDF. Und ein junger Mann fragte: »Würdest du das noch mal sagen? Was du gerade gesagt hast? Ins Mikro?«

»Ich ...« Coco zögerte. »Okay, warum nicht?«

»Kannst du dafür aufstehen?«

Langsam erhob sie sich, immer noch Maikels Hut in der Hand. Sie wollte ihn zur Seite legen, aber dann, ohne dass es eine bewusste Entscheidung war, setzte sie ihn einfach auf und schaute in die Kamera.

3

Das Häuschen liegt verdeckt hinter hohen Weißdornsträuchern, von der Straße aus fast nicht zu erkennen. Der ideale Ort, um für ein paar Stunden abzutauchen. Sie parkt den Wagen in der Einfahrt, nimmt den Hut und ihren Rucksack und geht, wie Tabea es ihr beschrieben hat, um das Haus herum. Die Jalousien des Wintergartens sind herabgelassen. Sie betritt die Terrasse, sieht auf dem Sims des Außenkamins den Tonkrug stehen, fasst hinein. Tatsächlich, der Schlüssel. Sie öffnet die Terrassentür und atmet den Duft von Leere ein, ein Hauch von Reinigungsmitteln mit einer feinen Note abgestandener Luft. Dass seit Silvester niemand mehr hier gewesen ist, wie Tabea gesagt hat, wirkt seltsam beruhigend auf Coco. Sie zieht die Jalousien hoch und lässt das Nachmittagslicht durch die großen Fenster hereinfließen.

Ein massivhölzerner Esstisch, um den sich Stühle mit verspielt gedrechselten Beinen gruppieren. Ein breites Sofa und ein mächtiger Ohrensessel. Die offene Küche hinter dem Durchbruch, man sieht, wo die ursprüngliche Hauswand stand und der Wintergarten angebaut wurde. Coco steigt die schmale Treppe hinauf und muss beinahe den Kopf einziehen, so niedrig ist die Decke hier oben. Es gibt ein Schlafzimmer mit Doppelbett und eines mit drei Einzelbetten und einem lustig bemalten bunten Kleiderschrank, das wohl als Kinderzimmer gedacht ist.

Coco entscheidet sich für das andere, zieht die karierte Tagesdecke vom Bett und lässt sich auf die Matratze plumpsen. Sie öffnet ihren Rucksack. Klamotten für zwei Nächte hat sie eingepackt. Ursprünglich ist der Plan gewesen, heute nach Berlin zu fahren und in der Parteizentrale *Bei Herta* auf Isomatten zu pennen, die anderen werden das sicher trotzdem so machen, ohne Coco. In letzter Zeit haben manche aus dem Team so getan, als ginge ohne sie gar nichts mehr. Als könnten sie nicht mal aufs Klo gehen ohne kurze Rücksprache mit ihr. Es schnürt ihr die Luft ab. Unwillkürlich atmet sie ein, wie um sich zu vergewissern, dass das noch geht. Sie atmet wieder aus und lauscht auf die Stille. Wann war sie zum letzten Mal wirklich allein? Wann hat sie zum letzten Mal ihre eigenen Gedanken gedacht?

Sie weiß nicht mehr, wann. Und sie weiß nicht mehr, was. Da sind keine Gedanken mehr, nur eine Art Sog. Wenn sie einfach von der Bildfläche verschwinden … nee. Es würde eine Megaaufregung geben, man würde das ganze Land nach ihr absuchen, sie kann nirgendwohin. Es gibt nur einen einzigen Ausweg.

Nein. Nein. Das ist doch lächerlich.

Sie wird morgen Nachmittag in Berlin sein.

So gegen sechzehn Uhr, hat Tabea gesagt, werden die Institute ganz vertraulich die ersten Zahlen rausgeben. Das hat sich wohl so eingebürgert, solange niemand nach draußen spoilert. Nur ganz intern, damit die Spitzen der Parteien sich schon mal mental vorbereiten können. Natürlich sind das noch keine Hochrechnungen, noch nicht mal Prognosen, denn die gibt es erst Punkt achtzehn Uhr im Fernsehen, aber es sind die Zahlen, die in die Prognose einfließen, und Gizem, die das von früher kennt, meinte, die seien meistens schon dicht dran am späteren Ergebnis.

So oder so hat Coco sich im Kopf schon Statements zurechtgelegt. Sie stellt sich vor den großen Spiegel, setzt den Hut auf und sagt: »Ich bin absolut überwältigt. Ich spüre große Freude und Dankbarkeit für so viel Zustimmung, aber ich spüre auch die große Verantwortung, die damit verbunden ist.«

Von Ferne hört sie den Jubel und die Sprechchöre. Das Gesicht im Spiegel wendet sich ab. Sie räuspert sich und sagt: »Auch, wenn wir nicht gewonnen haben, ist das trotzdem ein ganz tolles Ergebnis für uns, mit dem vor zwei Jahren wirklich niemand rechnen konnte. Wir müssen jetzt in Ruhe beraten, ob wir als Koalitionspartner für eine Regierung zur Verfügung stehen oder vielleicht doch besser in die Opposition gehen.«

Ihr Spiegelbild runzelt die Stirn. Geht es noch phrasenhafter?

Sie nimmt den Hut ab und sagt: »Nach all den Erwartungen, die an uns gestellt wurden, ist das Ergebnis heute eine absolute Enttäuschung. Wir haben großartig gekämpft, aber es hat einfach nicht geklappt, die Menschen von unseren Ideen zu überzeugen. Ich bin sicher, dass FUTURE trotzdem weitermachen wird. Dazu braucht es aber einen Neuanfang, auch personell – und ich werde dafür den Weg freimachen. Deshalb trete ich hiermit als Parteivorsitzende zurück.«

Nur kurz hält Coco dem bohrenden Blick ihres Spiegelbildes stand, dann wirft sie den Hut aufs Bett, geht ins Bad und lässt Wasser in die Wanne laufen. Von den drei möglichen Statements hat sich das dritte eindeutig am besten angefühlt.

Das heiße Bad kommt ihr vor, als könne sie damit alle Projektionen von sich abspülen – die Hoffnungen und den Hass. Nur noch Coco sein. Neue Langsamkeit. Das wäre doch mal was. Für sie persönlich hat dieser Slogan keine Entschleunigung gebracht, er hat das Tempo ihres Lebens verhundertfacht.

An einem Haken neben dem Waschbecken baumelt ein Fön. Der Anblick durchzuckt sie wie ein Stromstoß.

Aber so was gibt doch nur in Filmen. Im echten Leben fliegt einfach der FI-Schalter raus.

■

Neue Langsamkeit.

Das war ihr einfach so eingefallen, damals im August vor knapp zwei Jahren, als der ZDF-Reporter sie gebeten hatte, ihr Statement noch einmal in die Kamera zu sprechen. Sie hatte dabei nicht so weit ausgeholt wie eine Minute zuvor, sondern ihre Gedanken ganz knapp zusammengefasst und mit diesem Satz geendet: »Was Corona uns geschenkt hat, ist eine neue Langsamkeit. Die sollten wir uns bewahren. Und dafür sollte FUTURE stehen.«

Kurz vor zehn an diesem Abend tauchte das Statement in einem Bericht des *Heute Journals* auf, schon wenige Minuten später stand der Clip auf YouTube. Es waren lediglich 27 Sekunden, aber der Hashtag *#neuelangsamkeit* ging viral und gegen sieben Uhr am folgenden Morgen schaltete Coco ihr Handy in den Flugmodus, nachdem es vor Anrufen und Nachrichten zu explodieren drohte.

»OMG, du bist im TV!«

»Coco, guck mal, dein Insta-Profil. Du hast über Nacht Tausende Follower gekriegt.«

»Was für eine super Idee, Neue Langsamkeit! Du solltest in die Politik gehen.«

»Coco-Schatz, du warst im Fernsehen! Thorsten und ich sind ganz stolz auf dich. Aber lass dich jetzt nicht in irgendeine Ecke drängen. Ruf mich mal zurück, wenn du Zeit hast. Liebe Grüße von Mama.«

Was immer das für eine Ecke sein mochte, vor der ihre Mutter sie warnen wollte …

Dieser plötzliche Fame hatte jedenfalls etwas Verstörendes. Er fühlte sich toll an und war zugleich total gruselig. Im Camp sprachen beim Frühstück alle über *die Frau mit dem Hut*, und

Coco war froh, dass man sie ohne Maikels Kopfbedeckung nicht erkannte – oder nicht sofort. Trotzdem packte sie ihren Rucksack, um heimzufahren. Auf dem Programm des Camps stand für den Sonntagvormittag ohnehin bloß noch das Abschlussplenum mit ein paar letzten Abstimmungen, dann war die Veranstaltung zu Ende.

Maikel und Tabea wollten trotzdem bis zum Schluss bleiben und das war Coco eigentlich ganz recht, so konnte sie in der Bahn ein bisschen ihre Gedanken sortieren. Zu Hause merkte sie, wie müde sie war, und ließ sich direkt ins Bett plumpsen. Erst am späten Nachmittag wurde sie wach, als Tabea heimkam und Maikel mitbrachte. Die beiden schwatzen in überdrehter Lautstärke und schienen völlig euphorisiert zu sein. Am liebsten wäre Coco einfach im Bett geblieben, aber da sie jetzt wach war und pinkeln musste, stand sie auf und tapste ins Bad. Im Flur empfing sie Maikel, drückte ihr einen Kuss auf den Mund und dann seinen Hut auf den Kopf.

Tabea strahlte sie an und sagte: »Du hast der ganzen Sache den entscheidenden Kick gegeben, weißt du das? Alle haben von dir geredet, sogar Jule und Kerim beim Abschlussplenum, und es gab ein spontanes Votum dafür, dass das ganze Programm der neuen Partei am Ideal der Neuen Langsamkeit ausgerichtet werden soll, und in vier Wochen schon soll es eine Buko geben, also eine Bundeskonferenz, so nennen wir das, wo die Partei gegründet werden soll, also FUTURE – oder vielleicht gibt es ja doch noch einen anderen Namen, egal, also am ersten Wochenende im September ist es so weit und …«

»Sorry«, murmelte Coco, schob sich an Tabea vorbei ins Bad und musterte kurz ihr Ebenbild mit Hut im Spiegel, bevor sie sich aufs Klo sinken ließ. Alle hatten von ihr geredet … Das gab ihr einen Kick, aber es erschreckte sie auch. Niemand hatte sie gefragt, ob ihr diese mediale Aufmerksamkeit recht war. Musste auch niemand, sie war im Fernsehen, alle ihre Worte waren öffentlich. Sie gehörten allen.

Gruselig.

»Also in Leipzig wird die Buko stattfinden.« Tabea redete einfach durch die geschlossene Badezimmertür weiter auf Coco ein. »Und die Partei soll eine Doppelspitze kriegen, eine Frau und einen Mann und ganz viele Stellvertreterinnen und Stellvertreter, ein ganz buntes und diverses Präsidium, also sie nennen es nicht Präsidium, sondern es soll Bundesteam heißen, und Maikel überlegt, ob er vielleicht Chancen hat, für das Bundesteam zu kandidieren, und ich glaube, das könnte klappen, weil – wenn du ja jetzt berühmt bist, könntest du ja ...«

Coco betätigte die Klospülung, die Tabeas Redefluss für einen Moment verschluckte, wusch sich die Hände und warf sich etwas Wasser ins Gesicht, dann öffnete sie die Tür und sagte: »In vier Wochen werde ich nicht in Leipzig sein, sondern endlich in Frankreich. Oder Spanien. Oder Portugal. Ich brauche ganz dringend einen Tapetenwechsel. Und in einer Woche fahre ich.«

Sie nahm den Hut ab und setzte ihn auf Maikels Kopf. »Du wolltest eigentlich mitkommen.«

Maikel setzte den Hut sofort wieder ab und schaute etwas verlegen drein.

»Schon gut«, sagte Coco, »ich bin nicht sauer, wenn du nicht mitkommst, echt nicht. Ich verstehe total, dass ihr beide das wichtig findet, das mit FUTURE. Aber das kriegt ihr auch ohne mich hin.«

Tabea nahm den Hut aus Maikels Hand und platzierte ihn wieder auf Cocos Scheitel.

»Ohne die Frau mit dem Hut?«, fragte sie und grinste.

Coco hängte den Hut an einen der Kleiderhaken neben der Tür und meinte: »Ihr zwei seid ganz schön drauf. Ihr benehmt euch wie auf einem Trip. Kommt erst mal runter.«

Damit verzog sie sich wieder in ihr Zimmer. Natürlich konnte sie verstehen, wie es Tabea und Maikel ging – es war einfach das typische Nach-Festival-Feeling, wenn du randvoll von den ganzen Eindrücken und aufgekratzt von den durchgemachten Nächten nach Hause kommst. Das dauert halt eine Weile, bis du wieder im Alltag landest und schnallst, dass Festivals eben nicht das reale Leben sind, sondern eine Ausnahme davon. Vor allem, wenn du vorher im Corona-Lockdown warst. Für viele Leute war dieses Camp ein Schritt in die Zukunft und zugleich ein Schritt zurück ins normale Leben, ein Schritt raus aus der Corona-Zeit. Für Coco auch.

Erst heute weiß sie, dass ihr normales Leben ziemlich genau an diesem Abend auf dem Camp geendet hatte. Natürlich war ihr das damals noch nicht klar. Im Gegenteil war sie gerade erst auf der Suche nach neuer, alter Normalität fündig geworden, und zwar mit ihrem Ferienjob in der Bank. Den hatte ihre Mutter ihr auf den letzten Drücker besorgt, nachdem klar geworden war, dass im Sommer wieder Reisen möglich wurden. Coco brauchte dringend Geld für ihren lang ersehnten Trip durch Frankreich, Spanien und Portugal. Eine Woche musste sie noch arbeiten und wollte Freitagnachmittag im Zug sitzen. Irgendwie diese Woche noch hinter sich bringen …

Das war aber gar nicht so einfach, denn schon in der Frühstückspause am Montagmorgen wurde sie von ihren Kolleginnen belagert.

»Das bist doch du, die Frau mit dem Hut?«

»Sag schon – warst du das bei diesem Camp? Witzige Idee, das mit der Langsamkeit.«

»Ich hoff bloß für dich, dass der Chef das nicht gesehen hat. Der steht ja leider nicht so auf Langsamkeit.«

Es wäre Quatsch gewesen, das einfach abzustreiten. Wer sie kannte, konnte sie auch ohne den Hut zuordnen, und wer sie nicht kannte, fand sie trotzdem. Ja, auf beunruhigende Weise schien sich ihre Identität verbreitet zu haben, obwohl in dem Interview bloß kurz einmal *Constanze (22)* eingeblendet gewesen war. Vermutlich reichte das schon, um sie erfolgreich zu googeln, weil die Algorithmen gern Gleiches mit Ähnlichem verbinden.

»Du bist so Fame, darf ich dich berühren?«, witzelte Ivo, ebenfalls Werksstudent. »Es gibt schon etliche Memes über dich.«

»Warte«, rief Sarah, eine andere Kollegin. »Zeig ihr das nicht.«

»Na, früher oder später sieht sie es eh«, meinte Ivo.

»Was denn, Mann? Zeig schon!« Coco schnappte nach Ivos Handy. Das Foto war ein ziemlich unvorteilhaftes Standbild aus ihrem ZDF-Interview, sie hatte gerade den Mund wie zu einem O geöffnet. In fetten Buchstaben stand darüber: *Slow Blowjob – neue Langsamkeit kann auch geil sein.*

»Sorry, ist total blöd.« Ivo wollte ihr das Handy wieder abnehmen, aber Coco drehte sich von ihm weg und wischte das Foto zur Seite. Es kamen weitere, entweder mit verschiedenen Standbildern aus dem Interview oder auch anderen Fotos, die irgendwelche Arschlöcher aus ihrem Instagram-Profil kopiert haben mussten. Versehen mit Sätzen wie: *Neue Langsamkeit? Nach Corona gibt jetzt das Coco-Virus der deutschen Wirtschaft den Rest!* Oder: *Achtung! Diese Frau gefährdet unseren Wohlstand!*

Tonlos gab sie Ivo das Handy zurück. Raus hier, dachte sie. Einfach raus, sie konnte sich für den Rest des Tages krankmelden und sich verkriechen.

»Das darfst du nicht persönlich nehmen«, sagte Ivo.

Coco lachte schwach.

Sarah sagte: »Das fühlt sich bestimmt ätzend an. Aber eins hast du erreicht. Diese Leute, diese Hater, die fühlen sich angegriffen. Das zeigt doch, dass deine Worte voll ins Schwarze getroffen haben. Du bewirkst was.«

»Ach, was denn?«, zischte Coco. »Dass irgendwelche Wichser sich auf mein Gesicht einen runterholen?«

Aber Sarah fasste Cocos Hand und sagte: »Ich hab das Video gestern zufällig gesehen. Das mit deinem Interview. Es hat ganz viel in mir ausgelöst. Mir ging es schon ganz lange so, dass ich … hm – also ich glaube, ich habe schon ganz lange das gefühlt, was du da gesagt hast, aber ich hatte nie Worte dafür. Verstehst du? Du hast das ausgedrückt, was ganz, ganz viele Leute fühlen.«

Coco wollte die Hand abrupt wegziehen, aber die Art, wie Sarah sie ansah, ließ etwas Warmes in ihr aufsteigen.

»Danke«, sagte sie, dann stand sie auf. »Ich … wir müssen wieder an die Arbeit, Leute.«

Sarah drückte nochmals ihre Hand, dann löste sich die kleine Frühstücksrunde auf.

Als Coco zu ihrem Arbeitsplatz zurückkam, hielt gerade ihr Kollege ihr Telefon an sein Ohr.

»Ach, da kommt sie ja«, sagte er in den Hörer. »Moment bitte.«

Normalerweise bekam Coco keine Anrufe, denn ihr Job bestand darin, E-Mails zu sortieren und weiterzuleiten, Kundeninformationen in Tabellen zu erfassen und Paneldaten auszuwerten. Wenn doch mal jemand anrief, hatte er sich verwählt oder es war ihr Chef. Auf dem Display stand zwar eine interne Nummer, aber nicht seine.

»Deine Mutter.«

Coco seufzte und nahm den Hörer.

»Hi, Mama.«

»Coco-Schatz, du bist im Büro. Da bin ich ja schon mal froh.«

»Wo sollte ich sonst sein?« Coco setzte sich.

»Auf irgendeiner Demo oder einem Kongress oder was du neuerdings machst, was weiß ich?«

Es war nicht auszumachen, ob ihre Mutter besorgt oder beleidigt oder belustigt klang. Vielleicht alles zugleich. »Ich würde dich normalerweise nicht im Büro anrufen, aber du gehst ja seit gestern nicht mehr an dein Handy. Ich warte seit vierundzwanzig Stunden, dass du mich zurückrufst.«

»Als ich noch zu Hause gewohnt hab, hast du mich angemeckert, weil ich ständig am Handy war«, gab Coco zurück und warf ihrem Kollegen, der ganz besonders konzentriert auf seinen Bildschirm starrte und demonstrativ weghörte, einen Seitenblick zu. »Hast du nicht selber mal gesagt, es sei der Horror, wenn man erwartet, dass alle immer erreichbar sind?«

»Ist eben eine Frage der Perspektive. Ich habe mir Sorgen gemacht. Mütter dürfen das.«

»Mir geht's gut, Mama. Mein Handy ist aus. Du hast ja gesehen, dass ich im Fernsehen war. Da gab es eine Menge Feedback, und ich hatte keine Lust, mit all den Leuten zu reden.«

»Das dachte ich mir schon. Deswegen wollte ich ja mit dir sprechen.«

Gott, wie ignorant kann man sein? Mütter dürfen das. Anscheinend. Dann konnte Coco genauso gut ihr Handy wieder auf Empfang stellen. Mit der freien Hand tippte sie auf das kleine Flugzeug-Icon und weckte das Gerät aus seinem tiefen Schlaf.

»Das ist bestimmt jetzt sehr aufregend für dich«, sagte ihre Mutter, »und da ist es wichtig, auf dem Teppich zu bleiben, glaub ich.«

»Wie meinst du das?«

»Na, ich finde es toll, wenn du dich politisch engagierst. Aber denk daran, dass du jetzt bald mit dem Masterstudium anfängst. Ich möchte einfach nicht, dass du dich vorschnell in was verrennst.«

Klar, die oberflächliche Coco verrennt sich mal gern. Hatte ihre Mutter überhaupt zugehört, was Coco über Langsamkeit gesagt hatte? Klang das so, als wäre sie dabei, sich zu verrennen?

Und wer war hier jetzt oberflächlich? Aber Coco hatte keine Lust, darüber mit ihr zu diskutieren.

»Keine Sorge«, sagte sie. »Ich geh ganz bestimmt nicht gleich in die Politik, nur weil ich mal ein paar Sekunden im Fernsehen war.«

Cocos Handy war stummgeschaltet, aber im Vibrationsmodus, es rappelte und zappelte und schien sich vor lauter eingehender Nachrichten überschlagen zu wollen.

»Es ist ja nicht nur das Interview im Fernsehen, da gibt es auch das Video im Netz, jemand hat es in meiner Facebook-Timeline geteilt, und ich habe beinahe das Gefühl, dass jeder, den ich kenne, es schon gesehen hat. Du glaubst ja gar nicht, wer mich alles schon darauf angesprochen hat.«

»Nee, bestimmt nicht. Dann musst du es mir auch gar nicht erst erzählen.«

WhatsApp, Threema, Facebook-Messenger, E-Mails, sogar ein paar SMS und jede Menge Nachrichten über Instagram. Coco fuhr mit dem Finger darüber und stockte. Ein gewisser Kerim Makkawi schrieb.

»Na, jedenfalls wurde ich gestern und heute andauernd auf dich angesprochen, und alle wollten wissen, ob du da jetzt bei dieser neuen Partei mitmachst. Und ich denke, wenn du eine politische Karriere startest, dann würde ich das lieber von dir persönlich erfahren und nicht aus den Nachrichten.«

»Wie gesagt, Mama – das liegt mir fern.«

Kerim schrieb: *Hallo, Constanze, ich bin sehr beeindruckt von deinem Statement und deinen Ideen. Ich würde mich gerne mal mit dir darüber austauschen. Hättest du Zeit & Lust für ein Treffen? LG Kerim von FUTURE.*

»Und außerdem will ich einfach, dass du auf dich aufpasst, okay?«, fuhr ihre Mutter fort. »Jeder weiß, wie politisch engagierte junge Frauen im Internet gemobbt werden. Thorsten hat heute Morgen schon was Unschönes gefunden, also … so was solltest du dir auf keinen Fall ansehen, ja? Coco-Schatz?«

»Ist gut, Mama. Du, hör mal, ich muss arbeiten. Ich ruf dich heute Abend zurück, ja?«

»Wir könnten uns ja auch nach der Arbeit in der Stadt treffen, ich lade dich zu einem kleinen Dinner ein.«

»Das ist echt supernett von dir, aber heute passt es gar nicht. Ich ruf an, ja? Also, bis später.«

»Gut. Dann hör ich von dir. Hab einen schönen Tag, Coco-Schatz.«

»Du auch.«

Sie legte auf und las noch einmal Kerims Nachricht, dann versuchte sie, sich auf ihre Tabellen zu konzentrieren. Später in der Mittagspause überflog sie die anderen Nachrichten. Sie stammten fast alle von Menschen, mit denen Coco irgendwie bekannt war. Das erleichterte sie. Man wurde ja nicht automatisch prominent, nur weil man mal kurz im Fernsehen war und irgendwelche Leute ein Video davon teilten. Oder bescheuerte Memes daraus bastelten. Sensationell ist das bloß für die Menschen, die dich eh kennen. Für alle anderen ist es nur ein flüchtiger Klick, im nächsten Augenblick haben sie das Gesicht wieder vergessen. Mit Hut oder ohne.

Die meisten schrieben, wie toll sie Cocos Statement fanden, und ein paar rieten ihr, es einfach mit der Politik zu versuchen: *Also, ich würd dich sofort wählen!*

Ein Typ, den sie von der Schule kannte, ließ sie wissen: *Ich fand dich immer nett, echt, aber dieses Gutmenschengelaber ist doch idiotisch. Langsamkeit – stell dir vor, das würde jeder machen?*

Sie stellte es sich vor. Was wäre daran so schlimm?

Nach Feierabend beantwortete sie in der Straßenbahn ein paar von den Nachrichten, dann las sie nochmals die von Kerim. Bevor sie etwas dazu schreiben konnte, musste sie schon aussteigen. Sie hatte sich mit Maikel in einem Pub verabredet, in dem er bis zum Beginn des Lockdowns gejobbt hatte. Er hatte Lutz im Schlepptau, den sie im Juni bei der Plakataktion getroffen hatten. Lutz kannte das Video natürlich auch und begrüßte Coco so überschwänglich, als wären sie best friends seit der fünften Klasse.

»Total inspirierend«, lobte er. »Kann ich dir ein Bier ausgeben?«

»Klar, danke.«

Sie gab Maikel einen Kuss und setzte sich, während Lutz seine Maske aufzog und zur Theke ging.

»Hast du mit ihm gesprochen?«, fragte sie.

»Mit Lutz?«

»Mit diesem – wie hieß er gleich? Tony? Der Pächter – du wolltest fragen, wann du wieder anfangen kannst.«

Maikel winkte ab. »Vielleicht nächsten Monat, vielleicht auch nie. Genau wie mit den Zeitungen.« Soweit Coco wusste, hatte er bis zum Beginn der Pandemie als freier Mitarbeiter für mehrere kleine Wochenblätter geschrieben, aber auch diese Jobs waren dem Virus zum Opfer gefallen. Die Schattenseiten der Neuen Langsamkeit.

»Erzähl mir lieber was von dir«, sagte Maikel. »Wie war dein erster Tag als Promi?«

»Ich bin kein Promi«, erwiderte Coco und blickte sich kurz um. Niemand sonst schien hier von ihr Notiz zu nehmen. »Und das ist auch gut so.«

»Vielleicht solltest du den Hut aufsetzen, dann erkennen sie dich bestimmt«, sagte er und grinste.

»Untersteh dich.«

Lutz kam zurück, stellte ein volles Glas vor sie hin und setzte sich.

»Prost«, sagte er, »auf dich.« Sie stießen an.

»Ohne Scheiß jetzt«, sagte Lutz und beugte sich vor, als wolle er Coco ein intimes Geheimnis anvertrauen. »Was du gesagt hast, bringt eine ganz neue Sichtweise rein. Ich glaube, aus FUTURE kann wirklich was Großes werden.«

»Warst du eigentlich auch beim Camp am Wochenende?«, fragte Coco. »Haben wir uns verpasst?«

»Ja, war ich. Wollte mich zwischendurch bei Maikel melden, ob wir uns treffen, aber ich kam gar nicht dazu. Ein Workshop nach dem nächsten und dazwischen Diskussionen und Kontakte tauschen mit interessanten Leuten und all diese Themen. Ich bin immer noch total geflasht von diesem Wochenende. Tausend Leute, tausend Ideen, und du hast alles auf den Punkt gebracht.«

»Na ja ...«

»Hast du heute mal Zeitung gelesen?«, fragte Maikel, legte sein Tablet auf den Tisch und tippte verschiedene Apps an. »Hier, schau mal die Süddeutsche, *Langsam ist das neue Schnell – wie FUTURE die Parteienlandschaft umkrempeln will.* Oder in der ZEIT: *Das Positive von Corona mitnehmen* Oder die FAZ: *Forciert FUTURE den Lockdown zwo null?*«

Mit einem raschen Blick stellte Coco fest, dass man nirgends ein Foto von ihr verwendet hatte. Alle Artikel waren mit Aufnahmen von Jule Angerhof und Kerim Makkawi bebildert, wie sie auf der Bühne das Plenum moderierten.

»Gott, ist das schräg«, meinte sie. »Dass die Medien sich einfach so ein Stichwort rauspicken. Wenn ich das gewusst hätte ...«

»Neue Langsamkeit ist nicht bloß ein Stichwort«, widersprach Lutz, »sondern ein Schlüsselbegriff. Wie gesagt, das bringt alles auf den Punkt.«

»Unsinn.« Coco schüttelte den Kopf. »Da waren fast tausend Leute, wie du sagst, mit tausend Ideen. Die kann man gar nicht auf einen einzigen Punkt bringen. Der Reiz an einer Sache wie FUTURE liegt doch gerade in der bunten Vielfalt.«

»Das stimmt. Medien müssen eben verkürzen und zuspitzen, um überhaupt was rüberzubringen«, sagte Maikel.

»Hast du schon überlegt, ob du nicht für ein Amt kandidieren willst?«, fragte Lutz. »Bundesteam zum Beispiel?«

»Nee«, antwortete Coco. »Beziehungsweise – mir ist klar, dass ich das nicht mache. Maikel will sich für das Bundesteam bewerben. Und ich glaub nicht, dass man so was als Pärchen tun sollte.«

»Schade«, meinte Lutz. »Na ja, dafür kannst du ihn ja dann supporten. Oder, Maikel? *Wählt den Typen von der Frau mit dem Hut.*«

»Witzig«, brummte Maikel, und Coco sah, dass er es gar nicht witzig fand. »Der Hut gehört immer noch mir.«

»Genau, und da muss Maikel alleine durch«, sagte sie schnell. »Ich werde leider gar nicht zur Gründungskonferenz kommen können, weil ich da im Urlaub bin.«

Maikel tippte wieder auf sein Tablet und öffnete eine Liste.

»Hier kann man sich online bewerben«, sagte er. »Das Bundesteam soll zwanzig Plätze haben. Es haben sich schon fast achtzig Leute eingetragen.«

»Und wie viele Bewerbungen gibt es für die beiden Vorsitzenden-Posten?«, fragte Lutz.

Maikel schob die Tabelle nach unten und sagte: »Zwei. Jule und Kerim.«

»Na, das traut sich wohl keiner«, meinte Lutz. »Die beiden dürften gesetzt sein.«

»Apropos ...« Coco räusperte sich. »Kerim hat mir geschrieben. Er will sich mit mir treffen.«

»Was?« Maikel sah sie entgeistert an.

Vorhin hatte Coco erwogen, es ihm gar nicht zu erzählen. Aus Sorge, das könnte ihn eifersüchtig machen, denn schließlich war die ganze Parteisache sein Ding und nicht ihres. Aber ihr behagte die Vorstellung nicht, Dinge vor ihm geheim zu halten, egal wie harmlos.

»Was hast du geantwortet?«

»Noch nichts. Ich weiß ja gar nicht, um was es eigentlich geht. Er schreibt bloß, er möchte sich mit mir *austauschen.*«

»Egal!«, rief Lutz. »Du musst dich mit dem treffen, ich meine – er ist der designierte Parteivorsitzende, vielleicht hat er ein Jobangebot für dich?«

»Genau«, sagte Maikel, »als Beraterin oder Redenschreiberin oder für ein Imagevideo …«

»Ja – nee – keine Ahnung. Ich bin eh ab Freitag weg.«

»Hey«, sagte Maikel und legte seine Hand auf ihre, fast so, wie ihre Kollegin Sarah das heute Morgen getan hatte. »Ich kann dich begleiten, wenn du möchtest. Warum lachst du?«

»Na, das käme komisch rüber«, sagte Coco, »wenn ich meinen Freund als Bodyguard mitbringe. Oder?«

»Stimmt schon.« Er zog die Hand weg und nahm einen großen Schluck von seinem Bier.

»Eigentlich hab ich gar keine Zeit«, sagte sie. »Freitag fahre ich, Donnerstag will ich packen. Bleibt nur morgen oder Mittwoch, das werde ich ihm schreiben. Und dass er nach Köln kommen muss, denn ich kann jetzt nicht spontan nach Berlin oder wo immer der wohnt. Vermutlich wird das also eh nichts und die Sache hat sich erledigt.«

Das sagte Coco vor allem zu sich selbst, denn sie ahnte schon, dass sich da so schnell nichts erledigen würde.

Wann und wo immer es dir passt, schrieb Kerim. *Ich kann Mittwoch nach Köln kommen, kein Ding.*

■

Also traf sie ihn zwei Tage später nach Feierabend in einer kleinen Bar, die vor Kurzem erst nach der Coronapause wieder geöffnet hatte. Fast kam sie sich wie ein Fangirl vor, denn immerhin saß sie einem Mann gegenüber, den sie vorher nur auf einer großen Bühne und in Zeitungen oder im Internet gesehen hatte. Ein paar der anderen Gäste drehten sich nach ihm um, aber sehr diskret. »Wo hast du denn deinen Hut?«, fragte er.

»Der gehört mir gar nicht«, sagte sie, »sondern meinem Freund. Maikel.«

Maikel, der für das Bundesteam kandidieren wird, dachte sie. Sollte sie Kerim davon erzählen? Vielleicht könnte das Maikel helfen? Gott, jetzt fing sie schon an, wie eine Politikerin zu denken. Na, oder zumindest so, wie sie sich vorstellte, dass Politikerinnen denken. Wie auch immer. Sie konnte das ja später noch erwähnen.

»Du hast unser kleines Camp im Schlussspurt ziemlich gepusht«, sagte er. »Das war sehr beeindruckend. Ich würde gern etwas mehr über dich erfahren. Magst du was von dir erzählen?«

»Ähm – was wird das?«, fragte sie. »Ist das eine Art Vorstellungsgespräch oder was?«

»Irgendwie schon. Vielleicht wäre es fair, wenn ich mich zuerst vorstelle.«

»Musst du nicht. Mein Freund hat dich gegoogelt. Du warst schon bei den Grünen, bei den Piraten und bei den Linken. Und jetzt gründest du halt deine eigene Partei.«

»Ein bisschen verkürzt.« Er lächelte. »Aber eigentlich trifft es das ganz gut.«

»Was erhoffst du dir davon?«

»Hm. Die Weltherrschaft? Oder zumindest ein kleines bisschen Aufmerksamkeit? Damals, mit den Piraten, haben wir für zwei, drei Jahre die Republik aufgemischt, sind in etliche Parlamente eingezogen ...«

»Und inzwischen aus allen wieder rausgeflogen«, warf Coco ein. »Über die Piraten redet heute niemand mehr.«

»Richtig. Aber viele Themen, die wir und andere gesetzt haben, sind trotzdem geblieben. Und sogar noch dringlicher geworden. Dafür hat Fridays for Future eine beispiellose Mobilisierung erreicht. Doch alle bisherigen Erfolge sind nur symbolisch. Wir haben es nicht geschafft, die Politik zum Handeln zu zwingen. Das Klimapaket der Bundesregierung sollte so aussehen, als hätten sie verstanden und würden was verändern. Dabei sind die ganzen Beschlüsse nur ein ausgestreckter Mittelfinger für uns. Ein fettes *Fickt euch* für die Zukunft. Und ehrlich gesagt, glaube ich, dass Fridays for Future seinen Zenit schon überschritten hat.«

»Wegen Corona?«

»Nein. Die Coronakrise hat das nur überdeckt. Der Niedergang hatte schon vor Corona eingesetzt. Und an dieser Stelle hat eine revolutionäre Bewegung immer zwei Möglichkeiten. Entweder, wir radikalisieren uns – so in Richtung Extinction Rebellion. Oder wir nehmen die Atempause durch Corona als Chance, uns noch mal ganz neu zu erfinden.«

»Mit einer Partei.«

»Genau. Als Partei hast du viele zusätzliche Möglichkeiten – du bekommst Plakatflächen in den Straßen, Sendeminuten im Fernsehen … Du kannst also schon was bewirken, auch wenn du es nicht schaffst, tatsächlich in ein Parlament zu kommen. Vor allem in den Kommunen, da reichen manchmal schon ein, zwei Prozent, um in einen Stadtrat einzuziehen. Allerdings denken wir bei FUTURE natürlich größer. Ein paar Leute haben berechnet, dass wir ein Potenzial von zehn bis fünfzehn Prozent hätten, wenn wir ernsthaft bei einer Bundestagswahl an den Start gehen würden.« Er nippte an seinem Chai Latte und wartete offenbar, dass Coco dazu etwas sagte. Tat sie aber nicht. Also fuhr er fort:

»Hat Corona nicht gezeigt, was plötzlich alles möglich ist? Du selbst hast es doch im Fernsehen gesagt. Für die meisten Leute klangen unsere Forderungen vor Corona noch total utopisch. Dann kam das Virus und die Politik hat die Wissenschaft endlich ernst genommen. Und von einem Tag auf den anderen waren Arbeit und Konsum nicht mehr das Entscheidende in diesem Land. Da hat sich ein historisches Zeitfenster geöffnet, durch das wir einen Blick auf eine ganz andere Zukunft erhaschen können. Solange das Fenster offen ist, sollten wir hindurchspringen. Und so viele Menschen mitnehmen wie nur eben möglich.«

»Das klingt alles sehr schön, wie du es sagst«, meinte Coco. »Ich mag deine Vision. Ehrlich. Aber ich sehe irgendwie nicht, dass viele Leute Bock haben auf eine neue Partei. Wie hoch liegt die CDU noch mal in den letzten Umfragen?«

Kerim winkte ab. »Das ist nur eine Momentaufnahme. Klar, in der Krise scharen sich die Leute um das, was sie kennen. Aber in Wahrheit ist die CDU längst im Zerfall begriffen, wie vor ihr schon die SPD und überhaupt sämtliche großen Parteien überall in Europa. Die Coronakrise bewirkt einen kleinen Aufschub, aber gleichzeitig sehen wir umso deutlicher, dass das alte Schema von Rechts gegen Links keine Bedeutung mehr hat. Stattdessen geht es um Gestern gegen Morgen. Trauerst du der Vergangenheit nach oder bist du offen für die Zukunft? Dieser Riss geht quer durch alle Parteien. Wer was verändern will, muss sich neu organisieren. Schau mal nach Frankreich. Emmanuel Macron hat seine Partei *En Marche!* damals quasi aus dem Nichts erschaffen, und alle, die sich nach Veränderung sehnen, haben sich dort versammelt. Und alle, die zurück in die Fünfziger wollen, gehen zum *Rassemblement National* von Marine Le Pen. Die großen Parteien, die jahrzehntelang das Land dominiert haben, sind inzwischen fast bedeutungslos.«

Coco lehnte sich zurück, maß Kerim mit den Augen und stellte fest: »Du möchtest also der deutsche Macron werden.«

Er schüttelte den Kopf. »Es ist gut, dass wir in Deutschland kein Präsidialsystem haben. In der Politik braucht man keinen Messias, der alleine die Rettung bringt. Ich glaube an Teamarbeit.«

»Und in diesem Team soll ich mitmachen? Ehrlich gesagt – ich kann mir überhaupt nicht vorstellen, für irgendeine Position zu kandidieren, ein Amt zu haben, so was.«

»Genau deshalb brauchen wir dich.«

Coco trank an ihrer Rhabarberschorle und legte den Kopf schräg.

»Wir haben genug Leute, die Bock auf Ämter haben. Wie alle anderen Parteien auch. Aber die wirklich wichtigen Ämter in der Politik, die kann man sich im Grunde nicht aussuchen und dann anstreben. Diese Ämter suchen sich selber aus, von wem sie ausgefüllt werden möchten.«

Coco lachte. »Gott, wie romantisch. Und welches Amt – jetzt mal unabhängig davon, dass ich nicht zur Verfügung stehe –, glaubst du, würde sich ausgerechnet *mich* aussuchen?«

Sie setzte ihr Glas wieder an.

Kerim räusperte sich und sagte: »Ich glaube, du wirst erst Parteivorsitzende von FUTURE. Und später Bundeskanzlerin.«

Coco verschluckte sich mitten im Trinken und ein paar Rhabarberschorlespritzer landeten in Kerims schwarzen Locken. »Sorry«, prustete sie, »geht es nicht eine Nummer kleiner?«

»Nein. Wir müssen groß denken. Klein wird's von allein.«

»Was für ein Bullshit«, meinte Maikel, als Coco später in seinem Bett lag und ihm von dem Gespräch erzählte. »Was hast du geantwortet?«

»Erst mal nichts. Er hat einfach immer weitergeredet. Dass

zum Beispiel auch Angela Merkel deshalb so mächtig werden konnte, weil sie null machtgeil sei, sondern einfach nur ihren Weg gegangen ist, klar und authentisch. Und das sei ich nämlich auch, meinte er. Also authentisch. Und klar.«

»Lächerlich«, sagte Maikel. »Oh, sorry – natürlich bist du klar und authentisch, Coco, absolut. Das meinte ich nicht. Sondern lächerlich find ich diesen Kerim, ich meine – er strebt ja selbst ein Amt an, oder nicht? Vielleicht sucht er einfach ein hübsches Aushängeschild als Sidekick im Parteivorstand? Oder er hat ganz einfach ein Problem mit Jule Angerhof und will sich nicht mit ihr die Parteispitze teilen. Klar, das ergibt Sinn. Und darum sucht er eine Frau, die er gegen Jule in Stellung bringen kann und die ihm zugleich möglichst wenig Konkurrenz macht.«

Coco wandte sich ab. Unwillkürlich sah sie ihr eigenes Foto wieder vor sich, das Standbild, wo sie den Mund geöffnet hatte. *Slow Blowjob*. Toxische Männlichkeit. *Hübsches Aushängeschild.*

»Hey, warte.« Maikel fasste sie an der Schulter. »Ich hab nur versucht, mich in Kerim hineinzuversetzen, verstehst du? Ich wollte bloß ausdrücken, was er unter Umständen über dich denkt. Ich wollte auf keinen Fall sagen, dass *ich* dich so sehe.«

»Nein, wolltest du nicht«, erwiderte sie kühl. »Aber immerhin sagst du, dass man mich so sehen *kann*.«

Vor ihrem inneren Auge verschwand das Foto und machte einem anderen Platz. Sie sah sich plötzlich auf einer Bühne stehen, mit einem Mikrofon in der Hand.

»Ich nehme die Wahl an.«

Zum allerersten Mal konnte sie es sich vorstellen.

Bescheuert.

4

Er hat die Autobahn hinter sich gelassen und folgt einer gewundenen Straße bergauf. Dann schießt der Cayenne aus dem lichter werdenden Wald auf eine kleine Ebene hinaus und eine Ortschaft fliegt heran. Eigentlich ist es nur ein Häuflein einzelner Häuser, sie sehen verlassen aus. Auf einem großen Gebäude mit vernagelten Fensteröffnungen steht in abplatzenden Lettern noch etwas von *Erholungsheim*, gegenüber registriert Maikel eine Bushaltstelle, der Gehweg ist schon halb vom Gebüsch verschluckt. Und aus diesem Gebüsch jagt etwas Schwarzes hervor, eine Katze, sie springt auf die Straße, er tritt das Bremspedal durch, hört zwei, drei, vier dumpfe Schläge unter dem Boden seines Autos und sieht im Rückspiegel, wie das Tier sich noch ein paarmal überschlägt, bevor es am Straßenrand liegen bleibt. Der Wagen rollt aus und steht. Maikel dreht den Kopf nach hinten und betrachtet unschlüssig das kleine Knäuel. Es bewegt sich noch. Er stößt einen kurzen Fluch aus, legt den Rückwärtsgang ein, lässt den Wagen bis zu der Bushaltestelle zurückrollen und steigt aus.

Die Katze liegt auf der Seite, gibt erbarmungswürdige Laute von sich und rudert mit einer Pfote hilflos in der Luft. Maikel sieht nirgends Blut. Vermutlich hat das Tier innere Verletzungen, zermalmte Knochen, zerquetschte Organe. Er geht in die Hocke und streckt die Hand aus, seine Finger nähern sich dem kleinen Katzenbauch, der etwas heller ist als der Rest des Fells und sich zitternd hebt und senkt. Er hat keine Zeit, die Katze ins Auto zu laden und einen Tierarzt zu suchen. Selbst wenn er einen fände, es ist später Samstagnachmittag … Vielleicht gibt es auch für Tiere einen Notarzt, über so etwas hat er noch nie nachgedacht, doch jetzt ist kein guter Zeitpunkt, um damit anzufangen. Also mit dem Nachdenken. Über Tierärzte.

Er kann das Tier aber auch nicht einfach hier liegen lassen. Sicher wird es innerlich verbluten, das kann – keine Ahnung – Stunden dauern? Das Allermindeste, was er tun muss, ist, dieser Katze einen möglichst schnellen Tod zu bereiten.

Er hat keine Waffe, natürlich nicht, nicht mal ein Taschenmesser. Maikel steht auf und schaut sich um. Einen großen Stein bräuchte er oder einen Knüppel …

Plötzlich kommt ihm eine Reportage in den Sinn, die er mal gelesen oder im Radio gehört oder im Internet gesehen hat, über eine Terroristengruppe – Dschihadisten oder Neonazis oder was, das weiß er nicht mehr; jedenfalls musste da jeder als Mutprobe oder als Aufnahmeritual eine Katze töten, um zu zeigen, dass er dazu imstande war. Zu töten. Ziemlicher Unsinn. Maikel hat mal irgendwo Fotos von IS-Kämpfern gesehen, die mit Katzen poussierten und anschließend mit den abgeschlagenen Köpfen ihrer Gegner. Es gibt Leute, die keinem Tier ein Haar krümmen könnten und trotzdem ohne mit der Wimper zu zucken Menschenleben auslöschen.

Völlig bescheuert, über so was nachzudenken, während die arme Katze sich zu seinen Füßen in ihren Schmerzen windet. Und mit Coco hat das schon gar nichts zu tun und nichts mit seinem Auftrag, das hier ist einfach ein scheiß Zufall.

Maikel dreht sich um und geht ein paar Schritte auf das geschlossene Hotel zu. Der schmale Vorgarten ist von einer kleinen, mit einer dicken Moosschicht überzogenen Bruchsteinmauer umgeben, aus der sich mit bloßen Fingern kein einzelner Stein herauslösen lässt. Im Grunde ist es total folgerichtig, dass er die Sache mit Coco auf diese Art zu Ende bringt. Es ist seine Schuld, alles. Von Anfang an. Ohne ihn wäre sie nie zu FUTURE gekommen. Ohne ihn hätte sie niemals beschlossen, tatsächlich für den Parteivorsitz zu kandidieren. An einem der vernagelten Fenster fehlen ein paar Holzbretter. Bestimmt sind da mal irgendwelche Junkies oder Lost-Places-Jäger eingestiegen oder halt einfach ein paar Jugendliche mit Neugierde und Abenteuerlust im Bauch.

Er steigt über die Bruchsteinmauer und reckt den Kopf. Auf der Fensterbank steht ein Blumentopf mit einem verschrumpelten Kaktus. Im dämmrigen Innern ist ein großer Speisesaal zu erkennen, es stehen sogar noch runde Tische darin, drum herum Stühle mit aufgeplatzten Sitzpolstern. Im Hintergrund schält sich die Tapete von der Wand und hängt in Streifen herab. Was für eine Leere. Mitten im Herzen von Deutschland. Er greift zu und schafft es, ein Brett aus der Fensteröffnung herauszureißen. Es wiegt schwer in seiner Hand. Wenn er den Schlag mit der Kante nur geschickt genug ausführt, kann er die Katze mit einem einzigen Hieb von ihren Schmerzen erlösen. Es wird davon abhängen, ob er sich traut, mit aller Wucht zuzuschlagen. Ohne dass sein Hieb durch eine innere Hemmschwelle im letzten Moment abgebremst wird. Kann er das? Oder lieber das Tier liegen lassen und die Entscheidung an den Lauf des Schicksals abtreten …

Entschlossen packt er das Brett mit beiden Händen, hebt es über den Kopf und knüppelt mit ganzer Kraft auf den Blumentopf mit dem Kaktus ein. Der Topf spaltet sich, Tonsplitter und trockene Erde spritzen in sein Gesicht. Er dreht sich um, geht mit entschlossenem Schritt zu der Bushaltestelle zurück.

Die Katze ist fort.

Er lässt das Brett zu Boden sinken und blickt sich ungläubig um. Von dem räudigen Tier fehlt jede Spur. Da ist noch nicht mal ein Rascheln im Gebüsch. Nur Stille und eine leichte Brise, die den Pfahl mit dem Bushaltestellenschild kaum merklich schwanken lässt. An dem Pfahl ist außerdem eine Tafel mit dem Busfahrplan befestigt und quer darüber klebt ein Zettel mit verwaschener Aufschrift: *Der Betrieb dieser Linie wird mit 31.03. 2004 eingestellt.*

■

Wenn er damals nicht in den Zug gestiegen wäre, im August vorletzten Jahres. Ihr nicht nach Frankreich hinterhergereist wäre mit dem Ziel, sie umzustimmen … Coco war seit einer guten Woche auf Tour. Kurz vor ihrer Abreise hatte sie Kerim geschrieben, dass sie nicht kandidieren werde. Nicht als Bundesvorsitzende und auch für keine andere Position. Nach den Wochen des Lockdowns, den monatelangen Grenzschließungen und dem Job in der Bank hatte sie nur einen einzigen Wunsch: endlich wieder reisen.

Maikel war erleichtert gewesen und zugleich verunsichert. Klar, Coco hatte das von Anfang an für eine Schnapsidee gehalten und sie hätte ganz sicher nie einen ernsthaften Gedanken daran verschwendet, wenn ihm nicht dieser bescheuerte Spruch rausgerutscht wäre. *Hübsches Aushängeschild, möglichst ungefährlich.* Als hätte das bei Coco einen Schalter umgelegt. Seit diesem Spruch hatte sie ihm gegenüber zurückhaltend gewirkt. Ohne dass er das an konkreten Worten oder Gesten festmachen konnte – er spürte einfach, dass da was zwischen ihnen stand. Und das wollte er aus der Welt schaffen, indem er ihr klarmachte, dass sie weder ein Aushängeschild war noch ungefährlich. Weder für ihn noch für sonst wen.

Was hatte dieser Lackaffe sich eigentlich gedacht? Kerim war smart, okay, er sah bestürzend gut aus und hatte Charisma, man kannte ihn inzwischen schon aus den Medien, er gehörte zu den Stars der Bewegung – und dann nutzt so jemand seine Macht eiskalt aus und bestellt sich eine junge Frau in eine Bar, um ihr einzureden, sie könne Kanzlerin werden. Beziehungsweise erst mal Parteivorsitzende. Was war denn das für ein bekacktes Demokratieverständnis, wenn Kerim so tat, als könne er über Jobs und Ämter frei verfügen? Hätte er das auch mit einem Mann gemacht?

Maikel stellte sich vor, wie es gewesen wäre, wenn Kerim *ihm* und nicht Coco geschrieben hätte. Aber das wäre natürlich nie passiert, weil es von ihm kein Fernsehinterview gab, kein virales Video, keine Memes.

Ja, verdammt noch mal, er war halt eifersüchtig! Ist ja gut. Dafür kann ja keiner was. Eifersucht ist keine Entscheidung.

Das war der Grund, warum er versuchen wollte, Coco umzustimmen. Damit seine Eifersucht nicht zwischen ihnen stand. Sie waren jetzt schon fast ein halbes Jahr zusammen, und immer häufiger kam ihm in den Sinn, dass er richtig verliebt war und es echt ernst meinte. Dass er sie vielleicht sogar ernsthaft liebte. Er wollte zu ihr stehen. Und wenn da tief in ihr drin auch nur ein einziger winziger Funke dafür glomm, dass sie kandidierte, dann – zur Hölle! – sollte sie es tun. Auch wenn das seine eigenen Chancen, ins Bundesteam gewählt zu werden, schmälern würde. Der Gedanke fühlte sich trotzdem gut an. Heldenhaft geradezu. Ein Mann, der seiner Freundin politisch den Rücken freihält. Es gefiel ihm. Scheiß auf Prinz Philip.

Er stand auf und ging ins Bordbistro, um zu frühstücken. Dazu bestellte er sich ein Bier. Warum auch nicht. Er war sowieso dermaßen pleite, dass er sich diese Fahrt eigentlich gar nicht leisten konnte. Der Job im Pub war wohl für immer weg und auch die Zeitungen, für die er geschrieben hatte, gedachten offenbar künftig ohne freie Mitarbeiter auszukommen. Seine Mutter war noch immer in Kurzarbeit und konnte den monatlichen Zuschuss ebenso wenig erhöhen wie sein Vater, den man wegen psychischer Probleme schon vor ein paar Jahren in Frührente geschickt hatte. Während der letzten Monate hatte sich Maikel als virtueller Nachhilfelehrer in Onlinesitzungen über Wasser gehalten. Aber das Geld spielte jetzt keine Rolle, er wollte sie einfach sehen. Und es tat ihm gut, aus der Stadt rauszukommen und aus dem Land.

Sie wusste nicht, dass er kam. Es sollte eine Überraschung werden. Coco tourte mit Zelt im Rucksack. Allein und doch nicht allein, denn inzwischen folgten ihr Tausende Leute auf Instagram, bewunderten ihre Fotos aus Auxerre und aus dem wild-verwunschenen Morvan, likten zu Hunderten ihre Anmerkungen zu Politik und Klima.

Offenbar gefiel es ihr, ein Publikum zu haben und Feedback zu kriegen.

Wo genau sie jeweils ihr Zelt aufschlug, postete sie nicht, um nicht plötzlich ungebetenen Besuch zu bekommen, sei es von Fans und Verehrern oder auch von irgendwelchen durchgedrehten Hatern. Maikel wusste aber trotzdem immer, wo sie sich gerade befand, denn sie skypten jeden Abend, schrieben zwischendurch und telefonierten auch manchmal. Gestern Abend hatte sie einen kleinen Ort in der Bourgogne erreicht und sich auf einem Campingplatz zwischen den Weinbergen eingerichtet, wo sie mindestens zwei Nächte bleiben wollte.

Gegen Mittag rief sie ihn an, aber er drückte das Gespräch weg, damit sie nicht im Hintergrund die Zuggeräusche hörte. Stattdessen schrieb er: *Lass uns heute Abend reden.*

Ich hab eine Überraschung für dich, schrieb sie. *Kuss, bis später.*

Ich hab auch eine Überraschung, antwortete er und freute sich diebisch auf ihr verdutztes Gesicht. Ab Dijon nahm er einen Regionalzug, dann einen Bus und fuhr zum Schluss per Anhalter auf dem seltsam hochbeinigen Traktor eines Weinbauern mit, der ihn in dem Dörflein am Fuße eines Hügels absetzte. Maikel war stolz, mit seinen rudimentären Französischkenntnissen so weit gekommen zu sein. Er dankte dem Weinbauern, schulterte seinen Rucksack und marschiert den Hügel hinauf, dem Wegweiser Richtung Campingplatz folgend.

Der Anstieg war steil und belohnte ihn mit einer fantastischen Aussicht über die umliegenden Weinberge und das Flusstal bis zu einer weit entfernten Gebirgssilhouette, vielleicht die Alpen? Die Sonne stand schon tief, es war schließlich Ende August und der Campingplatz schien eher spärlich belegt zu sein. Als Erstes fiel ihm eine Art Lager auf, ein paar Zelte standen im Halbkreis, umgeben von Wäscheleinen, an denen Arbeiterklamotten im Wind flatterten. Weinflaschen und Wasserkanister lagen herum und eine Gitarre. Weiter hinten erkannte er Cocos Zelt. Während er noch überlegte, ob er sie spaßeshalber wie jeden Abend anrufen sollte, um die Überraschung perfekt zu machen, öffnete sich drüben bei den Sanitäranlagen eine Tür. Coco trug einen Waschbeutel unter dem Arm und hatte ein großes Handtuch um den Kopf geschlungen. Einen Moment hielt sie ungläubig inne, dann lief sie auf ihn zu, warf den Beutel von sich und flog so stürmisch in seine ausgebreiteten Arme, dass beide ins hohe Gras fielen.

»Ich hab es fast geahnt«, rief sie, »aber so richtig ernsthaft damit gerechnet hab ich trotzdem nicht.«

»Mit mir muss man immer rechnen«, sagte Maikel und lachte.

»Ja, aber dann wär die Überraschung nicht so großartig«, sagte sie und richtete sich auf, dass sie rittlings auf ihm saß. »Ich liebe einfach Überraschungen. Willst du auch meine Überraschung sehen?«

»Unbedingt, aber wo …«

»Gleich hier.« Sie löste das Handtuch von ihrem Kopf.

Darunter war – nichts. Oder fast nichts. Sie hatte sich die Haare abgeschnitten. Raspelkurz. Ihre wunderschönen langen blonden Haare.

Das Grinsen fiel aus ihrem Gesicht. »Es gefällt dir nicht«, sagte sie leise und stand auf.

»Doch, ich … muss mich nur erst mal dran gewöhnen.«

Er rappelte sich auf und betrachtete sie. Sie wirkte plötzlich älter. Erwachsener. Entschlossener. Zugleich aber auch … verletzlich.

»Sieht stark aus.« Er ging auf sie zu, strich mit der Hand über das stopplige Haar und küsste sie. »Wirklich stark. Wann hast du das gemacht?«

Auf ihrem letzten Selfie auf Instagram von gestern Abend fielen ihr noch die Haare ins Gesicht.

»Heute Morgen. Ich saß auf dem Dorfplatz und trank einen Kaffee, als der Friseur öffnete. Es war eine total spontane Entscheidung, so aus dem Bauch raus. Ich hab schon eine Weile gespürt, dass ich irgendeine Veränderung brauche.«

»Eine Weile? Seit wann? Seit du im Fernsehen warst?«

»Weiß nicht genau. Kann sein. Irgendwie hängt alles mit allem zusammen. Mit Corona, vielleicht auch mit FUTURE und diesem Interview, mit dem Bachelor. Und mit dir.«

»Mit mir?«

»Ja, natürlich, Mann. Du. Du bist die größte Veränderung in meinem Leben. Größer als die Pandemie und dieses beknackte Interview und die Videos im Netz und all diese Follower. Ich hab seit diesem Sommer einen Abschluss. Und einen Freund, mit dem ich mir viel vorstellen kann. Was richtig Ernstes.«

Für einen Moment erschrak Maikel. Wollte sie ihm gleich einen Heiratsantrag machen?

»Ich fühle mich viel erwachsener«, sagte sie. »Es kommt mir vor, als würde ich zum ersten Mal in meinem Leben wirklich darüber nachdenken, wer ich eigentlich bin und wer ich sein will. Und daran hast du einen großen Anteil.« Sie küsste ihn.

Er fühlte sich geschmeichelt und spürte zugleich einen Anflug von Bedauern. Er vermisste ihre Haare. Und irgendwie vermisste er die unbekümmerte – ja, meinetwegen oberflächliche – Coco, mit der er während des Lockdowns verbotenerweise am See geknutscht hatte.

»Erwachsener«, wiederholte Maikel. Genau das Wort war ihm auch durch den Kopf gegangen und das hatte keinen ausschließlich positiven Klang für ihn.

Noch immer hielten sie sich an den Händen. Coco sah ihn herausfordernd an, zog ihn sanft in Richtung Zelt und flüsterte: »Komm, lass uns ein paar Erwachsenendinge tun.«

Später brieten sie Aubergine auf Cocos Campingkocher, tranken Chardonnay, dessen Trauben auf dem benachbarten Weinberg gewachsen waren, saßen vor dem Zelt und schauten ins Tal hinab, bis es ganz dunkel wurde.

»Hey, eine Sternschnuppe!«, rief Coco. »Wünsch dir was!«

Verrückt, wie unglaublich kurz das Leuchten so einer Sternschnuppe dauert, dachte Maikel. Und gleichzeitig aber auch verrückt, dass ein kleines Staubkorn einen solchen Lichtfaden quer über den Nachthimmel ziehen kann. Einmal strahlen und dann verglühen.

»Du solltest es wirklich tun«, sagte er. »Du solltest für den Parteivorsitz kandidieren.«

Sie drehte ihren kurz gemähten Kopf zu ihm.

»Bist du deswegen hergekommen? Um mir das zu sagen?«

»Auch.«

»Hast du ein schlechtes Gewissen? Weil du mich ein hübsches Aushängeschild genannt hast? Das hab ich dir doch längst verziehen.«

»Kann sein«, sagte er. »Aber könntest du es dir später verzeihen, wenn du jetzt nicht versuchst, es rauszufinden? Also ich meine: rausfinden, ob sie dich wirklich wählen? Stell dir vor, FUTURE hat Erfolg und wir schaffen es in den Bundestag, vielleicht eines Tages sogar in die Regierung. Stell dir vor, du siehst im Fernsehen Julia Angerhof, Bundesumweltministerin, bei einer Pressekonferenz. Und dann denkst du: Mensch, da könnte ich jetzt stehen. Kannst du dir das dann verzeihen?«

Sie lachte und meinte: »Gott, keine Ahnung. So denk ich nicht. Ist eher so ein Jungs-Ding, glaub ich; die Frage, wer an wessen Stelle was werden könnte. Außerdem gibt es genug Leute, die über so was nachdenken. Ich hab gestern die Liste in der Datenbank gesehen. Für den männlichen Vorsitz kandidieren neben Kerim drei weitere Männer. Und für die weibliche Position gibt es neben Jule Angerhof schon sieben weitere Bewerberinnen.«

»Dann sag mir jetzt, dass du absolut null Prozent an diese Kandidatur denkst. Dass da nicht auch nur ein einziger winziger Funke eines halbgaren Gedankens in dir ist, der mit dieser Möglichkeit spielt.«

»Da ist …«, begann sie und brach ab.

Schlang die Arme um ihn und legte ihren Kopf in seinen Schoß. Er fuhr mit den Fingern über ihr stoppliges Haar und spürte die warme Kopfhaut darunter. Seltsamerweise fühlte es sich schön an.

»Du findest meinen Buzz Cut richtig scheiße, oder?«, murmelte sie. »Absolut null Prozent schön.«

»Na, ich bin gerade bei drei Prozent«, erwiderte er. »Nein, warte, jetzt sind es schon vier. Sieben. Zwölf.«

Sie fuhr mit der Nase über seinen Penis, der seine Jeans ausbeulte, biss ihn spielerisch und sagte: »Zumindest ist es praktisch, wenn ich dabei nicht ständig meine eigenen Haare in den Mund kriege. Du weißt schon, Slow Blowjob und so.«

»Das ist nicht witzig«, meinte er. »Leute schreiben so was über dich, weil sie dich hassen.«

»Und die beste Antwort auf Hass ist Humor, oder etwa nicht?«, erwiderte sie.

»Ich dachte, Liebe.«

»Ja, die auch«, sagte sie und begann, seine Hose aufzuknöpfen.

■

Es zuckt in seinem Unterleib, wenn er jetzt daran denkt. Seine Hände tun weh und zittern. Wie in einem Anfall hat er mit dem Holzbrett auf den ehemaligen Busfahrplan eingeknüppelt, die Blechtafel ist völlig verbeult und das ausgeblichene Papier hängt in Fetzen.

Maikel wirft das Brett in die Büsche, wischt sich den Schweiß von der Stirn. Der Schweiß brennt in seiner Handfläche, denn da klafft ein feiner Riss, etwas Blut sickert heraus. Ein Auto kommt aus dem Wald, nähert sich, verringert seine Geschwindigkeit, hält in Maikels Höhe an. Ein Mann und eine Frau sitzen drin. Die Frau auf dem Beifahrersitz lässt die Fensterscheibe herabfahren und fragt: »Alles in Ordnung bei Ihnen? Brauchen Sie Hilfe?«

»Danke, alles okay.« Er winkt ab, zieht ein Taschentuch aus der Hosentasche und tupft das Blut von der Stirn, das er mit seiner Hand dort verteilt hat.

»Okaaay«, macht die Frau gedehnt, lässt die Schreibe wieder hoch, der Mann neben ihr gibt Gas.

»Okaaay«, äfft Maikel sie nach und glotzt dem Auto hinterher, das hinter der nächsten Biegung verschwindet. *Okaaay* klingt immer, als wäre es gleichzeitig eine Antwort und eine Frage, dabei ist es keines von beiden, weder Frage noch Antwort, nur ein vollkommen leeres, affektiertes, affiges, affenartiges Füllgeräusch, mit dem die Leute die Tatsache verschleiern, dass sie einfach überhaupt nichts Substanzielles mehr zu sagen haben. Und dass ihnen das völlig egal ist.

Früher hat Maikel sich oft gefragt, wo der ganze Hass herkam, der die Gesellschaft zu vergiften schien. Heute kommt es ihm stattdessen seltsam vor, dass nicht noch viel mehr und intensiver gehasst wird.

Er ist ganz sicher kein Anhänger von Verschwörungstheorien, von denen es in seinem neuen Umfeld, im Dunstkreis der Abendland Akademie, nur so wimmelt. Man muss doch nicht an eine flache Erde oder an die heimliche Herrschaft der Reptiloiden glauben oder daran, dass das Coronavirus von der Pharmaindustrie gezüchtet wurde, um sich den verfaulten Zustand der Gesellschaft bewusst zu machen. Verrottet, vergammelt, versifft. Wohin man blickt, sieht man Müll. Das war ihm eigentlich immer schon klar gewesen, er hatte nur all die Jahre die falschen Schlüsse daraus gezogen. Hatte gedacht, es brauche mehr Toleranz, mehr Vielfalt, mehr Akzeptanz, Resonanz, bla bla, er war fasziniert gewesen von Cocos Idee der Neuen Langsamkeit. Die Idee hatte sie ja fast ein wenig von ihm geklaut. Neue Langsamkeit, damit die Menschen zum Einklang mit sich selber finden.

Was für ein Bullshit!

Wie klar er das alles sehen kann, seit Posch ihm die Augen geöffnet hat. Es ist so leicht zu begreifen, denn es liegt ja schon im Begriff selbst: Einklang. EIN-klang. Genau das ist doch das Erbe von Corona. Und nicht Viel-Klang. Nicht Dis-sonanz. Kein Multikulti-Anything-goes-Toleranz-Scheißgelaber. Ein Klang, ein Land, eine Kultur. Ein Ziel. Ein Geist. Ein Wille.

Das ist authentisch. Und alles andere zu hassen ist ein ebenso authentisches Gefühl.

Okaaay? Fick dich, okaaay!

Er atmet durch und steigt wieder in den Wagen. Es ist einfach wichtig, zwischendurch mal die eigenen Gedanken zu ordnen und auf Linie zu bringen, bevor in einem schwachen Augenblick seine alte, abgelegte Gutmenschennatur wieder durchbricht. Die kann er heute weniger brauchen denn je.

■

»Okaaay«, sagte Djamila in ihr Mikro. Sie leitete die Bundeskonferenz – kurz Buko – zur Gründung der neuen Partei FUTURE. »Okaaay«, wiederholte sie, »ich würde jetzt die Wahlliste schließen, falls sich niemand mehr ...«

»Coco!«, rief jemand durch den ganzen Saal. »Constanze Frahm!«

Alle Köpfe fuhren zum Eingang herum, auch die Köpfe von Maikel und Tabea.

»Wir hatten gesagt, dass niemand kandidieren kann, der oder die nicht anwesend ist, okay?«, sagte Djamila in das Mikrofon.

Sie saß vorn auf einer Bühne an einem mit Regenbogenflaggen behängten Podiumstisch gleich neben Kerim, der soeben zum Bundesvorsitzenden der neuen Partei gewählt worden war – in zwei Wahlgängen hatte er sich gegen vier andere männliche Mitbewerber durchgesetzt. Inzwischen war es Sonntagabend, die Konferenz wäre laut Zeitplan seit Stunden zu Ende gewesen. Aber gemäß dem Motto »Erst die Themen, dann die Personen!« hatten die tausend Delegierten seit Freitag in Hunderten einzelner Abstimmungen über die Satzung und das Grundsatzprogramm debattiert. Immer wieder war es dabei auch um das Thema der »Neuen Langsamkeit« gegangen und ständig hatten sich irgendwelche Leute in ihren Redebeiträgen auf Coco bezogen, die ja gar nicht anwesend war. Für Maikel war es absolut spooky, wie seine Freundin als Phantom durch diese Veranstaltung geisterte. Jetzt gerade liefen endlich die Vorstandswahlen. Neben Kerim war ein Platz auf dem Podium frei und darauf richtete sich die Aufmerksamkeit. Obwohl der Zeitplan komplett im Eimer war und viele im Saal am folgenden Montagmorgen wieder zu ihrer Arbeit, zu irgendwelchen Ferienjobs oder in die Schule mussten, war fast niemand abgereist.

»Zuletzt hieß es, dass Coco gar nicht hier in Leipzig ist«, sagte Djamila. Dann stutzte sie und kniff die Augen zusammen.

Maikel verrenkte sich den Hals. Tatsächlich: Am hinteren Eingang zum Saal tauchte Cocos schlaksige Gestalt auf, noch schlaksiger, seit sie sich die Haare abgeschnitten hatte, fand er. Ihr riesiger Trekkingrucksack schien ihren Körper auszubalancieren.

»Aha«, machte Djamila. »Okaaay.«

Sie wirkte kurz etwas abgefuckt, immerhin moderierte sie im Wechsel mit einem Kollegen seit zwei Tagen und Nächten diese kräftezehrende Show. Seit gut fünfzig Stunden lag hier eine bunt zusammengewürfelte, diskutierfreudige, feierwütige Meute kollektiv in den Wehen, um eine neue Partei zu gebären und Deutschland umzukrempeln. Eine schwere Geburt, aber man konnte den Kopf schon fast sehen.

»Bist du bereit zu kandidieren?«, fragte Djamila.

»Ja, bin ich«, rief Coco. Noch nie klang jemand bereiter für irgendetwas.

»Okaaay, dann bist du Nummer elf auf der Liste.« Djamila schaute im Saal umher. »Jetzt sehe ich keine weiteren Vorschläge mehr, dann schließe ich die Liste …«

Auch Coco schaute umher. Maikel sprang auf, reckte einen Arm und winkte. Anders als beim Barcamp einige Wochen zuvor saßen die Delegierten diesmal nicht draußen auf dem Boden, sondern in einer großen Messehalle an weit auseinanderstehenden Tischen, auf denen sich Papiere und Mappen und Tablets und Notebooks und Snacks stapelten. Cocos und Maikels Blicke trafen sich, sie winkte aufgeregt, dann setzte sie ihren Rucksack ab, lehnte ihn gegen die Wand und schob sich durch die dichten Reihen. Immer wieder musste sie stehen bleiben und sich herabbeugen, weil die Leute ihr was – vermutlich Aufmunterndes – sagen wollten.

Da war sie also.

Als Kandidatin, wie aus dem Nichts.

Coco. Die Frau, die Überraschungen liebt.

Sie hatten vier wunderschöne Tage zusammen in Burgund verbracht, bevor Maikel zurück nach Köln gefahren war. Weil sein Studijob auf ihn wartete und er sich auf seine Kandidatur fürs Bundesteam vorbereiten wollte. Coco war nach Süden weitergezogen und hatte sich offengelassen, ob sie eventuell doch früher als geplant zurückkäme – rechtzeitig, um noch nach Leipzig zu fahren.

»Um dich moralisch bei deiner Kandidatur zu unterstützen«, hatte sie zu Maikel gesagt.

»Oder um selbst zu kandidieren«, hatte er ihr geantwortet.

Und sie hatte sich abgewandt und in den Himmel geguckt.

Freitagabend hatte er ihr geschrieben: *Die Stimmung hier auf der Buko ist noch besser als beim Camp neulich. Gute Diskussionen, gute Party. Wish u were here.*

Sie hatte geantwortet: *Bin auf dem Weg. Ist jetzt zwar keine Überraschung mehr, aber egal. Wenn es gut läuft, bin ich So. rechtzeitig bis zu deiner Wahl in Leipzig* ☺

»Warum hast du mir das nicht gesagt?«, fragte Maikel, als sie endlich heran war. Er rutschte ein Stück zur Seite und sie hockte sich neben ihn auf die Kante seines Stuhls.

»Tolle Begrüßung«, meinte Coco und küsste ihn. »Klingt fast schon vorwurfsvoll.«

Tabeas Augen leuchteten. Sie schien von Cocos plötzlichem Erscheinen fast schon ergriffen.

Also klar, natürlich war es schön, sie zu sehen. Aber hätte sie ihn nicht ein paar Tage früher in ihre Pläne einweihen können? Oder ein paar Stunden, zumindest Minuten?

Coco sagte: »Bis gerade eben war ich sicher, dass ich ganz allein deinetwegen nach Leipzig gekommen bin. Doch als ich draußen ankam und auf den Bildschirmen sah, dass gerade die Wahlliste geöffnet wurde, da war es irgendwie ...«

»Schicksal«, sagte Tabea.

»Okaaay«, machte Maikel.

»Okaaay«, sagte Djamila. »Jede Kandidatin hat drei Minuten, um sich vorzustellen. Danach dürft ihr eine halbe Stunde lang alle elf befragen und dann wird gewählt. Nummer eins auf der Liste kennt ihr alle, aber trotzdem darf auch sie sich nochmals vorstellen, Jule Angerhof. Bitte komm auf die Bühne, Jule.«

»Gott«, entfuhr es Coco, »ich sollte mir überlegen, was ich sage, wenn ich dran bin.«

»Lass dir ruhig Zeit«, meinte Maikel. »Du stehst doch eh für die neue Langsamkeit.«

»Jetzt ist nicht der richtige Augenblick für Witze«, tadelte Tabea. »Es geht um alles.«

»Gott, Tabea.« Coco umarmte ihre Freundin und sagte: »Das ist voll süß, dass du so mitfieberst, aber es ist doch klar, dass ich null Chancen habe. Man kann nicht das ganze Wochenende über abwesend sein, dann einfach hereinspaziert kommen und Vorsitzende werden.«

Tabea klappte den Mund auf und starrte Coco an. »Warum kandidierst du dann überhaupt?«

Gute Frage, fand Maikel.

Coco zwinkerte ihm zu und sagte: »Ist so 'n Jungs-Ding, vermutlich.«

Vorn auf der Bühne erzählte Jule, in welchen politischen und sozialen Organisationen sie seit frühester Kindheit engagiert war, welche Erfahrungen sie mit Management und Budgeting und Public Relations hatte und welche Ziele sie für FUTURE wichtig fände. Sie sprach absolut souverän und bekam viel Applaus. Mehr jedenfalls als die anderen neun jungen Frauen, die sich anschließend vorstellten.

»Danke schön«, sagte Djamila ins Mikro, »und als Letzte kommt bitte Coco Frahm auf die Bühne.«

Coco wollte aufstehen, da sagte Maikel: »Stopp, warte.«

Er nahm seinen Hut vom Kopf und setzte ihn ihr auf.

Sie warf ihm einen Luftkuss zu und erhob sich zu ihrer vollen Größe, schob sich durch die Reihen bis zum Mittelgang und schritt geradezu majestätisch zum Podium. Sie stieg auf die Bühne, stellte sich aber nicht, wie die zehn Rednerinnen vor ihr, hinter das Rednerpult, sondern nahm das Mikrofon aus der Halterung, ging zum Bühnenrand und blieb an der Kante stehen. Ließ die Hand mit dem Mikro sinken und ihren Blick durch den Saal schweifen.

Stille.

»Oh Shit«, flüsterte Tabea, »sie hat den totalen Blackout.«

»Ich glaub nicht«, flüsterte Maikel zurück.

Er sah das in ihren Augen. Nicht direkt, denn der Saal war riesig und die Bühne weit entfernt, aber an den Wänden hingen Bildschirme und die Kamera zoomte ihr Gesicht heran. Das war nicht der Blick einer Frau, die vor lauter Aufregung blockiert ist und kein Wort mehr rauskriegt.

Sondern der Blick einer Frau, die sich Zeit lässt.

Maikel zählte die Sekunden. Zehn. Fünfzehn. Zwanzig. Tabea kaute auf ihren Fingernägeln. Gerade, als beinahe Unruhe aufzukommen schien, nahm Coco wie in Zeitlupe das Mikro hoch und sagte: »Krass.« Pause. Sie ließ den Blick schweifen. »Krass«, sagte sie wieder. »Ein absolut krasses Gefühl, hier zu stehen und von tausend Leuten angeschaut zu werden. Und krass, dass wir hier in diesem Saal, mit tausend Leuten, einfach mal eine halbe Minute absoluter Stille aushalten.«

Sie ließ das Mikro sinken, lächelte.

Nahm das Mikro wieder hoch und sagte: »Das ist die Gesellschaft, von der ich träume. Eine Gesellschaft, in der wir es alle miteinander aushalten. Achtsam miteinander sind. Behutsam. Wo wir einander ansehen. Wo wir einander wahrnehmen. Wo jede einzelne Person zählt. In ihrer ganzen Würde. Haben wir das nicht gelernt, als wir damals im März alle zu Hause geblieben sind? Weil uns damals – mehr noch als durch den Klimawandel – bewusst geworden ist, wie verletzlich unser Leben in Wahrheit ist und wie unendlich wertvoll? Haben wir nicht schmerzlich erlebt, als wir alle dieses Social Distancing einhalten mussten – haben wir da nicht erlebt, wie wichtig es ist, dass Menschen einander berühren können? Ich meine: körperlich, aber auch seelisch?«

Die Leute lauschten andächtig, als wäre das ein Gottesdienst.

»So wie ihr mich vorhin in letzter Sekunde noch mitgenommen habt auf die Wahlliste, so soll unsere neue Partei allen Menschen ermöglichen, mitzukommen. Solange sich irgendwo noch jemand abgehängt fühlt, so lange bleiben wir alle auf der Strecke. Die Zukunft, die wir bauen, muss für alle reichen, sonst reicht sie für niemanden. Ich habe den Traum, dass FUTURE die Menschen berührt. Dass wir rausgehen zu den Leuten, dass wir mit ihnen in Kontakt treten, reden, uns für sie interessieren. Ich träume von einer neuen Art von Politik, die berührt und die selber berührbar ist. Anfassbar, nahbar, konkret. Das könnte doch FUTURE sein. Danke, dass ihr mir zugehört habt.«

Donnernder Applaus. Coco lächelte beinahe schüchtern und ging zum Pult zurück, um das Mikro wieder in die Halterung zu stecken. Ein paar Leute waren aufgesprungen und klatschten wie wild, andere riefen rhythmisch ihren Namen.

Tabea wischte sich eine Träne aus dem Augenwinkel.

In die Begeisterung hinein fragte Djamila mit nüchterner Stimme: »Du hast noch eine halbe Minute übrig. Willst du noch was ergänzen?«

Coco schüttelte bloß den Kopf. Djamila zog die Augenbrauen hoch, dann eröffnete sie die Befragung. Die elf Kandidatinnen standen im Halbkreis auf der Bühne, Coco an dem einen, Jule an dem anderen Ende. Die allermeisten Fragen richteten sich an eine der beiden Frauen ganz außen. Maikel schnallte rasch, dass da jetzt vor allem die Unterstützerinnen von Jule an die Saalmikrofone traten. Mit ihren sachorientierten Fragen gaben sie ihr perfekte Vorlagen, damit Jule in ihren Antworten ihre ganze Erfahrung und Kompetenz ausspielen konnte. Coco hingegen versuchten sie aufs Glatteis zu führen, indem sie nach Details aus dem neuen Parteiprogramm fragten.

»Findest du die Vorschläge der UBA von 180 Dollar je Tonne CO_2 ausreichend – wenn ja, warum?«

»Was sollte unser Plan B sein, wenn die Netto-Null 2035 nicht mehr realistisch wäre?«

»Soll FUTURE deiner Meinung nach offiziell mit Extinction Rebellion kooperieren?«

»Shit, die wollen Coco komplett zerstören«, entfuhr es Tabea. »Wir müssen uns auch melden, Maikel! Wir müssen dagegenhalten.«

»Sie will doch eh nicht gewählt werden«, brummte Maikel.

Wobei er gar nicht mal fand, dass das hier wirklich so klar gegen Coco lief. Er beobachtete, dass immer mehr Leute im Saal wegschauten oder gähnten oder sich ihren Handys widmeten. Jules Fachkompetenz war absolut unbestritten, aber – das begriff Maikel plötzlich! – sie langweilte die Leute.

Unvermittelt musste er an Hillary Clinton denken und wie sie 2016 völlig unbegreiflicherweise die Präsidentschaftswahl gegen Donald Trump verloren hatte. Auch damals war schlicht nicht die kompetentere Person gewählt worden, sondern die unterhaltsamere.

Coco sagte: »Ich weiß auf viele eurer Fragen keine gute Antwort. Aber ich weiß, dass viele von euch sich mit diesen Dingen sehr gut auskennen. Ich glaube an Teamwork. Eine Parteivorsitzende muss nicht alles wissen. Aber sie muss dafür sorgen, dass sich alle einbringen können und dass jede Stimme gehört wird. Und das kann ich organisieren.«

Hatte Maikel gerade seine Freundin in Gedanken mit Donald Trump verglichen? Ein bisschen abwegig. Andererseits konnte man Cocos Auftreten an diesem Abend durchaus populistisch finden. Sie versuchte gar nicht erst, die Köpfe der Leute zu erreichen, sie zielte direkt auf ihre Herzen. Und sie traf mittenrein. Selbst die rationale Tabea saß vorgebeugt, hatte das Kinn in die Hände gestützt und himmelte Coco hemmungslos an. Dabei war sie doch immer die Aktivere der beiden gewesen, sie hatte Coco zu den Demos mitgeschleppt und später zum FUTURE-Camp. In diesem Augenblick schienen sich ihre Rollen umzukehren. Als wäre sie Cocos Groupie.

Als Djamila die Befragung schloss und die elf Frauen auf ihre Plätze zurückkehrten, drückte Tabea ihre Mitbewohnerin an sich und sagte: »Ganz egal, wie diese Wahl ausgeht – für mich bist du die Allergrößte.«

Coco nickte nur. Ihr Atem ging flach, ihre Wangen waren gerötet und ihre Hände zitterten leicht, als sie nach Maikels Wasserglas griff, um etwas zu trinken. Die Souveränität, die sie auf der Bühne ausgestrahlt hatte, war plötzlich verschwunden, als sei ihr jetzt erst klar geworden, wo sie da hineingeraten war.

Auch Maikel spürte seine Nervosität. In der Abstimmungs-

App wurden die elf Namen angezeigt. Er wandte sich ab und hielt eine Hand über sein Handy. Sollte er lieber Jule wählen? Weil sie kompetenter war? Und vor allem weil – sie nicht seine Freundin war? Der Gedanke, dass Coco den Parteivorsitz übernehmen könnte, erschien ihm in diesem Augenblick zum allerersten Mal realistisch. Und jagte ihm Angst ein. Die Sekunden liefen herunter.

Er tippte im letzten Moment auf Cocos Namen. Kurz darauf wurde das Ergebnis angezeigt. Applaus, Raunen, überraschte Rufe. Es dauerte einen Moment, bevor Maikel die Zahlen übereinanderbringen konnte.

Djamila sagte: »Damit hat Jule Angerhof die meisten Stimmen erhalten, die zweitmeisten Stimmen gehen an Coco Frahm. Also sind Jule und Coco in der Stichwahl.«

»Gott …«, machte Coco. Tabea nahm ihre Hand. Cocos andere Hand griff nach Maikels.

Die Namen der beiden Frauen tauchten auf den Displays auf.

»Du musst wählen«, sagte Tabea, »los, Coco, wähl dich. Jede Stimme zählt.«

»Ich hab keine Hand frei«, flüsterte sie.

Die Sekunden liefen herunter.

Maikel starrte Coco an. Sie war leichenblass geworden.

»Auf Coco entfallen 548 Stimmen«, verkündete Djamila nüchtern, »das entspricht 50,3 Prozent. Damit bist du zur Vorsitzenden gewählt. Nimmst du die Wahl an, Coco?«

Coco erhob sich so mühsam, als würde sie von Hunderten Händen auf ihren Schultern niedergedrückt.

Sie räusperte sich zweimal, dann sagte sie: »Ich nehme die Wahl an und …«

Der Rest ihrer Worte ging im Jubel unter.

5

Solange sich irgendwo noch jemand abgehängt fühlt, so lange bleiben wir alle auf der Strecke.

Das Video von ihrer Bewerbungsrede hat sie in den letzten eineinhalb Jahren wohl an die hundert Mal angeschaut. Als wäre das eine Anleitung. So wie du auf YouTube Tutorials schaust.

Sie kann schon nicht mehr zählen, wie viele Menschen sie in den wenigen Monaten seither abgehängt hat. Jule zum Beispiel. Nie wird sie das versteinerte Gesicht vergessen, mit dem Jule ihr an jenem Abend bei der Buko in Leipzig zur Wahl gratulierte. Irgendwie hat sie auch Kerim abgehängt. Und vor allem natürlich Maikel. Dass er damals in Leipzig bei der Wahl zum zwanzigköpfigen Bundesteam bloß Platz 47 erreicht hatte, war im Trubel um Cocos Sieg völlig untergegangen. Alles hatte sich nur noch um sie gedreht.

Sie steht im Bad und rubbelt sich die Haare trocken. Selbst ihre Frisur ist ein Politikum. Angeblich hatten sich damals ein paar Frauen irgendwo ebenfalls die Haare kurz geschnitten und auf ihren Insta-Bildern dazu Coco markiert, als sei das jetzt ein neuer Modetrend. Und irgendein Idiot hatte getwittert: *Wegen Coco rasiert sich meine Freundin eine Glatze. Sollen jetzt alle Mädchen lesbisch werden?*

Auch Maikel hatte es persönlich genommen, als wäre ihre neue Frisur ein Affront gegen ihn gewesen. Das hatte er natürlich nie gesagt, aber sie hatte das trotzdem gespürt. Eine Lappalie, so was gibt es in Beziehungen – du bist mal irritiert, mal beleidigt wegen irgendwas, das gehört zu jeder normalen Beziehung, das lässt sich alles klären. Es sei denn, du bist über Nacht zu einer öffentlichen Person geworden. Denn dann wird es schwierig, überhaupt noch irgendwas privat zu klären.

Eigentlich hatte ihre Beziehung von dem Tag, an dem Coco zur Parteivorsitzenden gewählt worden ist, keine Chance mehr gehabt. Stärkere Menschen kriegen das vielleicht hin. Aber sie und Maikel waren beide nicht stark genug.

Sie zieht sich die frischen Klamotten an und fühlt sich besser.

Blick aufs Handy. Leverkusen hat mal wieder unentschieden gespielt, Bremen hat verloren. Am Abend folgt noch das Spitzenspiel, vielleicht die Vorentscheidung um die Meisterschaft. Ein befreiender Gedanke, dass die Nation sich wenigstens für neunzig Minuten über was anderes Gedanken macht als über Coco und die Wahl.

Sie geht ins Erdgeschoss hinunter und inspiziert die Vorräte. Der Kühlschrank ist leer bis auf eine Flasche Martini. In den Schränken gibt es ansehnliche Mengen an Nudeln und Reis, Obst- und Gemüsekonserven, Dosenravioli, Thunfisch. Und einen gigantischen Vorrat an Klopapier, als stünde die nächste Pandemie unmittelbar bevor. In eine Mauernische ist ein selbst gebautes Weinregal eingelassen, gut gefüllt mit Weiß- und Spätburgunder. Notfalls ließe es sich hier ein paar Tage aushalten, ohne das Haus verlassen zu müssen. Was für eine wundervolle Vorstellung. Sich einfach hier zu verkriechen, alle Verbindungen zu kappen und erst wieder herauszukommen, wenn die Welt da draußen dich längst vergessen hat.

Aber die Welt würde Coco nicht vergessen, die Welt würde Himmel und Hölle in Bewegung setzen, sie würde sie finden und aus ihrem Versteck hervorzerren.

Sie lässt sich auf den Boden sinken und vergräbt das Gesicht in den Händen.

Burn-out.

Unsinn, hat Tabea kürzlich gesagt, du hast kein Burn-out.

Gott, braucht Coco etwa erst Tabeas Erlaubnis, um komplett im Arsch zu sein? Tabea ist ihre beste Freundin. Und seit FUTURE ist sie ihre wichtigste Ratgeberin. Und ihr größter Fan sowieso. Aber doch nicht ihre Chefin. Als wäre Tabea das Mastermind hinter FUTURE und Coco eben doch nur ein Aushängeschild.

How do we sleep while our beds are burning …

Ja, die Welt steht in Flammen, und es ist ja wohl nicht Cocos verdammter Job, sie zu löschen.

Wie auch immer die Leute auf diese bescheuerte Idee gekommen waren.

Wie auch immer sie selbst darauf gekommen war.

Wenn sie als Kind richtig traurig war, hat sie sich manchmal ausgemalt, wie es wäre, bei der eigenen Beerdigung dabei zu sein. Etwas unendlich Trostreiches war von dieser paradoxen Vorstellung ausgegangen – und dieses ganz und gar kindliche Trostgefühl steigt jetzt in ihr auf.

Sie nimmt zwei Flaschen Weißburgunder aus dem Regal und stellt sie in den Kühlschrank, dann tippt sie die Namen der verschiedenen Nahrungsmittel ins Handy, die sich in den Schränken finden. Sie hat nicht den geringsten Hunger, echt nicht, aber sie muss irgendwas tun, mit den Händen, damit das Grübeln sie nicht überwältigt. Kochen ist wie meditieren und Essen hält am Leben. Erst mal.

Bestimmt findet Google ein paar Rezepte, wie man aus diesen Zutaten ein tolles Menü zaubern kann. Da wird Maikel Augen machen. Sie würde ihn gern noch mal strahlen sehen. Das Tanzen seiner Sommersprossen. Wie damals auf der Wahlparty.

■

Sie stand neben ihm, seinen Hut auf dem Kopf, den er ihr noch am Abend ihrer Wahl geschenkt hatte und den sie seither immer trug, er war zu ihrem Markenzeichen geworden. Sie trank von ihrem Bier und freute sich, dass Maikel sich freute. Es war ein rauschendes Fest, sie hatten einen Jugendtreff in Köln angemietet und feierten den Sensationserfolg bei den NRW-Kommunalwahlen. Kaum ein halbes Jahr war seit Gründung der Partei vergangen, nicht mal sechs Monate, seit Coco Parteivorsitzende war. Es fühlte sich an, als hätte sie nie was anderes gemacht. Natürlich hatte ihr Amt längst schon begonnen, ihre Beziehung zu verändern, aber damals war es ihr noch nicht klar gewesen. Gerade in solchen Momenten kam es ihr vor, als wären sie eine Einheit, Maikel und sie.

Er stupste sie an. »Hey, dahinten ist er.« Dann winkte er in die feiernde Menge. »Lutz! Los, komm her, Alter!« Er fuchtelte mit seinem Handy.

Der Dutt von Lutz tauchte über den anderen Köpfen auf, dann kam er heran und Maikel hielt ihm das Handy hin.

»Alter, du hast deinen Wahlkreis gewonnen.«

»Unsinn«, meinte Lutz.

»Doch, hier, dein Name, Mann. Wahlbezirk Neustadt-Süd, direkt gewählt: Lutz Dürscheid, FUTURE.« Er schüttelte ihn an der Schulter. »Du hast ein Direktmandat für den Stadtrat, Junge!«

Lutz musste zweimal hinschauen, bevor er es glaubte.

Schließlich rief er: »Das ist so dermaßen Hammer!«

Und dann fiel er nicht Maikel, sondern Coco um den Hals. Ihr Bier schwappte über. Aber das machte nichts, der ganze Saal war in Ekstase, schon seit Stunden. Ständig kamen neue Ergebnisse rein: Acht Prozent in Bielefeld, elf in Düsseldorf, in Köln kamen sie auf dreizehn und in Münster auf sensationelle siebzehn Prozent, damit hatte niemand gerechnet, nicht mal Kerim. Er war natürlich auch da, ebenso wie Jule und Djamila, die beide dem Bundesteam angehörten, Tabea sowieso und Leute aus allen Teilen der Republik. Es war März und die Kommunalwahlen in NRW galten als allererster richtiger Test für FUTURE. In den knapp sechs Monaten nach der Buko hatten sich überall Kreisverbände gegründet und die Leute waren wochenlang in ihren Städten von Haus zu Haus gezogen, um die nötigen Unterschriften zu sammeln, damit FUTURE zur Wahl zugelassen wurde. Coco kam es vor, als sei sie Tag und Nacht auf den Beinen gewesen. Sie selbst hatte sich nicht um ein Mandat beworben, das hatte es ihr im Wahlkampf irgendwie leichter gemacht, auch wenn das unlogisch schien, sie hatte so ein bisschen über den Dingen geschwebt und konnte jetzt die anderen feiern, ohne auf ihr eigenes Ergebnis schielen zu müssen.

Marta bahnte sich einen Weg zu ihnen, ein Kamerateam des WDR im Schlepptau. Marta Méndez, Romanistikstudentin aus Nürtingen, kümmerte sich um die Öffentlichkeitsarbeit der Partei und war die Ansprechpartnerin für alle Medienanfragen. An ihr komme niemand vorbei, hieß es, und das war ein bisschen gemein wegen Martas fülliger Statur, aber vor allem hatte sie in kürzester Zeit ein gigantisches Netzwerk aufgebaut und schien in ihrem Handy inzwischen die Nummer jeder Chefredakteurin und jedes Lokalreporters aus dem ganzen Land gespeichert zu haben.

»Der Kollege würde gern gleich eine Liveschalte machen«, sagte Marta und deutete auf den Mann neben der Kamerafrau.

Plötzlich stand Kerim bei ihnen. Vielleicht war es Intuition oder vielleicht beschattete er bloß Marta auf Schritt und Tritt, um keinen Pressetermin zu verpassen.

»Klar, kein Problem«, sagte er und lächelte. »Können wir machen.«

»Ich hätte gern ein Statement von Coco Frahm«, sagte der Reporter. »Geht das?«

»Sicher«, brummte Kerim und machte einen Schritt zur Seite.

»Wir beide sind heute Abend völlig unwichtig«, sagte Coco und sprach mehr in Kerims Richtung als in die des Journalisten. »Heute geht es um die Leute, die hier gewonnen haben und die demnächst die Zukunft in die Rathäuser von NRW tragen.«

»In einer halben Minute sind wir drauf«, sagte der Mann, ohne auf Cocos Worte einzugehen.

Ein Helfer der Kamerafrau knipste einen Scheinwerfer an und schnitt eine grelle Lichtschneise quer durch die Party.

Der Journalist griff an seinen Kopfhörer, nickte, stellte sich neben Coco, die Kamerafrau hob den Daumen, dann legte der Reporter los: »Und wir sind in Köln, wo die jungen Leute von FUTURE richtig Party machen. Bei mir steht die Bundesvorsitzende Constanze Frahm, genannt Coco. Erst mal herzlichen Glückwunsch zum Überraschungserfolg als politische Newcomer. Meine erste Frage an Sie, Coco: Müssen wir uns nun darauf einstellen, dass in den Städten an Rhein und Ruhr das öffentliche Leben wieder heruntergefahren wird wie beim Corona-Lockdown im letzten Jahr?«

»Nein«, sagte Coco.

Der Reporter hielt ihr weiterhin das Mikro unter die Nase und wartete offenbar, dass sie fortfuhr. Coco lächelte. Der Mann hatte eine geschlossene Ja-Nein-Frage gestellt und sie fand keinen Grund, politikermäßig zu einer langen Antwort auszuholen. Sie sah, wie Marta Méndez die Stirn runzelte. Aber Kerim grinste. Tabea und Maikel tauschten einen Blick und wirkten wie ein stolzes Elternpaar bei der Schulaufführung seiner kleinen Tochter.

»Ähm, ich meine«, der Reporter zog das Mikro zurück, »weil Sie gern von *Neuer Langsamkeit* sprechen.« Er hielt ihr das Mikro wieder hin und nickte ihr unmerklich zu, dass sie jetzt doch bitte mehr als nur ein einziges Wort hineinsprechen möge.

»Stimmt«, sagte sie. »Wir wollen Druck rausnehmen. Tempo rausnehmen. Wir wollen, dass die Verkehrsplanung sich nicht länger an den Autos orientiert, sondern an Fahrradfahrerinnen und Fußgängern. Wir wollen in den Städten weniger von den immer gleichen Läden, wir wollen stattdessen Büchereien und Treffpunkte, Repair-Cafés und von mir aus Strickstuben. Neue Langsamkeit steht für echte Begegnung statt blindem Konsum. Also *mehr* Kontakt statt weniger. Das ist das Gegenteil von dem, was während des Lockdowns angesagt war. Wobei ich jetzt natürlich nicht weiß, was Sie persönlich letztes Jahr im März und April so gemacht haben.«

Kerim hüstelte, Tabea hielt sich die Hand vor den Mund, um nicht zu lachen, und Maikel strahlte sie an mit seinen tanzenden Sommersprossen, während Marta leicht gequält dreinschaute.

Der Reporter lachte bemüht, dann sagte er: »Nicht alle Teile der Klimaschutzbewegung waren mit der Gründung einer Partei einverstanden. Manche werfen Ihnen und Ihren Freunden vor, die Bewegung zu spalten. Was antworten Sie denen?«

»Spaltung klingt nach Halbierung«, sagte Coco. »Ich seh das aber eher so, dass wir uns verdoppeln. Und wir wachsen weiter.«

»Aber fast ausschließlich unter Schülern und Studenten. FUTURE ist bis jetzt eine reine Jugendpartei. Müssen die älteren Generationen Angst haben vor dem Aufstand der Jungen?«

»Nein.« Wieder eine geschlossene Frage. Aber diesmal setzte sie hinzu: »FUTURE ist offen für Menschen jeder Generation. Die anderen Parteien haben ja Jugendorganisationen wie Junge Union oder Jusos und so weiter für Leute unter dreißig. Vielleicht machen wir bei FUTURE einfach eine Gruppe für Leute über dreißig auf. Eine AG dreißig-plus oder so.«

»Das ist die gute Nachricht des Abends für alle diejenigen

unter uns, die schon etwas länger neunundzwanzig sind«, der Reporter hatte sich von ihr abgewandt und blickte in die Kamera. »Auch für sie gibt es eine Zukunft mit FUTURE. Und damit gebe ich zurück zu euch ins Studio.«

Der Scheinwerfer ging aus, der Reporter bedankte sich knapp und bahnte sich mit seinem Team einen Weg Richtung Ausgang.

»Das war ganz großes Kino«, rief Tabea.

Marta mahnte: »Wenn du das nächste Mal einen Journalisten für einen Idioten hältst – kannst du es ihm dann ein bisschen subtiler sagen?«

»Hab ich das?« Coco war ehrlich überrascht. »Das wollte ich nicht.«

Karim sagte ernst: »Man wirft uns schon oft genug vor, dass wir uns moralisch überlegen fühlen würden. Da dürfen wir auf keinen Fall arrogant rüberkommen.«

»Aber wir *sind* schließlich moralisch überlegen«, widersprach Tabea. Coco war nicht klar, ob das als Witz gemeint war oder aus tiefster Überzeugung kam.

»Sorry«, murmelte sie. »Arrogant rüberkommen wollte ich echt nicht.«

»Ist nicht schlimm.« Marta fuhr Coco mit der Hand über den Rücken und lächelte. »Die Leute lieben dich. Wir wollen bloß aufpassen, dass das auch so bleibt.«

Coco fing einen Blick von Maikel auf, den sie nicht richtig deuten konnte.

»Steht nicht rum!«, rief Karim plötzlich. »Feiert! Wir erobern die Republik! Langsam, aber gewaltig.«

Das taten sie. Also feiern. Bis zum Morgengrauen.

Und wenige Stunden später saßen sie mit leichtem Schädelbrummen schon wieder im ICE nach Berlin: Coco und Kerim, Marta und Tabea. Kurz nach der Buko im September hatte Kerim ein leer stehendes Ladenlokal in Neukölln aufgetan, das sie für eine eher symbolische Monatsmiete als improvisierte Bundesgeschäftsstelle nutzen konnten, bis irgendwann genug Geld da wäre, richtige Büroräume anzumieten. Wobei ihr eigentliches Büro die Bahn war, denn ständig standen Konferenzen, Gremiensitzungen, Briefings, Pressetermine irgendwo in Deutschland an. Immerhin reichte die Parteikasse, gespeist aus Mitgliedsbeiträgen und ersten bescheidenen Spenden, um für den Vorstand und das Bundesteam und die wichtigsten Mitarbeiterinnen jeweils eine BahnCard 100 zu finanzieren. Die Arbeit selbst geschah natürlich ehrenamtlich. Tabea bekleidete keine offizielle Funktion bei FUTURE, aber sie hatte sich seit dem Tag von Cocos Wahl zur Vorsitzenden an die Fersen ihrer Mitbewohnerin geheftet, hatte bei der Uni ein Urlaubssemester beantragt und war nun irgendwas zwischen Assistentin, Stabschefin, Generalsekretärin und Kummerkasten.

Coco selbst hatte das Studium vorerst beendet. Den Master würde sie ja später noch machen können. Nachdem sie sich von dem Schreck ihrer überraschenden Wahl erholt hatte, wollte sie sich ganz und gar auf das Abenteuer FUTURE einlassen. Wenn sie in Berlin waren, schliefen sie entweder in Kerims kleiner Wohnung im Kollwitz-Kiez oder rollten ihre Isomatten und Schlafsäcke gleich im Laden aus. Für einen Nebenjob blieb keine Zeit und Coco stand ständig vor der Pleite, wollte aber ihre Eltern nicht nach zusätzlichem Geld fragen.

Seit Anfang des Jahres bekamen Coco und Kerim, Tabea und Marta und ein paar andere immerhin eine Aufwandsentschädigung von zweihundert Euro im Monat. So viel gab die Kasse her. Natürlich viel zu wenig, um davon zu leben, aber immerhin ein kleiner Sockel, und alle waren extrem stolz darauf, dass sie alle dasselbe kriegten, unabhängig von den konkreten Ämtern und Jobs. Manchmal wurden sie zu Vorträgen eingeladen, bei denen ein kleines Honorar heraussprang. Die Honorare kamen in die Kasse und wurden fair geteilt. Aber für die meisten Termine gab es natürlich kein Geld. Es kamen ohnehin viel mehr Einladungen, als sie annehmen konnten: zur Neugründung eines Kreisverbandes irgendwo in Thüringen, zur Fachtagung bei einer kirchlichen Bildungsstätte, zu einem Kamingespräch einer Wirtschaftsvereinigung in Bayern, zu einem »Männerseminar« der »Abendland Akademie Zscheproda«.

»Männerseminar?«, fragte Kerim. »Was soll das sein?«

Sie saßen zu viert an einem Tisch im Bordbistro, hatten ihre Laptops aufgeklappt, ihre Handys neben den Kaffeetassen liegen, und während Marta die Pressereaktionen auf die gestrige Kommunalwahl sichtete, checkte Tabea die reinkommenden Mails.

»Von dieser Akademie hab ich noch nie gehört«, sagte Tabea. »Sieht nach einer ziemlich kackbraunen Sache aus. Ein gewisser André Posch fragt, ob es wohl bei FUTURE jemanden gäbe, der mutig genug ist, sich einer Diskussion um die *Gender-Ideologie* zu stellen.« Sie malte mit den Fingern Anführungszeichen in die Luft. »Und der als Diskussionspartner zu diesem Seminar kommen würde. Soll ich das mal ans Bundesteam weiterleiten? Vielleicht hat da jemand Zeit und Lust, in die Höhle des Löwen zu gehen.«

Kerim winkte ab. »Löschen und den Absender blockieren.«

»Warte«, sagte Coco. »Vielleicht wäre das was für Maikel? Das ist doch genau sein Thema. Toxische Männlichkeit und so.«

Tabea runzelte die Stirn, aber dann nickte sie. »Okay, ich schick es ihm mal.«

Maikel war zwar Mitglied bei FUTURE geworden, hatte aber nach seiner Niederlage bei der Wahl zum Bundesteam darauf verzichtet, an irgendeiner Stelle für die Partei aktiv zu werden. Stattdessen widmete er sich hauptsächlich weiterhin dem Studium. Manchmal versuchte Coco, ihn irgendwie *einzubinden* –

doofe Phrase, aber solche Wörter benutzte man wohl in der Politik. Er lächelte dann jedes Mal gequält, als ob sie ihm ein Almosen anböte, ließ sich aber am Ende doch *einbinden* und hatte immerhin meistens Spaß daran.

»Wisst ihr, was gerade auf Twitter trendet?«, fragte Marta. »Hashtag *#future30plus.*« Sie schaute Coco feierlich an. »Sieht so aus, als hättest du mit ein, zwei Sätzen aus deinem Interview Hunderte möglicher neuer Mitglieder mobilisiert.«

»Kam ich wohl doch nicht ganz so arrogant rüber, hm?«

»Teils, teils«, erwiderte Marta und verzog das Gesicht. »Auf Facebook wird gerade ein Blogartikel sehr häufig geteilt, der hat die Überschrift: *Neuartiges Coco-Virus – Parteichefin kündigt exponenzielles Wachstum der Klimahysterie an.*«

»Hä?«, machte Coco.

»Vermutlich, weil du das mit der Verdopplung gesagt hast«, erklärte Marta.

Tabea fragte Marta: »Warum liest du immer diesen ganzen Kackmist? *Tichys Einblick, Achgut.com, Junge Freiheit,* diese ganzen Nazipostillen. Macht dich das nicht krank?«

»Wir sollten zumindest wissen, was unsere Feindinnen und Feinde über uns sagen«, antwortete Marta.

»Ich find es nicht gut, von Feinden zu sprechen«, meinte Coco. »Wir müssen versuchen, alle Leute zu erreichen. Selbst die, die uns hassen.«

»Bist du Jesus?«, fragte Kerim.

Coco überlegte, ob er ihr damit sagen wollte, dass sie sich zu wichtig nahm. Fragte ihn aber nicht.

Kerim meinte: »Das mit der Verdopplung ist zwar ein schöner Gedanke, aber missverständlich. Vielleicht lassen wir den in Zukunft weg.«

»Gut, machen *wir.*« Coco nickte.

»Zur Abwechslung noch was Schönes«, meldete sich Marta

wieder. »Schau mal Coco, das Portrait im Zinga-Magazin ist online. Du kommst ziemlich gut rüber.«

Sie drehte ihren Laptop so, dass Coco auf den Bildschirm sehen konnte. Das Foto von ihr war schräg von oben aufgenommen und zeigte sie mit einem Augenaufschlag.

Sie überflog die Zeilen und las vor: »*Auf die Frage, ob FUTURE zur Bundestagswahl antreten wird, nimmt sie zunächst einen Schluck aus ihrer großen Tasse und leckt sich nachdenklich den Milchschaum von der sinnlich geschwungenen Oberlippe.* Hä? Was stimmt denn nicht mit meiner Oberlippe?«

Sie betastete mit einer Hand ihren Mund und zog eine Schnute.

»Deine Oberlippe ist toll«, versicherte Kerim. »Das meinen die als Kompliment.«

»Das ist sexistische Kackscheiße«, rief Tabea. Ein paar andere Fährgäste im Bistro drehten sich kurz um. »Kackscheiße«, wiederholte Tabea drei Stufen leiser.

»Na, ja«, meinte Kerim.

»Niemand würde so was über einen Mann schreiben«, schimpfte Tabea. »Oder wie würdest du es finden, wenn in einem Portrait über dich steht: *Auf die Frage nach der Bundestagswahl fährt er sich nachdenklich mit der Hand durch sein dichtes, schwarzes Wuschelhaar.* He?«

Unwillkürlich fuhr sich Kerim mit der Hand durch sein dichtes, schwarzes Wuschelhaar und lächelte. »Du magst also mein Haar?«

Coco wandte sich an Marta: »Hatten die dir das nicht zur Freigabe geschickt? Hast du das so autorisiert?«

»Die Freigabe bezog sich nur auf die Zitate«, erklärte Marta. »Wie die den ganzen Rest formulieren, darauf haben wir keinen Einfluss.«

»Was ich viel wichtiger finde«, sagte Kerim, »was hast du

denn geantwortet auf die Frage? Ob wir zur Bundestagswahl antreten?«

»Was wir immer sagen. Dass das die Buko im Mai entscheiden muss.«

»Hm«, machte Kerim. »Klar. Aber wisst ihr was? Inzwischen denke ich, dass wir vielleicht doch etwas proaktiver rangehen sollten.«

»Nein, das kommt definitiv zu früh«, widersprach Tabea. »Ist halt leider ein doofer Terminplan für uns. Wir haben drei Landtagswahlen dieses Jahr und können froh sein, wenn wir die gestemmt kriegen. In den meisten Ländern sind wir noch mitten im Aufbau, vom Bundesverband ganz zu schweigen. Sollen wir vielleicht vom Laden aus einen Bundestagswahlkampf managen?«

»Was hast du gegen den Laden?«, fragte Kerim. »Der hat doch genau den Charme des Unperfekten, der uns so sympathisch macht. Ideal für ein kleines, feines Kampagnenteam, der Rest läuft aus dem Homeoffice. Damals im Lockdown konnten schließlich auch alle ...«

»Es geht nicht nur darum, ob es organisatorisch möglich ist«, meinte Coco. »Wir müssen uns reif dafür fühlen.«

»Zumindest sollten wir uns vor der Buko mit dem Bundesteam auf eine gemeinsame Linie dazu einigen«, sagte Kerim. »Ich hab heute Nacht noch mit Jule und ein paar anderen darüber gesprochen.«

»Wäre das dann nicht schon eine Vorentscheidung?«, fragte Coco. »Ich möchte nicht, dass die Leute das Gefühl kriegen, wir würden die Partei von oben herab in eine bestimmte Richtung drängen.«

Kerim legte den Kopf schräg und meinte: »Wir sind der Vorstand. Ab und zu müssen wir auch mal Führungsstärke zeigen.«

Coco wollte ihm spontan widersprechen, schluckte aber ihre Antwort hinunter, weil sie erstens keine Grundsatzdebatte anzetteln wollte und weil zweitens plötzlich eine junge Frau vor ihrem Tisch stand, ihr Handy in der Hand.

»'tschuldigung – du bist doch Coco Frahm? Sorry, dass ich euch störe, kann ich nur ganz kurz ein Selfie mit dir machen? Das wär voll toll.«

Coco lächelte und sagte: »Du kannst ein Selfie mit uns allen machen, wenn du möchtest.«

»Ähm, gut.« Die junge Frau quetschte sich neben Marta auf den Sitz und hielt ihr Handy hoch und die anderen verrenkten sich so lange, bis alle fünf Köpfe auf dem Handybildschirm zu sehen waren. Knips.

»Danke«, sagte sie. »Ich find es wirklich super, was ihr macht. Ich würde euch sofort wählen, echt.«

»Danke zurück«, antwortete Coco.

Und Marta fügte hinzu: »Sag es ruhig weiter.«

»Das mach ich. Ciao.«

Die junge Frau steckte das Handy ein und verließ das Bordbistro, während Tabea sich wieder ihren E-Mails widmete, bevor sie unvermittelt erstarrte.

»Vielleicht kommen wir schneller in den Bundestag, als wir uns vorstellen können«, murmelte sie. »Hier schreibt uns das Büro einer gewissen Gizem Cansu, Bundestagsabgeordnete von der SPD. Sie würde sich gern mal mit euch beiden treffen.« Sie schaute Coco und Kerim an.

»Super«, sagte Coco, »dann kommen wir immerhin schon mal als Besucher in den Bundestag.«

Aber Tabea sagte: »Die will nicht bloß reden. Hier steht was von *Gemeinsamkeiten ausloten*. Wisst ihr, was ich glaube?«

»Nee, was denn?«

»Ich wette, die will zu uns überlaufen.«

Coco runzelte die Stirn und Kerim lächelte milde.
Aber Tabeas Ahnung sollte sich als richtig erweisen.

Knapp zwei Wochen später trafen sich Coco und Kerim mit Gizem Cansu. Allerdings nicht im Bundestag, nicht mal in Berlin, sondern in einer kleinen Kneipe nahe dem Frankfurter Hauptbahnhof, wo sie fast schon konspirativ in einer dämmrigen Ecke beisammenhockten.

»Als wir letztes Jahr im Bundestag die Milliardenhilfen für die Wirtschaft beschlossen haben«, sagte die Politikerin mit gesenkter Stimme, »da war ich überzeugt, dass wir den Wiederaufbau nach der Krise an nachhaltigen Kriterien ausrichten. Aber anstatt in die Zukunft zu investieren, will die Koalition einfach da weitermachen, wo wir vor Corona aufgehört haben. Oder sogar zurück in die Vergangenheit. Niemand interessiert sich gerade ernsthaft fürs Klima, es geht nur um Arbeitsplätze und Wachstum. Völlig egal, *was* eigentlich gearbeitet wird. Ich meine – ich bin doch nicht in die SPD gegangen, um Politik für Autokonzerne zu machen. Wir brauchen dringend das, was ihr bei FUTURE als Post-Corona-Green-Deal bezeichnet. Und, na ja, ich dachte, ihr könntet eurerseits vielleicht eine Person gebrauchen, die ein bisschen Erfahrung im Politikbetrieb hat.«

Coco und Kerim tauschten einen Blick. Zur Vorbereitung auf das Treffen hatte Tabea diese Frau gründlich abgecheckt. Gizem stammte aus Niedersachsen, war Ende vierzig, saß seit knapp sieben Jahren im Bundestag, hatte sich aber zuletzt mit ihren Statements zu den Coronahilfen und der Klimapolitik innerhalb ihrer eigenen Partei ziemlich ins Abseits geschossen. Es war klar, dass man sie für die kommende Bundestagswahl nicht wieder als Kandidatin aufstellen würde. Vielleicht erhoffte sie sich, auf dem Ticket von FUTURE doch wieder ins Parlament gewählt zu werden?

»Wir können Ihnen keinerlei Sicherheiten bieten«, sagte Coco. »Wir wissen ja nicht mal, ob wir zur Bundestagswahl antreten.«

»Darum geht es mir nicht«, entgegnete Gizem eine Spur zu schnell. Dann grinste sie verlegen und schob nach: »Jedenfalls nicht nur. Okay, ich bin ehrlich: Politik als Beruf macht Spaß und ist nicht ganz schlecht bezahlt, man kann sich da durchaus dran gewöhnen. Aber ich klebe nicht an dem Abgeordnetenmandat. Ich bin Rechtsanwältin und werde nicht verhungern, wenn ich nicht mehr reingewählt werde. Aber ich verzweifle, wenn ich es nicht schaffe, irgendwas zu bewegen. Übrigens – können wir uns nicht einfach duzen?«

»Nun, Gizem«, sagte Kerim, »nehmen wir an, du trittst tatsächlich aus der SPD aus und bei FUTURE ein. Dann bist du plötzlich mutterseelenallein im ganzen Bundestag. Du bist eine fraktionslose Abgeordnete, ohne Rückendeckung, ohne das ganze Personal im Hintergrund, du bist abgeschnitten von Informationen und Netzwerken deiner Partei, du hast so gut wie keine Redezeit …«

»Hab ich jetzt auch nicht«, warf sie ein. »Und meine eigenen Mitarbeiterinnen bleiben mir ja. Ich bin mir der Tragweite einer solchen Entscheidung durchaus bewusst.«

»Gut.« Kerim nickte. »Du bist also allein auf weiter Flur, aber – darauf wollte ich hinaus – du bist damit auch völlig frei und musst dich an keine Disziplin mehr halten. Und die Medien werden sich auf dich stürzen, weil du plötzlich unsere Partei in der ersten Liga der Politik repräsentierst.«

»Habt ihr Sorge, dass ich euch in der Öffentlichkeit den Rang ablaufe?« Gizem schmunzelte und sah dabei nicht Kerim an, sondern Coco. »Es wäre natürlich schlau von euch, wenn ihr mich möglichst in eure Gremien einbinden würdet, damit wir uns immer eng abstimmen können.«

»Stimmt«, meinte Kerim. »Wir könnten dich zum Beispiel ins Bundesteam kooptieren.«

»Also wir können das dem Bundesteam gerne vorschlagen«, setzte Coco hinzu, »aber das Team muss autonom darüber entscheiden.«

Kerim zuckte zusammen wie immer, wenn Coco an einer Stelle sprach, an der er vermutlich erwartet hatte, dass sie schwieg und ihn reden ließ.

»Das versteht sich von selbst«, sagte Gizem.

Später, nachdem sie sich von Gizem verabschiedet hatten, tranken sie am Bahnhof noch rasch einen Kaffee im Stehen, bevor sie in verschiedene Richtungen aufbrachen – Kerim nach Berlin und Coco zur Abwechslung mal wieder heim nach Köln, nachdem sie fünf Tage ununterbrochen auf Tour gewesen war.

Kerim sagte in einem leicht altväterlichen Ton: »Kooptation ist ein politischer Vorgang, wo eine Person in ein Gremium berufen wird, ohne dass sie formell gewählt wird.«

»Gott, Kerim, das weiß ich ja. Vielleicht verstehe ich doch mehr von Politik, als du denkst. Und darum weiß ich auch, dass man einem Gremium nicht vorschreiben darf, ob es jemanden kooptiert.«

»Okay, das stimmt.« Kerim seufzte. »Jedenfalls formal. Aber manchmal tust du so, als könnten wir nicht mal aufs Klo gehen, ohne vorher die Gremien um ihre Zustimmung zu bitten.«

»Ja, ja, Führungsstärke und so«, brummte Coco.

»Das auch. Und außerdem müssen wir handlungsfähig sein. Diese ständigen Rückbindungsschleifen kosten extrem viel Zeit.« Er grinste. »Neue Langsamkeit und so.«

»Unsinn«, widersprach sie. »Online dauert das ein paar Minuten. Es geht hier nicht um schnell oder langsam, sondern um die Frage, wer bei FUTURE die eigentliche Macht hat.«

Kerim schaute in seinen Kaffeebecher.

»Oder?«, hakte Coco nach.

»Mein Zug kommt«, sagte Kerim.

Als Coco wenig später im ICE nach Köln saß, schrieb sie Maikel: *On my way home. Sehen wir uns nachher?*

Statt abzusenden, löschte sie die Nachricht und steckte das Handy weg. Ihr Leben bestand nur noch aus terminierten und vorgeplanten Begegnungen. Lieber erst mal heimfahren, duschen, vielleicht einfach eine Stunde nichts tun und mit niemandem reden, runterkommen. Danach konnte sie ihn immer noch anrufen. Oder einfach zu ihm fahren. Als Überraschung, immerhin hatten sie sich fast eine Woche nicht gesehen.

Als sie die Wohnungstür aufschloss, wehte ein unwiderstehlicher Duft von Rosmarin durch den Flur. Aus der Küche hörte sie die Stimmen von Maikel und Tabea, sie schienen heftig über etwas zu diskutieren.

»Und zwar nur, um dich vorzuführen«, sagte Tabea gerade. »Denkst du, du kannst bei diesen Leuten irgendwas erreichen, indem du dich vor sie hinstellst und ein Referat hältst?«

»Nein, aber es reizt mich, diese rechte Filterblase mal von innen zu erleben«, antwortete Maikel.

Offenbar ging es um dieses »Männer-Seminar«.

»Vor allem beim Thema Islam musst du dich warm anziehen«, meinte sie. »Da haben sie im Osten traditionell eine sehr klare Meinung. Glaub mir, ich bin da aufgewachsen.«

»Unsinn«, widersprach Maikel, »historisch gesehen hat der Osten eine ganz liberale Tradition. Der beste Satz zu dem Thema stammt von einem berühmten Ossi, Friedrich dem Großen. Der hat gesagt: *Alle Religionen sind gleich und gut, wenn nur die Leute, die sie ausüben, ehrliche Leute sind; und wenn Türken und Heiden kämen und wollten das Land bevölkern, so wollen wir Moscheen und Kirchen bauen.*«

»Na, da hat sich aber wohl während der letzten Jahrhunderte … oh, hallo, Frau Vorsitzende.«

Coco hatte den Hut an den Haken gehängt und die Küche betreten.

»Hey, Leute. Das riecht gut. Was kocht ihr?«

»Nicht wir, sondern Maikel«, entgegnete Tabea und warf ihm einen verschwörerischen Blick zu.

Auf dem Küchentisch war alles vorbereitet, richtig vornehm, für mehrere Gänge. Es gab nur zwei Gedecke.

»Ich bin nachher verabredet«, fügte Tabea hinzu.

»Das ist ja süß von dir«, sagte Coco und küsste Maikel. »Ich hab total viel zu erzählen, aber seid mir nicht böse, dass ich erst schnell in die Dusche verschwinde, okay?«

»Okay«, murmelte er.

Coco legte ihr Handy auf den Küchentisch und holte ihren Rucksack aus dem Flur, schleppte ihn in ihr Zimmer und erstarrte. Das Bett war mit roten Rosenblättern übersät und auf dem Kopfkissen lag ein großes gerahmtes Foto. Ein Foto von einem Baum an einem Weiher in einem Park. Es war der Baum im Volksgarten, unter dem Coco und Maikel sich zum ersten Mal geküsst hatten. Mitten im Corona-Lockdown. Genau heute vor einem Jahr.

Coco ließ den Rucksack auf den Boden plumpsen und musste schlucken. Bevor sie sich umdrehen und in die Küche zurückgehen konnte, stand er auf einmal hinter ihr, umfasste sie und küsste ihren Hals.

»Ich … hab da gar nicht dran gedacht«, flüsterte sie.

»Das trifft sich gut«, sagte er. »Ich weiß ja, wie sehr du Überraschungen liebst.«

Sie drehte sich um und zog ihn ins Zimmer, kickte mit dem Fuß die Tür zu und ließ sich mit ihm aufs Bett plumpsen. Sie fielen übereinander her und Coco spürte Lust und schlechtes

Gewissen und Müdigkeit und die Blütenblätter, die auf ihrer Haut klebten, und Liebe für den Typen da, der immer zu ihr stand, den Mann an ihrer Seite.

Da polterte Tabea ins Zimmer, Cocos Handy in der Hand.

»Oh, sorry, das tut mir … Marta muss dringend mit dir reden, Coco! Beziehungsweise die Produktionsfirma von Britt Biller! Diese Talkshow! Sie wollen dich in ihrer Sendung, Coco!«

6

Die topsanierten Fachwerkhäuser der kleinen Ortschaft leuchten in kräftigen Farben und erinnern Maikel an die Playmobilburg seines großen Bruders, mit der er früher nicht spielen durfte. Es ist, als führe er durch ein Freilichtmuseum. Die Häuschen wirken Jahrhunderte alt und zugleich wie frisch erbaut, es ist ein aus der Zeit gefallener Ort, als seien hier Absolutismus und Aufklärung, Kriege und Revolutionen, Ideologien und Regimewechsel gleichermaßen spurlos vorübergezogen. Als herrsche hier noch immer das Heilige Römische Reich Deutscher Nation, dem Mittelalter und der Antike verpflichtet und völlig immun gegen die neumodischen Verirrungen eines Napoleon oder Bismarck, Hitler oder Honecker, Kohl oder Schröder oder einer Merkel und erst recht gegen Genderismus und Globalisierung, Neoliberalismus, Migration und Virus-Pandemien. Im Grunde waren die letzten zweihundert Jahre deutscher Geschichte ein einziges blödes, blutiges Missverständnis. So viele Menschen sind gestorben. In der Vogelperspektive der Geschichte ist einzelnes Leben doch nur ein Vogelschiss.

Gleich steht er ihr gegenüber.

Thymos, Mann, *Thymos*.

Fast wäre er an dem kleinen Häuschen vorübergefahren, das sich da hinter den Weißdornsträuchern verbirgt. Er bremst scharf, setzt den Wagen rückwärts in die Einfahrt und steigt aus.

Der schwere Geruch des blühenden Weißdorns überfällt ihn, als wolle er ihn betäuben. Vielleicht ahnt das Haus den Grund von Maikels Auftauchen und macht sich zur Abwehr bereit. Das hier ist der Harz und kürzlich war Walpurgisnacht, geht ihm unvermittelt durch den Kopf. Die Nacht, in der die Hexen auf dem Blocksberg feiern. Auf dem Brocken, gar nicht weit von hier. Kurz hält er inne, dann schüttelt er den Kopf über diesen abstrusen Zufall, der auf keinen Fall irgendetwas zu bedeuten hat. Einen ironischen Schabernack der Vorsehung würde Posch das vielleicht nennen.

Das Häuschen hat eine Klingel, aber bevor er den Finger ausstrecken kann, öffnet Coco die Tür.

Ich weiß genau, warum du hier bist. Man hat dich geschickt, um mich zu töten.

Sagt sie natürlich nicht, sie schaut ganz arglos.

»Hallo. Ich hab dein Auto gehört.« Sie kann sich das Grinsen nicht verkneifen. »Jetzt hast du also doch einen Porsche Cayenne.«

»Hi, Coco«, sagt er und macht einen Schritt auf sie zu.

Wie zur Hölle sich begrüßen? Wenn er ansonsten dann und wann mal eine Exfreundin traf, hat er sie freundschaftlich umarmt wie eine gute alte Bekannte, mit der man schöne Erinnerungen teilt und mit der schon lange alles geklärt ist, was zu klären war. Aber Coco?

Er streckt den Arm aus, um ihr förmlich die Hand zu geben, da zieht sie ihn schnell zu sich heran, keine richtige Umarmung, ein flüchtiges Küsschen auf die Wange, trotzdem spürt er einen Augenblick lang ihr millimeterkurzes Haar an seiner Schläfe, es ist feucht. Sie benutzt noch immer dieses herb-süße Ökoshampoo, den Geruch würde er überall auf der Welt wiedererkennen.

Kurz erschrickt er. Kleben jetzt seine DNA-Spuren an ihr? Würde irgendjemand so was überprüfen? Rasch sieht er sich um. So, wie der Wagen steht, ist er von der Straße aus nur mit Mühe zu sehen. Nachbarn gibt es nicht. Zeugen, die sagen können, sie hätten gesehen, wie er ins Haus ging oder wieder herauskam, wird es nicht geben.

»Muss ich dich erst formell hereinbitten?«, fragt Coco.

Denk an Kerim.

Er folgt ihr ins Haus.

»Danke, dass du gekommen bist«, sagt sie, »das weiß ich wirklich sehr zu schätzen. Ich hoffe, ich zerstöre nicht komplett dein Wochenende. Offenbar hast du gerade gearbeitet, als ich dich angerufen habe?«

Was genau weiß sie eigentlich über seinen Job bei der Akademie?

»Ich wollte gerade Feierabend machen«, sagt er. »Und hatte für den Rest des Wochenendes nichts weiter vor, als mich zu betrinken. Das kann ich genau so gut auch hier tun.«

»Stimmt.« Sie deutet auf das Weinregal in der Mauernische. »Du kannst ruhig schon mal eine Flasche aufmachen. Ich wollte gerade was kochen. Hast du Hunger? Es gibt Tris di Pasta an Dosengemüse jenseits der Saison.«

»Klingt nach einem Festmahl für Prepper und Untergetauchte.« Er öffnet verschiedene Schubladen, bis er einen Korkenzieher findet. »Vor wem bist du auf der Flucht? Vor Kerim? Tabea? Deinen Wählern?«

»Du hast mich ja jetzt schon mal gefunden. Ich brauche ein klein wenig Abstand. Und jemanden zum Reden, wie gesagt.«

»Warum ausgerechnet mich?«

»Zum einen, weil ich mit dir schon immer gut reden konnte. Leider habe ich nie wieder jemanden getroffen, mit dem ich mich so verstehe wie mit dir. Es bricht mir immer noch das Herz, dass das mit uns so scheiße gelaufen ist …«

Sie wirft ihm einen undefinierbaren Blick zu.

»Mir kommen die Tränen«, sagt er.

Sie wendet sich ab und stellt einen Topf ins Spülbecken, um ihn mit Wasser zu füllen.

»Und zum anderen«, fährt sie fort, »weil du mich hasst. Die Leute haben mir tausend Gründe gesagt, warum ich Bundeskanzlerin werden soll. Ich würde gern noch ein paar Gründe hören, warum ich es lieber nicht werden sollte. Nicht von Berufspolitikern in einer Fernsehshow und nicht von anonymen Hatern auf Facebook, sondern von einem klar denkenden Menschen wie dir.«

Sie wuchtet den Topf auf den Herd und schaltet die Flamme ein.

»Ich hasse dich nicht«, sagt Maikel und fängt an, eine Flasche zu entkorken.

Da wird ihm klar, dass schon jetzt die halbe Küche voll von seinen Fingerabdrücken ist. Und von DNA-Spuren sicher auch. Wenn er die Sache tatsächlich durchzieht, dann ist er der dümmste Mörder der Geschichte. Im Kopf beginnt er eine Liste mit den Gegenständen, die er später, wenn alles vorbei ist, abwischen muss. Das Glas, die Flasche, den Korkenzieher ... natürlich muss er das Glas spülen und in den Schrank stellen, es darf ja nichts darauf hindeuten, dass eine zweite Person hier gewesen ist! Er muss Cocos Anruf von vorhin aus ihrem Handy löschen.

Wobei das zunächst keine Rolle spielt, denn bis irgendwelche polizeilichen Ermittlungen erste Ergebnisse bringen, ist die Wahl schon lange gelaufen. Andererseits muss es sich sehr schnell rumsprechen, dass Coco ... also, dass sie sich ... umgebracht hat. Maikel könnte von ihrem Handy aus einen letzten Tweet verschicken, eine Abschiedsbotschaft. Nur ein paar Worte, die es aber in sich haben werden.

»Weiß eigentlich irgendjemand, dass du mich triffst?«, fragt er möglichst beiläufig.

»Nein, wieso? Hast du Angst, es könnte sich rumsprechen und deine neuen Freunde dissen dich dann, weil du Kontakt zum Coco-Virus hattest?«

»Könnte sein.«

Mit einem Plopp kommt der Korken aus der Flasche. Maikel nimmt zwei Gläser aus dem Schrank, stellt sie auf den Tisch.

»Ich habe aber immer noch nicht verstanden«, sagt er, »worüber du überhaupt sprechen willst. Und warum es so wichtig ist, das heute zu tun, am Abend vor dem Wahltag. Sag mir bitte nicht, du möchtest meine Argumente gegen FUTURE hören, weil du die Ängste der besorgten Bürger ernst nehmen willst, haha. Alle Menschen mitnehmen und so ... das habe ich dir tatsächlich mal geglaubt. Aber vermutlich hast du selber es zu keiner Zeit wirklich so gemeint, wenn du ehrlich bist.«

Sie schaut fort. Er schnuppert an dem Wein, dann füllt er die Gläser und tastet nach dem Fläschchen Pentobarbital in der Hosentasche. Coco hantiert am Herd und dreht ihm immer noch den Rücken zu. Wenn du es tun willst, tu es jetzt! Wenn du nur eine Sekunde zu lange zögerst, siegen die Skrupel.

Tu es, Mann.

Thymos.

■

Damals, als sie noch auf derselben Seite standen, wurde oft darüber diskutiert, ob man »mit Rechten reden« solle oder nicht. Es war eine theoretische Debatte gewesen, denn bis dato war Maikel noch keinem Rechten explizit begegnet, André Posch war der erste.

Der hagere Endfünfziger wirkte in seinem schlecht sitzenden Dreiteiler ohne Krawatte, das Hemd stand weit offen, etwas aus der Zeit gefallen. Anders der Porsche Cayenne, mit dem er

Maikel am Bahnhof einer kleinen Stadt in der Nähe von Erfurt abholte.

»Ich freue mich wirklich, Sie kennenzulernen«, sagte er. »Das ist keine Phrase. Mir ist an einer guten Debattenkultur gelegen, ich will die gegenseitige Ausgrenzung überwinden.«

»Schau'n wir mal«, antwortete Maikel. »Zumindest bin ich ja nun hier.«

Leider war ihm der Mann gleich sympathisch, aber das wunderte Maikel nicht, schließlich kamen Rattenfänger ja meistens sympathisch rüber, sonst wären sie nicht erfolgreich. Wie erfolgreich André Posch nun allerdings tatsächlich war und mit was überhaupt, das hatte Maikel auch mithilfe von Tabeas Recherchekünsten nicht richtig herausgefunden. Posch leitete die von ihm selbst gegründete »Abendland Akademie« und in Personalunion auch den »Abendland Verlag«, der hetzerische Schriftenreihen und kleine Büchlein voller Verschwörungstheorien herausgab, zuletzt ein Pamphlet mit dem Titel: *Jetzt kaufen sie uns auf: Wie China mit seinem Wuhan-Virus die westlichen Industrien in die Pleite trieb*. Beides, also Akademie und Verlag, befand sich in Trägerschaft der »Stiftung Abendland«, deren Vorsitzender praktischerweise ebenfalls André Posch hieß. Linke Blogs und Websites rechneten das Abendland-Projekt zum Kreis der pseudointellektuellen, globalisierungskritischen Vordenker der Neuen Rechten mit Verbindungen zur AfD, zur Identitären Bewegung und zu rechtsextremen Gruppen in Osteuropa. Ob an diesem Projekt aber weitere Personen in nennenswerter Zahl beteiligt waren oder André Posch quasi eine Ein-Mann-Revolution betrieb, ließ sich nicht in Erfahrung bringen. Immerhin bestand die Seminargruppe aus rund dreißig Männern, wie Posch beim Vorgespräch am Telefon angekündigt hatte.

Die Wiederentdeckung der Männlichkeit, so stand es in Frakturschrift auf der Website. Neben diversen Sporteinheiten nach Art von Überlebenstrainings gab es eine Einführung in nordisch-germanische Riten – *Finde die Kraft der alten Götter in dir!* – und Vorträge zu Themen wie *No more Mr Nice Guy: Echte Frauen lieben dominante Männer* und *Warum jeder deutsche Mann das Recht auf freien Waffenbesitz haben sollte.* Maikels Part wurde angekündigt mit dem Titel: *Stähle dich in der Argumentationsschlacht – Diskussion mit einem echten Gender-Ideologen.*

Ehrlicherweise war es diese Formulierung gewesen, die Maikel den letzten Kick dazu gegeben hatte, die Anfrage anzunehmen. Er erinnerte sich zwar an Cocos Warnung von damals, er bekämpfe toxische Männlichkeit mit toxischen Mitteln, aber es lag eben auch eine sportliche Herausforderung darin, es ganz allein mit dreißig testosterondampfenden Präfaschisten aufzunehmen. Zumindest verbal. Posch hatte am Telefon süffisant erklärt, Maikel müsse sich um seine körperliche Unversehrtheit keine Sorgen machen, denn er, Posch, bürge für Maikels Sicherheit. Dass der Mann das extra für erwähnenswert hielt, hatte Maikel als einen plumpen kleinen Einschüchterungsversuch verbucht. Doch während Posch ihn jetzt in seinem mächtigen SUV auf einer schmalen, gewundenen Straße durch den immer dichter werdenden Thüringer Wald chauffierte, kam es ihm nicht mehr so vor. Gut vorstellbar, dass schon hinter der nächsten Kurve eine wilde Horde hünenhafter germanischer Krieger lauerte, um mit Schwertern und Streitäxten über ihn herzufallen.

Doch das Häuflein Männer, dem er sich schließlich im leicht muffig riechenden Seminarraum des Tagungshauses der Abendland Akademie auf dem alten Gutshof Zscheproda gegenübersah, entbehrte jeder Testosteron verspritzenden Hünenhaftigkeit. Sie saßen ihm in Stuhlreihen gegenüber – Posch hatte Maikel erklärt, dass er Stuhlkreise verabscheue, weil ein Stuhlkreis das schlechthinnige Herrschaftssymbol der *gleichmacherischen linksgrünen Verschwulungspädagogik* sei, sofern Maikel diese Formulierung verzeihen möge – und ließen sich grob in zwei Gruppen unterteilen, überlegte Maikel, während er seinen Laptop an den Beamer anschloss: Da waren zum einen die Männer im typischen Midlife-Crisis-Alter, deren Gesichter die Wunden spiegelten, die ihnen das Leben geschlagen hatte. Vielleicht waren sie durch Corona arbeitslos geworden oder hatten gerade ihre Scheidung hinter sich, tatsächlich sah man gleich bei mehreren die hellen Streifen am Ringfinger glänzen. Zum anderen waren da viele Typen in Maikels Alter, schmächtig oder aufgedunsen, mit blasser Haut und fettigem Haar. Man sah ihnen an, dass sie zu wenig Zeit an der frischen Luft verbrachten, weil sie vermutlich den ganzen Tag im Keller ihres Elternhauses vor dem Rechner mit 4chan und YouPorn zubrachten.

Maikel wunderte sich selbst darüber, wie schnell er diese Leute anhand gängiger Klischees in Schubladen sortierte – offenbar war er nicht annähernd so reflektiert, wie er immer von sich gedacht hatte.

Die Leute begafften ihn ihrerseits mit unverhohlener Neugierde. Da war nichts Feindseliges in ihren Blicken, sie musterten ihn, wie Zoobesucher ein exotisches Tier betrachten, das sich nur selten im Sichtfeld der Panzerglasscheibe seines Geheges blicken lässt.

Maikel hatte inzwischen schon zu etlichen Anlässen Workshops über Geschlechterrollen und Identität gehalten, mit fünf oder fünfzig Personen, über vierzig Minuten oder ganze Tage, er hatte haufenweise Bausteine dazu im Kopf und pflegte zu Beginn ein wenig Input zu geben und dann rasch in die allgemeine Diskussion einzusteigen, manchmal unterbrochen von kleinen Übungen zur Selbst- und Fremdwahrnehmung. Auch hier startete er mit einer Einführung in die Gender-Theorie, die mitnichten eine Ideologie sei, es gehe ja schließlich um Wahlfreiheit. Er streifte die Quotendebatte, die Frage, ob Jungs in der Schule benachteiligt werden, und wollte sehr kurz sein Lieblingsthema der toxischen Männlichkeit ansprechen, als er innehielt und dann rasch weiterklickte. Auf dieser Folie, er kannte sie auswendig, gab es sieben Spiegelstriche mit Stichworten und das Stichwort Nummer vier lautete: »Incel«.

Der Begriff stand für *involuntary celibate*, unfreiwillig zölibatär, so bezeichneten sich Anhänger einer wachsenden Bewegung von sexuell frustrierten weißen Single-Hetero-Männern, die sich in ihrem Leben von Mädchen und Frauen abgewiesen fühlten und die Schuld dafür dem Feminismus gaben. Verschiedene rechtsextreme Attentäter wie der Shisha-Bar-Mörder von Hanau rechneten sich sogar ausdrücklich selbst zu dieser »Bewegung«. Obwohl das also ein ziemlich ernstes Thema war, hatte es in Maikels Workshops bislang meist Heiterkeit hervorgerufen, weil es derart absurd erschien. Bis jetzt. Denn hier, wurde Maikel jäh bewusst, saß ein Haufen Incels direkt vor ihm. Spontan beschloss er, das Thema einfach zu umgehen, aber zu spät, die Jungs hatten das Wort sofort auf der Folie erkannt, noch bevor er hatte weiterklicken können.

Ein dicker Typ im Strickpulli meldete sich und fragte: »Was wollten Sie uns über toxische Männlichkeit erzählen?«

Auf seinem Pulli klebte ein Streifen Papier und darauf stand: Norman.

»Das würde jetzt den Rahmen sprengen«, erwiderte Maikel knapp.

Aber Norman sagte: »Wir haben hier bei Herrn Posch gelernt, sehr offen zu reden, von Mann zu Mann. Ohne Tabus. Sie müssen sich also nicht zurückhalten. Sie können ruhig dazu stehen, dass Sie uns verachten.«

»Bitte?«

Maikel war überrascht, denn nachdem die dreißig Männer ihm bisher stumm und reglos gelauscht hatten, kam dieser Anwurf wie aus dem Nichts.

»Wir wissen im Grunde nichts über Sie«, sagte der Typ, »aber man merkt Ihnen an, dass Sie Student sind, dass Sie aus einer westlichen Großstadt kommen, dass Sie gewohnt sind, den ganzen Tag in einem Straßencafé zu sitzen und fair gehandelten Kaffee mit Sojamilch zu trinken. Bestimmt haben Sie sogar eine Freundin. Oder?«

»Ähm«, machte Maikel.

»Haben Sie eine?«

»Ja.«

Ob sie wussten, dass er mit Coco zusammen war? Mit *der* Coco? Wenn ja, ließen sie es sich zumindest nicht anmerken.

»Können Sie sich vorstellen, wie das ist, wenn man mit sechsundzwanzig noch Jungfrau ist?«, setzte Norman nach.

»Ähm«, wiederholte Maikel, »was ich mir vorstellen kann, ist nicht relevant. Die Frage ist ja jetzt eher, was es mit dir ... also mit *Ihnen* macht.«

»Na, was schon? Ich sitze den ganzen Tag zu Hause, glotze Pornos und hole mir einen nach dem andern runter.«

Norman grinste in die Runde. Ein paar andere lachten und nickten dabei zustimmend.

Maikel wusste nicht, ob er das lustig oder traurig finden sollte.

Ein schmaler Junge mit riesigen, fettverschmierten Brillengläsern vor dem Gesicht sagte: »Mir ging es bisher genauso. In meinem Dorf gibt es keine Jobs, keine Frauen und nicht mal eine Kneipe, wo sich arbeitslose Männer wie ich besaufen könnten. Meine ganze Existenz kommt mir wie eine einzige Quarantäne vor. Als letztes Jahr das Virus kam und keiner mehr rausdurfte, war das die größte Zeit meines Lebens.« Seine Augen glänzten hinter der verschmierten Brille. »Weil es da plötzlich allen genau so ging, wie es mir immer schon geht. Da konnte der Rest der Welt mal sehen, wie sich das anfühlt, wenn man vollkommen einsam ist.«

Die Offenheit dieses Jungen erschütterte Maikel. Bevor er darauf eingehen konnte, fügte Norman hinzu: »Ja, und wenn man nicht mal von der Dorfschlampe einen geblasen kriegt, weil die Dorfschlampe dachte, sie wäre was Besseres und müsste Abitur machen und wegziehen und in Leipzig studieren.«

»Bah, Leipzig«, knurrte jemand hinten. »Das neue Berlin, nur noch mehr von Zecken versifft.«

Maikel schluckte. Eigentlich war es doch gut, dass plötzlich die Wut dieser Leute an die Oberfläche kam. Dass sie aussprachen, was sie fühlten. Auf diese Art von Diskussion hatte er sich vorbereitet, aber von den vielen offenen, kompetenzorientierten Rückfragen, die er sich zurechtgelegt hatte, fiel ihm keine einzige mehr ein.

»Als das mit Corona anfing«, sagte jetzt ein älterer Mann mit sorgsam überkämmter Halbglatze, »hat mich das gleich an früher erinnert. Die ellenlangen Warteschlangen, die leeren Regale bei Edeka, die Jagd nach Klopapier, als ginge es um Bananen. Aber anders als früher gab es kein Gemeckere, im Gegenteil – da war so ein Zusammenhalt spürbar, dass man sich gemeinsam verteidigen muss …«

»Jedenfalls hat das Virus eindeutig bewiesen, wie zerstörerisch die Globalisierung ist«, warf ein anderer Mann ein. »Wenn in Deutschland niemand mehr auf die Straße raus darf, weil zwei Monate vorher irgendein Chinese auf irgendeinem Markt 'ne verseuchte Fledermaus gegessen hat, oder wenn deutsche Arbeiter ihren Job verlieren, weil in Amerika Hauskredite geplatzt sind, dann ist die Welt einfach viel zu sehr vernetzt. Aber Corona hat gezeigt, dass es offenbar doch möglich ist, die Grenzen zu schließen, wenn man überleben will.«

Maikel sah den Mann betroffen an. Hunderte Male hatte er selbst Sätze begonnen mit den Worten: *Corona hat gezeigt, dass es offenbar doch möglich ist...* Und darauf folgte so was wie: *auf die Wissenschaft zu hören.* Oder: *weniger zu fliegen oder Auto zu fahren und generell auf Konsum zu verzichten.* Inzwischen waren so viele verschiedene Themen angesprochen worden, dass er gar nicht mehr wusste, wo er einhaken sollte.

Da meldete sich André Posch.

»Erlauben Sie mir eine Frage, Maikel. Sie versuchen, klimafreundlich zu leben, Sie essen kein Fleisch und fahren fast nie mit dem Auto. Sie bemühen sich um das, was Sie faire Sprache nennen, man hört bei Ihnen sogar dieses Gender-Sternchen raus, wenn Sie reden. Sie versuchen sich stets so auszudrücken, dass keine gesellschaftliche Gruppe sich ausgeschlossen fühlt, haben Sie uns erklärt. Ich begreife, warum Sie das tun. Also bitte nicht missverstehen – ich teile weder Ihre Wahrnehmung noch gar Ihre Ziele, aber ich kann zumindest in der Theorie nachvollziehen, welche Argumente Sie benutzen und wie Sie das, was Sie sagen und tun, begründen.«

»Okay.« Maikel nickte. »Aber was ist jetzt die Frage?«

»Was ich gerne von Ihnen wüsste.« Posch lächelte gönnerhaft. »Ist ein solches Leben eigentlich nicht... nun ja... unfassbar anstrengend?«

Das war ein Tiefschlag und er traf Maikel so perfekt in die Magengrube, dass er ihm für einen Augenblick die Luft nahm. Zugleich war der Schlag aber vielleicht auch das Weckzeichen, das ihn wachrüttelte.

Er atmete ein und aus, dann sagte er: »Oh, doch, Herr Posch, genau das ist es. Richtig scheiße anstrengend, manchmal. Sie strengen sich doch vermutlich auch für die Dinge an, die Ihnen wichtig sind. Mir ist es das wert, weil ich ein bewusstes Leben führen will. Ich will die Menschen um mich herum wahrnehmen und wertschätzen, wie sie sind, und selbst auch wahrgenommen und wertgeschätzt werden, wie ich bin. Natürlich wäre es viel einfacher, so zu leben, dass ich nur Menschen respektiere, die so aussehen wie ich selbst und so essen und lieben und denken und fühlen und solche Klamotten tragen wie ich und dieselbe Haar- und Augenfarbe haben wie ich, aber was für ein kleines, armes Leben wäre das? Und, hey, Sie, Norman, wie ist das mit Ihnen? Statt darauf zu warten, dass die Dorfschlampe Ihnen einen bläst, könnten Sie ja mal den Arsch hochkriegen und sich fragen, ob Sie diese Frau, von der sie da reden, eigentlich jemals wahrgenommen und wertgeschätzt haben? Vielleicht hat dieser Frau genau die Erfahrung gefehlt, als Mensch wahrgenommen zu werden und nicht nur als Objekt? Vielleicht ist sie weggezogen, um endlich an einem Ort zu leben, wo Frauen nicht pauschal als Dorfschlampen bezeichnet werden?«

»Na ja«, meinte Norman, »ich finde schon, dass wir die alle wahrgenommen haben, das ging gar nicht anders, weil die so riesengroße …« Er malte mit den Händen ein gigantisches Paar Brüste in die Luft.

Die anderen lachten. Nur der schmale Typ mit der beschmierten Brille, sein Name war Joel, kniff die Augen zusammen und fragte: »Wollen Sie darauf hinaus, dass so linksgrüne Gutmenschen wie Sie schneller an Frauen rankommen als Männer wie wir?«

Maikel musste grinsen, dann sagte er: »Zumindest glaube ich, dass gruppenbezogene Menschenfeindlichkeit tendenziell eher unsexy macht.«

»Ihre politischen Einstellungen resultieren also weniger aus Ihren Überzeugungen, Maikel, als vielmehr aus Ihrer Beobachtung, dadurch schneller zum Paarungserfolg zu kommen«, stellte Posch sachlich fest. »Aus evolutionärer Sicht absolut nachvollziehbar. Einerseits. Andererseits haben Sie damit ihren freien

Willen und ihren Selbstrespekt an irgendwelche Vaginen delegiert, und um diese Situation wird Sie sicher niemand hier im Raum beneiden.«

Maikel fand es bemerkenswert, noch nie zuvor bewusst den Plural des Wortes »Vagina« irgendwo gehört oder gelesen zu haben. Dass Posch mit seinem Statement alles ausgehebelt und ad absurdum geführt hatte, was Maikel hier vorgetragen hatte oder noch würde vortragen können, schnallte er erst mit Verzögerung. Nein, halt, Unsinn, da war nichts ad absurdum geführt, aber Maikel fiel trotzdem keine gute Erwiderung ein. Sein Verstand sagte ihm, dass Menschenfreundlichkeit keine Frage von Evolution war und nichts mit dem Bedürfnis nach Sex zu tun hatte, aber zugleich fühlte es sich gerade absolut so an, als wäre es das doch.

»Bevor ich es vergesse, noch rasch eine organisatorische Frage«, sagte Posch, ehe Maikel noch seine Gedanken ordnen konnte, »wollen Sie nachher noch den Zug zurück nach Erfurt erwischen oder bleiben Sie über Nacht? Wie gesagt – Sie sind herzlich eingeladen.«

Natürlich hatte Maikel nicht in der Abendland Akademie übernachten wollen, war aber sicherheitshalber mit etwas Gepäck angereist, falls es später werden sollte. Jetzt kam ihm die Vorstellung, nach der Seminareinheit wieder abzureisen, wie Feigheit vor. Er war noch lange nicht fertig mit diesen Leuten. Also nahm er die Einladung an und griff dann den Faden des Gesprächs wieder auf.

»Wenn Sie denken, Sie können sich nur dann männlich und stark und potent und selbstwirksam fühlen, indem Sie andere abwerten, dann ist das falsch«, rief er seinen Zuhörern zu. »Wir alle haben die freie Wahl, aus uns selbst heraus etwas zu erreichen.«

»Aha«, machte Herbert, das war der Typ mit der überkämmten Glatze. »Dann habe ich aber auch die freie Wahl, aus mir heraus andere abzuwerten, wenn es mir dabei gut geht. Oder?«

»Ich bezweifle, dass es Ihnen dabei gut geht«, erwiderte Maikel. »Glauben Sie nicht, dass Hass und Verachtung Sie auf Dauer ziemlich einsam und frustriert machen?«

»Nein, glaube ich nicht. Schauen Sie mal – hier sind wir ja schonmal dreißig Mann. Ein guter Anfang. Ich war seit etlichen Jahren nicht mehr so wenig allein und frustriert wie hier auf dem Seminar.«

Applaus.

»Ihre Freiheit endet aber dort, wo Sie die Freiheit der anderen tangieren«, gab Maikel zurück.

»Aha«, machte Herbert wieder. »Aber ich würde niemals die Freiheit eines syrischen Flüchtlings tangieren, einfach aus meinem Land wegzubleiben.«

»Der syrische Flüchtling ist aber nicht frei!«, blaffte Maikel, ihm platzte der Kragen. »Der ist auf der Flucht vor dem Scheißkrieg, den sein Scheißpräsident gegen das eigene Volk führt, womit der wiederum den Scheiß-IS groß gemacht hat, der wiederum die Scheißamis und die Scheißrussen auf den Plan rief, damit Scheiß-Erdogan seine bei unserer Scheißrüstungsindustrie gekauften Scheißpanzer losschicken kann. Also muss er irgendwo hin, der syrische Flüchtling, und in unserem Scheißland ist halt gerade noch jede Menge Platz, oder etwa nicht?«

»Ähm, Maikel, 'tschuldigung«, meldete sich Norman, »da haben Sie jetzt aber 'ne ziemliche Menge Leute auf einmal abgewertet. Passen Sie auf, dass Sie nicht einsam und frustriert enden.«

Maikel atmete durch. Alles lief falsch. Er hatte es extra noch mit Lutz geübt – nicht diskutieren, nicht verzetteln, immer nur Rückfragen stellen, höchstens bei ganz krasser Hetze die eigene Position als kurze Ich-Botschaft markieren. Stattdessen hatte dieser Herbert eine ziemlich klare Ich-Botschaft »markiert«, während Maikel hier in der Debatte herumstocherte wie jemand, der versehentlich seinen Ehering gegessen hat und anderntags im Klo danach suchen muss. Morgen in der Bahn würden ihm all die guten Rückfragen einfallen, mit denen er diese Leute hätte entlarven und konfrontieren können. Hier und jetzt aber kam ihm kein einziger sinnvoller Satz mehr in den Sinn.

Da stand Posch auf, klatschte in die Hände und sagte: »Wir haben uns eine Pause verdient, nicht wahr? Vielen Dank an Maikel Kornmüller für seine engagierten Ausführungen bisher.«

Engagiert, toll. Das klang wie: Er hat sich redlich bemüht.

Die Männer standen auf und Maikel registrierte mit Verwunderung, dass einige sich Zigaretten oder Zigarren ansteckten, jemand verteilte Aschenbecher. Andere holten Bierflaschen aus einem großen Kühlschrank neben der Tür, auch Posch nahm zwei Flaschen und drückte Maikel eine in die Hand.

»Ich weiß«, sagte er, »Rauchen und Alkohol im Tagungshaus ist nicht gerade einundzwanzigstes Jahrhundert. Aber es entspannt. Zum Wohl.«

Maikel zuckte mit den Schultern, ließ die Flasche aufploppen und trank.

»Sie halten sich tapfer, mein Junge«, sagte Posch. »Und Sie können ruhig zugeben, dass es Ihnen vorhin gutgetan hat, ein bisschen aus der Rolle zu fallen.«

»Ich bin nicht Ihr Junge«, erwiderte Maikel. »Und ich bin nicht aus der Rolle gefallen.«

»Wie auch immer.« Posch lächelte. »Als Sie vorhin über die Scheißamis und die Scheißrussen und so weiter geschimpft haben, sah Ihr Gesicht richtig entspannt aus. Als wären Sie in diesem Moment zum ersten Mal, seit Sie hier sind, ganz Sie selbst gewesen.«

»Sind Sie ein Scheißpsychologe, oder was?«, fragte Maikel. Es sollte schroff klingen, kam aber eher so rüber, als neckten Sie sich. Das ärgerte ihn.

Posch lachte und ließ ihn stehen.

Da der Gastreferent ohnehin über Nacht bleiben würde, beschloss man schließlich, die weitere Diskussion in den informellen Teil zu verlegen. Es gab Abendessen und anschließend ein großes Lagerfeuer im weitläufigen, leicht verwilderten Garten. Die Akademie mit ihren Tagungsräumen und Gästezimmern war im Haupthaus eines alten Gutshofes untergebracht. Daneben gab es eine große Scheune und ein Wirtschaftsgebäude mit Küche. Auch die Büros des Abendland Verlages und der Stiftung Abendland waren offenbar im Akademiegebäude untergebracht.

Obwohl Maikel sich innerlich dagegen sträubte, entspannte er sich tatsächlich und kam überraschend locker mit den Männern ins Gespräch. Dabei musste er feststellen, dass sie längst nicht die holzschnittartigen Figuren waren, für die er sie anfangs gehalten hatte. Anders als gedacht, stammten die meisten gar nicht aus den ostdeutschen Bundesländern, sondern von überallher, sie waren Banker oder Lehrer oder Versicherungsangestellte oder Anstreicher oder Langzeitarbeitslose, sie hatten zwei oder vier oder keine Kinder, sie waren zum dritten Mal geschieden oder völlig unberührt wie Norman und seine Mit-Incels, sie alle waren männlich, weiß und hetero, aber ansonsten komplett verschieden. Maikel begann zu begreifen, was diese Männer eigentlich gemeinsam hatten und warum sie dieses viertägige Seminar absolvierten, das – nach Einkommenshöhe gestaffelt – immerhin zwischen hundertneunundneunzig und zweieinhalbtausend Euro kostete: Es war ein Ort, an dem sie über ihre Pornosucht reden und sich auskotzen konnten über ihre Frauen oder ihre missratenen Kinder und über die Regierung, über den brutalen Turbokapitalismus und die linksgrüne Gutmenschendiktatur und was sonst noch alles ihren Zorn auf sich zog. Und wie komplex und in sich widersprüchlich das alles auch sein mochte – am Schluss löste sich jede Diskussion immer darin auf, dass die Frauen schuld waren.

Und der Islam.

Diese Männer hatten viel zu sagen, aber anscheinend keine Kumpels oder Buddys oder Freunde, mit denen sie offen reden konnten, das fanden sie anscheinend nur hier und das konnte einem durchaus mal zweieinhalbtausend Euro wert sein, das verstand Maikel. Die Website der Akademie versprach ihnen, dass sie am Ende des Seminars mit völlig neuem Selbstwertgefühl zurück in die Welt hinausgehen würden. Vielleicht stimmte das sogar und das mochte dann weniger an den Survivaltrainings im Wald liegen oder an dem für den folgenden Tag angekündigten Vortrag eines *Pickup Artist*, sondern an dem Gefühl, endlich Gleichgesinnte gefunden zu haben, und zwar nicht in einer digitalen Filterblase, sondern analog aus Fleisch und Blut. Mit so vielen neuen Freunden würde das Selbstbewusstsein nur so strotzen, niemand musste sich noch länger wie ein armer *Cuck* fühlen.

»Was soll das eigentlich sein?«, fragte Maikel. »Ein Cuck?«

»Tun Sie nicht so, als ob Sie nie Pornos schauen würden«, erwiderte Herbert. »Jeder Mann macht das hin und wieder, egal ob er es zugibt oder nicht.«

»Ja, meinetwegen«, gab Maikel zurück. »Aber der Begriff sagt mir trotzdem nichts.«

»Noch nie von Cuckolding gehört? So heißt ein Pornogenre, wo es darum geht, dass eine Frau sich von einem fremden Mann nehmen lässt und der Ehemann muss danebensitzen und zugucken.«

»Und fremde Männer«, ergänzte Joel, »heißt hier vor allem: schwarze Männer. So Neger mit so Riesenschwänzen.«

Er malte mit den Händen einen *Riesenschwanz* in die Luft und vor lauter erregter Empörung schien seine Brille zu beschlagen.

Maikel verdrehte die Augen und versuchte, seine eigene Empörung wegen des N-Wortes beiseitezuschieben. »Und die Ehemänner nennt man Cucks, oder was?«

»Genau«, sagte Norman. »Cucks sind noch erbärmlicher als Incels. Aber ich habe beschlossen, weder ein Incel zu bleiben noch ein Cuck zu werden. Ich habe auf diesem Seminar gelernt, dass alles eine Frage des Willens ist.«

»Eher eine Frage der Stereotype, oder?«, entgegnete Maikel. »Sie bedienen Klischees aus der Kolonialzeit.«

»Leben wir etwa nicht in einer neuen Kolonialzeit?«, fragte Herbert zurück. »Versucht der Islam etwa nicht gerade, uns zu kolonisieren?«

»Sie springen dauernd zwischen den Themen hin und her«, brummte Maikel. »Was hat Cuckolding denn jetzt wieder mit dem Islam zu tun?«

»Alles hat mit allem zu tun«, sagte Posch, der gerade von einer anderen Gesprächsgruppe herüberkam und sich jetzt neben Maikel niederließ.

»Aber was kann der Islam dafür, dass Sie sich durch ein bestimmtes Pornogenre in Ihrer Männlichkeit gekränkt fühlen?«, hakte Maikel nach. »Pornografie gilt im Islam als haram. Wieso muss immer der Islam für alles herhalten, was Leuten wie Ihnen nicht gefällt?«

Norman schaute schicksalsschwer in die Flammen des Lagerfeuers und sagte mit dramatischem Tonfall: »Der Islam ist der Endgegner.«

»Bitte?« Maikel musste unfreiwillig lachen.

»Wenn Sie sich Politik als Game vorstellen, Maikel«, sagte Posch, »wird die Auseinandersetzung mit dem Islam einmal das letzte Level sein. Der Endkampf. Alle anderen Feinde sind keine würdigen Gegner. Die Feministen, die Öko-Gutmenschen und so weiter, diese Leute – bitte nehmen Sie das jetzt nicht persönlich – wissen doch gar nicht, wie man kämpft. Wenn unsere Stunde einmal kommt, dann fegen wir die hinweg. Genauso wie die globalistische Finanzelite, dieses internationale Kapitalistenpack, die haben alle keinen Mumm. Mumm hat nur der Islam. Nur der Islam ist uns ebenbürtig. Und warum? Weil er uns im Grunde ähnlich ist. Bei den Moslems sind Männer noch echte Männer, genau wie bei uns. Da zählen noch Pflicht, Treue und Gehorsam, und zwar bis in den Tod. Wie bei uns. Zwischen dem Islam und uns wird es sich einmal entscheiden, wem die Zukunft gehört.«

Wen Posch eigentlich mit *uns* meinte, war nicht klar. *Die* Weißen oder Europa oder Deutschland oder einfach seine Stiftung? Vielleicht bloß sich selbst.

Kurz kam Maikel die verrückte Idee, dass außer Posch und ihm niemand an diesem Lagerfeuer wirklich existierte. Politik als Game ... er und Posch waren Avatare, die hier um Ansichten und Wahrheit zockten, und die ganzen Typen um sie herum waren *non-player characters*, die nur aus Nullen und Einsen bestanden.

»Und was ist mit China?«, warf Herbert ein.

»Sehr gute Frage«, lobte Posch. »Wenn wir nicht aufpassen, dann werden die Chinesen ihre Digitaldiktatur über den ganzen Planeten ausbreiten. Aber wenn Europa sich der gelben Herrschaft nicht unterwerfen will, bleibt ihm nur die Wahl zwischen dem Kalifat und der nationalen Wiedergeburt.«

»Die Demokratie ist wohl keine Option für Sie?«, fragte Maikel.

»Ich vermute, dass Sie damit die sogenannten westlichen Demokratien meinen«, sagte Posch. »Die sind Vergangenheit. Sie wissen es bloß noch nicht. Aber wie bei so vielen Dingen hat auch hier das Coronavirus die Wahrheit ans Licht gebracht, oder nicht? Welche Länder waren am schlechtesten auf das Virus vorbereitet? Amerika und England. Einstmals Horte der Freiheit, aber seit Langem völlig degeneriert, verrottet, verfault. Von fremden Rassen durchmischt, von den Finanzmärkten korrumpiert und jetzt winden sie sich in der Rezession. Nein, lieber Maikel, wir werden eine neue Form von Demokratie erschaffen, wo nicht abgehobene Eliten herrschen, sondern wo das Volk eine Einheit bildet. Stark und immun gegen jede Art von Viren, ob biologisch oder politisch.«

»Puh«, machte Maikel, »jetzt wird es mir aber doch ein bisschen zu abgedreht.« Er stand auf. »Ich hoffe, es ist okay, wenn ich mich zurückziehe.«

»Natürlich«, sagte Posch und erhob sich ebenfalls, um eine höfliche Verbeugung anzudeuten. »Für heute haben Sie genug zum Nachdenken, nehme ich an.«

Maikel lachte auf, verzichtete aber auf eine Erwiderung und wollte sich zum Gehen wenden.

Da rief Norman: »Eine Frage noch, bitte. Sagen Sie mal – diese Coco. Kennen Sie die eigentlich persönlich?«

Ganz kurz war Maikel zusammengezuckt, fing sich aber schnell und sagte mit einem Seitenblick auf Posch: »Ja.«

Posch lächelte gönnerhaft. Als wolle er sagen: Ich habe Sie durchschaut, doch ich behalte es für mich.

»Und? Wie ist die so? Geht die richtig ab?«

»Gute Nacht, allerseits«, sagte Maikel.

Er nahm seinen Rucksack und seinen Zimmerschlüssel, stieg die Treppe hinauf und passierte eine Tür, von der er nicht im Entferntesten ahnen konnte, dass dahinter eines Tages sein Büro liegen würde.

Das Gästezimmer war karg wie eine Mönchszelle, es gab keinen Fernseher und kein offenes WLAN, und als er Coco einen launigen Bericht über seine skurrilen Begegnungen schreiben wollte, stellte er fest, dass er nicht mal Handyempfang hatte. Er legte das Handy auf den kleinen Schemel neben dem Bett – es gab keinerlei Bord, Tisch oder Anrichte in diesem Zimmer –, ließ sich aufs Bett plumpsen, dessen Matratze erfreulich hart war, und überantwortete sich dem Gefühl, von der richtigen Welt komplett abgeschnitten zu sein. Es fühlte sich seltsam gut an.

Posch hatte ihm zugesagt, ihn am Morgen wieder zum Bahnhof zu fahren. Noch vor dem Frühstück sollten sie aufbrechen. Maikel hatte seinen Rucksack schon gepackt, stellte sich am Buffet im Speisesaal rasch ein Lunchpaket zusammen und trat dann vor das Haus. Posch stand neben dem Porsche und hielt ihm den Schlüssel hin.

»Was soll das?«

»Zieren Sie sich nicht. Ich weiß, dass Sie ihn gern mal fahren würden.«

Maikel öffnete die hintere Tür und warf seinen Rucksack auf den Rücksitz.

»Sie glauben, Sie können mich mit Ihrer Karre manipulieren?«

»Aber nicht doch.« Posch lächelte und stieg ein. Auf der Beifahrerseite.

Maikel raufte sich die Haare. Immer noch ein komisches Gefühl, ohne Hut rumzulaufen. Erinnerte ihn jedes Mal an Coco, meistens gefiel ihm das, aber im Augenblick nicht. Er spürte den Impuls, einfach zu Fuß zu laufen, doch das würde fraglos einen halben Tag dauern. Schließlich nahm er hinter dem Steuer Platz und sagte zu Posch: »Ich mache das, weil ich jetzt keine Lust habe, mit Ihnen zu diskutieren.«

»Schon recht. Der Klügere gibt nach.«

Als Maikel den Motor startete, kam es ihm vor, als erwache

unter seinen Händen ein wildes Tier, das seit langer Zeit nur auf ihn gewartet hatte. Ein Urzeitdrache im Jahrtausendschlaf, harrend auf diesen einen Jungen, von dem die alte Prophezeiung sagte, dass er eines Tages käme, um ihn zu reiten. Maikel schüttelte unwillkürlich den Kopf, er musste endlich fort von hier, raus aus den Wäldern und zurück in die Stadt, bevor er noch anfing, sich wie eine Figur aus dem Fantasy-Rollenspiel zu fühlen, das er und seine Buddys mit dreizehn oder vierzehn gespielt hatten.

Politik als Game.

Der Wagen fuhr fast von allein, gefühlvoll beantwortete er jeden noch so sanften Druck aufs Gaspedal, jede kleinste Veränderung an der Stellung des Lenkrads, er verschmolz mit seinem Fahrer, bis Maikel nicht mehr hätte sagen können, wer da eigentlich wen steuerte.

»Mal was anderes als diese Neue Langsamkeit, was?«, fragte Posch.

Statt einer Antwort drückte Maikel das Gaspedal durch und rauschte so waghalsig in die nächste Kurve, dass Posch nach dem Haltegriff schnappen musste.

»Gut, sehr gut!« Posch lachte und klang dabei wie Imperator Palpatine aus Star Wars. »Wobei ich zugebe, dass Ihre Freundin prinzipiell recht hat.«

Maikel warf ihm einen Seitenblick zu und wusste nicht, ob Posch das im Sinne von *Freundin* meinte oder vielleicht bloß von *Partei*-Freundin oder so.

»Ich denke auch, dass die Menschheit im Dauerstress ist«, fuhr Posch fort. »Und dass die Globalisierung daran schuld ist, bestreitet rechts wie links eigentlich niemand, nur die Mainstreampolitik mit Merkel und den Systemparteien samt ihrer Hofpresse huldigen noch immer ihrem Wachstumsfetisch.«

»Es gibt kein *rechts wie links*«, widersprach Maikel und schaute wieder auf die gewundene Straße vor sich. »Die Hufeisentheorie ist Bullshit und solche Querfront-Phantasien sind es erst recht.«

»Jedenfalls sind Fräulein Frahm und ihre Jünger im Irrtum, wenn sie glauben, dass der Feminismus zur Lösung beitragen würde, im Gegenteil. Der Feminismus hat diesen Dauerstress überhaupt erst möglich gemacht. Früher kamen die Männer von der Arbeit heim und konnten sich entspannen, die Frau war zu Hause der Chef und hat sich um alles gekümmert, sie hatte ihren eigenen Machtbereich, und niemand hat ihr eingeredet, sie müsse sich im Job beweisen. Jeder wusste um seine Rolle und das Bett war für Schlaf und Sex da. Heute ist das Bett ein Ort politischer Kämpfe geworden, das Privatleben stresst die Menschen mehr als die Arbeitswelt und der Alles-Ist-Möglich-Terror zwingt einen dazu, ständig seinen eigenen Lebensentwurf zu definieren. Davon muss man ja krank werden.«

»Sie nennen es Terror, ich nenne es Freiheit.«

»Terror im Namen der Freiheit ist nicht neu, Sie sind Historiker, Sie wissen das. Stress kann keine Freiheit sein. Wahre Freiheit finden Sie hier, in den Wäldern, wo Deutsche noch deutsch sein dürfen und Männer noch Männer. Gibt es eine größere Freiheit als die, seine wahre Natur zu entdecken und einfach seinen angeborenen Instinkten zu folgen? Ich bin sicher, dass der Feminismus niemanden glücklich macht. Die Männer nicht und die Frauen letztlich auch nicht. Sind Sie etwa glücklich, Maikel? Ist Ihre Freundin glücklich? Achtung, da vorne müssen wir rechts abbiegen.«

Statt zu bremsen, beschleunigte Maikel noch. Erst kurz vor der Abzweigung ging er in die Eisen und riss das Lenkrad herum.

»Gut, sehr gut!«, rief Posch wieder.

Dein Hass hat dich mächtig gemacht, ging es Maikel durch den Kopf. *Vollende deinen Weg zur dunklen Seite.*

Endlich flog die Kreisstadt heran, Maikel erkannte sie von gestern wieder. Kurz darauf ließ er den Wagen in der Ladezone vor dem Bahnhof ausrollen.

Schon ging seine Hand zum Türgriff, da hielt Maikel inne und wandte sich noch einmal an Posch. »Was ich mich die ganze Zeit frage«, sagte er, »was erhoffen Sie sich eigentlich von diesem Seminar? Abgesehen davon, dass Sie eine Menge Geld damit verdienen? Wollen Sie aus Ihrem Abendland-Projekt eine Bewegung machen?«

»In erster Linie will ich, dass diese Männer aufwachen und anfangen, aus sich selbst etwas zu machen«, antwortete Posch. »Und darüber hinaus ist es tatsächlich oft so, dass ich bei solchen Seminaren zwei oder drei Leute entdecke, die unsere Sache voranbringen können. Manchmal auch nur einen einzigen.« Posch sah ihn einen Moment lang durchdringend an. »Aber sogar dann hat es sich schon gelohnt. Apropos.« Das Intensive seines Blickes verlosch und er sprach in geschäftsmäßigem Ton weiter: »Was Ihr Honorar betrifft ...«

»Ich möchte kein Geld von Ihnen«, sagte Maikel. »Danke fürs ... ähm ... Bringen.«

Er stieg aus und öffnete die hintere Tür, um seinen Rucksack zu holen.

Posch drehte sich zu ihm um und fragte: »Vielleicht wollen Sie stattdessen einen Gutschein für eines unserer Seminare? Na ja, das können wir ja besprechen, wenn wir uns einmal wiedersehen.«

»Leben Sie wohl«, sagte Maikel und warf die Tür zu, schulterte seinen Rucksack und ging zum Gleis.

Die Fahrt kam ihm wie eine halbe Weltreise vor, mit der Regionalbahn nach Erfurt, mit dem ICE nach Frankfurt, Umstieg nach Köln, dann mit der Straßenbahn heim. Es war auch insofern eine Weltreise, als er mit jedem Kilometer seiner eigenen Welt wieder näherkam und die abstruse Welt von André Posch und seiner Abendland Akademie zurückließ, als erwache er sehr langsam aus einem kruden Traum.

Da er endlich wieder Handyempfang hatte, rief er Coco an, aber die drückte ihn weg und schrieb kurz darauf: *Sorry, Liebster, bin im Briefing für Britt Biller heute Abend! Gott, das ist so weird!*

Bei mir war's auch echt weird, schrieb er zurück, *erzähl ich dir später.* Er löschte *später* und ersetzte es durch: *irgendwann.*

Die Sendung wurde im ZDF-Hauptstadtstudio produziert und sie hatten Coco ein nobles Hotelzimmer in Mitte angeboten, doch sie hatte ebenso nobel darauf verzichtet und die Isomatte im FUTURE-Laden vorgezogen. Maikel hätte das Angebot an ihrer Stelle angenommen. Er wäre von der Abendland Akademie aus direkt nach Berlin gefahren, hätte die Sendung im Studiopublikum mitverfolgt und hinterher hätten sie sich eine schöne Nacht auf Kosten des öffentlich-rechtlichen Fernsehens gemacht. Das hatte er Coco auch vorgeschlagen, aber sie hatte bloß erwidert, sie brauche für ihre eigene Glaubwürdigkeit das rebellische Campfeeling – er könne doch trotzdem kommen und seinen Schlafsack neben ihren legen, das wäre sicher romantisch.

Darüber hatte er kurz nachgedacht und war jetzt froh, sich anders entschieden zu haben. Nach der Nacht in seinem kargen Akademiezimmer und den unwirklichen Gesprächen mit den Teilnehmern des Männerseminars und vor allem mit Posch war er froh, zu Hause in seinem eigenen Bett zu liegen.

Auf dem Laptop schaute er die Talkshow im Livestream, auf dem Handy verfolgte er nebenher die Kommentare, die auf Twitter, Facebook oder Instagram auftauchten. Auf seinem Tablet ließ er Pornos laufen. *Busty blonde wife getting it by 2 BBCs, her cuckold husband is watching.* Die Abkürzung stand in diesem Fall nicht für eine britische Rundfunkanstalt, sondern für *big black cock.*

Britt Biller hatte eine lehrbuchmäßige Runde lebender Klischees um sich versammelt: einen dicken Minister, eine rot gelockte Sozialpolitikerin der Linken und einen rechtsradikalen Kulturpolitiker mit Schmalztolle, dazu einen geleckten Schnösel von einem arbeitgebernahen Wirtschaftsforschungsinstitut und einen sehr intellektuellen Zukunftsforscher im Cordanzug. Und Coco. Sie saßen um einen runden, halb abgesägten Tisch mit einer trichterförmigen Vertiefung in der Mitte, die Maikel an ein Kotzbecken erinnerte. Das Thema der Sendung war sinngemäß die Frage, *wie wir morgen leben wollen*, es ging um Wege aus der Corona-bedingten Rezession, um Klima versus Arbeitsplätze und das übliche Blabla.

»Wir müssen die Weltwirtschaft neu denken«, sagte der Cordanzugmann. »Corona hat uns gelehrt, dass der eigene Gemüsegarten wichtiger ist als Finanzanlagen.«

»Wie viele Hartz IV-Empfänger, die in einem Hochhausblock leben, haben denn Gemüsegärten?«, konterte die rot gelockte Linke. »Mit Romantik können wir keine Politik machen.«

»Watch me, Honey Bunny«, rief die Blonde ihrem Ehemann zu, der in Unterhose neben dem Bett stand und mit dem Handy filmte, wie seine Frau es mit den beiden Männern trieb.

»Unsere Zukunft hängt an der psychosozialen Integrität des Deutschen Volkes«, erklärte die rechte Schmalztolle. Gottlob ging niemand näher auf ihn ein.

»Come on«, stöhnte die Blonde. »Give it to me!«

Der dicke Minister und der Wirtschaftsschnösel waren sich einig, dass jetzt ein neuer Marshallplan für Europa blabla, Wachstum, neues Wirtschaftswunder, blabla, den Markt von seinen bürokratischen Fesseln befreien, Kräfte entfalten, die Menschen brauchen jetzt Flexibilität.

»I give it to you!«, bestätigte einer der Männer im Bett der blonden Frau und Honey Bunny in der Unterhose trat mit seiner Handykamera näher heran.

»Unter Befreiung verstehen Sie Sozialabbau«, entgegnete Rotlocke. »Die Menschen brauchen soziale Sicherheit.«

»Die Menschen brauchen Heimat und Identität«, beharrte Schmalztolle.

»Yeah, that's what I need!«, stöhnte die Blonde.

»Wann kommt Coco?«, fragte jemand auf der Facebookseite von FUTURE.

Die haben mir drei Tonnen Schminke ins Gesicht gepinselt, hatte Coco kurz vor Beginn der Sendung noch an Maikel geschrieben, *drück mir die Daumen, dass ich überhaupt sprechen kann mit zubetonierter Visage!*

Sie lehnte, die langen Beine übereinandergeschlagen, lässig in ihrem Stuhl, wippte ein klein wenig vor und zurück und hörte der Diskussion der anderen aufmerksam zu. Auf diesem Stuhl hatte vor eineinhalb Jahren noch Jule Angerhof gesessen, zwei- oder dreimal war sie in dieser Sendung zu Gast gewesen und auch bei den anderen Talkformaten, Sandra Maischberger, Anne Will, Frank Plasberg. Absolut souverän hatte Jule über Klimabilanzen und Arbeitsplätze diskutieren können, kannte jedes Kohlekraftwerk der Republik und jede Studie zum CO_2-Ausstoß und die Emissionswerte aller nur denkbaren Fortbewegungsmittel vom ägyptischen Streitwagen bis zur Mondlandefähre – und jetzt hockte sie vermutlich irgendwo in ihrem oberbayerischen Dorf vor dem Fernseher und war dazu verdammt, Coco beim Schweigen zuzusehen.

»I'm coming!«, rief die Blonde. »Oh my god!«

»Frau Frahm.« Britt Biller wandte sich an Coco. »Mit Ihrer Partei FUTURE werben Sie für Neue Langsamkeit. Glauben Sie angesichts der Verwerfungen der Coronakrise und der Millionen von Arbeitslosen wirklich, dass die Menschen in diesem Land Langsamkeit brauchen? Brauchen die Menschen nicht eher größere Anstrengungen, um die Wirtschaft wiederaufzubauen?«

Coco nickte bedächtig, nahm das rechte Bein vom linken und schlug das linke über das rechte, faltete die Hände unter dem Kinn, runzelte die Stirn, fuhr sich mit der Zunge über die Oberlippe und sagte: »Das ist ja kein Widerspruch.«

»Bitte? Ich fürchte, ich verstehe nicht ganz.«

»Anstrengung und Langsamkeit sind kein Widerspruch«, sagte Coco. »Denn Langsamkeit heißt, mit sich selbst in Kontakt zu kommen, Gefühle zuzulassen, Ängste und Hoffnungen, so was ist ja nun wirklich kein Gechille, sondern durchaus herausfordernd.«

»Wollen Sie die ganze Republik in einen Stuhlkreis verwandeln?«, empörte sich Schmalztolle. »Unser armes Land muss von dieser politischen Pädagogik entsifft werden!«

»Ich verstehe, was Sie sagen möchten, Frau Frahm, und ich finde diese Gedanken grundsätzlich sympathisch.« Der dicke Minister beugte sich zu ihr hinüber und schenkte ihr einen warmen, väterlichen Blick. »Aber leider schaffen Sie auf diese Weise keinen einzigen Arbeitsplatz. Dabei brauchen die Menschen in diesem Land gerade jetzt …«

»Ich finde das übergriffig«, unterbrach Coco den Mann. »Diese Mutmaßungen darüber, was *die Menschen* brauchen. Als würden wir hier in der Runde gar nicht dazugehören, als wäre Politik eine abgehobene Sphäre oberhalb der eigentlichen Menschen. Die Menschen spüren selbst, was sie brauchen. Entfesseln Sie nicht die Wirtschaft, die ist seit Reagan und Thatcher in den Achtzigern und Blair und Schröder Ende der Neunziger und, ja, auch Merkel völlig dereguliert. Deregulieren Sie lieber die starren Lehrpläne der Schulen, entfesseln Sie die Kraft der erneuerbaren Energien, deregulieren Sie unsere althergebrachten Normen über Geschlechterrollen und rechtwinklige Reihenhausvorgartenheckenbeschneidung! Entfesseln Sie Fantasie und Kreativität. Wir sind nicht auf der Welt, um Wirtschaftswachstum zu schaffen, sondern um glücklich zu werden. Schaffen Sie Rahmenbedingungen für Glückswachstum!«

Sind Sie etwa glücklich, Maikel?, hatte Posch gefragt. *Ist Ihre Freundin glücklich?*

Die Blonde im Porno war es scheinbar, sie jauchzte vor Begeisterung, während ihr zäh das Sperma der beiden Männer übers Gesicht rann. Maikel verstand nicht richtig, wie man sich daran aufgeilen konnte. Aber das war natürlich Geschmackssache. Wie Coco schon sagte: Die Menschen spüren selbst, was sie brauchen.

Coco wandte sich direkt an die Moderatorin und sagte: »Wir diskutieren hier über Antworten auf Fragen, die eigentlich überhaupt niemand wirklich stellt, sondern die Ihre Redaktion sich Woche für Woche aus den Fingern saugt, um griffige Titel für die Sendung zusammenzuzimmern. Wir simulieren hier eine Debatte, die eigentlich auf die Straßen und Plätze gehört und nicht in dieses glitzernd geleckte Hauptstadtstudio.«

Das letzte Wort sprach sie aus, als ekelte es sie. Dieser Talkshowauftritt würde zweifellos der erste und letzte in Cocos Karriere sein. Maikel malte sich aus, wie Marta Méndez verzweifelt in der ersten Reihe saß, Blut und Wasser schwitzte, ohne irgendwie eingreifen zu können, und wie Kerim irgendwo vor dem Fernseher hockte und sich dreifach dafür verfluchte, Coco die Kandidatur zum Parteivorsitz angetragen zu haben.

Das Studiopublikum aber klatschte begeistert Beifall, Britt Billers Erklärungsversuch, dass ihre Sendung ja genau deswegen Denkanstöße für die Menschen *draußen im Land* vermitteln würde, ging halb unter.

Auf Twitter und Facebook wurde Coco gefeiert. Hashtag #*glueckswachstum* trendete binnen kürzester Zeit, auch #*Reihenhausvorgartenheckenbeschneidung* ging ziemlich ab. Doch die Hater waren ebenfalls sofort zur Stelle und verbreiteten ihre eigenen Vorstellungen davon, wie man *eine solche Frau mal so richtig beglücken* solle.

Honey Bunny leckte das vollgespritzte Gesicht seiner Gattin ab, wobei er in der ausgestreckten Hand sein Handy hielt und sich selber filmte. Fast metafiktional. Maikel nahm das Tablet und schob den Porno weg. Er hatte das Filmchen bei seiner Websuche nach dem Begriff *cuckold* gefunden. Gleich darunter kam ein Blogartikel von Steve Bannon, Ex-Berater von Donald Trump und Chefrassist der amerikanischen *Alt-Right*, das war ein interessanter Zusammenhang, aber Maikel war zu müde, das jetzt zu lesen.

Kurz nach dem Ende der Talkshow schrieb Coco: *Sorry, Liebster, ich würde dich gern anrufen, aber hier ist der Teufel los. Ich komm morgen nach Köln und dann sehen wir uns.*

Maikel schickte seine drei Devices schlafen, trank ein Bier und versuchte sich zu entspannen. Aber die Männer aus der Abendland Akademie verfolgten ihn in den wirren Träumen einer unruhigen Nacht. Norman und Joel und Herbert und wie sie alle hießen führten am Lagerfeuer einen Kreistanz auf, während André Posch bei Bier und Zigarren mit der amerikanischen Philosophin Judith Butler diskutierte. Drinnen im Tagungsraum der Akademie klickte sich Coco durch Maikels Präsentationsfolien und rief zwischendurch: »Yeah, Honey Bunny, give it to me.« Maikel fiel auf, dass er gar keine Ahnung hatte, wie Judith Butler eigentlich aussah, aber egal, im Traum spielte das keine Rolle.

Völlig gerädert wachte er auf und hatte nicht die geringste Lust, zur Uni zu gehen. Aber das Sommersemester hatte gerade erst begonnen und er wollte nicht gleich in der zweiten Woche schwächeln. Anschließend hätte er zu Coco fahren und dort auf sie warten können. Er hatte natürlich keinen Schlüssel, denn sie hatten sich vorgenommen, keinen auf Super-Pärchen zu machen, aber er wusste, dass Tabea schon tags zuvor aus Berlin zurückgekommen war, sie hätte ihn reingelassen wie neulich, als Maikel Coco an ihrem Jahrestag überrascht hatte. Doch ihm stand der Sinn nicht danach, Coco schon wieder zu überraschen, und außerdem erwartete sie das vielleicht sogar, und dann wäre es ja eh keine Überraschung mehr gewesen.

Als er mit dem Bike in seine Straße einbog, sah er als Erstes seinen ehemaligen Hut. Coco saß auf der Treppenstufe vor dem Hauseingang.

»Überraschung!«, rief sie und sprang auf.

»Hey, na sowas.« Sie küssten sich und Maikel fand, dass er sich eigentlich mehr freuen müsse.

Er schob das Rad durch den lang gezogenen Hausflur und durch die Hintertür wieder hinaus in den Hof. Coco hielt ihm jeweils die Türen auf.

»Wie war dein Tag?«, wollte sie wissen.

»Es war wieder so ein Tag, an dem ich mir gern mal deine Marta ausborgen würde, um für mich Rede und Antwort zu stehen«, sagte er. »Hundert Leute haben mich auf dich angesprochen. Keine Ahnung, warum jeder weiß, dass ich der Freund von Coco Frahm bin. Und keine Ahnung, warum die alle Britt Biller gesehen haben. Wobei natürlich in Wahrheit niemand die Sendung gesehen hat, alle haben nur hinterher die ganzen kleinen Ausschnitte auf YouTube gesehen und die Sharepics auf Insta, wo irgendwer neben dein Gesicht ein schmissiges Zitat platziert.«

»Und? Was haben sie gesagt?«

»Was wohl?« Sie stiegen die Treppe hoch. »Alle lieben dich. Wenn du Kochrezepte vortragen würdest oder Fritzchenwitze, würden sie dich genauso verehren.«

»Und du? Was sagst du?«

»Ich liebe dich auch.«

»Ich weiß. Aber zur Sendung? Hast du sie gesehen? Oder auch nur Ausschnitte und Sharepics?«

»Was hast du gegen Reihenhausvorgartenhecken?« Er drehte sich auf dem vorletzten Treppenabsatz um. »Okay, Lehrpläne deregulieren, schön und gut. Aber wenn die Leute ihre Hecken eckig mögen, dann lass sie doch.«

»Es ist eben nur ein Beispiel für Spießbürgerlichkeit«, meinte Coco. »Ich wollte nicht alle Reihenhausvorgartenheckenscherenbesitzer pauschal beleidigen.«

»Hast du aber.«

Maikel verstand selbst nicht, wieso er ihr das vorwarf. Als müsse er Norman und Joel und Herbert vor Coco in Schutz nehmen. Dabei hatten die vielleicht gar keine Vorgärten, geschweige denn Häuser. Oder es war seine eigene Sehnsucht nach etwas Spießbürgerlichkeit, die ihn manchmal überkam, wenn er den obersten Treppenabsatz erreichte. Diese Mansarde war keine WG, nicht mal eine Schicksalsgemeinschaft, sondern nur ein Flur mit sechs Zimmern unter dem Dach, deren Bewohner sich eine Dusche am einen Ende des Flures und eine Toilette am anderen Ende teilten. Zwei Bewohnerinnen studierten ebenfalls, die anderen drei waren eigenbrötlerische Männer unterschiedlichen Alters, auch Incels womöglich, darüber hatte Maikel noch gar nicht nachgedacht. Man hatte auch kaum Kontakt, denn wer hier einzog, tat es meist nur vorübergehend, bis sich was Besseres fand. In Maikels Fall dauerte das schon drei Jahre, aber er suchte gar nicht ernsthaft, denn nirgends war es so billig wie hier, jedenfalls nicht in der Südstadt. Sein Wohnzimmer waren die Kneipen und Clubs ringsum, und pünktlich zum Corona-Lockdown, als man nirgends mehr hingekonnt hatte, war er Coco begegnet. Immerhin gab es sehr stabiles WLAN.

»Irgendwas nagt an dir«, sagte Coco. »Hat es mit dem Seminar zu tun? Erzähl mal was davon.«

Sie warf ihren Rucksack in die Ecke seines Zimmers und streckte ihre langen Glieder auf Maikels großem Bett aus.

»Na ja«, meinte Maikel. »Wenn das die Elite der Neuen Rechten sein soll, dann müssen wir vor denen keine Angst mehr haben.« Er kramte in seinen Vorräten. »Spaghetti?«

Es gab immerhin ein Waschbecken im Zimmer und auf einem kleinen Tisch stand eine elektrische Kochplatte. Maikel füllte einen Topf mit Wasser.

»Ich bin ganz Ohr«, sagte Coco. »Du hast geschrieben, dass es voll weird gewesen sei.«

»Ja, ach, Männer.« Er zuckte mit den Achseln.

Komisch. Gestern hatte er sich noch ausgemalt, wie er Coco in allen Einzelheiten von seinen Gesprächen berichten und sie sich zusammen darüber schlapplachen würden. Jetzt kam ihm die Vorstellung plötzlich wie ein Verrat vor, wie ein Bruch des Beichtgeheimnisses. Als müsse er sie beschützen, so wie schon vorhin im Treppenhaus.

Wir haben hier bei Herrn Posch gelernt, sehr offen zu reden, von Mann zu Mann, hatte Norman gesagt. *Ohne Tabus.*

»Verrückt fand ich, dass die sich alle gesiezt haben, auch untereinander.«

»Echt? Was soll das?«

»Keine Ahnung. Ich hab mal gehört, dass Verbindungsstudenten das auch machen.«

»Du meinst diese Burschenschaften, wo die Typen Uniformen tragen und mit Säbeln hantieren?«

»Ja, die. Komische Mischung.« Er musste an den kotzkübelförmigen Tisch im Fernsehstudio denken. Solche Kotzkübel gab es angeblich in den Badezimmern von Verbindungshäusern. »Die demonstrieren nach außen die allerstrengsten Sitten und Formalitäten, aber wenn sie unter sich sind, benehmen sie sich wie die größten Schweine.«

»Das machen doch viele«, meinte Coco. »Will gar nicht wissen, was hinter den eckigen Hecken dieses Landes so abgeht.«

»Klingt wie aus einem Poetry Slam.« Maikel lachte. »Eckige Hecken.«

»Weißt du, dass deine Sommersprossen tanzen, wenn du lachst?«, fragte Coco. »Eigentlich hab ich überhaupt keinen Hunger.«

»Ich auch nicht«, sagte er, stellte die Herdplatte aus und warf sich zu ihr aufs Bett.

Es ging ziemlich schnell, und als er kurz darauf wieder aufstand und die Platte wieder einschaltete, war das Wasser noch warm.

Coco rollte sich auf den Bauch, stützte das Kinn auf die Hände und sagte: »Irgendwas war anders zwischen uns, gerade.«

»Meinst du *irgendwas* oder meinst du, *ich* war anders?«

»Weiß nicht, vielleicht du ... ja, kann sein. Du kamst mir ungewohnt ... egoistisch vor. Bitte versteh das nicht als negativ.«

»Tu ich nicht.«

»Es war ... irgendwie fand ich es eigentlich auch ... Gott, ist ja egal.« Sie setzte sich auf. »Das kommt nur, weil wir uns zu wenig sehen. Dann wird jeder Fick direkt total bedeutsam, nach dem Motto: Wenn wir es so selten treiben, muss es jedes Mal was ganz Besonderes sein.«

»Tja«, meinte er, »du weißt, wo du mich findest, wenn du mich brauchst. Meistens hab ich Zeit.«

»Manchmal hab ich das Gefühl, wir wären ein altes Ehepaar, nur mit vertauschten Rollen.« Coco lachte. »Ich gondle in der Welt rum und du sitzt zu Hause und wartest auf mich.«

»Glücklicherweise hab ich noch andere Dinge zu tun als nur das. Zum Beispiel den Master zu machen.«

»Gott, das weiß ich doch. War ja nur ein Witz.« Sie stand auf und schmiegte sich von hinten an ihn. Maikel liebte es, ihre

Brustwarzen an seinem Rücken zu spüren. Sie fragte: »Warum kommst du nicht öfter mit nach Berlin? Ich hab haufenweise Bonuspunkte von der Bahn, du kannst umsonst mitfahren. Und im Laden zu pennen kostet eh nix.« Sie küsste seinen Nacken. »Du fehlst mir. Dein Lachen und deine tanzenden Sommersprossen. Deine schlauen Ideen und dein Rat.«

»Dafür hast du doch Tabea. Und Marta und all die Leute. Kerim.«

»Kerim ...« Sie winkte ab. »Ich fürchte, zwischen ihm und mir wird es früher oder später mal einen großen Knall geben. Vielleicht werden wir feststellen, dass es mit uns als Doppelspitze nicht funktioniert. Dann trete ich zurück, und dann sehen wir uns wieder jeden Tag, du und ich, wie damals im Lockdown.«

»Bloß nicht, sonst gehen wir uns sicher schnell auf die Nerven.« Maikel drehte sich zu ihr um und küsste sie. »Außerdem trittst du nicht zurück. Wenn es mit euch nicht klappt, dann muss *er* halt gehen, nicht du. Wo liegt denn überhaupt das Problem? Ihr steht doch eigentlich für dieselben Positionen.«

»Es geht nicht um Inhalte. Ich glaube eher, dass er mit meiner Art nicht klarkommt. Gestern nach dieser Talkshow war er stinksauer, weil ich in solchen Situationen nicht die Kompetenzkarte ziehe. Ich meine – ja, natürlich hab ich genug VWL-Fachphrasen drauf, um mit diesen Leuten in deren Sprache zu diskutieren, aber dann würde ich ja genau deren Spiel spielen, das will ich einfach nicht.«

»Und genau das finden die Leute an dir gut. Ich übrigens auch.« Er löste sich aus ihrer Umarmung und ließ die Spaghetti ins kochende Wasser gleiten. »Deswegen solltest du Vorsitzende bleiben und dein FUTURE-Ding machen und ich hab eben hier mein eigenes Leben. Aber vielleicht ...« Er grinste. »Vielleicht hast du demnächst ein paar Termine weniger, weil dich niemand mehr in seine Talkshow einladen will.«

»Im Gegenteil.« Auch Coco grinste. »Noch in der Maske beim Abschminken haben sie mich gefragt, ob sie mich demnächst wieder anfragen dürfen. Und sie werden mir fünfhundert Euro Aufwandsentschädigung überweisen. Die kann ich echt gut gebrauchen.«

»Was?« Maikel hielt inne, einen Kochlöffel in der Hand. »Ich dachte, wir nehmen kein Geld für Auftritte – und wenn doch, spenden wir es in die Parteikasse?«

»Ja, schon. Aber ich bin gerade echt kurz vor der Pleite. Und ich fänd's schön, mal wieder mit dir zu 'nem Konzert zu gehen oder einfach in ein gutes Restaurant.«

»Was hast du gegen meine Spaghetti?«

»Gar nichts. Aber ein kleines bisschen weniger pleite zu sein, dagegen ist ja wohl nichts einzuwenden. Das bleibt unter uns, ja?«

»Okay, klar«, sagte er.

Vielleicht sollte er der Abendland Akademie doch ein Honorar in Rechnung stellen.

7

Coco dreht sich zu Maikel um. Er hat zwei Weingläser in der Hand. Eines hält er ihr hin.

Da ist was in seinem Blick, was sie schon einmal gesehen hat. Etwas, das sie verstört hat, sie kommt nur nicht drauf. Sie nimmt das Glas. Er sieht sie an.

Da, genau, es fällt ihr wieder ein.

Das war ein Abend mit ihm in seinem Mansardenzimmer. Vor fast genau einem Jahr, es war an dem Tag nach dem Talkshowauftritt bei Britt Biller. Sie hatten miteinander geschlafen und Maikel war dabei so anders gewesen. Sie hatte es als egoistisch bezeichnet, aber das trifft es nicht ganz, spürt sie jetzt, als er sie wieder genauso ansieht wie damals. Da war es ihr vorgekommen, als wäre Maikel in dem Moment gar nicht bei *ihr* gewesen, nicht mit und nicht in ihr, sondern als sei er ganz allein mit sich gewesen. Er hatte sie angesehen ... wie einen Gegenstand, etwas Unbelebtes, eine Sexpuppe vielleicht. Und genauso sieht er sie jetzt wieder an. Als sei sie gar nicht lebendig. Ein Zombie.

»Erinnerst du dich an den Abend nach meinem ersten Talkshowauftritt?«, fragt sie.

»Das werde ich niemals vergessen. Damals meintest du, dass es demnächst zwischen Kerim und dir knallen würde.« Er verzieht kurz das Gesicht. »Und wenig später hat es tatsächlich geknallt.«

Wie gelassen er das ausspricht, so beiläufig. Das tut weh. Ihre Wangen brennen, als hätte er jetzt *ihr* eine geknallt. Sie streicht sich mit dem Handrücken übers Gesicht und sagt: »Ich habe dir erzählt, dass ich zurücktreten würde, wenn es mit uns nicht klappt, also mit Kerim und mir.«

»Und ich hab dir gesagt, dass du das nicht tun sollst.«

Maikel hebt sein Glas.

»Warum?«, fragt sie.

»Warum was? Der Wein? Damit wir anstoßen können.«

»Warum wolltest du nicht, dass ich zurücktrete? Warum war es dir so wichtig?«

»Ich war damals davon überzeugt, dass du das Richtige tust. Dass *wir* das Richtige tun. Dabei rannten wir bloß in unser Unglück. Jedenfalls ich. Aber weißt du was? Ich bin fast dankbar, dass alles so gekommen ist. Prost.«

»Na, dann.« Coco lächelt und sie stoßen an.

Maikel trinkt. Auch Coco führt ihr Glas zum Mund.

Doch sie hält inne, noch bevor es ihre Lippen berührt, und sagt: »Ich glaube, ich bin tatsächlich in mein Unglück gerannt.«

Sie setzt das Glas auf dem Tisch ab, ohne davon getrunken zu haben.

»Was für ein Unglück?«, fragt Maikel. »Dass du demnächst dieses Land regieren sollst oder was? Sorry, dass ich jetzt nicht so viel Mitleid für dich habe.«

Er schaut sie an, dann ihr Weinglas, das sie abgestellt hat, dann wieder sie. Er will wohl lässig klingen, aber sie merkt, wie angespannt er ist. Dieses Wiedersehen ist nicht einfach, für sie beide nicht, aber sie hätte nicht gedacht, dass es ihn so nervös macht.

Vielleicht liegt es gar nicht an ihm. Kann sein, dass er ihre eigene Anspannung fühlt und widerspiegelt. Sie tänzelt hier schließlich wie auf einer Rasierklinge zwischen unbändiger Lebensenergie und Todessehnsucht. Sie hat es nicht ausgesprochen – noch nicht! –, doch ganz unbewusst spürt er es vermutlich.

Sie wendet sich von ihm ab, schaut aus dem Fenster, wo der Blick von dem steil ansteigenden Hang hinter dem Haus gebremst wird.

»Die Politik frisst mich auf«, flüstert sie. »Sie hat mich beinahe schon komplett verschlungen, nur ein witziges Stückchen guckt noch raus. Wenn ich ehrlich bin, geht es mir total beschissen mit all dem. Manchmal werd ich morgens wach und kann keinen klaren Gedanken mehr fassen. Da sind ganz viele Wörter in meinem Kopf, aber sie ergeben keinen Sinn, sie passen nicht zusammen. In den letzten Tagen hatte ich so Fantasien, dass ich am liebsten ...« Sie stützt sich mit den Händen auf den Rand der Arbeitsplatte, als koste das Sprechen sie ihre allerletzten Kraftreserven. Sie spricht in das Spülbecken, direkt in den Abgrund des Siphons hinein: »... weg wäre. Einfach weg. Tot.«

Ein Knall, ein Klirren. Sie dreht sich herum und sieht, dass ihr Weinglas am Boden zerschellt ist.

»Ah, fuck«, ruft Maikel. »Sorry, ein Versehen.«

»Aber echt«, murmelt Coco. Einen Augenblick zuvor hatte Maikel noch auf der anderen Seite des Tisches gestanden. Was sie gerade ausgesprochen hat, muss ihn ziemlich umgehauen haben.

»Du willst dich umbringen?«, fragt er jetzt ungläubig.

Er öffnet einen Schrank und noch einen, vermutlich sucht er nach einem Kehrblech. Coco nimmt eine Küchenrolle von der Anrichte und tupft den Wein auf, der sich in den Fugen des Fliesenbodens verästelt wie ein kleines Flussdelta. Die Splitter schiebt sie dabei zur Seite. Maikel hockt sich neben sie und fegt die Splitter auf. Da sind immer noch seine Sommersprossen.

Aber er lacht nicht, er sagt: »Mit sowas macht man keine Witze.«

»Keiner hat 'nen Witz gemacht«, erwidert sie und lässt sich ihm gegenüber auf die kühlen Fliesen sinken.

»Warum zur Hölle hast du mich angerufen, Coco? Du solltest lieber mit einem Therapeuten reden statt mit mir. Ausgerechnet.«

Sie vertieft sich in den Anblick seines Gesichts, das sie so lange vermisst hat. Jetzt ist es ganz nah.

Der Blick von vorhin ist fort. Aber der alte Maikel mit seinen tanzenden Sommersprossen ist auch nicht mehr da. Er ist kreidebleich, seine Unterlippe zittert. Gott, muss ihn das gerade schockiert haben.

»Doch«, sagt sie, »mit dir. Ausgerechnet.«

Er fährt sich mit der Hand über Mund, wie um das Zittern dadurch zu beenden. Er schüttelt den Kopf. Mehr über sich selbst als über sie, so kommt es ihr vor.

Schließlich steht er auf und kippt die Scherben in den Mülleimer. Er streckt ihr seine Hand hin. Sie greift zu und lässt sich hochziehen.

Auch seine Hand zittert.

■

Damals, als ihr nach der Talkshow zum ersten Mal diese Zweifel kamen, stand Coco seit weniger als einem Jahr mit Kerim gemeinsam an der Spitze von FUTURE, doch es kam ihr bereits so vor, als wäre sie immer schon Parteivorsitzende gewesen. Vor allem spürte sie, dass der Job – nein, sie bekam kein Gehalt, aber es fühlte sich trotzdem wie ein Job an, schließlich machte sie ihn rund siebzig Stunden pro Woche – allmählich ihre Wahrnehmung zu verschieben begonnen hatte. Sie konnte immer weniger zwischen wichtig und unwichtig unterscheiden. Fand sie jedenfalls. Eine Stunde mit Kerim darüber zu streiten, welche

Version welcher Beschlussvorlage des Bundesteams an die Bundeskonferenz weitergeleitet werden sollte und wann und mit welchem Begleitschreiben, das schien für Coco zigmal wichtiger zu sein, als ihre Schwester Katha zurückzurufen oder einer Mitspielerin vom Basketballverein zur Geburt ihres Babys zu gratulieren oder einfach mal das Buch zu lesen, das Maikel ihr neulich geschenkt hatte. Noch schlimmer wurde es dadurch, dass Tabea sie ständig diskret an diese Dinge erinnerte.

»Denkst du daran, dass deine Mutter nächste Woche Geburtstag hat? Du kannst ja Blumen schicken lassen. Wenn du möchtest, kümmere ich mich darum.«

Coco war sich sicher, dass sie ihrer Freundin und Mitbewohnerin das Herz brechen würde, wenn sie zurückträte. Und auch Marta und Gizem und all den vielen wundervollen Menschen, die sich jeden Tag von früh bis spät für FUTURE reinhängten. Es stimmte wohl, was Maikel gesagt hatte. Alle liebten sie. Vielleicht war es gerade das, was ihr Angst machte: wie sie von einigen in der Partei verehrt wurde. Selbst von Jule und Djamila und den anderen Frauen, die Coco anfangs mehr oder minder klar abgelehnt hatten.

Jule war es auch, die Coco und Kerim dazu drängte, ihre Differenzen zu klären. Das war Ende April des vorigen Jahres, eine Woche nach Cocos Talkshowauftritt und gut zwei Wochen vor der Bundeskonferenz. Das Bundesteam traf sich im Berliner Paul-Löbe-Haus, einem verschlungenen Komplex aus Beton, Stahl und Glas mit Blick aufs Reichstagsgebäude, das zur Bundestagsverwaltung gehörte. Das Büro von Gizem Cansu, die seit ihrem Übertritt zu FUTURE beratendes Mitglied im Bundesteam war, hatte einen Konferenzraum gebucht, wo sie in bequemen schwarzen Sesseln um einen riesigen ringförmigen Tisch saßen. An jedem einzelnen Sitzplatz ragte ein Mikrofon in die Höhe, das man mit einem in die Tischplatte eingelassenen

Schalter an- und ausknipsen konnte. Die Mikrofone halfen tatsächlich, denn der Raum war riesig und die knapp dreißig Leute – neben den gewählten Mitgliedern waren meist auch Beraterinnen wie Tabea und Marta dabei – verteilten sich im weiten Rund. Kein Vergleich zu den bisherigen Sitzungen des Bundesteams, die bestenfalls in Jugendherbergen stattgefunden hatten, manchmal auch im Partykeller eines Wohnheims oder im Hinterzimmer eines Clubs. Die Atmosphäre war schlagartig anders, die Diskussionen schienen ernster zu verlaufen – oder auch nicht, vielleicht wirkte es bloß so, dachte Coco, und in Wahrheit wurden sie nur oberflächlicher, phrasenhafter, weil sie sich unbewusst dem professionellen Politikbetrieb anpassten.

Kerim beschrieb den Fahrplan der nächsten Monate: die Bundeskonferenz in Rastatt in knapp drei Wochen, dann die Landtagswahl in Baden-Württemberg Ende Mai.

»Und wie es ab Juni weitergeht, hängt von zwei entscheidenden Faktoren ab.« Er machte eine rhetorische Pause und schaute in die Runde. »Erstens von unserem Abschneiden bei der Wahl im Ländle – der Einzug in den Landtag würde uns wahnsinnig Rückenwind geben. Und zweitens« – jetzt schaute er Coco an, die direkt neben ihm saß – »davon, ob die Buko beschließt, dass wir zur Bundestagswahl antreten.«

Pascal meldete sich, ein junger Mann mit Dreadlocks, der außerhalb seiner politischen Arbeit für FUTURE seine Zeit hauptsächlich damit zubrachte, vor an roten Ampeln wartenden Autos mit Keulen und Fackeln zu jonglieren. In seinen abgewetzten Gauklerklamotten wirkte er besonders exotisch in diesem Parlamentsgebäude und der orangene Besucherausweis mit Bundesadler darauf baumelte ihm an seiner selbst gebastelten Muschelkette vor dem Bauch.

»Soweit ich das mitgekriegt habe«, sagte Pascal, »seid ihr beiden euch noch nicht einig, was die Bundestagswahl betrifft.«

Er meinte Kerim und Coco.

Coco beugte sich nach vorn und wollte ihr Mikro einschalten, doch da sagte Kerim schon: »Wir vertreten unterschiedliche Auffassungen, aber das bereden wir ja heute.«

»Übrigens nicht nur zur Bundestagswahl selbst«, ergänzte Coco und zwinkerte Kerim zu. »Wir sind uns auch uneins darüber, ob ihr als Bundesteam für die Buko eine Empfehlung in dieser Sache aussprechen sollt.«

»Was auf jeden Fall schlau wäre, wenn ihr's tut«, brummte Kerim und fügte mit Blick auf Coco hinzu: »Das hätte ich jetzt eh angesprochen.«

»Was spricht denn dagegen, dass wir uns als Bundesteam positionieren?«, wollte Djamila wissen.

»Nichts«, sagte Kerim, »im Gegenteil. Es würde den Buko-Delegierten vorab eine Orientierung geben.«

»Und ich finde eben, dass die Delegierten das nicht brauchen«, widersprach Coco. »Alle Argumente stehen seit Wochen auf dem Antragsboard vom Buko-Channel und jede Person kann sich dazu eine eigene Meinung bilden.« Unwillkürlich musste sie an Maikel denken. »Bei anderen Parteien nicken die Delegierten nur alles vom Vorstand ab. Bei uns nicht.«

Die meisten Leute klopften zustimmend auf die Tischplatte. Pascal pfiff zur Bestätigung auf zwei Fingern.

»Okay«, sagte Kerim, »ich sehe schon, die Sache ist klar. Lasst uns darüber abstimmen, dann haben wir's hinter uns. Oder wäre das nicht langsam genug?«

Seitenblick zu Coco. Dann ein bubenhaftes Grinsen. Kerim hatte keine Sommersprossen, dafür tanzten seine Augen. Obwohl Coco ihn immer wieder mal völlig bescheuert fand, konnte sie ihm nicht böse sein. Vor allem, weil sie sowieso gerade die Abstimmung gewann.

Djamila schlug vor: »Lasst uns trotzdem mal kurz die verschiedenen Einschätzungen sammeln, also zur Bundestagswahl.«

Die Runde ergab ein annäherndes Patt. Die eine Hälfte der Leute war unbedingt dafür, weil es doch jetzt gerade steil bergauf ging für die Partei, die Begeisterung war groß und das Selbstbewusstsein auch. Die andere Hälfte war sich sicher, dass die Bundestagswahl zu früh käme – man müsse erst noch eine solide Basis in Ländern und Kommunen schaffen.

»Wenn die Wahl nur ein halbes Jahr später wäre«, sagte Gizem, »da könnten wir viel erreichen. Aber bis Herbst ist das nicht zu schaffen. Stellt euch vor, wir könnten in manchen Ländern gar nicht antreten, weil wir nicht rechtzeitig alle Unterlagen vorlegen können – dann würden uns die Leute am Ende für eine reine Spaßpartei halten.«

»Sind wir doch auch irgendwie«, meinte Pascal. »Mir macht es jedenfalls Spaß, was wir tun.«

»Mir auch«, sagte Gizem. »Aber wenn wir uns überfordern, ist der Spaß vorbei. Die Stärke von FUTURE ist nicht die Schnelligkeit, sondern die Nachhaltigkeit. Neue Langsamkeit eben.«

Kerim sagte: »Nichts gegen die Neue Langsamkeit, aber ich habe einfach Sorge, dass wir zu spät kommen, wenn wir vier Jahre warten. Damals bei der Piratenpartei gab es auch so einen Hype, wir sind mit fast neun Prozent ins Berliner Abgeordnetenhaus eingezogen und dachten, wir erobern jetzt ein Parlament nach dem anderen, aber schon zwei Jahre später war die Luft raus.« Er räusperte sich und sah in die Runde. »Ich hab erlebt, wie schnell Begeisterung verfliegt.«

Kurz herrschte Stille, und Coco sah in den Augen der Leute, dass jede einzelne Person sich im Geiste ausmalte, wie die Begeisterung verfliegen würde. Sie knipste ihr Mikro an, beugte sich vor und sagte: »Jetzt mal ehrlich, Leute. Wenn wir keine vier Jahre bis zur nächsten Bundestagswahl durchhalten, dann haben wir's doch auch irgendwie nicht verdient, oder?« Bestürzte Gesichter blickten sie an. »Ja, seit NRW hypen uns die Medien, aber Begeisterung ist doch keine Substanz, von der wir langfristig leben können. Wir leben davon, dass wir die ganz praktischen Probleme des Alltags anpacken, mit mehr Mitbestimmung und mehr Zusammenarbeit in Stadtvierteln und Dörfern ... Wenn wir das weiterführen, hält unsere Arbeit nicht nur für die nächsten vier, sondern die nächsten vierzig Jahre.«

Jetzt hämmerten alle mit ihren Fingerknöcheln wild auf die Tischplatte ein. Nur Kerim ließ seine Hand wie in Zeitlupe auf und nieder gehen und nickte dazu, was eher ironisch wirkte.

Anschließend wurde die weitere Diskussion des Themas auf die kommende Buko vertagt und es folgte eine Reihe weiterer Tagesordnungspunkte, bevor die Sitzung gegen Abend zu Ende ging. Während die meisten eine Gesprächstraube bildeten, um zu beraten, wo man gleich noch zum Feiern hingehen sollte, zog Jule Angerhof die beiden Vorsitzenden beiseite und sagte in einem strengen Ton: »Ich finde das völlig okay, dass ihr zwei ganz offen mit euren Differenzen umgeht. Aber was mich echt nervt – und nicht nur mich, da bin ich sicher –, ist dieses Rumgezicke auf offener Bühne. Das muss doch nicht sein.«

»Danke für deine Rückmeldung, aber ich fand Coco überhaupt nicht zickig«, sagte Kerim und legte Coco wie ein Beschützer seinen starken Arm um die Schulter.

»Natürlich nicht«, brummte Jule. »Ich rede ja auch von dir.«

»Bitte?« Kerim zog seinen Arm wieder ein und legte eine Hand auf seine Brust. »Ich?«

»Ja, du bist die totale Zicke, Mann.« Jule lächelte und wuschelte aufmunternd durch seine schwarzen Locken. »Hey, du weißt genau, ich hab dich gern. Deshalb sag ich dir das freundschaftlich. Krieg dein Ego in den Griff, ja? Ich glaube, ihr beiden habt da was zu klären, und es wäre für uns alle ziemlich prima, wenn ihr das *vor* der Buko tut, denn *während* der Buko müsst ihr ein ganzes Wochenende lang nebeneinander auf dem Podium sitzen. Klar?«

»Klar«, bestätigte Kerim.

Coco nickte. »Machen wir.«

Jule legte eine Hand auf Cocos Arm und sagte: »Ich finde übrigens deine Arbeit wirklich gut. Das wollte ich dir schon längst mal zurückmelden. Falls du irgendwelche Unterstützung brauchst, lass es mich wissen. Ich meine, genau wie in allen anderen Organisationen haben sich auch bei FUTURE längst schon zahlreiche Männernetzwerke etabliert, wo die Typen schnell mal die eine oder andere Vorentscheidung nebenbei am Pissbecken abklären.«

»Ähm – soll ich gehen?«, fragte Kerim. »Falls ihr das lieber unter euch ...«

»Nein, das kannst du ruhig hören, damit ihr Männer euch nicht in falscher Sicherheit wiegt«, antwortete Jule.

»Vielen Dank für dein Feedback, Jule«, sagte Coco. »Das bedeutet mir echt viel.«

»Wir sollten die Forderung nach mehr Unisex-Toiletten ins Parteiprogramm aufnehmen«, meinte Kerim, »dann können Männer und Frauen und Nicht-Binäre den ganzen Tag kreuz und quer netzwerken.«

»Gute Idee«, sagte Coco. »Und bis das funktioniert, können wir ja eine Ladys Night veranstalten.«

»Ladys Networking Night?« Maikel runzelte die Stirn.

Coco und er saßen anderntags bei Cocos Lieblingsitaliener in Köln, und sie wollte wissen, was er von ihrer Idee hielt.

»Machst du das, weil du das selbst für sinnvoll hältst?«, fragte er. »Oder weil du bei Jule und den anderen Frauen aus der Femi-Ecke punkten willst?«

»Femi-Ecke«, wiederholte Coco, »wie das klingt. Hast du das auf deinem Männerseminar aufgeschnappt? So reden Leute, die engagierte Frauen auch mal schnell als Femi-*Nazis* bezeichnen.«

»Ich rede nicht wie irgendwelche Leute, ich rede wie ich«, entgegnete Maikel. »Willst du ausgerechnet mich in die frauenfeindliche Ecke stellen?«

»Gott, ich will niemanden in irgendeine Ecke stellen. Darum geht es ja. Ecken liegen mir völlig fern.«

»Logisch, du stehst ja auch den ganzen Tag im Mittelpunkt.«

Coco hatte schon eine passende Erwiderung auf der Zunge, spülte sie aber mit einem großen Schluck Pinot Bianco herunter und seufzte.

»Entschuldige. Ich habe mich den halben Tag mit Empfindlichkeiten herumgeschlagen. Erst mit denen meines Körpers – wir waren nämlich nach der Bundesteam-Sitzung noch bis drei Uhr morgens unterwegs und ich hatte beim Aufstehen einen ultrafetten Schädel und außerdem tat mir der Nacken total weh, ich glaube, die vielen Nächte im Laden auf der Isomatte halte ich nicht mehr allzu lange durch ... Na ja, und als ich dann endlich im Zug saß, hab ich ein paar Frauen geschrieben, was sie von dieser Idee halten, also von so einer Networking-Party nur für Frauen, nicht bloß FUTURE-Frauen, sondern vielleicht auch offen für interessante andere Frauen aus Politik und Kultur und Wirtschaft, einfach ein schöner Abend, eine Mischung aus Party und einem kleinen Speeddating für künftige Mentoring-Sachen, Hauptsache, locker. Ein paar fanden das gleich super, andere hatten voll viele Bedenken, weil – könnten sich nicht Transmenschen und andere Gruppen da vielleicht exkludiert fühlen? Und wer entscheidet überhaupt, was *interessante Frauen* sind? Ich gebe zu, das sind alles berechtigte Fragen, und die Anliegen jeder Minderheit, egal wie klein sie ist, find ich echt gleich wichtig und alle wollen natürlich gesehen und wahrgenommen werden, aber auf die Dauer ist das einfach wahnsinnig ...«

»Anstrengend«, ergänzte Maikel und nickte. »Total anstrengend. Genau darauf hat mich auch neulich jemand gestoßen. Eigentlich war ich immer der Meinung, dass das Ziel einer inklusiven Gesellschaft jede noch so große Anstrengung wert ist.«

»Und jetzt bist du nicht mehr dieser Meinung?«, fragte Coco. Gleichzeitig riet ihr eine innere Stimme dringend, einfach mal das Thema zu wechseln. Sie hatte sich während der Bahnfahrt vorgenommen, Maikel nicht immer mit ihren ganzen Erlebnissen und Gedanken vollzutexten, wenn sie alle paar Tage aus Berlin nach Köln angerauscht kam, oder aus München oder Leipzig oder aus irgendeinem Dorf auf der Schwäbischen Alb, weil sich jetzt die Auftritte im baden-württembergischen Landtagswahlkampf häuften. Andererseits brauchte sie die Gespräche mit ihm wie die Luft zum Atmen, weil sie das Gefühl hatte, dass niemand anders ihr so zuhören konnte. Und dass niemand anders ihr so ehrlich seine Meinung sagte.

»Wir versuchen, auf jede nur denkbare Gruppe einzugehen«, sagte Maikel, »auf lesbische muslimische Veganerinnen, auf intersexuelle Neotrotzkisten, auf somnambule People of Colour mit Laktoseintoleranz, auf pescetarisch lebende Parteichefinnen mit Hut ...« Er warf einen Blick auf die Dorade, die Coco genüsslich mit dem Fischmesser zerteilte. »Bloß eine Gruppe ignorieren wir. Die der nichtbehinderten heterosexuellen weißen Cis-Männer.«

»Vielleicht, weil das die einzige Gruppe ist, die in aller Regel nicht verfolgt, ausgegrenzt, benachteiligt, schlechter bezahlt oder im Internet mit Dickspicks und Rape-Fantasien vollgespamt wird?«, fragte Coco und zeichnete dabei mit dem Fischmesser ein Fragezeichen in die Luft.

»Das ist genau die Frage.« Maikel lehnte sich zurück und

schaute auf seine vegane Lasagne wie auf ein aufgeschlagenes Buch voll fremdartiger Schriftzeichen. »Ja, grundsätzlich wird das Leid dieser Welt überwiegend von Männern verursacht, meistens von Weißen. Von Leuten wie Donald Trump oder Dieter Bohlen oder den Muskel-Ottos aus der Neunten, die auf dem Schulhof den Siebtklässlern die Pausenbrote klauen. Aber deren Opfer sind ebenfalls sehr oft weiße Männer, es spricht nur niemand drüber, weil weiße Männer keine Opfer sein dürfen.«

Coco legte das Messer neben den Teller und faltete die Hände unter dem Kinn, um Maikel zu signalisieren, dass er ihre volle Aufmerksamkeit hatte, weil sie total gespannt auf seine Gedanken war. Leider entsprach das nicht der Wahrheit, denn eigentlich fühlte sie bloß den dringenden Wunsch, in Ruhe ihren Fisch zu verspeisen und dann heimzufahren, im Bett noch eine halbe Episode irgendeiner Serie zu glotzen und dann einzuschlafen. Das alles sehr gerne zusammen mit Maikel, aber am besten sollte er dabei die Klappe halten. Natürlich wusste Coco, wie absolut unfair das war: Sie hatte erzählt, was sie erzählen wollte, und mehr Gespräch brauchte sie heute nicht mehr. Okay, Gefühle sind Gefühle, sie handeln nicht von Fairness, darum wehrte sie sich tapfer gegen das Gefühl und gab sich alle Mühe, sich für das weitere Gespräch zu interessieren.

»Ich denke an diese Typen von dem Männerseminar«, sagte Maikel. »Ich habe mich denen total überlegen gefühlt, hab sie sogar verachtet. Aber mit welchem Recht? Für wen halte ich mich? Das sind Leute, die haben früher mal davon geträumt, beim Fußball nicht immer als Letzte gewählt zu werden und vielleicht demnächst bei der Gartenparty das Mädchen aus der vorderen Reihe zu küssen, dem sie immer bei Mathe halfen. Aber sie mussten natürlich bei der Mannschaftswahl bis zum Schluss auf der Scheißturnhallenbank hocken und wurden zur Scheißgartenparty gar nicht erst eingeladen, die konnten bloß zugucken, wie die Scheißtürkenjungs beim Scheißfußball um sie herumdribbelten und wie so ein Scheißneuntklässler das Mädchen küsste. Und dann kommen wir und erklären ihnen, dass sie ja total privilegiert seien, wegen ihrer käsigen Hautfarbe und wegen des armseligen Pimmels in ihrer Hose, dem sie eigentlich ihre unterprivilegierten Scheißgefühle überhaupt erst zu verdanken haben. Das ist eine zweite, eine doppelte Demütigung.«

»Wow.« Jetzt war Coco nun doch ernsthaft berührt. »Du hast dir wirklich Mühe gegeben, dich in diese Leute hineinzuversetzen. Wahnsinn, deine Empathie!« Sie hätte zugleich gern gewusst, ob irgendein eigenes Erleben von Maikel in diese Analyse eingeflossen war, aber das fragte sie ihn lieber nicht. »Genau diese Sicht brauchen wir, wenn FUTURE nicht wie andere Parteien werden soll. Nur mit dieser Empathie wird es uns gelingen, wirklich alle Menschen mitzunehmen.«

»Boah, Coco, hörst du dir manchmal selbst zu?«, entfuhr es ihm und sofort dämpfte er seine Stimme, obwohl sie ganz allein hier saßen, denn es war schon spät, sie waren die letzten Gäste. »Hier bin nur ich, sonst keiner, du musst nicht in diesem Politikersprech reden. Und außerdem – vielleicht wollen diese Leute ganz einfach nicht mitgenommen werden? Und vielleicht wollen Sie keine großen klugen Frauen mit Hut, die sie wie kleine Kinder an die Hand nehmen?«

»Das tut die große kluge Frau mit dem Hut ja gerade eben nicht«, widersprach Coco. »Wenn du hingegen Brücken bauen kannst zu solchen Leuten, wenn da plötzlich Kommunikation möglich wird …«

»Tja, weiß nicht, Kommunikation …« Maikel grinste abfällig. »Ich steh ja nicht neben Kerim und den anderen Partei-Oberen am Pissbecken, weißt du? Ich kann gar nicht sagen, was wo kommuniziert wird.«

Coco seufzte und begann zu bereuen, dass sie ihm in allen Einzelheiten von gestern erzählt hatte.

»Bei FUTURE sind alle gleich wichtig, Maikel«, sagte sie und meinte es als Beschwichtigung, leider klang es auch genau so, total lahm, sie hörte es selbst, aber ihr war nichts Besseres eingefallen. Vielleicht hätte sie einfach schweigen und weiter zuhören sollen, aber da fehlte ihr inzwischen die Übung, weil den ganzen Tag von ihr verlangt wurde, zu allem eine Meinung zu haben.

»Das ist Bullshit«, schimpfte Maikel, »wir sind nicht alle gleich. Lutz hat mich breitgeschlagen, dass ich mitfahren soll nach Rastatt, zur Buko. Aber neuerdings gilt ja das Delegiertenprinzip, als einfaches Mitglied bist du auf der Buko ja nicht mehr stimmberechtigt. Macht auch Sinn, keine Frage, die Partei ist einfach sehr schnell gewachsen, so viele Leute überall. Aber weil Lutz keine Ruhe gegeben hat, hab ich mich im Kölner Kreisverband als Delegierter zur Wahl gestellt. Leider hat es nicht ganz gereicht. Immerhin haben sie mich zu einem der acht Ersatzdelegierten gewählt. Richtig toll, was? Ich geh nicht davon aus, dass ich zum Einsatz komme.«

»Aber du kannst doch auch ohne Stimmrecht nach Rastatt fahren. Ich würde mich wahnsinnig freuen.« Sie griff über den Tisch hinweg nach seiner Hand. »Dann wären wir das ganze Wochenende zusammen.«

Maikel lachte hohl. »Das heißt, dass ich dich das ganze Wochenende über aus der Ferne sehe, auf dem Podium. Selbst in den Pausen und abends auf den Partys musst du Absprachen treffen und dich mit Kerim beraten. Ich hoffe übrigens, es läuft wieder besser zwischen euch?«

»Wann war das eigentlich?«, fragte Coco.

»Hä, was?«

»Das Treffen. Wo der Kreisverband seine Delegierten aufgestellt hat. Du hast mir gar nichts davon erzählt.«

»Vorgestern. Wann hätte ich dir davon erzählen sollen?«

»Gute Frage.« Wieder seufzte sie. »Mit Kerim wird es ein klärendes Gespräch geben. Rechtzeitig vor der Buko. Aber heute will ich da nicht mehr drüber nachdenken. Für heute ist es genug mit FUTURE. Ich brauch ein kleines bisschen Abstand.«

»Ja.« Maikel zog seine Hand aus ihrer und erhob sich. »Dann gehe ich mal.«

»Hey, ich meine doch nicht dich!« Bestürzt war Coco aufgesprungen.

»Du brauchst Abstand von allem«, sagte er. »Das schließt mich mit ein. Du musst vielleicht einfach mal ein bisschen alleine mit dir sein, damit du wieder Kontakt zu dir selber kriegst. Wenn das klappt, kannst du gern anschließend den Kontakt zu mir suchen. Du hast ja meine Nummer. Und danke für die Einladung.«

Er warf ihr eine Kusshand zu und ging.

Coco ließ sich auf ihren Stuhl sinken und sah zu, wie hinter ihm die Tür ins Schloss fiel.

Noch konnte sie aufspringen und ihm nachlaufen.

Sie erschrak darüber, dass sie das gar nicht wollte. Sie war plötzlich allein und das fühlte sich gut an. Sie zog das Portmonee hervor, um zu bezahlen, doch dann besann sie sich und bestellte noch ein Glas Wein.

Am folgenden Vormittag rief sie ihn aus dem Zug an, später nochmals aus Stuttgart und am Abend aus Reutlingen, wo sie bei Freundinnen übernachtete. Jedes Mal hörte sie bloß die monotone Ansage von Maikels Mailbox. Gott, überzog er da nicht etwas? Coco war sich nicht sicher, ob Maikel ernsthaft sauer auf sie war oder sie einfach nur etwas zappeln lassen wollte. Sollte sie einfach spontan die Termine in Stuttgart und Reutlingen und anderntags in Freiburg absagen und zurück nach Köln fahren, um ihn zu überraschen und zu versöhnen? Aber sie hatte sich ja das kommende Wochenende für Maikel freigehalten, dann musste er halt bis dahin schmollen. Oder vielleicht denken, dass *sie* schmollen würde, denn eigentlich hätte sie doch viel mehr Grund zum Schmollen gehabt als er, schließlich war *er* einfach gegangen und nicht sie.

Die Freundinnen waren natürlich keine Freundinnen im Sinne von Freundinnen, sondern Parteifreundinnen, die Coco zu einer Veranstaltung nachmittags auf dem Marktplatz in Stuttgart eingeladen hatten und abends zu einer Podiumsdiskussion in einer Bibliothek in Reutlingen. Von dort ging es noch in eine Kneipe und danach in eine andere und überall musste Coco für Selfies posieren und manchmal sogar Autogramme geben, indem sie die vier Buchstaben mit Edding auf Rucksäcke oder Unterarme kritzelte. Irgendwann rollte sie in der WG von Hanni, Zuozou und Pascal – das war der Jongleur mit den Dreadlocks – ihren Schlafsack aus, um ein paar Stunden zu pennen, bevor es am nächsten Tag nach Freiburg weitergehen würde zu einem Talk mit der Oberstufe eines Gymnasiums.

Sie war todmüde und schlaflos, lag auf der Isomatte und betrachtete einen Traumfänger, der sich, von irgendeinem Windzug ganz sacht bewegt, kaum merklich hin und her drehte. Mit dem gelben Licht einer Straßenlaterne, die vor dem Fenster stand, malte er Schatten wachsender und schrumpfender und wieder wachsender Kreise, als lebte unter der hohen Stuckdecke der WG-Küche ein alter, einsamer Fisch, der nachdenklich sein Maul auf und zu klappte.

Seit der Corona-Krise wussten alle, was exponentielles Wachstum ist, und ständig war es um die berüchtigte Reproduktionszahl gegangen – wie viele Leute stecken wie viele weitere an? An solchen Abenden konnte Coco sich nicht dagegen wehren, dass ihr Gehirn die Neuinfektionen dieses Tages rekapitulierte: Wie viele Menschen hatten sie und ihre Mitstreiterinnen heute mit den Ideen von FUTURE angesteckt? Und wie viele von ihnen würden ihre Begeisterung wiederum an andere weitergeben?

Klar wäre es schön, statt in dieser Küche jetzt in Maikels Bett zu liegen und mit ihm zu kuscheln. Aber das hier, das war größer.

Viel größer als sie beide.

Während der Rückfahrt am anderen Nachmittag starrte sie lange auf die siebenundsechzig neuen WhatsApp-Nachrichten, als müsse sie nur lange genug suchen, bis sie darunter eine Nachricht von Maikel fand. Da war aber keine. Sie beschloss, das anstehende Treffen mit Kerim irgendwie in die kommende Woche zu quetschen und heute Abend zu Maikel zu fahren, ihn zu überraschen wie neulich und sich mit ihm zu versöhnen.

Kerim rief an. Er sei in der Gegend, also in Köln, ob sie sich nicht heute Abend treffen könnten. Die nächste Woche sei ja schon so vollgepackt und dann stehe die Buko vor der Tür. Coco zögerte. Vielleicht war es doch besser, zunächst das Klärungsgespräch mit Kerim hinter sich zu bringen. Denn dann würde sie den Kopf frei haben, um sich ganz auf Maikel einzulassen. Sich einfach zu versöhnen reichte nicht. Sie beide hatten ein fettes Problem, eine echte Krise, und sie mussten einen Weg finden, sich als Paar neu zu definieren und gemeinsam noch mal ganz von vorn … Gott, was für ein Gelaber. Selbst wenn sie über die Liebe nachdachte, tat sie das inzwischen mit diesem bescheuerten Politikersprech!

Maikel würde ihr da raushelfen. Er war der Einzige, der das konnte.

■

Es hatte sich gut für ihn angefühlt, einfach aufzustehen und zu gehen. Und sie am folgenden Tag ein paarmal anrufen zu lassen. Er war ihr Freund, nicht ihr Fanboy, er war autonom. Vielleicht sollte er einen klaren Schnitt machen und bei FUTURE austreten, überlegte Maikel, dann stünde das nicht mehr so unterschwellig zwischen ihnen. Aber was konnte er stattdessen tun? Sich irgendein Hobby suchen?

Kontakt zu sich selbst kriegen.

Maikel hatte das Gefühl, dass seit seinem Kurzausflug in den Thüringer Wald irgendetwas in ihm gerissen sei, er wusste nur nicht, was es war und ob dieses Etwas *ab*- oder eher *auf*gerissen worden war. Ab-gerissen war vielleicht seine absolute Selbstgewissheit. Die Überzeugung, auf der einzig richtigen Seite zu stehen. Auf-gerissen waren kindliche – nein, eher pubertäre Gefühle. Maikel hatte sich früher oft in heldenhafte Missionen hineingeträumt. Mit dreizehn war er ein mächtiger Krieger gewesen, im Pen-and-Paper-Rollenspiel *Das Schwarze Auge*, das er und die Jungs damals an den Wochenenden nächtelang gezockt hatten. Mit Zweihandschwertern und Zauberstäben und zwanzigseitigen Würfeln hatten sie das Böse besiegt und die Welt von *Aventurien* gerettet. Jedes Wochenende. Bis der Reiz fort war und die Wochenenden fortan dem SV Werder gehörten. Da war er siebzehn gewesen. Kein Hool und auch kein richtiger Ultra, aber manchmal war er auswärts mitgefahren und hatte diesen Augenblick geliebt: Der Sonderzug hielt am Bahnhof, die Fans quetschten sich aus den Türen, der Bahnsteig war abgeriegelt von Bundespolizei, die Bullen dampften unter ihren Helmen, ihre Stimmung noch aggressiver als die der Ankömmlinge, sie pferchten die Gruppe zusammen und eskortierten sie zum gegnerischen Stadion, gepanzert und hoch zu Ross wie Ritter eines feindlichen Königs, ein falsches Wort würde reichen, um eine gnadenlose Kesselschlacht auszulösen. Wenn es wirklich mal irgendwo knallte, war Maikel meistens weit weg, das war okay, denn er hatte gar keine Lust auf echte Schlägereien, ihm reichte schon der bloße Kitzel der Gefahr. Mit dreitausend anderen zusammen durch fremde Straßen zu marschieren und zu brüllen: »Hier! Regiert! Der SVW!«

Und dann die Gesänge der anderen zu hören: »Eins kann uns keiner nehmen, das ist der pure Hass auf Bremen!«

Aus ihrem Hass gewann der eigene Zusammenhalt überhaupt erst seinen Sinn.

»Wer nicht hüpft, der ist kein Bremer!«

Auch das war ein Rollenspiel, einfach, übersichtlich, klar: Du wählst deine Seite, kein Platz für Schattierungen.

Irgendwann verlor es seinen Reiz. Aber Helden wurden auch woanders gebraucht, denn plötzlich standen verzweifelte Menschen zu Tausenden an den Grenzen und jemand musste was tun. Auch gegen den braunen Mob und sein »Absaufen!«-Gezeter. Maikel sortierte Kleiderspenden und stellte sich mit anderen den aufflackernden Pegida-Demos in Bremen und Hannover entgegen. Irgendwann tauchte Greta Thunberg auf, auch sie eine echte Heldin im Kampf gegen das Böse. Da lebte er schon in Köln, war reifer und abgeklärter, aber das Demofeeling blieb gleich, auch wenn die Bullen nicht mehr so aggro guckten wie beim Fußball.

»Wer nicht hüpft, der ist für Kohle!«

Er entdeckte die Gender-Politik. Denn auch wenn es paradox klingen mag: Wo kann ein Mann schon so viel Heldenruhm erwerben wie als *male feminist*?

Auch das ein Rollenspiel?

Politik als Game.

Seine neueste Heldenrolle war die Prinz-Philip-Rolle. Der Mann, der bedingungslos zu der Frau steht, die von anderen als Coco-Virus bezeichnet wird, als Femi-Skinhead, als Gender-Faschistin, Auto-Hasserin und Zerstörerin Deutschlands. Er war kein Volksheld, über den man Balladen singen würde, er war einfach nur *ihr* Held. Reichte das denn nicht? Vielleicht doch. Er konnte es rauskriegen.

Es war Freitagnachmittag und er rief Tabea an.

»Ich wollte gern Coco noch mal überraschen«, sagte er. »Kann ich bei euch auf sie warten?«

»Ich muss gleich zum Bahnhof«, antwortete Tabea. »Morgen ist ein Treffen mit der AG Geschäftsstelle in Berlin. Aber ich denke mal, dass Coco irgendwann im Laufe des Abends nach Hause kommt. Pass auf – ich leg dir den Schlüssel unter den Topf mit der Grünlilie auf dem Fensterbrett im Treppenhaus. Die Tür unten ist ja meistens auf.«

■

Coco und Kerim trafen sich dort, wo alles angefangen hatte, nämlich in jener kleinen Bar in Köln. Sie saßen im schummrigen Licht am Tresen und wurden von niemandem erkannt oder zumindest von niemandem angesprochen.

Marta hatte vorgeschlagen, sie sollten ihr Klärungsgespräch von einer Supervisorin moderieren lassen, aber die beiden Vorsitzenden wollten sich lieber erst mal unter vier Augen bereden.

»Ich lade dich ein«, sagte Kerim. »Ein bisschen Kohle hab ich noch.«

Soweit Coco wusste, hatte er ursprünglich als Erzieher gearbeitet und war einige Jahre als Dozent durch die Volkshochschulen des Landes getingelt. Inzwischen lebte er hauptsächlich von der Erbschaft, die ihm ein wohlhabender Onkel hinterlassen hatte. Die ging anscheinend allmählich zur Neige.

»Ist das eigentlich auch ein Grund, warum du so gern zur Bundestagswahl in diesem Jahr antreten willst?«, fragte sie. »Geld?«

»Warum nicht? Wenn wir Bundestagsabgeordnete wären, würden wir endlich für das bezahlt, was wir den ganzen Tag tun. Aber nicht nur wir, vor allem unsere Leute. Tabea, Marta und alle – wir könnten sie einstellen und ihnen ein faires Gehalt bezahlen.«

»Darüber müssen wir eh sprechen«, sagte Coco. »Es kommen immer mehr Spenden rein, die Mitgliedsbeiträge steigen, unsere Leute hier in NRW haben nach der Wahl Geld bekommen für Büros und Geschäftsführerinnen, da wächst was, aber es muss von unten wachsen. Für mich wäre es schon super, wenn wir nach der Buko schrittweise die Aufwandsentschädigung erhöhen könnten. Übrigens treffen sich ja Tabea und die anderen morgen, weil sie über die Entwicklung des Ladens reden wollen – hätte gedacht, du möchtest dabei sein.«

»Das hier ist mir jetzt wichtiger. Außerdem muss ich ja nicht überall dabei sein. Jule sagte doch, ich soll mein Ego in den Griff kriegen. Dazu gehört auch, dass ich mich nicht immer für unentbehrlich halten sollte. Man muss auch mal Macht abgeben.«

»*Man* mit einem N oder mit zwei?«

Er lachte. Die Barkeeperin stellte ihm einen Mojito hin und Coco einen White Russian.

»Cheers.« Sie hob das Glas. »Auf – na ja – uns? Oder auf FUTURE?«

»Was dasselbe ist«, sagte er.

»Definitiv zwei N«, meinte sie. »Wenn nicht gar drei. Das dritte steht für Narzissmus. Gott, Kerim, wir sind nicht die Partei. Die Partei ist die Partei.«

Sie tranken.

»Ich identifiziere mich halt mit dem Projekt.«

»Ich etwa nicht?«

Coco merkte, dass ihr Atem schneller ging. Ohne langwierigen Smalltalk waren sie anscheinend sofort auf den Kern ihrer Meinungsverschiedenheiten gestoßen. Sie wartete auf eine Antwort. Kerim schaute abwechselnd in sein Glas und an die Decke, dann sah er sie an und sagte: »Die Leute, mit denen ich zur Schule gegangen bin, die haben inzwischen alle einen festen Job, sie haben geheiratet, Häuser gebaut und eckige Hecken gepflanzt, sie haben Kinder bekommen und mit den Kindern fahren sie zum Hockey oder in den Reitstall.«

»Sag bloß, das würde dir fehlen.«

»Nicht die eckigen Hecken. Nein, ich bin nicht der Typ für das sogenannte bürgerliche Leben. Seit ich neunzehn bin, war ich auf Achse, hab tausend Sachen ausprobiert, Projekte gestartet und wieder beerdigt, immer auf der Suche nach dem einen ganz großen Ding, das auf mich wartet.«

»FUTURE hat auf dich gewartet«, meinte Coco. »Es ist dein Baby. Darum solltest du Geduld mit ihm haben. Nur fahr bitte nicht mit der Partei zum Hockey oder in den Reitstall.«

Er lachte und trank, wurde wieder ernst und sagte: »Während der letzten Jahre hatte ich oft das Gefühl, ich sei spät dran im Leben. Nicht wegen Haus und Kindern, sondern darin, *jemand* zu sein. Verstehst du, was ich meine?«

»Du bist längst jemand. Du wärst auch jemand, wenn du nicht Vorsitzender einer brandneuen, sensationell aufstrebenden Partei wärst. Ich glaube, wenn du dich und deine ganze Persönlichkeit nur darüber definierst, dass du irgendwelche Posten bekleidest, machst du dich ganz schön unfrei.«

Kerim hob den Blick und sagte leise: »Deine Worte treffen bei mir ziemlich ins Schwarze.«

Coco verzog den Mund zu einem kurzen Grinsen. Eigentlich hatte sie gar nicht von ihm gesprochen, sondern von sich selbst.

»Ist denn dieses bürgerliche Leben keine Option für dich?«, fragte sie. »Haus, Kinder, Hecke?«

»Nee. Ich bin mit der Politik verheiratet. Wie du sagst – FUTURE ist mein Baby. Ich glaube, das wäre auch nicht fair einer Partnerin oder einem Partner gegenüber, wenn ich eh sechzehn Stunden am Tag arbeite. Da ist es ehrlicher, erst gar keine Beziehung einzugehen. Die katholische Kirche hat irgendwie recht mit ihrem Zölibat.«

»Jetzt hältst dich für einen Priester? Das wird ja immer bunter.«

Coco lachte und merkte, dass ihr Lachen unecht war, weil Maikel ihr durch den Kopf ging. Sie wusste, dass Kerim ständig Affären hatte, mit Frauen wie mit Männern oder auch mit beiden gleichzeitig, das fand sie völlig okay, denn soweit sie das mitbekam, spielte er immer mit offenen Karten, machte niemandem etwas vor, versprach nichts und trennte sich, sobald Gefühle ins Spiel kamen. Durfte ja jeder machen, wie er wollte. Trotzdem hatte sie das irgendwie für eine ziemlich kaltblütige Lebenseinstellung gehalten, weil sie nicht glaubte, dass man den Planeten retten kann, wenn man selbst so wenig liebt. Aber plötzlich kamen ihr Zweifel an dieser Schlussfolgerung. Vielleicht war es ja umgekehrt so, dass Kerim den Planeten so sehr liebte, dass da für nichts anderes Platz war. Dass er den Planeten liebte ... oder doch nur sich selbst, sein Amt, seinen Fame, seine Rolle in den Geschichtsbüchern?

»Manchmal beneide ich dich um Maikel«, sagte er. »Du hast jemanden gefunden, der deinen Weg mitgeht. Dein Weg ist anders als meiner, ich weiß. Aber ich könnte ja versuchen, davon zu lernen. Geduld, du weißt schon. Neue Langsamkeit und so.«

»Schleimer«, brummte sie.

»Nein, ernsthaft. Ich habe dieselbe Vision wie du – eine Gesellschaft, in der alle Menschen wichtig sind. Manchmal bin ich von dieser Vision so berauscht, dass ich unbedingt als großer Revoluzzer vorangehen und mit dem Kopf durch die Wand will.

Das ist natürlich der totale Widerspruch in sich – das hast du mir klargemacht.«

»Andererseits stehen da ganz schön viele dicke Wände in der Politik herum«, meinte Coco, »und ich bin manchmal ganz froh, dass es nicht mein Kopf ist, der sie niederreißt, sondern deiner.« Sie wuschelte durch sein Haar, lachte und meinte: »Sorry, das gehört sich nicht. Aber irgendwie will man das automatisch anfassen. Machen die Leute bei mir auch, seit ich den Buzz Cut trage.«

»Ach, darum der Hut. Soll ich mir auch einen besorgen?«

»Bloß nicht. Der ist mein Alleinstellungsmerkmal.«

Er legte den Kopf schräg und betrachtete sie.

»Wir sind eigentlich das perfekte Team, oder?«

Sie stießen nochmals an. Coco beugte sich vor und gab ihm einen kurzen, freundschaftlichen Kuss. Dann, als erschräke sie vor sich selbst, wandte sie sich ab und schaute aufs Handy. Es war noch gar nicht spät, sie könnte sich noch zu Maikel aufmachen. Von ihm natürlich noch immer keine Nachricht.

»Damit ist wohl alles gesagt, oder?«, meinte sie.

»Ich denke schon«, brummte er. »Sag mal, kann ich eigentlich bei dir pennen?«

»Klar«, sagte Coco und kramte schon nach ihrem Schlüssel, um ihn Kerim in die Hand zu drücken.

Andererseits ... war ihr Kopf nach diesem Gespräch randvoll von FUTURE-Themen. Wenn sie jetzt zu Maikel fuhr, würde sie ihn wieder damit zutexten wie bei ihrem letzten Treffen, genau das wollte sie doch nicht. Ein Tag Abstand wäre gut. Beziehungsweise eine Nacht.

Spontan fragte sie: »Wollen wir nicht noch irgendwo hingehen? Ich sitze ständig entweder im Zug oder auf Podien, ich brauche Bewegung, ich hab Lust zu tanzen. Und hier gibt es mindestens so gute Studi-Clubs wie in Berlin.«

»Coco, ich werde demnächst zweiunddreißig, denkst du, die lassen mich da rein?«

»Du siehst höchstens aus wie neunundzwanzig.«

■

Es war gegen zwei Uhr, als Maikel hochschreckte. Er hatte sich auf Cocos Bett ausgestreckt und musste eingeschlafen sein. Jemand kam in die Wohnung gepoltert, dem Lärm zufolge nicht ganz nüchtern. Es mussten mindestens zwei Leute sein. Vielleicht hatte Tabea ihre Pläne geändert. Jetzt hörte Maikel die tiefe Männerstimme. Konnte Kerim sein. Das Poltern passierte den Flur, jemand benutzte die Toilette, in der Küche wurden Gläser aus dem Schrank geholt, es wurde gekichert, aber das brach plötzlich ab. Beinah hätte man denken können … Wobei Maikels Fantasie nicht ausreichte, um sich vorzustellen, dass Coco mit Kerim … bis in der Küche ein rhythmisches Klopfen anhob. Es schien vom Küchentisch auszugehen beziehungsweise davon, dass die Tischkannte stoßweise gegen die Wand knallte. Maikel merkte, dass er zitterte, während er sich leise aus dem Bett erhob, die Zimmertür öffnete und durch den dunklen Flur zur Küche tapste.

Ihm bot sich ein Bild, das auch deshalb so grotesk wirkte, weil Coco und Kerim nur die Hosen und Slips ausgezogen hatten und obenrum bekleidet waren, als wäre das hier eine dieser ewigen Videokonferenzen. Sie saß auf dem Tisch und ihre langen Beine klammerten sich um Kerims Hüften, ihre Zähne schienen sich in seiner Unterlippe verhakt zu haben und ihre Hände in seinen Haaren. Obwohl die beiden keinen Laut von sich gaben und nichts außer dem Klopfgeräusch des Tisches zu hören war, bemerkten sie Maikel nicht. Er hätte stundenlang am Küchentürrahmen lehnen und ihnen zusehen können.

Bis er laut klopfte.

Coco hielt augenblicklich inne und starrte ihn an wie ein Gespenst.

»Überraschung«, sagte Maikel tonlos, drehte sich um und ging.

8

Auch jetzt, als er sie vom Boden hochzieht, schaut sie ihn an, als wäre er ein Gespenst. Er ist tatsächlich eines. Ein Beinahe-Mörder. Er lässt ihre Hand los und merkt, dass er zittert.

Sich das Bild von ihr und Kerim wieder ins Gedächtnis zu holen, hat ihm kurzzeitig geholfen, das hier durchzuziehen. Blitzschnell und ohne zu überlegen, hat er das Pentobarbital in ihr Glas gekippt, etwa die Hälfte vom Inhalt des Fläschchens. Es wäre schnell vorbei gewesen.

Er kann es.

Thymos.

Er ist imstande gewesen, es zu tun. Absoluter Alpha-Mann.

Bis zu dem Augenblick, in dem sie das Wort *tot* ausgesprochen hat.

Das hätte doch perfekt gepasst. Sie will sterben? Bitte sehr.

Was genau der Auslöser für ihn war, das Glas umzukippen, ist ihm nicht klar. Es war kein Gedanke, sondern ein Reflex. Als ob er eben doch ihr Prinz wäre, ihr Ritter, ihr Retter.

Das Fläschchen ist noch halb voll, er hat die Chance auf einen zweiten Versuch. Er weiß nicht, ob er das noch einmal schafft. Plötzlich ist *Thymos* nur noch ein verstaubtes griechisches Wort, das außerhalb von Philosophievorlesungen und neurechten Thinktanks niemand kennt.

»Bist du okay?«, fragt Coco, nachdem sie sich eine Ewigkeit lang nur angesehen haben.

Er fährt sich wieder mit der Hand über den Mund, schüttelt den Kopf und sagt: »Absolut fucking nichts ist okay.«

»Na dann, willkommen im Klub.«

Sie versucht ein Lächeln, dann löst sie endlich den Blick von ihm.

»Du willst dich umbringen«, sagt er, wie um sicherzustellen, dass er sich vorhin nicht verhört hat.

»Nein, oder … das sind so düstere Gedanken, die manchmal kommen, wenn mein Kopf sich aufhängt, als wär er ein altes Notebook. Nach einer Weile geht es dann wieder. Ich hätte dir das gar nicht erzählen sollen.«

Sie holt ein neues Weinglas aus dem Schrank und hält es ihm hin. Er schenkt ihr ein. Das Zittern hat aufgehört. Sie stoßen an. Gerade war es noch ein Thriller, fast ein Mord, jetzt die Reminiszenz einer vergeigten Romanze. Grotesk.

Er fragt sich, ob Coco nicht schon immer so gewesen ist. So flatterhaft. Sie kann nach Belieben zwischen den unterschiedlichsten Seinszuständen hin- und herswitchen. Oder auch nicht nach Belieben. Vielleicht ist es ein Zwang und sie hat gar keinen Einfluss darauf, womöglich merkt sie es nicht mal. Wie sie damals auf der Buko ihre Wahlrede gehalten hat – eine Lichtgestalt auf der Bühne, ein Messias; und im nächsten Moment neben ihm am Tisch ein Haufen Selbstzweifel. Welche von beiden ist die echte Coco? Vielleicht keine.

Welche von beiden soll er also töten?

Die echte Coco hockt vielleicht irgendwo dazwischen, hat sich im Dornengestrüpp von Politik und Identität verfangen und schläft ihren Dornröschenschlaf.

Sie trinkt noch einen großen Schluck. Er auch. Der Alkohol tut gut.

»Du bist mir ganz schön fremd geworden«, sagt sie. »Was hast du in all der Zeit gemacht? In dieser seltsamen Akademie bei dieser seltsamen Stiftung? Ist das für dich eine Art Spiel oder bist du diesem André Posch wirklich auf den Leim gegangen?«

Unwillkürlich fährt seine Hand in die Hosentasche und fühlt nach dem Fläschchen.

Halb voll ist es ja noch.

■

Damals war er aus dem Haus gestürmt und durch die Nacht gelaufen. Das Laufen tat gut. Er lief bis zum Rhein, wo er sich mit brennenden Lungen auf eine Bank fallen ließ. Unten platschten die Wellen des Stroms leise gegen die Ufermauer.

Er musste an Norman denken. Den Unberührten. Ob Coco auch solche Leute gemeint hatte, als sie damals in ihrer Vorstellungsrede vor der Buko sagte, sie wolle eine Politik, die berührt und die selber berührbar ist? Das Thema Berührbarkeit hatten Coco und Kerim ja gerade neu definiert.

Maikel schüttelte sich. Nicht wegen der beiden, sondern wegen Norman und den ganzen Typen aus dem Seminar der Abendland Akademie. Zur Hölle, sie verfolgten ihn wie Sodbrennen, sie tauchten immer wieder aus den Tiefen seiner Eingeweide auf und machten ihm den Hals eng, als müsse er sehr dringend rülpsen, könne aber nicht. Sein Handy klingelte, natürlich Coco, er drückte sie weg, er hatte keine Lust, sich irgendwas anzuhören. Keine Entschuldigungen, Erklärungen, bitte bloß kein Es-hat-nichts-mit-dir-zu-tun.

Irgendwann am nächsten Morgen stand sie vor seiner Tür, sie klingelte sieben-, acht-, neun-, zehn-, elfmal, und sie würde nicht weggehen, das war ihm klar, also drückte er irgendwann auf den Türöffner und empfing sie oben am Treppenabsatz.

»Kann ich nicht reinkommen?«

»Nein«, sagte er.

»Ich wünschte, ich könnte es ungeschehen machen«, flüsterte sie, machte einen Schritt auf ihn zu und wollte nach seiner Hand greifen, doch er verschränkte die Arme. »Ich liebe dich, ich will mit dir zusammen sein. Was kann ich tun, damit du mir verzeihst?«

Es sprach für sie, fand Maikel, dass sie gar nicht erst versuchte, irgendetwas zu erklären. Denn was gab es da schon zu erklären? Okay, sie hätte sagen können, ob sie irgendwas für Kerim empfand oder ob es einfach nur Sex gewesen war – aber wie zur Hölle soll man das trennen? Es war passiert und konnte wieder passieren, ganz egal, aus welchen Gründen. Er merkte, dass es ihm auch egal war, was für eine Rolle Kerim für Coco spielte und was sie empfand. Sie hatte ihn betrogen und gedemütigt und das würde er ihr niemals verzeihen können, selbst wenn sie ...

»Und wenn ich bei FUTURE aussteige, jetzt sofort?«, fragte sie. »Wenn ich Kerim nie wiedersehe und wir beide nie wieder so ein Gespräch führen müssen wie vorgestern Abend beim Essen, du und ich?«

»Ist mir egal.«

»Das heißt ...« Ihre Augen füllten sich mit Tränen. »Das heißt, es ist wirklich vorbei?«

»Ja«, sagte er. »Alles. Ich scheiß auf FUTURE. Und ich scheiß auf dich, Coco. Leb wohl.«

Da schluchzte sie kurz auf und schlug eine Hand vors Gesicht. Eine Zimmertür öffnete sich und einer von Maikels eigenbrötlerischen Nachbarn schlurfte im Bademantel über den Flur, grüßte die beiden mit einem Kopfnicken und verschwand im Bad.

Coco nahm den Hut ab und hielt ihn ihm hin.

»Nein, der gehört dir«, sagte er. »Ich wünsch dir alles Gute. Mit FUTURE und auch für dich persönlich.«

Das klang fast wie bei einem Arbeitszeugnis. Die Sterilität seiner eigenen Worte tat ihm gut wie ein Kühlpack, das man auf eine schwere Prellung legt.

»Leb wohl, Coco.« Er verschwand in seinem Zimmer, schloss die Tür, lehnte sich mit dem Rücken dagegen und ließ sich herunterrutschen bis auf den Boden. Von außen hörte er ein gedämpftes Geräusch, vielleicht war Coco auf der anderen Seite ebenfalls gegen die Tür gesunken und hielt eine Hand an das Holz, wie man es aus Filmen kennt. Sie weinte. Das zerriss ihm das Herz. Er holte tief Luft, wollte hochspringen und die Tür aufreißen, sie in die Arme schließen und ihr sagen, dass alles gut werden würde. Es lag in seiner Hand. Ja, in seiner. Er hatte für diesen einen Augenblick die absolute Macht über sie beide, das wurde ihm jäh bewusst, und der Gedanke hüllte ihn wohlig ein. Er atmete aus und blieb am Boden sitzen. Noch wohliger als die Macht war das Selbstmitleid, das jetzt langsam in ihm hochkroch. Natürlich hatte die Situation nichts mit Kerim zu tun, Kerim war ein eitler Spacko und das wusste Coco auch. Er sah extrem gut aus, vielleicht konnte er gut ficken, aber Coco war sicher nicht in ihn verliebt. Bloß spielte das alles überhaupt keine Rolle, denn Coco war letztlich vor allem in FUTURE verliebt und Kerim war dafür nur ein Symptom. Für sie wäre es doch eigentlich besser, gar keinen Freund zu haben. Und für FUTURE wäre das auch besser. Kurz wickelte Maikel sich in das wärmende Gefühl, er würde sich und sein persönliches Glück einem höheren Zweck opfern.

Bullshit.

Irgendwann hörte er, wie Coco sich draußen aufrappelte und auf die Beine kam, wie sie Stufe um Stufe aus seiner Mansarde hinabstieg, bis irgendwann unten die Haustür hinter ihr ins Schloss fiel.

Schließlich stand er ebenfalls auf und setzte sich an den

Schreibtisch. Schrieb eine Nachricht an Lutz, dass er sein Ersatzdelegiertenmandat für die Buko leider zurückgeben müsse. Und öffnete den Laptop, um die Honorarrechnung an die Abendland Akademie aufzusetzen.

Coco sah er von dem Tag an nur noch in den Medien, als Erstes in den Fernsehberichten und Videos von der Buko in Rastatt, wo sie strahlend in die Menge winkte oder mit ausladenden Gesten am Mikrofon sprach oder wie sie mit Kerim kurz für eine schnelle Absprache unter Parteivorsitzenden die Köpfe zusammensteckte.

Wie immer trug sie den Hut.

■

»Du kannst den Hut nicht weglassen«, sagte Kerim. »Er ist dein Markenzeichen.«

»Sag du mir nicht, was ich lassen kann«, erwiderte Coco knapp.

Sie hatten sich kurz vor Eröffnung der Bundeskonferenz noch einmal für ein paar Minuten in ein Hinterzimmer zurückgezogen. Coco hielt den Hut in der Hand und fuhr mit den Fingern über das dunkel schimmernde Band.

»Sorry«, schob sie nach.

»Ich auch«, sagte Kerim. »Können wir noch mal ganz kurz auf den dritten Absatz gucken?«

Sie gingen die Rede durch, die sie beide gemeinsam in wenigen Minuten zur Begrüßung halten würden, es sollte ganz locker rüberkommen, wie ein Zwiegespräch, bei dem sie lässig die Delegierten und Gäste begrüßen und einen kurzen Rückblick auf die letzten Monate geben würden. Leider reichte Cocos persönlicher Rückblick zwischendurch nur bis zum Freitag voriger Woche und an der Lockerheit mussten sie auch noch arbeiten. Es fiel ihnen ein bisschen schwer, einander in die Augen zu sehen. Sie hatten sich gleich am Montag nach ihrem missglückten Ausspracheabend auf Martas Rat besonnen und blitzschnell eine Supervisorin aufgesucht, gewissermaßen als Notfall. Dort hatten sie knapp drei Stunden daran gearbeitet, als Chefin und Chef von laut mehreren Medien *Deutschlands derzeit spannendster Partei* ihr kollegiales Verhältnis neu zu definieren. Wie das überhaupt passieren konnte, dass ihr feuchtfröhlicher Clubbesuch völlig ansatzlos und ohne jede vorausgehende Flirt- oder sonstige Anbahnungsphase in einen ebenso wilden wie kurzen Coitus interruptus mündete, verstanden beide nicht mehr. Sie kamen überein, die Episode abzuhaken und sich sachlich auf die Bundeskonferenz vorzubereiten.

Was Coco betraf, hatte das mit der Sachlichkeit nur soso lala geklappt. Immer wieder, während sie Kerim gegenübersaß, fragte sie sich, was sie bloß in jenem Moment in der Küche plötzlich so geil gemacht hatte. Irgendwas hatte sich da entladen, was sich in den Monaten ihrer intensiven Zusammenarbeit angestaut hatte, die andauernde Nähe in Meetings, bei Zugfahrten und Berlin-Übernachtungen. Kerim schien sich entgegen seiner sonst ja sehr unkonventionellen Einstellung zum Sex ein bisschen schuldig zu fühlen. Sie hatten sich in die Hand versprochen, dass es bei diesem einen Vorkommnis bleiben und dass es ihre Zusammenarbeit in keiner Weise belasten sollte.

Vor allem aber führte Coco im Kopf täglich tausend halbe Dialoge mit Maikel, von dem inzwischen klar war, dass er sie nicht mehr sehen oder sprechen wollte. Sie hatte ein elend schlechtes Gewissen und sie vermisste ihn ganz entsetzlich, dabei fühlte sie sich zugleich auf eine seltsame Art neu und frei. Doch immer dann, wenn das Gefühl von Freiheit die Oberhand zu gewinnen schien, kamen gleich darauf das Gewissen und das Vermissen wieder und alles drehte sich im Kreis.

Im Grunde war sie dankbar für die herannahende Buko gewesen, deren Vorbereitung sie von früh bis spät so in Anspruch nahm, dass die inneren Dialoge mit Maikel immer nur ein oder zwei Sekunden dauerten. Der Leitantrag für dieses Wochenende umfasste knapp hundertsechzig Seiten, dazu hatten die Ortsgruppen, Landesverbände und bundesweiten Arbeitsgruppen gut vierhundert Änderungsanträge eingereicht, die Coco mit einem Ausschuss des Bundesteams für die Debatte strukturiert hatte, und zwar bis kurz nach zwei Uhr vergangene Nacht.

Auch die reine Organisation war ein Kraftakt. Aber die Erfahrung des alten Orgateams, das schon den Kongress und die erste Buko im vergangenen Jahr gestemmt hatte, verband sich ziemlich gut mit dem Elan von Tabea und den anderen neuen Leuten, die während der letzten Monate hinzugekommen waren. Tabea schien ihr In-Ear-Headset während der letzten drei Tage und Nächte überhaupt nicht mehr abgelegt zu haben, sie stand im Dauerkontakt zur Technikcrew, die für die digitalen Abstimmungen zuständig war, zum Webteam, das die Veranstaltung auf allen Kanälen streamen sollte, und zum Cateringservice, der erst beim dritten Anruf verstand, dass ausschließlich fair gehandelte Produkte auf den Tisch kamen.

Tabeas Versuche, zwischendurch Coco in ihrem Liebeskummer zu trösten, waren eher halbherzig gewesen. Coco hatte ihr den Seitensprung mit Kerim gebeichtet, nur ihr und niemandem sonst. Das solle auch so bleiben, hatte Tabea gesagt, niemand dürfe jemals davon erfahren. Coco hatte befürchtet, Tabea würde stinksauer auf sie sein, weil sie sich so gut mit Maikel verstand, aber Tabea nahm es erstaunlich locker. Vielleicht, so Cocos Verdacht, fand sie es heimlich sogar ganz gut, dass Coco jetzt nur noch ihr und FUTURE gehörte. Bei diesem Gedanken war Coco ein kalter Schauer den Rücken runtergelaufen.

Tabea war es auch, die jetzt mit glühenden Wangen den kleinen Raum betrat, sich das Headset aus dem Ohr pulte und sagte: »Showtime.«

Freitagabend, zwanzig Uhr. Ab jetzt hatten sie vierundvierzig Stunden Zeit, den künftigen Kurs der Partei zu beschließen. Bundestagswahl ja oder nein. Forderung nach Vorziehen des Kohleausstiegs, nach neuen Coronahilfen, nach antirassistischen Polizeigesetzen der Bundesländer? Steuer- und Rentenkonzept so oder so ähnlich oder doch ganz anders? Und: Sollen der Vorstand und das Ladenteam künftig ein Gehalt kriegen?

Coco atmete tief ein und aus, tauschte einen Blick mit Kerim – zum ersten Mal seit letzte Woche Freitag musste sie dabei nicht sofort zur Seite schauen. Kerim lächelte, sie waren im Politikmodus.

Tabea nahm Coco den Hut aus der Hand und platzierte ihn auf ihrem Kopf. Dann hielt sie den beiden die Tür auf und Coco fühlte sich in ein wogendes Meer aus Menschen geworfen und staunte über die vielen Banner und Plakate und bunten Bänder und Upcycling-Skulpturen und Blumengebinde und Schaufensterpuppen und bunten Öko-Luftballons, mit denen die Delegierten die barocke ehemalige Reithalle dekoriert hatten. Die Ortsgruppen hatten ein Best-of des Materials ihrer bisherigen Aktionen mitgebracht und den Saal damit übers Wochenende in eine Art Echtzeit-Museum ihrer Partei verwandelt. Es kam Coco so vor, als wäre sie jeder einzelnen Person in diesem Saal bereits begegnet, und zum überwiegenden Teil stimmte das sogar, denn sie hatte seit letztem Herbst rund achtzig der inzwischen knapp hundert Ortsgruppen persönlich besucht.

Da hämmerten plötzlich hart angeschlagene Klaviertöne aus den Boxen, umrahmt vom Elektrosound der Achtzigerjahre und einem spacigen Sirenengesang – die Titelmelodie der kultigen Anime-Serie *Captain Future*. Wie passend. Coco warf Tabea einen Blick zu, die hob den Daumen und nickte rüber zur Technikcrew am Mischpult, die Jungs und Mädels dort winkten und freuten sich diebisch über die gelungene Überraschung. Kerim hatte kürzlich gemeint, sie bräuchten eigentlich eine Parteihymne, aber Coco hatte das viel zu kitschig gefunden. Die Crew hatte das jetzt auf ihre Weise entschieden.

Zusammen mit den Mitgliedern des Bundesteams nahmen sie auf dem breiten Podium Platz, das nicht an der Stirn-, sondern an der Querseite der Halle aufgebaut war – das sollte weniger nach *Frontalunterricht* aussehen und mehr nach gleichberechtigter Teilhabe. Coco und Kerim trugen Headset-Mikros, mit denen sie sich während ihrer Eröffnungsrede frei im Saal bewegen konnten. Sobald die Musik verklungen war, ergriff Coco das Wort. Sie spürte die Blicke der fünfhundert Delegierten, Gäste und Medienleute auf sich und die Augenpaare all der Menschen, die jetzt am Handy oder Laptop via Stream dabei waren, sie spürte den Flow, der sie emportrug, während sie sprach, und sie wusste, dass das hier haargenau das war, was sie einfach tun musste.

Tun wollte.

Während Kerim und sie die bisherige Entwicklung der Partei rekapitulierten, konnten die Delegierten ihre Anmerkungen mit dem Handy in die Wortwolken schicken, die ringsum an die Wände projiziert wurden, und die beiden Vorsitzenden wiederum konnten in ihrer Rede unmittelbar darauf eingehen. Es war die absolute demokratische Inszenierung.

Oder vielleicht doch nur eine inszenierte Demokratie? Coco wischte den Gedanken sofort wieder weg. Und jeden Gedanken an Maikel auch.

Zumindest, bis der erste Sitzungstag gegen halb elf endete, die Crew die Musik aufdrehte, die Bar öffnete und Coco auf dem Weg zum Klo Lutz aus Köln in die Arme lief.

»Hey, gute Rede!«, rief Lutz gegen die Beats an und klatschte

Coco ab. Dann fragte er: »Was ist eigentlich mit Maikel? Ist er krank? Er hat mir nur geschrieben, dass er nicht kommen kann, aber nicht, warum. Und auf meine Nachrichten antwortet er nicht und geht nicht dran, wenn ich ihn anrufe.«

»Ich weiß leider nicht, wie es ihm geht«, sagte Coco. Sie hätte gern geflüstert, aber weil sich der Konferenzsaal binnen Sekunden in einen Dancefloor verwandelt hatte und sie fast unter einer der Boxen standen, musste sie schreien. »Wir haben uns getrennt.«

»Oh«, machte Lutz und sah richtig betroffen aus. »Oh, wie schade. Für mich wart ihr irgendwie immer das perfekte Paar.«

Coco runzelte die Stirn. Vielleicht war Maikel der perfekte Partner gewesen, aber sie eben leider keine gute Partnerin, dachte sie. Ein Kloß bildete sich in ihrem Hals. Sie würgte ihn hinunter und entgegnete vielleicht eine Spur zu kühl: »Ach, weißt du, was ist schon perfekt?«

»Hey, Coco!«, rief Pascal, der mit Limoflaschen in den Händen an ihnen vorbeirauschte. »Perfekter Einstieg, vorhin. Super!«

■

Am Montagmorgen saß Maikel an seinem Schreibtisch vor dem Laptop, als eine Mail von André Posch einging. Er, Posch, bedanke sich für die Rechnung, das Honorar werde umgehend angewiesen und er würde sich glücklich schätzen, wenn es demnächst wieder zu einer Zusammenarbeit käme. Maikel verzog das Gesicht und spürte den Drang aufzustoßen. Aber es kam nichts. Da war bloß wieder dieses unterschwellige Sodbrennen. Welche Zusammenarbeit, zur Hölle. Der Gedanke war so absurd, dass er ihn neugierig machte. Einer spontanen Eingebung folgend nahm er sein Handy und tippte die Telefonnummer ein, die sich in der Signatur unter Poschs Mail fand.

Ach, Bullshit. Maikel drückte den Homebutton, legte das Handy weg und checkte die anderen Mails. Hauptsächlich Absagen. *… bieten wir derzeit leider keine Jobs für Studierende an … können wir zu unserem größten Bedauern auf unbestimmte Zeit keine freie Mitarbeit …* Kurz kontrollierte er seinen Kontostand und griff erneut zum Handy. Poschs Nummer stand immer noch im Display. Maikels Fingerkuppe schwebte eine endlose Sekunde lang über dem kleinen grünen Telefonhörerzeichen, dann senkte sie sich aufs Display.

Posch ging sofort dran.

»Wie schön, dass Sie sich gleich melden, Maikel!«

»Ja, hallo. Ich wollte eigentlich bloß … ehrlich gesagt möchte ich einfach nur mal wissen, wie Sie auf die verwegene Idee kommen, wir könnten zusammenarbeiten.«

»Ich fand Ihren Besuch bei unserem Seminar ganz erfolgreich. Sie nicht?«

»Ungefähr so erfolgreich, wie wenn man für einen Kindergeburtstag einen lustigen Clown organisiert, der für zwei Stunden vorbeischaut und ein bisschen Klamauk veranstaltet.«

»Ach, so haben Sie das empfunden?« Maikel konnte ihn lächeln hören. »Ich hatte eher den Eindruck, dass Sie *uns* für Clowns halten.«

Poschs Offenheit war entwaffnend.

»Vielleicht tu ich das«, gab Maikel zu. »Es ist eben alles eine Frage der Perspektive.«

»Und genau dafür brauche ich Sie, Maikel. Sie sollen mir helfen, mich besser in meine vermeintlichen Gegner hineinzuversetzen. Verstehen Sie? Ich sehe mich als Teil einer Bewegung, die Deutschland erneuern wird. Im Gegensatz zu manch anderem Mitstreiter bin ich nicht der Meinung, dass wir leichtfertig Teile des Volkes verlieren sollten, die zu schwach oder nicht willens sind, dabei mitzumachen – falls Sie verstehen, worauf ich anspiele.« Er schwieg einen Moment, aber da Maikel nicht einhakte, sprach er weiter: »Ich möchte, dass wir so viele Deutsche wie möglich mitnehmen in die anbrechende neue Zeit. Verstehen Sie, Maikel? Ich möchte Brücken bauen.«

»Und Sie meinen ernsthaft, ich würde Sie dabei unterstützen?«

»Was hätten Sie zu verlieren?«

»Pah«, stieß Maikel aus. Etwas an diesem Gespräch machte ihn nervös. Er hielt mit der einen Hand sein Handy am Ohr und klickte mit der anderen wahllos durch die geöffneten Tabs seines Webbrowsers.

Das könnte Sie auch interessieren, mutmaßten die Algorithmen und priesen einen Artikel über die Bundeskonferenz an: *Coco Frahm sieht FUTURE als Partei der kulturellen Brückenbauer [mit Video!].*

»Sehen Sie es doch einmal so«, setzte Posch wieder an. »Wenn Sie recht haben mit Ihrer Weltanschauung, dann müssten Sie ja immun sein gegen meine Vision von Deutschland. Dann bestünde im Gegenteil sogar die Chance, dass Sie uns langfristig mit Ihrer One-World-Ideologie anstecken. Sie könnten also bei einer Zusammenarbeit mit uns eigentlich nur gewinnen. Es sei denn …« Er machte eine künstliche Pause und Maikel sah Poschs Lächeln vor sich. »Es sei denn, Sie zweifeln inzwischen selbst an Ihrem Multikulturismus und Genderismus und so weiter. In diesem Fall könnte ich natürlich verstehen, dass Sie von mir lieber nicht in Versuchung geführt werden wollen. Vielleicht fürchten Sie, dass Sie Ihre romantische, mannhafte, nationale Seite in sich entdecken.«

»Da ist keine nationale Seite in mir«, entgegnete Maikel einen Tick zu schnell. Seltsamerweise hatte schon der Begriff *romantisch* etwas in ihm zum Klingen gebracht. Das verstörte ihn. »Sie sprechen von einer Bewegung, aber ich kann da außer Ihnen niemanden sehen«, sagte er. »Vielleicht sind Sie mit der AfD und der Identitären Bewegung vernetzt, kann ja sein. Aber ich glaube, dass Ihr Abendland-Projekt bloß ein aufgeblasener Popanz ist.«

Posch lachte und meinte: »Ich finde es toll, dass ein junger Mensch wie Sie so ein schönes altertümliches Wort benutzt. Sehr gern erläutere ich Ihnen mal etwas genauer, wie dieser Popanz namens Abendland funktioniert. Ich bin demnächst in Ihrer Gegend unterwegs, und es wäre mir eine Ehre, Sie zu einer kleinen Wanderung einladen zu dürfen.«

■

Coco erwachte ziemlich verkatert und wunderte sich kein bisschen, dass Tabea schon mit ihrem Laptop im Schoß auf dem Bett hockte. Sie hatten sich während der Buko ein Doppelzimmer geteilt und waren anders als die meisten anderen gestern Abend nicht mehr abgereist, sondern hatten sich eine weitere Nacht gegönnt. Die Entscheidung war insofern leichtgefallen, als sich ihrer beider finanzielle Situation jetzt merklich bessern würde. Denn die Buko hatte unter anderem beschlossen, dass die Vorsitzenden und die Leute vom Ladenteam rückwirkend zum März ein festes Gehalt bekommen sollten. Das Hauptargument war gewesen, dass der Einsatz für FUTURE nicht an die Bedingung gekoppelt sein dürfe, entweder reiche Eltern zu haben oder langfristig unter Brücken zu wohnen. Zweitausend Euro im Monat, für alle gleich viel. Verglichen mit Gehältern in der Wirtschaft war das lächerlich, aber immerhin eine Verzehnfachung der bisherigen Aufwandsentschädigung, außerdem waren sie kranken-, renten- und-so-weiter-versichert.

Insgesamt arbeiteten für den Laden ab jetzt sieben Leute in Vollzeit und nochmals neunzehn weitere Leute mit halben Stellen oder auch bloß stundenweise, zusammen entsprach das etwa dreizehn kompletten Stellen, wie Tabea der gähnenden Coco vorrechnete.

Tabea war gestern offiziell zur Bundesgeschäftsführerin von FUTURE gewählt worden und als solche war sie nun die Chefin des Ladens, der allerdings nach wie vor bloß Platz für vier Schreibtische sowie eine kleine Besprechungsecke bot, und das auch nur, solange die Isomatten und Schlafsäcke zusammengerollt waren. Aber gerade das Nebeneinander von Improvisation und Professionalität sollte FUTURE ja ausmachen.

»Übrigens kommen noch Personalverwaltungskosten obendrauf«, sagte Tabea und tippte auf dem Touchscreen herum, »denn die Buchhaltung würde ich ehrlich gesagt lieber nach extern auslagern.«

Coco rieb sich ein paar gelbe Krümel aus den Augenwinkeln und betrachtete Tabea fasziniert, die sich so anhörte, als habe sie nie etwas anderes getan, als die Bundesgeschäftsstelle einer politischen Partei zu managen. Und was die letzten Monate betraf, stimmte das ja nun tatsächlich.

»Immerhin«, meinte Tabea, »können wir irgendwelche anfallenden Gagen und Honorare weiterhin ganz beruhigt der Parteikasse spenden, denn jetzt wissen wir ja, dass wir damit unsere eigenen Gehälter querfinanzieren.«

Coco fühlte ein leises Ziehen im Bauch, als sie an die fünfhundert Euro von Britt Biller dachte. Vielleicht war es auch nur der postalkoholische Heißhunger auf Hotelfrühstück mit angetrocknetem Rührei an glitschigem Räucherlachs. Ein Milchkaffee musste aber erst mal reichen.

Abermals herzhaft gähnend setzte sie sich auf und schwenkte die Beine aus dem Bett.

»Hier, schau«, sagte Tabea und drehte den Laptop zu ihr.

Coco sah sich selbst am Mikro stehen und hörte sich sagen:

»Es geht nicht um Verbrennungsmotor oder E-Auto, sondern um ein ganz neues Verständnis von Mobilität. Gerade auch in einem angeblichen Autoland wie Baden-Württemberg. Seit Corona wissen alle, wie viele Meetings und Geschäftsreisen sich durch Videokonferenzen ersetzen lassen. Und wir haben alle gelernt, wie wichtig der lokale und saisonale Einkauf ist. Langsam ist das neue Schnell.«

Im Hintergrund hing ein Plakat mit dem Slogan: *Bertha Benz würde FUTURE wählen.*

»Siebzehntausend Aufrufe«, sagte Tabea, »über achthundert Kommentare.«

»Wie viele Kommentare handeln davon, dass ich mal richtig durchgefickt werden müsste?«, fragte Coco.

Tabea drehte den Laptop wieder zu sich und brummte: »Im Posteingang sind auch wieder viele Dick-Pics reingekommen, soll ich sie dir weiterleiten?«

»Wir könnten ja im Laden mal eine Ausstellung mit den ganzen Schwanzbildern machen«, witzelte Coco. »Ich freu mich schon auf die Vernissage. Und Maikel ...«

... würde die Rede halten. Über sein Lieblingsthema.

Mist.

Außer bei dem kurzen Talk mit Lutz hatte sie seit Freitagabend kaum an ihn gedacht, bis jetzt. Abgesehen von zwei Stunden Schlaf pro Nacht war Coco absolut im Hier und Jetzt gewesen, so was von da, ganz bei den Leuten, in Tausenden Nebengesprächen während der Pausen und der abendlichen Partys und total im Flow bei den Debatten der Konferenz. Die Delegierten waren ihr in allen Punkten gefolgt: Früherer Kohleausstieg, Konzepte für die FUTURE-Steuer und die FUTURE-Rente und vor allem die Entscheidung, im Herbst noch nicht zur Bundestagswahl anzutreten. Coco hatte keine Abstimmung verloren, doch plötzlich kamen ihr all die Beschlüsse vor wie ein Haufen totes Papier, auf dem irgendwas stand, was mit dem echten Leben nichts zu tun hatte. In irgendeinem Paralleluniversum saß Coco nicht mit Tabea im Hotelzimmer, sondern mit Maikel, sie waren an diesem sonnigen Frühlingswochenende einfach mal weggefahren, um ein bisschen auszuspannen, sie würden nach dem Frühstück noch mal ins Bett gehen und vielleicht auf dem Laptop das Video sehen, wie Jule Angerhof, Vorsitzende von FUTURE, auf der Buko eine Rede hielt.

Coco hatte einen Augenblick lang ins Nichts gestarrt und bemerkte erst jetzt, dass Tabea herübergekommen war, sich neben sie hockte und sie in die Arme schloss.

»Mir fehlt er auch«, sagte Tabea. »Es ist doof, dass er einfach so aus deinem Leben verschwunden ist. Und damit auch aus meinem. Ich fand die Abende mit ihm in der WG echt schön. Aber ich glaube, du musst das akzeptieren, dass er keinen Kontakt möchte. Und irgendwie ...«

»Was?«

»Nee, ist blöd.«

»Gott, Tabea!« Coco sprang hoch. »So was hasse ich. Was wolltest du sagen? Raus damit, ich komm damit klar. Ich werd schon nicht losflennen.«

»Irgendwie hatte ich zuletzt den Eindruck«, sagte Tabea leise, »dass Maikel gar nicht mehr so richtig an dich glaubt.«

»Was für ein Unsinn«, rief Coco. »Das ist doch keine Glaubensfrage. Und wenn überhaupt, dann ... bin ich es, die nicht mehr richtig ... an Maikel ...« Sie schluchzte auf. »Kacke, jetzt flenne ich doch.«

Tabea stand auf und wollte sie erneut in den Arm nehmen, aber Coco zog geräuschvoll die Nase hoch und sagte: »Ist schon gut. Vergessen wir das. Ich habe Hunger, ich brauch was gegen meinen dröhnenden Schädel. Wenn wir weiterhin nach jeder Konferenz und jedem Meeting so heftig feiern, bin ich bis Weihnachten Alkoholikerin. Kein Wunder, dass es in der Politik so viele Suchtkranke gibt.«

»Nee, das liegt daran, dass sie alle in der falschen Partei sind«, widersprach Tabea. »Bei FUTURE brauchen wir keine Drogen, FUTURE *ist* die Droge.«

Ja, das stimmte. Irgendwie.

Coco wandte sich ab und musterte ihr Gesicht im Spiegel, setzte den Hut auf und sah, wie er die dunklen Ringe unter ihren Augen neutralisierte. Ganz ohne Schminke. Fast wie eine Tarnkappe, unter der sie nach Belieben verschwinden konnte.

Viele Menschen stürzten ja nach gescheiterten Beziehungen erst mal ab und suchten Trost bei irgendwelchen Drogen. FUTURE war zumindest legal und sozial akzeptiert, weder gestreckt noch verschnitten, sondern vollkommen rein und knallte ganz ordentlich.

Und so war Coco für die nächsten Wochen nur noch high. Nur wenn die Wirkung zwischendurch mal nachzulassen begann, schlich sich Maikel in ihr Bewusstsein. Doch dann kam sofort die nächste Dröhnung. Der Trip gipfelte in dem Abend der Landtagswahl, als die ganze FUTURE-Meute im Partysaal eines Stuttgarter Jugendhauses vor dem großen Bildschirm die Luft anhielt. Coco sah den Balken wie in Zeitlupe steigen auf drei, vier, fünf – SIE! WAREN! DRIN! – sieben, neun, elf – OMG! – zwölf Prozent! Der Jubel entlud sich wie eine Explosion und ließ die Wände erbeben. Das würde für achtzehn oder neunzehn Sitze reichen, je nachdem, und wie sich im Laufe des Abends herausstellte, hatte Pascal in seinem Tübinger Wahlkreis sogar das Direktmandat gewonnen.

Coco war mit dem festen Vorsatz angereist, zur Abwechslung mal keinen Alkohol zu trinken, sie hielt sich an Bio-Coke und erlebte die Nacht von Stuttgart trotzdem wie im Rausch – oder gerade deshalb, weil sie jede Einzelheit so intensiv wie möglich in sich aufsog, jedes glückliche Gesicht, jedes einzelne Lachen. Aber ein Teil von ihr konnte nicht verdrängen, dass Maikels Gesicht fehlte.

■

»Ich hatte erwartet, Sie in ausgelassener Stimmung anzutreffen«, sagte André Posch, als er Maikel die Hand schüttelte. »Ihre Partei hat in Baden-Württemberg einen Sensationserfolg hingelegt.«

»Yippie, yay«, erwiderte Maikel, ohne eine Miene zu verziehen. »Wollen wir?«

Sie hatten sich am Bahnhof Rhöndorf verabredet, einem kleinen Kaff am Rhein, gleich gegenüber von Bonn. Posch hatte wohl am Vormittag in Bonn zu tun gehabt und darum diesen Treffpunkt vorgeschlagen, um von dort zu einer kleinen Wanderung aufzubrechen. Sie würden auf den Drachenfels steigen und reden und Posch würde ihn in einem Ausflugslokal zu einem großen Bier einladen und ihm vielleicht ein attraktives Angebot machen.

Immerhin gab es zurzeit außer Posch niemanden, der das tat – also Maikel irgendwelche Angebote zu machen, bei denen am Ende Geld rauskäme, und Maikel hatte sich überlegt, dass er ja vielleicht als eine Art Maulwurf bei Posch anheuern könnte, um in Wahrheit diese Stiftung auszukundschaften und zu unterwandern, ein echtes Heldenstück, für das er auch noch bezahlt würde …

Nee. Bullshit. Eigentlich hätte er gar nicht sagen können, was ihn bewogen hatte, zu diesem Treffen zu erscheinen. Egal, es fragte ihn ja auch niemand.

Anders als bei ihrer ersten Begegnung in Thüringen fühlte er sich hier im Siebengebirge seltsamerweise sicherer, es war wie ein Heimspiel, hier im Westen, westlicher ging es kaum, wenige

Kilometer von hier stand das Wohnhaus von Konrad Adenauer, Maikel hatte es bei einer Exkursion mal besichtigt. Und drüben in Sichtweite die alte Bundeshauptstadt, Zeugin einer kuschligen Zeit, in der so was wie AfD oder Pegida, Corona-Lockdown, Reichsbürgertum oder die Abendland Akademie als Dystopie gegolten hätten.

Zugleich war das hier aber auch ein mythologischer Ort, der mit dem Drachentöter Siegfried aus der Nibelungensage in Verbindung gebracht wurde. Dem germanischen Helden schlechthin.

Wie Posch überhaupt auf die Idee einer gemeinsamen Wanderung verfallen war, erfuhr Maikel nicht. Dafür aber so ziemlich die ganze Lebensgeschichte dieses Mannes.

Poschs Eltern waren in der Friedensbewegung der DDR aktiv gewesen, was den kleinen André, wie er fand, zum Außenseiter machte. Je älter er wurde, desto mehr widerten ihn ihr Lebensstil und ihre Ansichten an. Natürlich findet jeder junge Mensch die eigenen Eltern manchmal peinlich. Aber das Verhalten seiner Eltern sei nicht nur affig gewesen, sondern zerstörerisch. Sowohl für Poschs Bildungschancen und Berufsaussichten als auch für seinen damaligen Staat, den der junge André aus lauterem Herzen liebte. Zweifellos gab es an der DDR einiges zu kritisieren, aber es war ein Staat, der für seine Menschen sorgte, und der jedem, der sich anpasste, alle Möglichkeiten bot. Selbst ihm, der als Sprössling von Oppositionellen eigentlich keinen Zugang zur Hochschule gehabt hätte – seine Eltern ließen ihn ja nicht mal zur FDJ. Doch er hatte einen verständnisvollen Lehrer, der ihn förderte. Der Lehrer war informeller Mitarbeiter der Staatssicherheit und vermittelte seinem Schüler André den Kontakt zur *Firma*, wie man damals sagte. Dort stellten sie ihm tatsächlich ein Studium in Aussicht und später sogar eine hauptamtliche Stelle.

»Der Preis war allerdings hoch«, sagte Posch und ließ so etwas wie einen Seufzer hören. Oder der steile Anstieg machte ihn kurzatmig. »Ich sollte ab sofort meine eigenen Eltern beobachten und darüber berichten.«

»Krass«, meinte Maikel. »Darauf sind Sie vermutlich nicht eingegangen, oder?«

Er erwartete, dass Posch jetzt von seinem Bruch mit dem DDR-Regime und seiner Hinwendung zum rechten Rand berichten würde. Doch die Stelle kam nicht.

Stattdessen sagte Posch: »Ich hatte keinerlei Bedenken. Es war doch im Grunde auch zu ihrem eigenen Besten.« Kurz schien er noch etwas anfügen zu wollen, doch dann winkte er bloß ab und erzählte, wie er nach dem Wehrdienst und dem anschließenden Studium an der SED-eigenen Parteihochschule tatsächlich hauptamtlicher Mitarbeiter des Ministeriums für Staatssicherheit wurde.

»Ein Jahr später fing das asoziale Pack an, aus den Kirchen auf die Straßen hinauszugehen«, fuhr er fort. »Ich konnte nur hilflos mitanschauen, wie meine ganze Welt binnen weniger Monate zerbröselte und zu Staub zerfiel, als wäre sie schon immer aus Sand erbaut gewesen. Diese Leute, wie sie mit ihren Trabbis in endlosen Kolonnen nach Westen fuhren, kamen mir wie Lämmer vor, die fröhlich meckernd zur Schlachtbank trabten. Denen war es einfach zu gut gegangen, darum haben sie sämtliche Errungenschaften des Sozialismus in den Orkus der Geschichte gekippt, um ihrer nebulösen Verheißung von Freiheit zu folgen.«

An einer Kehre des steilen Weges hielten sie an, um zu verschnaufen.

Posch blickte auf den Rhein hinab und fuhr fort: »Freiheit ist ein schönes Wort, mehr nicht. Eine leere Hülle, die man füllen muss. Ich habe schon damals im Herbst 89 erkannt, womit unsere Menschen die Hülle füllen würden – mit Coca-Cola.« Er nahm einen Schluck aus seiner Trinkflasche. »Ich selbst stand plötzlich ohne Arbeit da, ohne mein Umfeld, ohne Lebenssinn. Und ohne Heimat, ohne Vaterland. Ja, ganz recht. Die Polen blieben auch nach der Transformation immer noch Polen. Die Ungarn blieben Ungarn und die Tschechoslowaken blieben immerhin Tschechen oder Slowaken. Aber wir Bürger der DDR waren von einem Tag auf den anderen heimatlos. Ausgebürgert, ohne einen Schritt vor die Tür gemacht zu haben. Wir waren Flüchtlinge, Vertriebene im eigenen Land, wir waren schon längst abgesoffen, bevor wir in irgendwelche Boote hätten steigen können. Die meisten bei uns dachten, sie würden ab jetzt in einem vereinigten Deutschland leben. Aber das trog. Wir leben in der Bundesrepublik. Das hat mit Deutschland nicht viel zu tun.«

Als hauptamtlicher Mitarbeiter des MfS hatte Posch natürlich keine Chance, irgendwie in den Dienst des neuen Staates zu treten, selbst wenn er gewollt hätte. Also fing er noch einmal ganz von vorn an. Studierte Geschichte und Philosophie und begann eine Promotion über Ernst Jünger. Die brach er jedoch ab, weil er da längst begonnen hatte, für verschiedene Zeitschriften zu arbeiten, bevor er schließlich, kurz vor dem Ende des alten Jahrtausends, seinen Verlag gründete.

Posch wischte sich den Schweiß von der Stirn und verstaute die Trinkflasche in seinem Rucksack. Sie setzten ihren Aufstieg fort.

»Ich habe fünf Angestellte«, sagte Posch, »und eine Handvoll freie Mitarbeiter. Die Akademie wirft manchmal etwas Geld ab, meistens ist das aber ein Zuschussgeschäft. Den Betrieb wie auch das Gebäude finanziere ich aus der Stiftung. Das Kapital dafür kommt von solventen Herrschaften, die unsere Sache unterstützen, selbst aber lieber im Hintergrund bleiben wollen. Die meisten leben in der Schweiz.« Er lachte. »Ich weiß, was Sie jetzt denken. Aber das ist alles legal, keine Sorge.«

»Warum sollte mich das sorgen?«, fragte Maikel und warf Posch einen herausfordernden Blick zu.

Posch antwortete nur mit einem Lächeln.

»Was genau Sie da tun, habe ich auch noch nicht verstanden«, setzte Maikel nach.

»Netzwerke knüpfen«, sagte Posch. »Leute zusammenbringen. Entscheidungsprozesse beeinflussen. In der Politik, aber auch in der Wissenschaft, in der Kultur. Dasselbe im Grunde, was Sie bei FUTURE machen.«

Ich bin nicht mehr bei FUTURE, hätte Maikel beinahe erwidert. Doch diese Genugtuung wollte er dem Mann nicht gönnen. Außerdem stimmte das nicht, er war ja schließlich weiterhin Mitglied, Gründungsmitglied sogar, auch wenn er sich nicht mehr engagierte und innerlich eigentlich schon ausgetreten war.

»Sie betreiben quasi eine Propaganda-Maschine«, stellte er fest.

»FUTURE etwa nicht?«, gab Posch zurück. »Ihre Freundin Constanze redet von Resonanz, von Achtsamkeit, Awareness und so weiter. Wir reden von Heimat. Das ist doch letztlich das Gleiche.«

»Mit dem Unterschied«, erwiderte Maikel, »dass Coco ihre Ziele nicht durch Ausgrenzung und Abwertung anderer Menschen definiert. Ihr Ansatz ist inklusiv.«

Posch lachte auf und sagte: »Das ist ja das Schlimme! Sie nennen es Inklusion, ich nenne es Faschismus. Da gibt es kein Entrinnen für niemanden. Sollte FUTURE eines Tages dieses Land regieren, würde man Patrioten und Islamkritiker und Autofahrer und Fleischesser internieren, da würde in jeder Stadt ein KZ aufgemacht, und da kommen alle rein, die sich nicht dem linksgrünen Mainstream unterwerfen.«

Maikel lachte verächtlich und fragte: »Ist das eigentlich irgendein Trauma, ihr Hass auf alles Linke? Wo Sie doch früher so ein glühender Sozialist waren?«

»Oh, ich habe den Sozialismus nie als linkes Projekt verstanden«, widersprach Posch. »Die DDR schon gar nicht. Sie war vor allem ein deutscher Staat. Viel deutscher als die verrottete BRD, von Adenauer an die Amis und Franzosen verkauft. Sein Haus steht nicht weit von hier, heute ein Museum, waren Sie mal drin?«

»Bei einer Exkursion, ja.«

»Haben Sie das Arbeitszimmer gesehen? Den Schreibtisch?«

Maikel nickte. Der Kanzler hatte seinen Schreibtisch exakt nach Paris ausgerichtet gehabt. Berlin und überhaupt Deutschland als Ganzes waren ihm ziemlich Schnuppe gewesen, er hatte komplett auf Europa gesetzt. Kein unsympathischer Zug von dem alten Knaben, fand Maikel.

»Die alte BRD war doch nichts weiter als eine Provinz des alten Westeuropa, als wäre das römische Reich wieder auferstanden. Lateinisch bis in die Seele. Katholisch. Bei uns, östlich der Elbe, herrschte schon immer das freie Germanien, auch Luther mit seiner Reformation gehört zu diesem germanischen Freiheitskampf: Das Römische Reich und die römische Kirche sind schließlich so etwas wie das Urbild von Globalisierung und Multikulti.«

Maikel räusperte sich. Der Historiker in ihm wollte spontan widersprechen, dabei fand er das eigentlich gar nicht mal unplausibel.

»Und die sogenannte Wiedervereinigung hat versucht, auch das Herz Deutschlands mit der internationalistischen One-World-Ideologie zu vergiften«, fuhr Posch fort. »Sehen Sie – das wichtigste Element des Sozialismus ist doch zuallererst eines: die Diktatur des Proletariats. Lenin hat gefordert, man müsse theoretisch jedes öffentliche Amt mit einem Analphabeten besetzen können. Und er hatte recht, denn das wäre eine echte, wirkliche Demokratie. Bei uns hingegen herrscht eine linksgrüne Gutmenschen-Elite. Die prahlen mit ihrer angeblichen Bildung, sie verfolgen uns Patrioten mit beißendem Spott, wann immer in einem pro-deutschen Facebook-Kommentar ein Komma falsch gesetzt ist.«

Schon wieder kam Maikel unwillkürlich Norman in den Sinn.

»Gehören Sie denn nicht selbst zu einer Elite?«, fragte er. »Als studierter Verleger und Akademieleiter?«

Statt darauf einzugehen, streckte Posch den Arm aus. »Schauen Sie mal.«

Vor ihnen war ein Schloss aufgetaucht, das verwegen auf einem kleinen Plateau am Hang des Berges thronte. Mit seinen Zinnen und Türmen erinnerte es Maikel unwillkürlich an Hogwarts.

»Sieht romantisch aus, nicht wahr? Richtig verwunschen. Wann, glauben Sie, wurde das gebaut?«

Maikel zuckte mit den Achseln. »Der Stil sieht gotisch aus, aber irgendwie sehr kitschig. Könnte historistisch sein.«

»Treffer, junger Mann! Das Schloss hat mit dem Mittelalter nichts zu tun, es wurde Ende des neunzehnten Jahrhunderts gebaut, der Besitzer hatte sein Vermögen mit Finanzspekulation gemacht.« Posch war stehen geblieben und wischte sich erneut den Schweiß ab. »Interessant, dass die Menschen ausgerechnet in dem Moment das Mittelalter für ihre Sehnsüchte entdeckt haben, als das technische Zeitalter durchstartete, nicht wahr?«

Maikel zuckte wieder mit den Achseln und dachte an seine Fantasy-Rollenspielrunden von damals.

»Vielleicht ist das Mittelalter die Antwort«, sagte Posch.

»Auf welche Frage?«

»Auf die Frage, die Ihre Freundin an die Welt gestellt hat. Die Frage der Neuen Langsamkeit. Vielleicht war die Aufklärung ein Fehler? Der Wahn, dass man das Leben an Fakten orientiert, dass jeder ein Individuum sein muss, dass man sich ständig neu entwerfen muss. Haben Sie sich jemals gefragt, warum jemand wie Trump Präsident werden konnte, obwohl er den ganzen Tag nichts weiter tut, als Lügen zu verbreiten? Weil die Menschen der Fakten und Wahrheit und Selbstentwürfen müde sind. Es macht uns unglücklich, verstehen Sie? Was wir brauchen, ist eine Wiederverzauberung der Welt. Eine neue Mythologie.«

Maikel sah an Posch und auch an dem Schloss vorbei in die Ferne, wo sich der Rhein hinter einer Biegung seinem Blickfeld entzog. Er dachte an den Abend, an dem Coco zur Vorsitzenden gewählt worden war. Jule Angerhof hatte damals alle Fakten draufgehabt. Aber Coco hatte den Zauber ausgestrahlt. Inzwischen war auch sie ein Mythos.

»Die Linke hat auf breiter Linie versagt, weil sie immer nur rational argumentiert«, sagte Posch. »Wer erinnert sich noch an Attac oder die Occupy-Bewegung? Einfach viel zu unromantisch. Dabei ist doch revolutionäres Potenzial vorhanden. Kennen Sie die schöne Theorie von Walter Benjamin, dass jeder Aufstieg des Faschismus von einer gescheiterten Revolution zeugt? Die Linken sind gescheitert und wir müssen das Potenzial für uns nutzen.«

»Aha!«, rief Maikel. »Sie geben ganz offen zu, dass Sie ein Faschist sind?«

»Nein, das sind doch nur Zuschreibungen.« Posch lachte. »Faschistisch ist eher der Islam. Der will dasselbe revolutionäre Potenzial ausschöpfen wie wir, und als Religion ist er per se das totale Gegenteil von rational und darum so erfolgreich. Wir wiederum sind auch nicht rational – darum sind wir dem Islam ebenbürtig. Und nun ist eine dritte Kraft aufgetaucht, die ihrerseits wenig rational ist – und die darum so gefährlich ist für die Sache der Nation wie keine andere linksgrüne Erscheinung seit der Wiedervereinigung.«

»FUTURE.«

»Genau. Aber wir reden die ganze Zeit nur über mich, Maikel. Erzählen Sie mal was über sich. Sie werden jetzt das Masterstudium abschließen, richtig?«

Er nickte.

»Und dann?«

Dann brauchte er einen Plan, aber den gab es noch nicht – beziehungsweise nicht mehr. Im Februar würde er mit dem Referendariat an irgendeiner Schule beginnen können. Bis dahin, so hatte er sich bis vor Kurzem ausgemalt, könnte er doch ein Praktikum im Laden machen, in Tabeas Team, natürlich unbezahlt. Doch das kam für ihn nicht mehr infrage.

»Mal sehen«, sagte er unbestimmt.

»Vielleicht wären Sie an einem Praktikum in meinem Verlag und meiner Akademie interessiert«, sagte Posch. »Natürlich bezahlt.«

Maikel hätte sofort Nein sagen müssen. Aber dafür war es doch längst zu spät, er hätte sich ja gar nicht erst mit diesem Mann treffen dürfen.

»Ich muss darüber nachdenken«, murmelte er.

»Tun Sie das«, sagte Posch. »Kommen Sie, es ist nicht mehr weit zum Gipfel.« Er wandte sich zum Weitergehen, hielt aber nochmals inne. »Übrigens – ich kaufe mir demnächst ein neues Auto. Den Cayenne behalte ich aber, der ist sowieso auf die Stiftung eingetragen. Den würde dann mein Praktikant fahren.«

Maikel legte den Kopf schräg und musterte Posch.

»Was mich interessieren würde, Herr Posch«, begann er. »Als Sie für die Stasi gearbeitet haben – was haben Sie da eigentlich genau gemacht? Leute abgehört und so was?«

»Operative Psychologie«, sagte Posch. »Wir nannten es: Zersetzung.«

■

»Gott, das zermürbt mich«, entfuhr es Coco.

Sie hockte auf dem Sofa im Laden und drehte eine Postkarte in der Hand hin und her, auf der ihr wieder einmal diverse sexuelle Gewalttaten in Aussicht gestellt wurden. Die Karte war aus dem Korb voller Altpapier gefallen, den Benno soeben durch die Hintertür nach draußen in den Hof tragen wollte. Dass sie jetzt schon Karten schrieben, war ekelhaft, denn das fühlte sich näher und konkreter an als die Drohungen im Internet. Auch realer, physischer.

Tabea stand vom Schreibtisch auf, pflückte ihr die Karte aus der Hand und zerriss sie in hundert kleine Fetzen. Benno hielt inne, setzte den Korb ab und holte einen Besen aus der Abstellkammer. Er hatte jüngst Abi gemacht und arbeitete seit Kurzem als Praktikant im Laden.

»Lass es einfach liegen«, seufzte Tabea, »ich mach das nachher weg. Du hättest schon vor Stunden Feierabend machen sollen.«

Benno zuckte mit den Schultern und meinte: »In meiner Bude halt ich es nicht aus, da staut sich die Hitze. Hier drin ist so ziemlich der kühlste Ort von ganz Berlin, wo ich keinen Eintritt zahlen muss.«

Damit nahm er den Korb wieder auf und bugsierte ihn durch die Hintertür in die schwüle Julinacht hinaus. Es war gegen halb zwölf, eben hatte eine Videokonferenz des Arbeitskreises LGBTQ geendet.

Tabea nahm den Besen, fegte die Schnipsel zusammen und sagte: »Mach mal Urlaub, Coco. Im Moment haben wir doch ein bisschen Luft.«

Coco schüttelte den Kopf. »Das bring ich nicht. Ihr alle arbeitet den ganzen Sommer durch, auch Kerim, da kann ich nicht einfach abhauen.«

»Vielleicht nicht direkt, aber im September. Wenn der Wahlkampf in die heiße Phase geht, sind wir eh abgemeldet. Dann wird sich keine Sau für uns interessieren.«

»Du hältst es auch für einen Fehler, dass wir nicht antreten, oder? Genau wie Kerim?«

Coco fiel auf, dass sie Tabea noch nie nach ihrer Meinung zu diesem Thema gefragt hatte – oder zu irgendeinem anderen. Es gab eine unausgesprochene Arbeitsteilung: Coco machte Politik und Tabea übernahm die ganze Organisation drum herum, Geld, Personal, Verwaltung. Irgendein Meinungsforschungsinstitut hatte kürzlich ermittelt, dass FUTURE auf gut zehn Prozent kommen könnte, wenn sie Ende September auf dem Wahlzettel stünden. Kerim hatte lang und breit rumgejammert, Tabea einfach einen neuen Ordner auf dem Server abgelegt mit dem Namen: *Umfragen Bundesebene*. Seltsam, dass Coco sich darüber bislang nie gewundert hatte – wo Tabea doch immer die Politischere von ihnen gewesen war. Irgendwann musste sie sie mal darauf ansprechen.

»Ist ja jetzt auch egal«, meinte Tabea und warf die Schnipsel in den Müll. »Wenn wir weniger Aufmerksamkeit kriegen, kommt hoffentlich auch weniger Post dieser Art.«

»Weißt du, was richtig scheiße absurd ist?«, fragte Coco. »Eigentlich sollte mir dieser ganze Hass jede Lust am Sex gründlich austreiben. Aber ehrlich gesagt geht es mir so, dass ich tatsächlich dringend mal wieder ficken muss.« Sie schlug eine Hand vor den Mund. »Gott, sorry, das ist mir jetzt so rausgerutscht.«

Tabea lächelte milde und beugte sich über den Schreibtisch, um ihren Laptop runterzufahren. Dabei sagte sie: »Meine Eltern haben ein süßes kleines Ferienhaus im Harz. Da könnten wir ein paar Tagen zusammen hinfahren. Oder auch du allein, wenn du einfach mal runterkommen und niemanden sehen willst.«

»Urlaub wäre echt super«, sinnierte Coco, »aber ich würde lieber ins Ausland fahren. Irgendwohin, wo die Leute noch niemals von mir gehört haben. Und keine Politikerin in mir sehen, sondern einfach nur eine Backpackerin oder so was.«

»Du träumst von Sextourismus?« Tabea verzog das Gesicht zu einem schiefen Grinsen.

Coco warf mit einem Sofakissen nach ihr. »Gott, ich will einfach nur mal ich sein, okay? Einfach nur in irgendeinen Club gehen und nicht erkannt werden. Und – ja, von mir aus, wenn ich irgendwen kennenlerne und sich ein kleiner, harmloser One-Night-Stand ergeben sollte, dann sag ich nicht ... ähm.«

Benno stand in der Tür, vielleicht schon eine Weile, den leeren Korb in der Hand, und wusste nicht, wo er hinschauen sollte.

Tabea packte ihren Laptop in den Rucksack, nahm ihrem Praktikanten den Korb ab und sagte: »Danke, Benno. Jetzt ist aber wirklich Feierabend. Für mich auch.« Sie warf Coco eine Kusshand zu. »Seh ich dich morgen früh noch, bevor du nach Köln fährst?«

»Vor neun steh ich nicht auf.«

»Dann bis morgen. Ich bring Brötchen mit.«

Die Vordertür bimmelte zum Abschied. Eigentlich hatte Tabea das Glöckchen längst entfernen wollen, aber alle anderen liebten es. Schließlich war der Laden ein Laden. Und eben Cocos Schlafstätte. Immer noch.

Tabea hatte vor ein paar Wochen einen Typen kennengelernt, ganz easy, denn sie war ja kein Promi. Ob Tabea mit Aljoscha zusammen war, verstand Coco nicht so ganz, Tabea vielleicht selbst nicht, jedenfalls schlief sie inzwischen fast nur noch bei ihm in Weißensee, wenn sie in Berlin war.

Coco holte ihren Rucksack und kramte nach der Zahnbürste.

»Sag mal, kann ich vielleicht auch hier pennen?«, fragte Benno. »Es ist echt viel angenehmer hier als bei mir.«

»Pfff«, machte Coco, »von mir aus. Da in der Kammer müssten noch mehr Isomatten sein und zumindest ein paar Decken.«

Sie wollte gerade ihren Schlafsack ausrollen, als Benno hinter sie trat und seine Finger über den Träger ihres Tops und ihre nackte Schulter wanderten.

Coco richtete sich auf und drehte sich um.

»Was wird das?«, fragte sie, nahm seine Hand und hob sie sachte von ihrer Schulter, wie wenn man ein krabbelndes Insekt entfernt, ohne es töten zu wollen.

»Ich dachte, du möchtest vielleicht ein bisschen ...«, flüsterte Benno, »weil du ja vorhin meintest ...«

»Gott, Benno«, rief Coco. »Du bist ja ganz entsetzlich süß, aber das geht doch nicht. Ich kann doch nicht den Praktikanten vögeln.« Sie musste unwillkürlich lachen. »Heiße ich Bill Clinton oder was? Bist du überhaupt schon achtzehn, Junge?«

»Neunzehn«, sagte Benno beinahe trotzig. »Magst du mich nicht?«

Coco machte einen Schritt rückwärts.

»Doch, ich mag dich. Aber deswegen will ich nicht gleich mit dir schlafen, okay? Außerdem hab ich meine Tage.« Sofort ärgerte sie sich über den Satz, sie war doch keine Erklärung schuldig. »Weißt du was? Schlaf halt hier, ich such mir woanders was.«

»Hey, nein, das hab ich nicht gewollt.«

»Ist schon okay.« Coco stopfte ihr Zeug in den Rucksack. »Mach dir jetzt keinen Kopf deswegen. Gute Nacht.«

Sie schulterte ihren Rucksack und verließ den Laden, das Glöckchen bimmelte. Da würde sich Tabea wundern, wenn sie morgen früh mit Brötchen käme und den Praktikanten im Schlafsack der Vorsitzenden anträfe. Natürlich hätten sie beide da zusammen pennen können, Coco hatte schon in ganz anderen Konstellationen übernachtet, er wäre ihr ganz sicher nicht zu nahegekommen. Aber plötzlich hatte sie den Drang verspürt, ein bisschen zu laufen. Und irgendwie war sie es auch satt, morgens zwischen Schreibtischen aufzuwachen.

Doch fast bereute sie es schon wieder, denn die Schwüle legte sich schwer um ihren Körper und kleisterte einen feuchten Film auf ihre Haut. Ging noch ein ICE nach Köln? Der wäre klimatisiert. Aber kühl war es auch bei Kerim, seine kleine Wohnung lag im Souterrain. Sie rief ihn an.

»Klar kannst du bei mir schlafen«, sagte Kerim, »aber ich bin nicht allein – solange dich das nicht stört.«

Es störte sie nicht, jedenfalls nicht gleich. Kerim hatte eine große Wohnküche und darin ein bequemes Sofa, auf dem sie manchmal übernachtete. Doch als ihr gerade die Augen zufallen wollten, ging es nebenan in Kerims Schlafzimmer zur Sache. Es berührte Coco eigentümlich, zwei Männer beim Sex miteinander zu hören, sie wunderte sich selbst darüber, dass es ihr exotisch vorkam. Auf einmal brach eine grenzenlose Einsamkeit in ihr auf. Dabei hatte sie an diesem Tag von acht Uhr morgens bis kurz vor Mitternacht nicht eine einzige Minute für sich gehabt, sogar beim Pinkeln hatte sie noch weiter auf WhatsApp geschrieben. Jetzt konnte sie endlich runterkommen und abschalten, aber sie fand den Abschaltknopf nicht mehr. Vielleicht war er abgebrochen. Sobald sie einen Moment lang nicht an FUTURE dachte, tauchte Maikel auf. Seine tanzenden Sommersprossen, sein jähes Entsetzen, als er in der Küchentür stand. Das eingefrorene Gesicht bei ihrer letzten Begegnung, bevor er die Tür hinter sich schloss.

Von früher, von vor Corona und FUTURE und alldem, kannte sie eine Form von Erschöpfung, die jenseits der Müdigkeit liegt. Wenn du so lang und hart gefeiert hast, dass du viel zu fertig bist, um dich schlafen zu legen, und deswegen einfach weitermachst, bis dein Körper von allein umkippt. Das hatte sie mit siebzehn, achtzehn ein paarmal erlebt und jetzt fühlte es sich wieder so an, nur mit dem Unterschied, dass diese Party schon seit Monaten lief und kein Ende in Sicht war.

Sie rappelte sich wieder auf, setzte sich mit ihrem Laptop an den Küchentisch und entwarf ein Diskussionspapier für die nächste Bundesteam-Sitzung. Dafür würde sie dann morgen im Zug den Schlaf nachholen. Zwischendurch überlegte sie, ob es eigentlich okay war, einen Praktikanten über Nacht allein im Laden zu lassen. Also nicht arbeitsrechtlich gesehen, sondern was die Sicherheit der ganzen Daten betraf – sie kannten Benno ja noch kaum. Aber Unsinn, niemand würde einen Spion bei ihnen einschleusen, dafür war FUTURE dann doch nicht bedeutend genug. Außerdem waren die vertraulichen Sachen x-fach abgesichert, da kam so leicht niemand dran.

Im Schlafzimmer kehrte eine befriedigte Stille ein und auch Coco fühlte sich einen Moment zufrieden, als das Paper fertig war. Sie legte sich wieder hin und wäre wohl auch augenblicklich eingeschlafen, hätte sich die Schwüle der Nacht nicht just in diesem Moment in einem gewaltigen Gewitter entladen.

Klimawandelwetter. Schwere Stürme, lange Dürreperioden, es hätte ein Thema im Wahlkampf sein müssen, aber der kam Coco genauso ausgedörrt vor wie die Wälder und Ackerböden entlang der Bahnstrecken quer durchs Land.

Eigentlich hätte die Republik doch total elektrisiert darauf hinfiebern sollen, wer oder was denn nun auf die ewig lange Ära Merkel folgen würde, fand Coco, denn für sie und die Leute ihres Alters würde das der erste Wechsel an der Regierungsspitze werden, den sie überhaupt bewusst erlebten. Aber die Parteien überboten sich gegenseitig in Belanglosigkeiten und der permanenten Angst, irgendeine Zielgruppe zu verprellen.

Ähnlich unübersichtlich sah dann auch das Ergebnis am Wahlabend aus. Coco und Kerim, Tabea, und Marta, Gizem und ein paar andere aus dem Team saßen an diesem Sonntagabend im Laden und verfolgten im Fernsehen die bunten Prozentbalken. Unter anderen Umständen hätte Gizem den Abend zu Hause im Wahlkreis bei einer Party ihrer Partei verbracht und dem erhofften Wiedereinzug entgegengefiebert. Da sie nun zu FUTURE gehörte, konnte sie den Ausgang der Wahl auch nur als Zuschauerin verfolgen. Das schien doch ein wenig an ihr zu nagen, aber sie zeigte das nicht so deutlich wie Kerim.

Während im Fernsehen die Prozentzahlen analysiert und über die schwierige Regierungsbildung spekuliert wurde, schimpfte er vor sich hin und brummte: »Ich fühle mich die ganze Zeit, als wären wir bei einem wichtigen Turnier dummerweise in der Vorrunde nicht angetreten und müssten jetzt das erbärmliche Finale von draußen mitanschauen. Dabei hätten wir locker gewinnen können.«

»Ach, weißt du«, meinte Coco, »ich stamme ja aus *Vizekusen*, da bin ich mit Finals meistens sehr vorsichtig.«

»Apropos, warum zieht ihr nicht endlich nach Berlin?«, fragte Marta. Sie meinte sowohl Coco als auch Tabea.

»Weil ein bisschen Abstand vom Politikbetrieb zwischendurch guttut«, sagte Coco. »Ich möchte nicht zu der Blase gehören, in der diese Leute da zu Hause sind.« Sie zeigte auf den Bildschirm. Dort standen gerade Abgesandte der einzelnen Parteien um einen Tisch herum und versicherten, dass alle miteinander reden können sollen müssten, außer mit der AfD natürlich, und die Verantwortung für das Land blabla und den Wählerauftrag annehmen blabla und dass es aber leider sicher wieder sehr lange dauern würde und wer sowieso mit wem unter wem neben wem dann lieber doch nicht zur Verfügung stehe und so weiter.

»Wir hätten die Blase heute Abend schön anpiksen, sie richtig schön platzen lassen können«, maulte Kerim. »Aber ihr meintet ja, wir wären noch nicht so weit. Weil die Wahl ein beschissenes halbes Jahr zu früh gekommen sei. Dafür müssen wir jetzt vier beschissene Jahren auf unsere Chance warten.«

»Vielleicht auch nicht«, erwiderte Gizem. »So, wie das heute Abend aussieht – glaubt ihr wirklich, dass sich da genug von den richtigen Leuten zusammenraufen werden, um irgendwie eine halbwegs stabile Regierung zu bilden? Ich wette mit euch: Bis Weihnachten werden alle Koalitionsgespräche scheitern. Vielleicht versucht irgendwer dann, eine Minderheitsregierung zu bilden. Und das wird auch nicht klappen. Dann löst der Bundespräsident den Bundestag auf und setzt Neuwahlen an.« Gizems Augen leuchteten. »Und damit hätten wir genau das halbe Jahr gewonnen, das uns heute fehlt. Na, wer wettet dagegen?«

Niemand.

9

Coco wartet darauf, dass Maikel auf ihre Frage zu seinem Job oder zu Posch antwortet, doch er schaut bloß in sein Glas, trinkt und schenkt sich nach.

»Hast du eigentlich was Neues angefangen?«, fragt sie. »Also eine neue Beziehung? Hast du eine Freundin?«

Ja, da ist sie wieder, die oberflächliche Coco, die sich in den letzten beiden Jahren so rargemacht hat. Von den tausend Dingen, die sie von ihm hören will, ist das eigentlich das allerunwichtigste. Sie nimmt noch einen Schluck und setzt sich an den Tisch.

»Nein«, sagt er und setzt sich auch.

»Wie ist denn dein Job so? Erzähl doch einfach mal was.«

»Nein«, wiederholt er. »Coco, ich bin hier, weil du mich angerufen hast. Du hast mich mehr oder weniger einbestellt, weil du wen zum Reden brauchst. Dann rede auch.«

»Was glaubst du, was ich den ganzen Tag tue?« Ihre Stimme schrillt in ihren eigenen Ohren. »Bin ich denn nur von Idioten umgeben?«

Sie merkt, dass sie aufgesprungen ist und im Kreis rennt. Jetzt hält sie inne und greift sich mit beiden Händen an den Kopf »Gott – sorry, Maikel! Ich dreh durch. Ich dreh durch. Ich dreh durch. Ich dreh komplett durch.«

»Aber so was von«, sagt er.

Sie versucht zu erkennen, ob ihr Verhalten bei ihm was auslöst – Sorge, Erschrecken, Hohn, Gleichgültigkeit, aber sie kann überhaupt nichts erkennen, sie kann sein Gesicht nicht lesen, ihre Empathiefähigkeit ist ausgelöscht, sie ist ein Android.

Gott, Coco, konzentrier dich!

Coco fährt mit beiden Händen rechts und links an ihrem Gesicht herab, am Hals, an der Brust, am Bauch, an der Hüfte, als könne sie all die Dämonen einfach nach unten aus ihrem Kopf und ihrem Körper herausstreichen, all die überschäumenden Gedanken, die hochkochenden Gefühle, die blubbernden ... Was ist das? Das Wasser kocht. Für einen Moment ist sie unfähig, etwas zu tun. Sie hat eine entfernte Erinnerung daran, was sie tun wollte, ja, sie wollte Nudeln in den Topf geben. Aber sie kann nicht, sie steckt ja selbst mitten im Topf, scheiße, es kocht, es kocht, Hilfe!

Plötzlich ein Rütteln, da steht Maikel, direkt vor ihr, er hat den Herd ausgeschaltet und sie an den Schultern gepackt.

»Atme, Coco!«

»Was?«

»Atme! Ein, aus, hast du vergessen, wie das geht?«

Sie schnappt nach Luft, japst, konzentriert sich, atmet, die Luft tut gut.

Sie windet sich aus seinem Griff, nimmt das Glas und leert es in einem Zug.

»Manchmal hab ich so Attacken«, sagt sie.

»Ja, offenbar. Passiert dir das häufiger? Schnauzt du deine Leute bei FUTURE auch so an?«

»Keine Ahnung, ehrlich gesagt. Oft schnall ich das erst hinterher. Seit ein paar Wochen geht das so, vielleicht auch schon Monate, weiß gar nicht so genau.«

Er legt den Kopf schräg.

»Burn-out?«

»Pfff … Das behaupten zumindest deine neuen Freunde. Passt ja auch gut in dieses Biedermeier-Frauenbild. Frauen sind eben hysterisch. Aber woher wisst ihr das überhaupt? Etwa doch von Benno?«

»Wer ist Benno?«

»Vergiss es.« Sie lässt sich auf den Stuhl sinken. »Kannst du dir vorstellen, dass ich übermorgen beginne, die Spitzen der anderen Parteien zu Sondierungsgesprächen einzuladen? Gespräche über eine mögliche Koalitionsregierung unter meiner Führung?«

»Ja, kann ich.« Er lacht. »Seltsamerweise ja, ich sehe es vor mir, wie du sie alle der Reihe nach abfrühstückst.«

»Guck mich an. Denkst du, ich kann mit irgendwem auf Augenhöhe verhandeln? Ich bin komplett im Arsch. Na los, guck mich an, Maikel. Warum weichst du meinem Blick aus?«

Er schaut auf die Tischplatte. Etwas verändert sich in seinem Gesicht. Er wird jünger. Die Reife, die Strenge seiner Züge bildet sich zurück.

»Du hast eben keinen Panzer um dich herum«, sagt er leise. »Die anderen kommen in gepanzerten Limousinen vorgefahren, sie tragen ihre Anzüge und Businesskleider wie Rüstungen, sie haben ihre Mimik im Griff dank jahrelanger Übung. Aber wenn du morgen Abend gewinnst, wirst du sie alle geschlagen haben, weil du einfach du geblieben bist. Und du bist die … genau die, die wir jetzt brauchen.« Er schüttelt unwillkürlich den Kopf. »Hab ich das tatsächlich gerade gesagt?«

Jetzt lächelt er. Wie einer, der das gar nicht will, aber nicht anders kann. Als würden seine Sommersprossen ihm davonlaufen und er müsste hinterstolpern.

Plötzlich räuspert er sich, greift in seine Hosentasche, hält inne, schaut sehr ernst.

»Ich muss dir etwas gestehen«, sagt er.

■

Feuerwerksraketen zerplatzten am schwarzen Himmel und tauchten das eh schon bunte Haus in noch buntere Farben. Tabea hatte die Idee gehabt, die Einweihung der neuen Parteizentrale auf Silvester zu legen und eine rauschende Party zu feiern. Und alle waren gekommen: Der Vorstand und das Bundesteam, natürlich das Ladenteam, das sich einfach weiterhin so nannte, obwohl es nun den Laden nicht mehr gab, und auch Dutzende Leute aus den Landesverbänden. Viele von ihnen waren jetzt waschechte Abgeordnete, ein sensationell erfolgreiches Jahr lag hinter ihnen.

Sie hatten sechs Landtagswahlen bestritten und waren überall über die Fünf-Prozent-Hürde gekommen. Knapp war es in Sachsen-Anhalt gewesen, mit immerhin sechs Prozent, aber jetzt saß Djamila in ihrer Heimatstadt Magdeburg im Landtag. Kerim gehörte inzwischen dem Berliner Abgeordnetenhaus an, hier hatte FUTURE fast vierzehn Prozent geschafft. Kerim hatte sich in seinen Träumen schon als Bildungssenator gesehen, aber dann wollte doch niemand eine Koalition mit FUTURE eingehen, die Sondierungsgespräche waren gleich in der ersten Runde gescheitert, weil sogar die Grünen das FUTURE-Programm für zu utopisch hielten. Wenigstens besaß die Hauptstadt eine neue Regierung, im Unterschied zur Bundesrepublik. Gizems Prognose vom Abend der Bundestagswahl hatte sich nämlich als richtig erwiesen, die Parteien blockierten sich gegenseitig und eine neue Regierung war nicht in Sicht.

Gerade ging Gizem zwischen den feiernden Menschentrauben umher, schenkte Sekt nach und stieß mit allen an. Noch immer waren Leute wie sie, also Leute über vierzig, in der Partei total unterrepräsentiert, und Gizem kam Coco manchmal vor wie eine Herbergsmutter, als sei die ganze Partei eine einzige lustige Klassenfahrt und die Ex-Abgeordnete wachte mit nachsichtigem Lächeln über das quirlige Knäuel des jugendlichen Politiknachwuchses.

»Frohes neues Jahr!«, rief sie und umarmte Coco. »Auf dass es noch großartiger werde als das alte.«

»Dir auch«, erwiderte Coco. »Du scheinst deinem verlorenen Bundestagsmandat kein bisschen nachzutrauern.«

»Bis Ostern hab ich ein Neues«, meinte sie leichthin.

»Was macht dich bloß so sicher?«

Da gesellte sich Tabea zu ihnen. »Ist es nicht wunderschön geworden?« Sie zeigte auf die bunte Fassade des Hauses, die vom Feuerwerk fetzenweise aus dem Berliner Nachthimmel gerissen wurde.

»Ist es.« Coco legte ihr einen Arm um die Schulter.

Der ursprünglich ziemlich triste Sechzigerjahre-Bau mit seinen vier Stockwerken war wie aus dem Nichts in den Besitz der Partei gekommen, eine alleinstehende alte Frau hatte FUTURE das leer stehende Gebäude kostenlos überlassen. Sie wolle damit einen Beitrag für die Zukunft der jungen Generation leisten, hatte sie gesagt. Und vielleicht wollte sie sich ein kleines bisschen unsterblich machen, denn die Parteizentrale trug nun ihren Namen: Herta-Hillmann-Haus, wobei sie im Volksmund längst Villa Kunterbunt hieß. Andere nannten es *Bei Herta* – angeblich eine Referenz an eine Romantrilogie über ein sprechendes Känguru, von dessen Aphorismen Spöttern zufolge ohnehin das halbe Parteiprogramm von FUTURE abgekupfert sei.

Eine Architektin, die mit FUTURE sympathisierte, hatte in Rekordzeit die Sanierung geplant und umgesetzt. Das Flachdach würde sich im Frühling in eine Bienenweide verwandeln, die neu gedämmte Fassade trug Regenbogenfarben und im Hinterhof sammelten sie das Regenwasser in einer Zisterne. Das Erdgeschoss hatte mal eine Tanzschule beherbergt, dort hatten sie fast nichts umgebaut, weshalb der jetzige Konferenzsaal eine abgefahrene Vintage-Atmo hatte. Für eine Silvesterparty ideal. Ein üppiges veganes Buffet war hier aufgebaut, an dessen Resten sich gerade Kerim labte, als Coco mit Tabea und Gizem von draußen hereinkamen.

»Ist ja typisch«, rief er ihnen mit vollen Backen zu, »erst das Verbot von Silvesterfeuerwerk fordern und dann trotzdem draußen stehen und zugucken.«

»In der Politik muss man Widersprüche aushalten«, meinte Gizem. »Das lernst du auch noch.«

Pascal stellte sich zu ihnen, der, obwohl seit einem halben Jahr Fraktionsvorsitzender von FUTURE im Landtag von Baden-Württemberg, noch immer tagein, tagaus in seinen Gauklerklamotten herumlief.

»Ich finde Widersprüche super«, warf er ein und stibitzte einen Falafel von Kerims Teller. »Dieses Land hat seit drei Monaten keine Regierung und niemand merkt einen Unterschied. Vielleicht sollte man das mit dem Regieren künftig ganz lassen.«

»Ich hätte nichts dagegen zu regieren«, erwiderte Kerim. »Aber dazu brauchen wir endlich Neuwahlen. Deine alten Homies aus dem Bundestag sollen mal über ihren Schatten springen.«

Da lächelte Gizem hintergründig und sagte: »Vielleicht können wir auf die CSU hoffen. Ich habe um ein paar Ecken herum gehört, dass sie sich nächste Woche auf ihrer Klausurtagung in Seeon für Neuwahlen aussprechen werden.«

»Woher hast du das?«, fragte Tabea.

»Connections«, meinte Gizem. »Bin halt immer noch einigermaßen vernetzt.«

»So was wie Seeon bräuchten wir auch«, überlegte Kerim. »Die kriegen jedes Mal drei Tage lang die volle Medienaufmerksamkeit. Oder so ein Dreikönigstreffen wie die FDP.«

»Ja, guter Gedanke«, sagte Gizem. »Wir könnten einen politischen Aschermittwoch veranstalten, wie es die anderen Parteien auch machen.«

»Oder eine außerordentliche Buko«, warf Coco ein. »Ich hätte eh Lust, die ganzen Leute mal wieder alle live auf einem Haufen zu sehen.«

Kerim zog die Augenbrauen hoch und meinte: »Das ist vielleicht ein bisschen dick aufgetragen. Also du weißt, ich mag deinen Hang zur Basis, aber einfach nur Buko – die muss ja schon auch irgendwas beschließen.«

»Klar, unser Wahlprogramm«, sagte Coco.

»Ohne dass feststeht, ob es eine Wahl gibt? Da kannst du ja gleich …« Er unterbrach sich und erwiderte Cocos Blick.

Sie erinnerten sich beide in solchen Momenten an ihre Aussprache vom letzten Frühjahr. Und zumindest Coco versuchte ihre Gedanken so zu lenken, dass sie sich nur an den Teil des Abends erinnerte, bei dem sie geredet hatten.

»Geniale Idee«, sagte Gizem in die Gesprächspause hinein. »Damit würden wir uns erstens in der öffentlichen Aufmerksamkeit wieder nach vorne katapultieren. Und zweitens bauen wir richtig Druck auf die anderen Parteien auf, dass sie den Weg für Neuwahlen freimachen.«

»Mensch Leute, könnt ihr niemals über was anderes reden als über eure Partei?«

Das war Aljoscha, Tabeas Freund. Mit einem Bier in der Hand war er aufgetaucht und wollte Tabea knutschen, aber die drehte den Kopf weg und brummte: »Ist grad wichtig hier. Wolltest du nicht tanzen?« Und an die anderen gewandt sagte sie: »Laut Satzung ist das Bundesteam für die Einberufung der Buko zuständig. Wenn ihr wollt, organisiere ich für nächste Woche ein Videomeeting dazu.«

Coco wechselte noch einen Blick mit Kerim, der nickte.

»Können wir so machen«, hielt Coco fest. »Und jetzt lasst uns tanzen. Aljoscha hat nämlich absolut recht.«

Tabeas Freund blickte ziemlich abgefuckt in die Runde, auch nach Cocos Bemerkung hellte sich seine Miene nicht auf. Als er sich abwandte, rollte Tabea kurz mit den Augen, doch sie folgte ihm zur Tanzfläche und Kerim stellte seinen Teller ab und schloss sich ihnen an, ebenso Pascal und Gizem. Coco leerte ihr Glas und warf sich ins Getümmel. Die Parteizentrale hob ab und Coco warf jauchzend den Hut in die Luft. Zum ersten Mal seit Wochen fühlte sie ihren eigenen Körper, die Bässe bebten in ihrem Bauch und die Gitarrenriffs rollten durchs Rückenmark, ihre Arme flogen und hinter den geschlossenen Augen flatterten die Bilder des beerdigten Jahres vorüber, Fernsehstudios, Demo-Plakate, vollbesetzte Stadthallen, Mikrofonbündel, Meetings, Maikel ... Maikel.

Draußen war das Feuerwerk vorbei, aber über den Dächern stiegen noch späte Raketen in den Himmel. Etwas abseits vom Haus stand Benno und rauchte. Er hatte sein Praktikum abgeschlossen, studierte jetzt an der FU und jobbte nebenbei in der Social-Media-Crew des Ladenteams.

»Frohes neues Jahr«, sagte Coco. »Kann ich eine schnorren?«

»Ich wusste gar nicht, dass du rauchst«, antwortete Benno und streckte ihr die Packung hin.

»Ich auch nicht.« Coco zog eine Zigarette heraus und ließ sich von ihm Feuer geben. »Ich hab eigentlich schon lange damit aufgehört.«

Der erste Geschmack im Mund war eklig, aber das tiefe Inhalieren tat gut.

»Passender Zeitpunkt, um damit wieder anzufangen«, meinte Benno. »Die meisten Leute starten ja mit irgendwelchen guten Vorsätzen ins neue Jahr. Aber ich mag Menschen, die antizyklisch denken.«

»Dass du mich magst, hab ich eh noch gewusst«, sagte Coco und fand sich gleich darauf total bescheuert.

Benno lächelte vieldeutig. »Wenn du später noch eine rauchen willst, kannst du dich jederzeit an mich wenden.«

Das tat Coco nicht, jedenfalls nicht gleich. Sie war überraschend schnell wieder auf den Geschmack gekommen, jedenfalls in der Verbindung mit Bier und lauter Musik, und schnorrte sich für den Rest der Nacht bei verschiedenen Leuten durch, bis Tabea irgendwann vor ihr stand und sie tadelnd ansah.

»Gott, na und?«, machte Coco. »Man muss sich auch mal gehen lassen. Frau auch.«

Sie hockte vor dem Haus allein auf der Bordsteinkante und sah mit verdrehtem Hals zu Tabea hoch.

Übergangslos sagte Tabea: »Ich glaub, ich mach Schluss mit Aljoscha.«

Vielleicht war es auch gar nicht übergangslos, sondern Coco war es nur so vorgekommen, weil ihr Hirn im Bier- und Tabakdunst nicht mehr so schnell hinterherkam.

»Er schnallt das einfach nicht, wie wichtig FUTURE für mich ist«, fuhr Tabea fort. »Ich brauch einen Typen, der mich vorbehaltlos unterstützt. Für alles andere hab ich keine Zeit.«

»Hast du wenigstens Zeit, dich kurz zu setzen?« Coco zupfte an Tabeas Hosenbein.

Tabea ließ sich neben Coco nieder.

»Schade, dass man keine Sterne sieht«, meinte Coco. »Selbst bei klarem Himmel würde man nichts anderes sehen als den Qualm des Feuerwerks.«

»Hast du überhaupt schon mal Sterne gesehen über Berlin?«

»Weiß nicht. Hab nie drauf geachtet.« Sie zuckte mit den Schultern. »Doof von mir, dass ich damals nicht auf deinen Rat gehört und ein bisschen Urlaub gemacht habe. Dafür ist es jetzt auch erst mal zu spät.«

»Irgendwann können wir das alles nachholen. Urlaub, Typen, auf Partys gehen, Serien gucken, das Studium fertig machen, einen Job suchen ... all das kann doch ein paar Jahre warten, wir sind so krass jung.« Tabea blinzelte in den finsteren Dunst, als lese sie von einem Teleprompter ab. »Nur den Planeten zu retten, das können wir nicht nachholen. Das machen wir entweder jetzt oder nie. Und wenn wir jetzt versagen, dann können wir alles andere auch bleiben lassen, weil es sich dann erübrigt hat.«

»Das klingt, als wären wir irgendwann damit fertig, den Planeten zu retten.« Coco drückte ihre Zigarette im Rinnstein aus und schob die Kippe in ihre Jackentasche, um sie später im Mülleimer zu entsorgen. »Aber damit werden wir für immer beschäftigt sein. Bis wir sterben. Und danach unsere Kinder und unsere Enkel und Urenkel. Wir müssen das irgendwie in unser richtiges Leben integrieren.«

»*Das* hier ist mein richtiges Leben«, sagte Tabea.

»Gib Aljoscha noch eine Chance.«

»Das sagst du nur, weil du gegenüber Maikel ein schlechtes Gewissen hast.«

»Nein. Nicht nur deswegen.«

»Na gut.« Tabea seufzte und rappelte sich auf.

Irgendwann machte sie sich zusammen mit Aljoscha auf den Weg zu seiner Wohnung. Vielleicht gab es ja doch eine kleine Hoffnung für die beiden, dachte Coco.

Noch immer hing der Raketenrauch zwischen den Häuserzeilen, aber allmählich mischte sich das fade Licht des anbrechenden Neujahrstages hinein. Coco brauchte eine Weile, um zu bemerken, dass die Musik längst aus war. Ein paar letzte Partygäste hockten noch in Grüppchen drinnen im Saal oder rauchend draußen auf dem Bürgersteig, die meisten waren gegangen – sie pennten bei Bekannten oder in einem Hostel, einige aus dem

Ladenteam hatten nach alter Sitte ihre Schlafsäcke im Haus verteilt.

Die neue Zentrale bot unendlich mehr Platz als der alte Laden. Während von außen alles pünktlich zur Einweihung fertig geworden war, herrschten im Innern verschiedene Projektstände durcheinander. Die Büros im ersten Stock wurden bereits fleißig genutzt. Hier residierten unter anderem Tabea mit ihrem neuen Team-Assistenten Jurij und Marta zusammen mit der frisch eingestellten Pressereferentin Krystina. Im zweiten Stock warteten die Trockenbauwände noch auf ihren Anstrich und die Schreibtische ruhten unter Malerfolie. Im dritten Stock fehlten Teppichböden und Kabelleisten, aber im künftigen Vorstandsbüro, das Coco und Kerim sich teilen würden, gab es immerhin eine Kaffeemaschine. Hier hatte Coco sich mit einer breiten Matratze eine Schlafecke improvisiert; später würde hier ein Bett stehen und nebenan im Bad würde es eine Dusche geben und das wäre dann ihr Berliner Stützpunkt. Das Beste am Büro war der Balkon. Dort stand Benno, als Coco jetzt nach oben kam, und hielt ihr seine Zigarettenschachtel hin. Eine einzige war noch drin.

»Die hab ich extra für dich reserviert«, sagte er.

»Lass sie uns für später aufheben«, erwidere Coco, zog ihn mit sich hinein und auf die Matratze.

■

Es gab keine Sterne in Köln, dachte Maikel, schon in klaren Nächten konnte man kaum welche sehen, aber in dieser Neujahrsnacht war die ganze Stadt eine einzige brandig stinkende Qualmwolke. Ganz anders am Himmel über Zscheproda. Da hatte er manchmal nachts vor dem Haus gestanden und ins Sternenmeer geschaut und sich danach gesehnt, endlich wieder in der Großstadt zu sein. Jetzt war sie ihm vollkommen fremd geworden.

Weihnachten hatte er bei seinen Eltern in Bremen verbracht, danach war er nach Köln gekommen – hauptsächlich, weil er sich um die Kündigung seines WG-Zimmers und den Umzug kümmern musste, denn das Kultusministerium bestellte ihn zum Vorbereitungsdienst für das Lehramt in den Fächern Deutsch und Geschichte an eine Gesamtschule in Gütersloh. Im Februar sollte er dort beginnen. Den letzten Abend des alten und die ersten Stunden des neuen Jahres hatte er mit Kommilitonen gefeiert, war extra zu einer Party gegangen, auf der er weder Lutz noch sonst wen von FUTURE treffen würde. Angenehm leicht betrunken war er jetzt auf dem Heimweg, also auf dem Weg zu dem Haus, in dem noch für vier Wochen sein Zimmer lag. Ein Taxi hätte er sich durchaus leisten können, aber es gefiel ihm, zu Fuß zu gehen, gerade weil er es nicht musste. Als Praktikant der Abendland Akademie verdiente er unerhört gut. Er hatte sich anfangs noch seine eigene Maulwurf-Idee eingeredet, so als ob er in höherem Auftrag diese rätselhafte Institution in den Wäldern auskundschaften würde, aber es gab ja gar keinen Auftrag und im Grunde auch niemanden, dem er von seinen Erkenntnissen hätte berichten können. Noch dazu hatte er eigentlich gar keine Erkenntnisse gewonnen, da war nichts Verschwörerisches oder Geheimbündlerisches an seiner Arbeit gewesen. Im Gegenteil, vieles hatte ihn positiv überrascht. Etwa dass in der Küche der Akademie ausschließlich saisonal gekocht wurde, mit Lebensmitteln von Bauernhöfen aus der Region. Bio-Landbau sei keineswegs ein linkes Gutmenschen-Ding, hatte Posch ihm erklärt, sondern stärke den Bezug zwischen Mann und Scholle, zwischen Mensch und Heimatboden. Maikel hatte sich um die Bibliothek gekümmert und Druckfahnen der Neuerscheinungen des Verlages Korrektur gelesen, er hatte bei der Organisation und

Durchführung von Seminaren mitgearbeitet und dabei eine Menge über Identität und über *Thymos* gelernt, wie manche Philosophen die *Lebenskraft* und den Willen des Menschen bezeichnen. Ein paar Sachen hatten ihm beinahe eingeleuchtet, so etwa die Behauptung, dass der staatlich angeordnete Feminismus in erster Linie dazu führe, nach den Männern nun auch die Frauen in die globale kapitalistische Verwertungsmaschinerie einzuspeisen. Nichtsdestotrotz hatte Maikel sich während seines dreimonatigen Praktikums eingeredet, diesen Job in gewisser Weise bloß ironisch zu machen. So wie man zu einer Schlagerparty geht oder eine Nachmittagssendung auf RTL 2 guckt – alles ganz ironisch, der intellektuelle Maikel bei den Rednecks in den germanischen Wäldern, während das wirkliche Leben sich natürlich da abspielte, wo er eigentlich zu Hause war.

Doch dieses Zuhause gab es nicht, hatte es vielleicht nie gegeben, wurde ihm unwillkürlich bewusst, denn nicht das ehrliche, bodenständige, in Tradition und Volk und Blut und Boden wurzelnde Abendland-Projekt von Zscheproda musste man mit Ironie betrachten, sondern diesen verkommenden Moloch, diesen wuchernden Tumor einer Stadt, diesen Schmelztiegel, der seit zweitausend Jahren die Kulturen zu einer zähen grauen Soße zusammenkochte und keine Identität mehr zuließ, keinen *Thymos*, keine Kraft mehr, die sich aus der Kloake des Wir-haben-uns-alle-lieb aufschwang und nach Höherem ausstreckte.

An der nächsten Straßenecke produzierte sich eine Horde Südländer. Sie gockelten breitbeinig auf der Kreuzung umher, als gehörte der Boden ihnen, und riefen sich kehlige Wortfetzen zu, vermutlich Arabisch, dazu tranken sie Dosenbier und pfiffen einer Clique junger Frauen hinterher, die eilends die Straßenseite wechselten. Toxische Männlichkeiten. Sicher würden sich diese orientalischen Muskel-Ottos als Muslime bezeichnen, obwohl sie vom Islam nicht das Geringste verstanden. Wenn diese Religion wirklich der Endboss war, dachte Maikel, sollte sich der Prophet lieber besseres Personal zulegen. Aber irgendwie fast auch verständlich, diese Männer hatte man mit den Wohlstandsversprechungen des westlichen Kapitalismus aus ihrer nordafrikanischen Heimat übers Mittelmeer hierhergelockt, wo sie völlig entwurzelt und ohne Bleibeperspektive keine andere Wahl hatten, als im Drogenmilieu zu versacken. Er wich vor der Horde in eine Seitengasse aus, während sich irgendwo tief drinnen eine nüchterne Vernunftstimme meldete und ihn mahnte, doch bitte zu differenzieren, so wie er es früher auch getan hatte – vor den Monaten beim Abendland-Projekt. Woher wollte er bitte wissen, ob das nordafrikanische Muslime waren und nicht syrisch-katholische Libanesen oder Partytouristen aus Barcelona, wie wollte er schon Arabisch und Katalonisch unterscheiden? Die innere Vernunftstimme klang so nüchtern, so derart trocken, dass sie fast krächzte. Er schaltete die Stimme ab und stand im nächsten Moment einer etwa gleichaltrigen Frau gegenüber, die wie aus dem Nichts in seinen Weg getreten war. Sie trug eine dicke, bis obenhin zugeknöpfte Winterjacke, aus der unten ein knapper Rock und dünne Beine in Leggins herausschauten.

»Na, Süßer? Hast du Lust?«

Maikel war so tief in seine Gedanken versunken gewesen, dass er einen Augenblick brauchte, um zu begreifen.

»Nee, danke«, sagte er und schob sich an ihr vorbei.

»Komm schon«, drängte sie, »nur dreißig Euro.«

»Ey – seh ich so aus?«

»Absolut.«

»Hau ab, lass mich in Ruhe!«

Maikel floh die Gasse hinab, weiteren Huren im Zickzackkurs ausweichend. Dreckige Fotzen, dachte er, zur Hölle, wie gut es tat, dieses Wort zu denken. Fotzen. Hinter sich hörte er sie lachen.

Toxische Weiblichkeit. War er nicht immer Feminist gewesen? Postfeminist im Grunde, vielleicht war er für die meisten Feministinnen einfach schon zu weit gewesen, ihnen allen voraus und darum letztendlich nirgends mehr anschlussfähig.

Ja, das war eine echt gute Erklärung.

Vereinfachen statt verkomplizieren.

Das schien ihm ein guter Vorsatz für das neue Jahr zu sein.

Fast beschwingt lief er die Stufen zu seinem Zimmer hinauf und fiel wie befreit ins Bett.

Am Mittag des Neujahrstages setzte er sich an den Computer, um an die Bezirksregierung zu schreiben. Er würde die Referendarstelle in Gütersloh nicht antreten. Anschließend rief er in Zscheproda an. Seine Kollegen – außer ihm und Posch beschäftigte die Stiftung mit Akademie und Verlag einen Referenten und einen Lektor sowie Sekretärin, Köchin und Hausmeister – waren natürlich daheim bei ihren Familien, aber Posch würde da sein, das Abendland-Projekt war seine Familie.

Und irgendwie war es auch für Maikel ... zur Hölle, wozu sich noch länger dagegen wehren? Es waren drei gute Monate gewesen und Zscheproda fehlte ihm – der klare Himmel und die würzige Luft der Wälder, die schrägen Typen auf der Suche nach Identität und die reine Einfachheit des Denkens, all das.

»Auch Ihnen alles Gute zum neuen Jahr«, sagte Posch. »Was verschafft mir die Ehre Ihres Anrufes?«

»Bei unserem Abschied kurz vor Weihnachten haben Sie angedeutet, Sie könnten mich auch länger beschäftigen. Über das Praktikum hinaus. Gilt das noch?«

»Durchaus«, antwortete der Mann, es klang jedoch ungewohnt zögerlich.

Das irritierte ihn, denn Posch hatte stets so sehr um ihn geworben, dass Maikel mit etwas mehr Begeisterung gerechnet hatte.

»Sie wissen, dass ich Sie sehr schätze, Maikel, und Sie nach Kräften fördern möchte. Aber vielleicht gibt es ja auch einmal etwas, das *Sie* für *mich* tun möchten?«

»Ähm – klar, ich möchte weiter für Sie arbeiten.«

»Ja, das freut mich. Aber wenn ich Ihnen hier einen festen Vertrag gebe und wenn Sie ein richtiger Teil der Abendland-Familie werden, dann brauche ich einen kleinen Beweis dafür, dass ich Ihnen voll und ganz vertrauen kann. Bislang war unsere Zusammenarbeit ja eher experimenteller Natur und – zumindest von Ihrer Seite – nicht ohne Vorbehalte.«

Maikel spürte einen Anfall von Panik, als sei er kurz davor, die wichtigste Chance seines Lebens zu verspielen. Was natürlich Bullshit war, er hatte tausend Möglichkeiten in alle Richtungen. Die nüchterne Vernunftstimme von letzter Nacht fragte ihn ernsthaft, warum es ihm plötzlich so wichtig war, nach Zschepproda zurückzukehren. Lag es schlicht daran, dass zum ersten Mal nicht Posch von sich aus etwas anbot, sondern Maikel nun selbst danach fragte? Warum war ihm die Anerkennung dieses Menschen so wichtig?

Er räusperte sich und sagte: »Es gibt nicht viel, was ich Ihnen anbieten kann, außer vielleicht einer … Information. Vertraulich. Über Constanze Frahm.«

■

Nicht nach unten gucken! Coco musste sich zusammenreißen und in die Kamera blicken, die ihr direkt gegenüberstand. Auf dem glänzenden Parkett des ehemaligen Tanzsaals *Bei Herta* ruhte derweil der Monitor, auf dem sie sich selbst sehen konnte, wie sie zum Interview ins Fernsehstudio zugeschaltet wurde.

Aber immer dann, wenn sie nach unten auf diesen Monitor schaute, sah es im Fernsehen so aus, als habe sie die Augen geschlossen. Also nicht darauf achten, sondern einfach geradeaus in das Kameraglupschauge starren und die Fragen beantworten.

»Mitte Februar, also in knapp vier Wochen, soll die Bundeskonferenz, wie Sie Ihre Parteitage bei FUTURE bezeichnen, ein Programm für die Bundestagswahl verabschieden«, sagte der Moderator. »Rund dreißig Arbeitsgruppen diskutieren derzeit online über Entwürfe, bei denen unter anderem gefordert wird, alle privaten Krankenhäuser zu enteignen, die Bundesländer zu antirassistischen Polizeigesetzen zu zwingen, Massentierhaltung zu verbieten und die Grenzen für alle Flüchtlinge bedingungslos zu öffnen. Sind das wirklich die Themen, die die Wählerinnen und Wähler derzeit beschäftigen?«

»Darum geht es nicht«, antwortete Coco. Nicht nach unten gucken. Geradeaus. »Politik hat nicht die Aufgabe, irgendwelche Stimmungen abzubilden. Sonst bräuchte man keine unterschiedlichen Parteien und kein Parlament, nur Meinungsumfragen und eine Behörde, die das umsetzt. Aber Demokratie bedeutet doch, dass Parteien unterschiedliche Ideen haben und versuchen, jeweils möglichst viele Menschen von ihren Ideen zu überzeugen.«

»Wobei Sie mit vielen Ihrer Ideen ziemlich allein auf weiter Flur sind ...«

»Klar. Sonst hätten wir ja in irgendeine der Parteien eintreten können, die es schon gibt.«

Cocos Blick zuckte zu Marta, die wie meistens bei TV-Interviews schräg hinter der Kamera stand. Inzwischen verstand Coco Martas wechselnde Gesichtsausdrücke ganz gut und schnallte sofort, dass Marta den letzten Satz etwas zu salopp fand – nicht, weil salopp doof war, sondern weil wieder mal die Gefahr bestand, arrogant rüberzukommen.

»In den Jahren der großen Koalition«, fügte Coco rasch hinzu, »wurde der Politik doch oft vorgeworfen, dass man die einzelnen Parteien gar nicht mehr unterscheiden könnte. Das möchten wir ändern. Das ist quasi auch ein Beitrag zur politischen Kultur, weil …« Mist! Bei *ändern* wäre der perfekte Schluss gewesen. Jetzt musste sie weiterreden, um das Statement noch irgendwie *nach Hause zu fahren*, wie Marta so was nannte. »Weil wir einfach mehr Debatten brauchen, mehr Alternativen.« Nicht nach unten gucken. »Es gibt ja in Deutschland eine Partei, die von sich behauptet, sie wäre eine Alternative. Und zwar handelt es sich um eine Alternative, die die Welt zurück ins Jahr 1950 beamen möchte. Wir von FUTURE wollen lieber anbieten, gemeinsam eine lebenswerte Zukunft zu gestalten. Und dazu wollen wir so viele Menschen wie möglich mitnehmen.«

Martas Gesicht entspannte sich zu einem breiten Lächeln und sie hob einen Daumen.

Die Schalte war zu Ende, das Fernsehteam packte seine Sachen zusammen und Marta sagte zufrieden: »Das hast du echt super nach Hause gefahren. Willst du es noch mal sehen?«

»Ach, nö«, sagte Coco. Inzwischen hatte sie schon so viele Fernsehinterviews gegeben, dass sie es müde wurde, das alles hinterher in der Mediathek anzuschauen. Außerdem warteten an ihrem Schreibtisch noch zirka dreihunderttausend Mails auf Antworten.

Sie seufzte und sah aufs Handy. »Gott, schon wieder nach zehn.«

Zusammen stiegen sie die Treppen empor.

»Okay, ich mach noch eine halbe Stunde, dann komm ich noch mal kurz hoch, bevor ich gehe«, sagte Marta und bog im ersten Stock in Richtung ihres Büros ab.

Coco ging weiter nach oben und betrat das Vorstandsbüro, wo Kerim an seinem Schreibtisch saß. Die Einweihungsparty lag knapp vier Wochen zurück und sie hatten sich inzwischen einigermaßen eingerichtet. Statt richtiger Lampen baumelten zwar noch immer bloß nackte Glühbirnen von der Decke, aber aus Klimaschutzgründen schalteten sie die eh eher selten ein. Dafür stand in der Ecke ein – halbwegs stromsparender – kleiner Kühlschrank. Coco nahm ein Bier heraus, hebelte den Kronkorken ab und ließ sich ihrem Kollegen gegenüber in ihren Schreibtischstuhl fallen.

»Hast du's gesehen?«, fragte sie.

»Im Stream.« Kerim nickte zu seinem aufgeklappten Notebook hinüber. »Ich fand es super. Nur eine kleine Anmerkung – du hättest ruhig auch sagen können, dass all die Entwürfe zum Wahlprogramm ja bloß Momentaufnahmen sind. Und dass die Buko diese ganz krassen Punkte sicherlich nicht eins zu eins beschließen wird.«

»Und wenn doch?«

»Ach Coco, ich will halt einfach nicht, dass die Leute uns für Radikale halten.« Die gescheiterte Sondierung im Berliner Abgeordnetenhaus nagte noch immer an ihm. »Mit der Fraktion haben wir auch schon ...«

Schritte polterten die Treppe hoch und Marta platzte ins Büro, ihr Tablet von sich weghaltend wie eine tote Ratte.

»Coco! Wir müssen reden.«

»Gott, was ist denn?«

Marta streckte ihr das Tablet hin. Coco nahm es zögernd und sah eine E-Mail.

»Das Hauptstadtbüro der ZEITUNG«, stieß Marta hervor. »Wir sollen bis null Uhr dazu Stellung nehmen. Beziehungsweise *du* sollst Stellung nehmen.«

Coco überflog die wenigen Zeilen und hatte Mühe, sich auf die Wörter zu konzentrieren, denn sie wippten vor ihren Augen auf und ab – weil ihre Hand zitterte. Sie legte das Tablet vor sich auf den Tisch und wiederholte halblaut, was sie gerade schon stumm gelesen hatte: »*... ob es 1.) zutrifft, dass gemäß einer internen Vereinbarung Ihres Bundesteams sämtliche Honorare von Funktionären etc. an die Parteikasse abzuführen sind? Entspricht es 2.) der Wahrheit, dass Sie, Frau Frahm, für Ihre Mitwirkung an der Talkshow Britt Biller am 14. April letzten Jahres eine Entschädigung in Höhe von 500 Euro erhalten und entgegen der erwähnten Vereinbarung NICHT abgeführt haben? Können Sie 3.) ausführen, wie sich dieses Vorgehen mit den internen Vorgaben Ihrer Partei zum Umgang mit ...* Gott ... so eine Kackscheiße!«

Kerim starrte sie entgeistert an. Marta hatte die Hände in die Hüften gestemmt. Coco legte das Tablet so vorsichtig aus der Hand, als würde es bei zu starker Erschütterung sofort explodieren. Ihre Wangen glühten, sie musste vor Scham purpurrot angelaufen sein.

»Es ... Gott, ja, es stimmt«, flüsterte sie. »Ich habe das Geld angenommen und nicht in die Kasse gezahlt. Das hätte ich niemals machen dürfen. Es tut mir total leid.«

»Was genau tut dir leid?«, zischte Marta. Ihre Worte waren kaum hörbar, aber rasiermesserklingenscharf.

»Dass ... ich euch getäuscht habe. Ich war einfach komplett pleite und dachte, wenn ich mir die ganze Zeit dermaßen den Arsch aufreiße, dann ist das auch mal okay ... aber das stimmt nicht, denn jeder und jede von uns reißt sich ständig den Arsch auf, auch ohne in Talkshows eingeladen zu werden, und darum ist es euch allen gegenüber unfair gewesen, was ich gemacht habe – euch beiden und auch Tabea und Jule und Djamila gegenüber und ... Gott, ach, allen. Ich zahle das Geld nachträglich in die Kasse ein, gleich morgen.«

»Darum geht es nicht.« Martas Stimme schnitt mitten durch Cocos Herz.

Kerim schob seinen Unterkiefer hin und her. Hinter seiner

Stirn arbeitete es. Was dachte er? Überlegte er bereits, welche andere Frau Coco an der Parteispitze ersetzen könnte?

Gott, ja, sie musste zurücktreten, dachte sie. Es gab keine andere Wahl! Sie würde sich eine Stunde Bedenkzeit erbitten, eine Zigarette rauchen oder drei – woher kriegte sie jetzt Zigaretten? Sie brauchte welche! – und dann würde sie einen Tweet absetzen und alle informieren. Das Team, die Partei, das Land. Und bei der kommenden Buko könnte Jule oder Djamila oder vielleicht ja Gizem als neue Vorsitzende gewählt werden und Coco wäre dann ... frei? Da öffnete sich plötzlich etwas in ihrem Hals, ein Gefühl der Erleichterung, als wäre ...

Kerims Laptop tat einen erschrockenen Hüpfer, als seine Hand krachend auf der Tischplatte einschlug.

»So läuft das nicht«, polterte er. »Wir lassen uns nicht von der Boulevardpresse spalten. Das wollen die doch nur, dass wir uns jetzt gegenseitig fertigmachen. Während irgendwelche superreichen Arschwichser, die Millionen an Steuern hinterzogen haben, feist in die Kameras grinsen, sollen wir uns jetzt für verfickte fünfhundert Tacken ins Hemd machen?« Er sah Marta an. »Bis Mitternacht Stellung nehmen ... was ist denn das für eine Auffassung von Journalismus? Die wollen doch gar nichts berichten, die wollen uns schlicht fertigmachen. Die greifen Coco an, aber treffen wollen sie uns alle, die ganze Partei. Das lassen wir nicht zu. Wir stehen das gemeinsam durch.« Er tippte eine Kurzwahltaste seines Telefons an, bevor er mit dramatischer Geste den Hörer abnahm.

»Hi Tabea, sorry, dass ich noch störe. – Ja, es *ist* ein Notfall. Kannst du in die Zentrale kommen? – Sehr gut. Bitte trommle noch ein paar Leute vom Team zusammen. Wir brauchen auf jeden Fall Krystina und David und die sollen Benno mitbringen. Und könntest du mal checken, ob Gizem noch in der Stadt ist? Sonst schalten wir sie über Skype dazu, ihr Rat wäre mir wichtig. – Nee, das erzählen wir nachher, wenn alle hier sind. Um elf bei Herta, okay? – Ja, klar kannst du dich vorher abtrocknen, Scherzkeks. Ach, und könnte irgendjemand Zigaretten mitbringen? – Für Coco. – Super, bis gleich!«

Er legte den Hörer auf und erhob sich. Seine Augen funkelten. Mit dem Kopf durch die Wand, dachte Coco. Genau das war Kerims Stärke und genau das brauchten sie jetzt. Und genau darum war es doch so genial, sich den Vorsitz zu teilen, ein Team zu bilden, füreinander da zu sein, sich gegenseitig zu ergänzen und zu stärken, darum liebte sie FUTURE so sehr. Nein, sie würde nicht zurücktreten, sie würde um ihr Amt kämpfen.

Es war noch nicht elf, als sie sich alle im Vorstandsbüro versammelt hatten: Krystina arbeitete seit Kurzem als Pressereferentin in Martas PR-Crew. Sie war schon Anfang dreißig, hatte für verschiedene Zeitungen geschrieben und war mit den Hauptstadtbüros der großen Medien bestens vernetzt. David, Ende zwanzig, bespielte als Social-Media-Referent die diversen Plattformen, Benno war inzwischen so was wie seine rechte Hand. Sie versorgten sich mit Kaltgetränken und hockten sich im Kreis auf den Boden, als Gizem die Treppe hochkam.

»Ich war schon im ICE nach Hannover, als Tabeas Anruf kam«, sagte sie atemlos. »Konnte gerade noch wieder rausspringen, bevor die Türen zugingen.«

»Danke, dass du da bist«, antwortete Coco. »Danke, dass ihr alle hier seid.« Sie stand auf dem Balkon und zog hastig an einer Zigarette. Benno hatte ihr unterwegs rasch ein Päckchen besorgt.

Kerim und Marta schilderten den Sachverhalt. Coco entschuldigte sich noch einmal wortreich, bis Tabea irgendwann sagte: »Diese rigorose Regelung war von Anfang an ein Fehler. Wir hätten zumindest eine Freigrenze festlegen müssen, wie viel mensch behalten darf. Wobei …«, sie schaute kurz auf den Boden, »ich bin da quasi befangen, weil Coco und ich zusammenwohnen und es ja irgendwie auch um unsere gemeinsame Miete geht.«

»Jetzt reicht es aber«, schimpfte Kerim. »Transparenz und Compliance und so weiter sind wichtig, keine Frage, aber wenn wir unsere eigenen moralischen Ansprüche immer höher schrauben, zerbrechen wir irgendwann daran. Und dann wählt uns auch niemand mehr, wenn wir so moralinsauer rüberkommen.«

»Wir sind alle in dieser Wirtschaftsordnung verstrickt«, sagte Gizem. »Da ist es fast unvermeidlich, dass so was mal passiert.«

»Genau«, rief Benno. »Fight the game, not the players.«

»Was ich meine«, fuhr Gizem fort, »es geht nicht darum, keine Fehler zu machen. Sondern darum, zu ihnen zu stehen und daraus zu lernen.«

Alle nickten.

Marta murmelte: »Sorry, Coco, dass ich dich vorhin so angegangen bin. Aber was machen wir nun? Willst du auf diese Mail antworten? Uns bleibt eine knappe Stunde.«

»Auf keinen Fall«, erwiderte Krystina. »Wir dürfen uns nicht zwingen lassen, nach deren Regeln zu spielen. Aber ... wir könnten die Anfrage von uns aus öffentlich machen.«

»Die Drosten-Nummer?«, fragte David und schob gleich eine Erklärung hinterher: »Damals während der Pandemie hatte die BILD eine Kampagne gegen diesen Virologen gefahren, Christian Drosten, ihr erinnert euch. Ihm hatten sie auch so eine Anfrage geschickt. Und er hat, anstatt denen zu antworten, die Anfrage auf Twitter veröffentlicht.«

»Ich erinnere mich«, sagte Coco. »Aber im Fall von Drosten war es wirklich eine miese Kampagne voller Fake News. In diesem ... also in *meinem* Fall stimmen die Vorwürfe leider tatsächlich.«

Sie drückte ihre Zigarette im Aschenbecher aus, der neben der

Balkontür stand, blieb aber draußen stehen und fuhr mit den Händen über Kreuz an ihren Oberarmen auf und ab. Benno kam heraus zu ihr und zündete sich ebenfalls eine Zigarette an. Nach ihrem ONS am Neujahrsmorgen hatten Coco und er bei einem Kaffee beschlossen, die Sache auf sich beruhen zu lassen, und das klappte auch. Nur manchmal warf er ihr so ein hintergründiges Lächeln zu, und das war ihr unangenehm, ohne dass sie wusste, warum.

Benno zog an seiner Zigarette und sagte: »Wir könnten ja einfach behaupten, dass es abgesprochen war. Also, dass du das Geld gar nicht heimlich behalten hast. Dann gibt es keinen Skandal und keine Kampagne gegen dich.«

»Auf keinen Fall«, erwiderte Coco entschlossen. »Ich hab euch hintergangen. Das kann ich ganz sicher nicht dadurch gutmachen, indem ich die Öffentlichkeit anlüge.«

»Woher wissen sie das eigentlich?«, fragte David. »Wer könnte ihnen überhaupt die Info gesteckt haben?«

Coco klappte den Mund auf. Das war natürlich die allernächstliegende Frage, aber ihr selbst war sie bis gerade gar nicht eingefallen.

»Kannst du dich erinnern, ob du irgendwem davon erzählt hast?«, hakte er nach.

Ja, das konnte sie. Aber bevor der Abend in Maikels Mansardenzimmer wieder richtig vor ihrem inneren Auge erstand, sagte Marta: »Da kommen alle möglichen Leute infrage. Jemand aus der Buchhaltung der Produktionsfirma zum Beispiel oder wer auch immer. Damit sollten wir uns jetzt nicht aufhalten, wir müssen nach vorne denken.«

Coco zog eine weitere Zigarette aus der Packung und ließ sich von Benno Feuer geben.

Gott … Benno vielleicht? Schon in der Nacht damals, in der sie ihn allein im Laden zurückgelassen hatte, war ihr so was durch den Kopf gegangen. War das der Grund, warum ihr sein Lächeln manchmal nicht behagte? Aber nein, Benno wusste doch nichts davon, niemand außer Maikel hatte davon gewusst und Benno war ja erst lange nach dem Auftritt bei Britt Biller zu FUTURE gestoßen.

Coco schob mit Gewalt die Erinnerungen an Maikel und das Misstrauen gegen Benno beiseite und versuchte, wieder in die Diskussion reinzukommen. Sie entschieden sich am Ende für eine kurze, prägnante Stellungnahme. Coco räumte ein, entgegen der geltenden internen Regeln eine Aufwandsentschädigung nicht an die Parteikasse gespendet zu haben. Und zugleich verurteilten sie und Kerim gemeinsam den Versuch der ZEITUNG, den Vorgang politisch auszuschlachten. Die Meldung sollte so schnell wie möglich an die Medien rausgehen, und zwar noch *bevor* die ZEITUNG ihren Artikel auf ihrem Online-Portal veröffentlichen würde.

»Hilfreich wäre natürlich«, meinte Kerim, »wenn wir sagen könnten, dass Coco weiterhin das absolute Vertrauen des Bundesteams besitzt.«

»Lass mal.« Gizem winkte ab. »Das wirkt zu künstlich. Außerdem – wenn du in der Politik jemandem ganz demonstrativ das Vertrauen aussprichst, dann ist das meistens der erste Schritt dazu, die Person zu demontieren. Wenn wir Coco wirklich unmissverständlich den Rücken stärken wollen, müssen wir uns was anderes überlegen. Etwas, das – hm, nicht nur den Status quo bestätigt, sondern irgendwie einen Schritt weiter geht.«

»Ich bin schon Vorsitzende«, meinte Coco, »da geht kein Schritt mehr weiter.«

In Gizems Augen blitzte was auf. »Auf der Buko beschließen wir immerhin ein Programm für die Bundestagswahl. Da könnten wir doch auch – na ja – vielleicht eine Kanzlerkandidatin nominieren?«

»Gott, Gizem«, entfuhr es Coco, »warum nicht gleich Päpstin? Nee, das ist jetzt echt too much. Für mich selbst und auch für die Partei.«

Sie diskutierten noch eine Weile alle möglichen Aspekte kreuz und quer, bevor sie beschlossen, es bei dem besprochenen Statement zu belassen. Marta und Krystina, David und Benno zogen sich in die erste Etage zurück, um die Pressemitteilung vorzubereiten und die dazugehörenden Tweets und Postings und Sharepics.

Gizem sah auf die Uhr, gähnte und meinte: »Schade, wenn ich noch MdB wäre, könnte ich jetzt den Fahrdienst rufen.«

»Ich kann dir fünfhundert Euro geben«, sagte Coco, »für ein Taxi nach Hannover reicht das.«

»Schon gut.« Gizem lachte. »Ich hab noch zig Bonuspunkte bei etlichen Hotelketten, ich such mir irgendwo ein Bett. Gute Nacht, ihr zwei Vorsitzenden.«

»Dir auch. Und: Danke!« Coco hielt sie kurz am Arm. »Aber die Sache mit der Kandidatur vergessen wir gleich wieder, okay?«

»Bis auf Weiteres«, sagte Gizem und lächelte, warf ihren Mantel über und stieg die Treppe hinab.

Auch Kerim klappte sein Notebook zu, verstaute es im Rucksack und zog die Jacke an.

»Ich hab dir doch gesagt, dass du Bundeskanzlerin wirst«, meinte er. »Und jetzt muss ich los, morgen früh ist Plenum.«

»Doof, wenn man plötzlich einen festen Job hat, was?«

Kerim lachte herzhaft.

Während seine Schritte im Treppenhaus verhallten, ging Coco noch einmal auf den Balkon hinaus, um eine weitere Zigarette zu rauchen. Am Himmel suchte sie nach Sternen, aber da war bloß eine dichte Januarwolkendecke, die den Lichtsmog der Stadt festhielt.

Im Büro saß nur noch Tabea.

»Wollen wir noch irgendwo was trinken gehen?«, fragte sie.

»Das wäre jetzt wirklich schön«, sagte Coco. »Aber ich hab eh schon so ein schlechtes Gewissen – ich will jetzt nicht die vier da unten mitten in der Nacht arbeiten lassen, während ich irgendwo mit dir abhänge.«

»Wir hängen nicht ab, wir beraten uns. Das ist schließlich auch Arbeit. Außerdem machen die vier einen tollen Job, wir können da jetzt im Moment nichts beitragen.« Sie trat hinaus auf den Balkon. »Wir stehen das durch, Coco. Die machen uns nicht fertig.«

Coco drückte die gerade erst angerauchte Zigarette aus und schloss Tabea in die Arme. »Ohne dich könnte ich das alles nicht«, flüsterte sie. »Darum schäme ich mich vor allem vor dir für diese Sache mit dem Geld. Ich fänd es schrecklich, wenn unser Vertrauen kaputt geht.«

»Hab keine Angst. Versprich mir einfach nur, dass du nie wieder was tust, was FUTURE schaden könnte, okay?«

Da schob Coco sie ein Stück von sich, schaute in Tabeas Augen und sagte: »Ich hab jetzt gar nicht von der Partei gesprochen, nur von uns, dir und mir. Von unserer Freundschaft.«

Tabea machte ein Gesicht, als müsse sie diesen Begriff erst googeln. Dann drückte sie Coco wieder an sich und sagte: »Alles gut.«

Am nächsten Tag war ganz sicher nicht *Alles* gut, aber doch einiges. Die Online-Portale der großen Zeitungen und Fernsehsender griffen das Thema von letzter Nacht eher als kleine Meldung auf und richteten den Fokus weniger auf Cocos Verfehlung und mehr auf die zweifelhaften Methoden der ZEITUNG, die, wie ein Kommentator schrieb, *anscheinend immer wieder ein Problem damit hat, wenn junge Frauen andere Inhalte präsentieren als die ihres Büstenhalters.*

»Wir sind mit einem blauen Auge davongekommen«, resümierte Marta bei der morgendlichen Kaffeerunde in der Zentrale. »Aber ab jetzt wird uns die ZEITUNG erst recht auf dem Kicker haben. Aus deren Sicht ist da jetzt eine Rechnung offen zwischen denen und uns. Wir dürfen uns keinen weiteren Fauxpas erlauben.«

»Hab ich verstanden«, murmelte Coco.

»Damit meine ich nicht speziell dich«, sagte Marta, »sondern uns alle, jede und jeden.«

Der besagte Kommentar wurde im Laufe des Tages tausendfach geteilt und brachte Coco und FUTURE viel Sympathie ein, auch wenn Tabea fand, dass er zwar gut gemeint war, aber im Grunde auch nur sexistische Stereotype reproduzierte. In den internen Foren von FUTURE gab es aber auch Kritik, die Rede war von Doppelmoral und persönlicher Enttäuschung und es kam teilweise zu heftigen Debatten zwischen einzelnen Mitgliedern. Dabei ging es gar nicht mehr so sehr darum, dass Coco ihr Honorar verschwiegen hatte, sondern um sie als Ikone der jungen Partei. Die einen meinten, sie stünde eh viel zu sehr im Rampenlicht und sollte sich etwas zurücknehmen, andere schworen ihr bedingungslose Treue, weil niemand die Partei so sehr verkörpere wie sie. Das wiederum griffen am übernächsten Tag ein paar Blogs und Online-Magazine auf, eines titelte: *Erste Kratzer im Lack: Bei FUTURE treten Sollbruchstellen zutage.*

In Kreisen *besorgter Bürger* hatte man sich unterdessen voller Gier auf die Geschichte gestürzt und Bilder von Coco mit einem zerbrochenen Heiligenschein machten die Runde, die Anzahl der täglichen Hassmails stieg nochmals an. Das meiste davon kam nicht bei ihr an, denn Cocos und Kerims offizielle Mailadressen liefen auf einem Account in der Zentrale auf, wo sie von einer kleinen Crew von Leuten gefiltert wurden, die alle Bilder von erigierten Gliedern und Galgenstricken, Guillotinen und Gaskammern und sämtliche bizarr detaillierten Folter- und Vergewaltigungsdrohungen löschten. Die privaten Mailadressen und auch die Handynummern von Coco und Kerim kannte nur ein kleiner Kreis von Leuten.

Am meisten Hass jedoch bekam Djamila ab. Durch die Erfolge bei den Landtagswahlen war FUTURE in der Öffentlichkeit viel präsenter geworden, nicht nur in den Medien, sondern auch physisch. In vielen Städten gab es jetzt offizielle Wahlkreisbüros und das Büro von Djamila wurde fast täglich mit rassistischen Parolen beschmiert. In einer Nacht Anfang Februar errichteten Unbekannte ein brennendes Kreuz vor der Tür und sprayten das N-Wort auf die Hauswand. Seitdem fuhr dreimal täglich eine Polizeistreife an Djamilas Büro vorbei, aber das beruhigte natürlich niemanden, im Gegenteil, es zeigte erst recht, wie verletzlich sie im Grunde alle waren.

Tabea hatte vor einiger Zeit in Zusammenarbeit mit der Organisation *HateAid* eine Hotline für sämtliche Landes- und Ortsverbände der Partei eingerichtet, wo es Rat und Hilfe gegen Hetze und Drohungen gab, und seit Anfang des Jahres kümmerte sich eine kleine Gruppe von Anwältinnen ehrenamtlich um besonders krasse Fälle. Gegen die Angst, die Coco manchmal in die Glieder kroch, konnte all das aber nicht helfen. Sie versuchte sich damit zu trösten, dass sie keine Kinder hatte, mit deren Entführung man drohen konnte, wie Gizem das schon erlebt hatte. Sie versuchte sich zu ermahnen, dass es andere noch schlimmer traf als sie, weil sie eben weiß und cis war und nicht schwarz oder trans.

Dennoch war die Angst immer da, wenn sie abends allein durch die Stadt lief, und zwar mehr als sonst. Natürlich konnte auch am helllichten Tag inmitten einer Menschenmenge ein Anschlag geschehen, aber davor fürchtete sie sich paradoxerweise nicht, sie fühlte sich sicher, wenn viele Menschen um sie herum waren. Gleichzeitig meinte sie immer öfter, sie würde von der Flut der Meetings, Aktionen, Sitzungen fortgerissen und müsse im Meer der Gesichter ertrinken. Doch das war immer noch eine Spur erträglicher als die bodenlose Leere, in die sie stürzte, wann immer sie mal einen Augenblick Zeit für sich fand. Diese Augenblicke würden natürlich noch seltener werden, sollte FUTURE Coco tatsächlich als Kanzlerkandidatin nominieren.

Kerim jedenfalls insistierte immer wieder auf diese Idee von Gizem.

»Warum machst du es nicht selbst?«, fragte Coco ihn, als sie eines Abends mal wieder im Büro *Bei Herta* zusammensaßen.

»Erstens, weil ich später überall rumerzählen will, dass ich es dir schon bei unserem allerersten Treffen prophezeit habe, dass du mal Kanzlerin wirst«, meinte er. »Und zweitens haben wir mit dir als Spitzenkandidatin einfach mehr Chancen.« Er grinste. »Die Deutschen sind mehrheitlich durchaus tolerant, aber ich glaube, für einen bisexuellen Ex-Erzieher mit libanesischen Eltern und abgebrochenem Soziologiestudium ist dieses Land noch nicht reif.«

»Aber für mich, oder was?«

»Du hast immerhin einen Bachelorabschluss.«

»Jetzt mal ernsthaft«, sagte Coco. »Kanzlerkandidatur, das ist doch nur Show, oder? Das ist doch bloß symbolisch. Niemand glaubt, dass wir in die Regierung kommen. Und dann noch als größte Fraktion – ein Witz.«

»Wer weiß?«

Coco lachte. »Es ist doch schon vermessen genug, dass wir als gerade erst gegründete Partei ein Programm für eine Wahl beschließen wollen, von der niemand weiß, ob sie überhaupt stattfinden wird. Dann auch noch mit dem Anspruch anzutreten, die Wahl zu gewinnen, aus dem Nichts heraus, ist größenwahnsinnig. Das wär so, als ob eine Fußballmannschaft in die Bundesliga aufsteigt und sofort Deutscher Meister wird. So was gibt es nicht.«

»Kaiserslautern 1998«, sagte Kerim. »Und in der Politik gibt es das auch. Weißt du noch, wie wir über *En Marche!* gesprochen haben? Macron hat sie 2016 gegründet und ein Jahr später haben sie die absolute Mehrheit gewonnen.«

»Und inzwischen wieder verloren«, sagte Coco. »Und wo spielt Kaiserslautern heute? Dritte Liga?«

Kerim nickte. »Klar, wer hoch steigt, kann auch tief fallen. Hast du Höhenangst?«

»Nein«, sagte sie, »du würdest staunen, wenn du mich beim Bouldern sehen könntest.«

Reflexartig zuckten die Finger ihrer linken Hand, sie hatten sich erinnert, wie es sich anfühlt, vom Griff abzurutschen. Dieser Salto im Bauch wie auf der Achterbahn – in einer verwinkelten Ecke ihres Bewusstseins züngelte eine leise Sehnsucht nach Absturz auf. Danach, sich fallenzulassen. Aber um fallen zu können, musste man erst mal irgendwo oben sein.

Die Idee einer Kanzlerkandidatur verbreitete sich in den Ortsgruppen und Landesverbänden und entfachte überwiegend Begeisterung – gerade weil sie so dreist war und so größenwahnsinnig. Niemand sprach mehr über Doppelmoral oder Sollbruchstellen. Das Bundesteam setzte die Frage der Kanzlerkandidatur auf die Tagesordnung der Buko, die für Mitte Februar nach Rostock einberufen wurde. Irgendwann erfasste es Coco selbst. Die Begeisterung riss sie mit sich und sie schwamm oben auf dem Kamm der Welle, die immer höher und schneller wurde, und Coco hatte überhaupt keine Zeit mehr, über sich selbst nachzudenken.

Gut so.

10

Maikels Finger klammern sich um das Fläschchen in seiner Hosentasche. Er muss es bloß hervorziehen, es ihr zeigen und gestehen, weshalb er hier ist. Das wäre eine Entscheidung. Dann wäre klar, dass er dieses Haus nicht als Mörder verlassen wird und Coco nicht in einem Sarg.

Sie kneift die Augen zusammen.

»Was!«

Er wird es ihr sagen. Er kann schon die Erleichterung spüren, mit der im nächsten Augenblick die ganze Last von ihm abfallen wird. Doch in die Erleichterung mischt sich auch das Bedauern darüber, es nicht geschafft zu haben. An dieser allerletzten Grenze gescheitert zu sein. Der Grenze, über die wirklich nur ein echter Alpha-Mann geht.

»Was willst du mir gestehen? Du hast gerade gesagt, dass du mir was gestehen müsstest... also was ist es? Und was hast du in deiner Hosentasche? Eine Waffe, um mich abzuknallen? Oder eine Mausefalle, die gerade zugeschnappt ist, weshalb du deine Finger nicht mehr rausziehen kannst?«

Ihr Blick bekommt was Spöttisches.

Seine Finger lösen sich, er zieht die Hand aus der Hosentasche. Leer.

»Also – was ich dir gestehen muss«, sagte er. »Ich habe während der letzten Monate total gegen dich gearbeitet.«

»Weiß ich doch.« Sie lächelt kurz und künstlich. »Du warst es, der die Geschichte mit den fünfhundert Euro an die ZEITUNG geleakt hat, richtig?«

»Indirekt. Ich habe es Posch erzählt, meinem Chef. Er ist der Vorsitzende der Stiftung Abendland und Direktor der Akademie und Chef des Verlags. Ich muss gestehen, dass mich das Projekt sehr fasziniert, es hat mich wirklich in seinen Bann gezogen, und ich habe begonnen, sehr viele Dinge anders zu sehen.«

Er wartet auf bittere Vorwürfe – »Wie konntest du nur?« – oder auf einen vernichtenden Spruch – »Damit habt ihr euch ja wohl selbst in die Scheiße geritten!« – oder irgendeine andere Reaktion, aber da kommt nichts. Als hätte Coco sich schon vor langer Zeit damit abgefunden, was er ihr angetan hat. Sie fragt bloß: »Und das mit Braunkohle-Bob? Warst du das auch?«

»Nein. Und lass uns darüber jetzt nicht diskutieren. Wir sind schließlich nicht hier, um über mich zu reden.«

»Doch, irgendwie schon.« Sie lehnt sich gegen die Anrichte, fährt sich mit der Hand übers fransige Haar. Sie hat es ein, zwei Zentimeter wachsen lassen, das ist nicht mehr der krasse Buzz Cut von damals, aber trotzdem noch völlig anders als die blonde Mähne, mit der er sie kennengelernt hat.

»Ich will verstehen, warum du gegen mich kämpfst«, sagt sie. »Nicht persönlich, sondern inhaltlich, politisch. Ich will von dir wissen, warum ich nicht Kanzlerin werden soll.«

»Bullshit.«

»Wieso? Deine Freunde sind der Meinung, dass ich das, was ihr Deutschland nennt, zerstören werde. Ich will wissen, warum. Vielleicht habt ihr ja recht – könnte doch sein?«

»Bullshit«, wiederholt Maikel. »Du hast einfach tierische Angst vor deinem eigenen Sieg – das kann ich sogar verstehen. Aber ausgerechnet ich soll dir jetzt eine Ausrede liefern, damit du kneifen kannst?«

»Über meine Motive musst du dir keine Gedanken machen. Mir reicht es, einfach von dir zu hören, was an mir so zu verteufeln ist.«

»Ich fürchte, das hat weniger mit dir als mit mir selbst zu tun.« Er leert das Glas und gießt sich erneut ein. Nicht klug. Ein Mörder sollte nüchtern sein. Aber nüchtern wird er es nicht tun. Er spürt, dass diese Grenze zu stark für ihn ist. Vielleicht geht es mit Alkohol.

Sie zuckt mit den Achseln. »Bin ganz Ohr.«

»Früher, als Jugendlicher, war ich ein Krieger, weißt du? Im Fantasy-Rollenspiel. Eigentlich bin ich immer ein Krieger geblieben, so im Innern. Ich liebe es zu kämpfen. Gerne für eine scheinbar aussichtslose Sache. Als das mit FUTURE anfing, kam mir das auch so vor. Aussichtslos. Mir ist klar, dass es für jeden neutralen Betrachter so aussehen muss, als hätte ich die Seiten gewechselt. Rein formal stimmt das ja auch. Aber in Wirklichkeit – ich meine, das mit dir und Kerim ... es war nicht der Grund für mich, nur der Auslöser. Du wirst das nicht hören wollen, aber ich glaube, dass FUTURE und das Abendland-Projekt einander viel ähnlicher sind, als man denkt. André Posch predigt die Wiederverzauberung der Welt. Weg vom rationalen Diskurs, hin zu einem romantischen Verständnis von Politik, von Volk, von Gemeinschaft, all das. Du tust genau dasselbe.«

Coco hebt eine Augenbraue, sagte aber nichts.

Maikel fährt fort: »Fridays for Future hat immer sachlich argumentiert. Klimaforschung, Wissenschaft, Verträge, Zwei-Grad-Ziel, bla bla. Mit Jule Angerhof als Parteivorsitzende würde FUTURE in den Umfragen vielleicht bei knapp fünf Prozent stehen, und es wäre eine Sensation, wenn die Partei in den Bundestag käme. Aber du – schau dich an, du könntest Kanzlerin werden. Weil du einen Mythos geschaffen hast, ein Narrativ meinetwegen. Deine Erzählung von der Neuen Langsamkeit. Du selbst bist ein Mythos geworden. Du romantisierst die Politik. Darauf haben die Leute gewartet, sie lechzen danach ... Ich meine: Seit ich denken kann, wurde dieses Land von einer kühlen Physikerin regiert, einer Pfarrerstochter, sachlich-rational, völlig frei von großen Gefühlen und erhabenen Momenten. Danach, glaube ich, sehnen wir uns alle: ein kleines bisschen Erhabenheit. Darum wollen sie dich, Coco.«

»Ähm ...« Coco räuspert sich. »Und darum wollt ihr mich weghaben? Weil ich ... *erhaben* bin?«

Maikel schüttelt den Kopf. Nicht zu ihrer Frage, sondern über seine eigenen Worte.

Er hat ihr gerade eine Liebeserklärung gemacht, oder? Bilder stürzen auf ihn ein. Der Baum an dem Weiher im Park. Wie sie nackt vor dem Spiegel steht, zum ersten Mal mit seinem Hut auf dem Kopf. Das Zelt in der Bourgogne. Wie sie damals in Leipzig den Saal betrat. Posch und die Akademie, Zscheproda und das ganze verfickte Abendland sind Lichtjahre von hier entfernt, ein unwirkliches Paralleluniversum, aber Coco steht hier, das Coco-Virus, eineinhalb Meter vor ihm, Corona-Abstand, er ist drauf und dran, sich erneut zu infizieren, offenbar hat er keinerlei Antikörper gegen sie entwickelt.

Als seine Hand wie von allein wieder in die Hosentasche fährt, begreift er, dass es vorbei ist.

»Was ich vorhin *eigentlich* gestehen wollte ...«, sagt er, zieht die Hand heraus und stellt das Fläschchen Pentobarbital auf den Tisch.

■

»Die machen das clever«, meinte Posch. »Und Ihre Freundin ist jetzt Kanzlerkandidatin.«

Es störte Maikel, dass Posch sie ständig so nannte, aber das sagte er nicht. Sie saßen beim Mittagessen um den großen Tisch in der Küche der Akademie: er und Posch, außerdem Frerich, ein früh ergrauter Mittvierziger, der als Referent für das Programm der Akademie verantwortlich war, Jens, der knapp dreißigjährige Lektor des Abendland Verlags mit betont intellektueller Nickelbrille, sowie die Sekretärin Olga, Köchin Renate und Hausmeister Slavko. Wie immer, wenn gerade kein Seminar stattfand, hatte Renate lediglich für die kleine Belegschaft gekocht und sie aßen zusammen wie eine Familie. Es war ein Montag im Februar, am Wochenende hatte die Buko von FUTURE getagt. Neben Poschs Teller lag ein Stapel Zeitungen. Maikel hatte an diesem Vormittag schon eine Presseschau zusammengestellt – natürlich am Computer, aber gleichzeitig hatte er auf dem Papier ein paar Zeilen mit Textmarker angestrichen, denn Posch liebte den Geruch von Papier.

»Ich finde das eher größenwahnsinnig«, meinte Jens. »Wann wachen die ganzen Schafe endlich auf und merken, dass diese FUTURE-Kids dem Volk die Lebensgrundlagen nehmen werden?«

»Genau das ist unsere Aufgabe«, sagte Posch. »Wir müssen dem Volk helfen, die Augen zu öffnen. Aber zunächst muss man diesen FUTURE-Leuten lassen, dass sie Profil haben. Sie sagen ganz klar, was sie wollen. Alle anderen Parteien lavieren herum – und damit meine ich wirklich *alle*. Selbst die Partei, die eigentlich unsere Sache vertritt, scheint verunsichert zu sein.« Er seufzte, hielt wahllos eine der Zeitungen hoch und sagte: »Über achtzig Prozent der Deutschen sprechen sich für Neuwahlen aus. Der Bundestag hat sich komplett selbst blockiert. Auf genau so eine Situation haben wir seit Jahren gewartet. Aber jetzt nutzt sie uns überhaupt nichts, weil nicht die AfD die Stimme der Unzufriedenen ist, sondern diese Jugendgang, die sich eine Partei schimpft.«

Er schob seinen Teller von sich fort und zündete sich eine Zigarette an. Das war für die anderen am Tisch das Signal, dass die Mahlzeit beendet war. Olga und Frerich schaufelten sich noch schnell ein paar Bissen in den Mund, bevor Renate abzuräumen begann. Maikel aß eh nur wenig, denn die Mahlzeiten waren meistens sehr fleischlastig. Immerhin hatte Renate ein Herz für ihn und machte ihm eine Extraportion Gemüse ohne Sahnesoße oder ließ bei den Bratkartoffeln den Speck weg.

Einmal war Olga die Bemerkung rausgerutscht, dass Maikel sich sehr gesund ernähre, und *der Führer* sei ja auch Vegetarier gewesen, aber das hatte sich Posch barsch verbeten. Also nicht nur die Rede vom vegetarischen Essen, sondern vor allem die Erwähnung Hitlers. Alles, was das Abendland-Projekt in die Nähe der Nazis rückte, wies er stets brüsk von sich. Und das war nicht nur Show, meinte Maikel. Er glaubte, dass Posch tatsächlich kein Nazi war und dass er sich keineswegs an Hitler orientierte – der war für ihn eher so etwas wie dieser eine Onkel, über den man nicht spricht. Posch bewunderte Männer wie Franco und Pinochet, aber auch Honecker und besonders Kurt Schuschnigg, einen von der Geschichte längst vergessenen Mann, der Österreich ab 1934 zu einem faschistischen »Ständestaat« umgebaut hatte, bevor Deutschland es sich 1938 einverleibte. Im »Ständestaat« waren Bauern stolz, Bauern zu sein, und Soldaten waren stolz, Soldaten zu sein, und Hausfrauen waren auch stolz, die Wirtschaft wurde staatlich gelenkt und Arbeitslose gab es nicht; jeder wusste jederzeit, wer er war und wo er hingehörte.

Für eine Welt, die von der Globalisierung und der Individualisierung und nicht zuletzt vom Coronavirus völlig durchgeknetet und zermanscht war, schien solch ein Staat gar nicht die schlechteste Perspektive zu sein, fand Maikel inzwischen. Seine Vernunftstimme flüsterte ihm manchmal zu, dass Posch doch im Grunde bloß davon träumte, Deutschland in eine moderne

Variante der DDR zu verwandeln, deren neuer Sozialismus sich jetzt über Abstammung, Blut und Boden definieren sollte. Aber durch die dicken Mauern des alten Gutshofes drang die Stimme immer seltener durch.

Slavko stellte Aschenbecher und Kaffee auf den Tisch, dann machten er und die beiden Frauen sich wieder an die Arbeit.

Posch blätterte unmotiviert ein paar Zeitungen auf und legte sie wieder fort, zog an seiner Zigarette und sagte verächtlich: »FUTURE fordert eine Bürgerversicherung – oh, Entschuldigung – natürlich eine *Bürger*innen*-Versicherung mit Sternchen und Kindersplitting statt Ehegattensplitting und die Einführung der Vier-Tage-Woche. Und natürlich das Ende der Braunkohle und offene Grenzen und aus der NATO wollen sie austreten und eine Europa-Afrika-Union gründen, blabla.«

»Blanker Horror«, rief Frerich, »dann gibt es in spätestens drei Generationen keinen einzigen Weißen mehr auf diesem Kontinent.«

»Richtig«, sagte Posch, »aber schauen wir nicht auf die Inhalte, sondern erst mal nur auf die Strategie. Das Programm ist voll von Forderungen, die keine andere ernst zu nehmende Partei erhebt. Alles lauter Alleinstellungsmerkmale, während alle anderen Parteien im Grunde dasselbe Programm haben, bloß mit unterschiedlichen Nuancen und verschiedenen Farbanstrichen. Bisher gab es nur eine Partei im Bundestag, bei der das nicht so war und die sich von allen anderen abhob.«

»Die AfD«, sagte Frerich und zündete sich ebenfalls eine Zigarette an.

Offiziell gab es keinerlei Beziehungen zwischen dem Abendland-Projekt und der AfD und niemand hier am Tisch war AfD-Mitglied. Posch hielt eine seltsame Distanz zu der Partei, weil er wohl generell Parteien nicht mochte. Parteien seien nur Hüllen, hatte er mal gesagt, allerdings sei die AfD eben zurzeit die Hülle, in der sich *die Sache* noch am ehesten verwirklichen ließ. Vielleicht käme demnächst schon eine neue, wer konnte das sagen.

»FUTURE saugt dadurch die ganze öffentliche Aufmerksamkeit in sich auf«, sagte Jens. »Wie ein Tampon.«

Frerich lachte rasselnd und zog an seiner Zigarette.

»Die AfD hat es in ihrer Anfangszeit mit jeder noch so kleinen Provokation sofort in die Schlagzeilen geschafft und in die Talkshows«, fuhr Posch fort. »Genau das macht FUTURE jetzt. Aber lassen Sie uns rekapitulieren, meine Herren, was die Gutmenschen damals gemacht haben, als die AfD groß wurde. Sie haben angefangen, mit sogenannten Fakten dagegenzuhalten.«

»Fakten oder Fake News?«, fragte Jens.

»Auf den Punkt, mein Lieber«, lobte Posch. »Das ist genau das, was *wir* jetzt tun müssen. Aufklären und Fakten liefern. Alternative Fakten, wohlgemerkt.«

Maikel räusperte sich. »Da hätte ich vielleicht schon was«, sagte er und klappte den Laptop auf, den er vorhin mit in die Küche heruntergebracht hatte. »Hier, so was zum Beispiel.«

Er zeigte den anderen eines jener typischen Sharepics, mit denen die Social-Media-Crew von FUTURE pointierte Sprüche und Zitate in Umlauf brachte. Man sah das FUTURE-Logo in den typischen Regenbogenfarben und ein Foto von Coco, allerdings keines von den offiziellen Pressefotos, die das Team von Marta Méndez verwendete, sondern das berüchtigte »Slow Blowjob«-Foto aus dem Screenshot von Cocos allererstem Fernsehinterview. Neben ihrem Kopf stand:

»Wir brauchen sofort ein Gesetz, das jeden Single mit eigener Wohnung verpflichtet, eine Flüchtlingsfamilie bei sich aufzunehmen.«
Coco Frahm, Vorsitzende von FUTURE

Frerich und Jens klopften anerkennend auf die Tischplatte und Posch nickte zufrieden.

Plötzlich überkam Maikel ein Unbehagen und er beeilte sich zu erklären: »Also objektiv ist das kein echtes Zitat, aber eigentlich auch kein Fake, denn in Wahrheit trifft es das, was sie denkt.« Er räusperte sich wieder. »Also, glaub ich mal.«

»Ganz gewiss«, sagte Posch. »Was ist denn Wahrheit? Wahrheit ist keine Frage von Objektivität, denn die gibt es nur in der Theorie. Echte Wahrheit wird geschaffen, und zwar durch den Willen. Unser ganzes Verlagsprogramm fußt darauf, dass wir nicht die Welt abbilden, wie sie angeblich empirisch existiert, sondern so, wie wir sie sehen und empfinden – und warum? Weil wir den Willen haben, sie zu formen. *Das* ist Wahrheit. In diesem Sinne – weiter so, Maikel.« Er drückte seine Zigarette aus, leerte seinen Kaffee und stand auf. »Na dann, meine Herren, lassen Sie uns wieder an die Arbeit gehen. Maikel – haben Sie eine Minute?«

Die anderen Männer erhoben sich ebenfalls. Maikel klappte den Laptop zu und folgte Posch die knarzende Treppe hinauf in den zweiten Stock. Das breite Fenster in Poschs Büro stand offen und ließ eine milde Brise herein. Obwohl noch nicht einmal März war, kündigte sich schon wieder der Frühling an. Der Winter war auch in diesem Jahr mehr oder minder ausgefallen. Maikel blieb für einen Augenblick stehen und schaute über die schier endlosen Wälder hin zum unscharfen Horizont. Posch leugnete den Klimawandel nicht, er fand ihn bloß ebenso unvermeidlich wie irrelevant. Diese Sichtweise war ganz schön entlastend fand Maikel, und irgendwie gefiel ihm das.

Er setzte sich und Posch schenkte Cognac ein.

»Sie sind jetzt fast ein halbes Jahr bei uns in Zscheproda«, sagte Posch. »Mich würde interessieren, wie Ihnen die rote Pille schmeckt.«

Maikel brauchte zwei Sekunden, um die Metapher zu verstehen. Im Film *Matrix* muss der Protagonist zwischen der roten und der blauen Pille wählen. Die blaue lässt ihn weiterhin ahnungslos als Teil der Matrix dahinschlummern, die rote öffnet ihm die Augen für die Wahrheit. Maikel trank an seinem Cognac. In der *Manosphere* – dem digitalen Geflecht aus Incels, Alt Right, »Men going their own way«-Bewegung und so weiter – waren *Redpiller* diejenigen Männer, die die Wahrheit der linksgrünen, feministischen Unterdrückungsmatrix erkannt und sich dagegen zu wehren begonnen hatten.

»Anders gefragt«, fuhr Posch fort, ohne noch länger auf eine Antwort zu warten, »sind Sie inzwischen politisch von unserer Sache überzeugt oder sind es eher persönliche Gründe, warum Sie sich im Widerstand gegen FUTURE engagieren? Besonders gegen Fräulein Frahm?«

»Das macht keinen Unterschied für mich«, sagte Maikel schließlich. »Ich habe Politik schon immer persönlich genommen.«

»Ich glaube, Ihre Freundin tut das auch«, sagte Posch. »Sehr sogar.« Dass er sie beharrlich so nannte, war wie das ständige Aufkratzen einer frisch verkrusteten Wunde. Irgendwann begann es zu eitern, später würde eine fiese Narbe bleiben. Vielleicht war das sogar Poschs Absicht, aber Maikel wollte sich nicht die Blöße geben, darauf einzugehen.

»Das muss ein enormer Druck für die junge Frau sein«, sagte Posch. »Die Hoffnungen einer ganzen Generation ruhen auf ihr. Wie erträgt man das nur? Es sind schon viel erfahrenere Politiker unter weniger großen Lasten zusammengebrochen.«

»Coco nicht«, sagte Maikel und wunderte sich im selben Moment darüber, dass er das gesagt hatte. Ihm war nicht klar, ob er sie spontan verteidigen wollte – oder im Gegenteil meinte, wie sehr man Coco als Gegnerin ernstnehmen müsse.

»In unserer Gesellschaft ist Suizid noch immer ein Tabuthema«, sagte Posch scheinbar übergangslos. Er wandte sich von Maikel ab und ging zu einem Tresor, der in die Wand hinter seinem Schreibtisch eingelassen war. »Man spricht nicht darüber und hinterher sind alle ganz bestürzt. Plötzlich und unerwartet, heißt es dann.«

Maikels Herz schlug plötzlich und unerwartet schneller. Posch öffnete den Tresor und entnahm ihm ein Fläschchen, kam zu Maikel zurück und hielt es ihm hin. Maikel griff danach und drehte es zwischen den Fingern hin und her.

»Pentobarbital«, sagte Posch. »Ein Schlafmittel. Wird bisweilen auch in der Sterbehilfe verwendet. Sagen Sie – denken Sie gelegentlich daran, Ihre Freundin irgendwann noch einmal wiederzusehen?«

Maikel hatte ungefähr zu ahnen begonnen, welche Richtung das Gespräch nehmen sollte, aber trotzdem erschrak er und streckte Posch das Fläschchen hin.

»War nur so ein Gedanke.« Posch nahm das Schlafmittel wieder an sich und legte es zurück in den Tresor. »FUTURE lebt wesentlich vom Charisma dieser Frau. Ihren Selbstmord würde die Partei nicht überleben.« Er zuckte mit den Achseln, schloss den Tresor und sagte: »Nun aber genug geplaudert. Zurück an die Arbeit.«

Damit setzte er sich an seinen Schreibtisch und vertiefte sich in irgendwelche Unterlagen.

Maikel starrte ihn an und wartete auf eine Art Auflösung. Das war doch wohl ein Scherz. Oder irgendein komischer Test, dessen Sinn sich ihm nicht erschloss. Je länger er dastand, desto unwirklicher kam ihm das kurze Gespräch gerade vor.

Er hätte noch etwas sagen können, doch er wusste gar nicht, wie er das ausdrücken sollte, was ihm durch den Kopf ging.

Posch tat so, als hätte Maikel das Büro längst verlassen.

Schließlich straffte dieser sich, nahm seinen Laptop und ging hinunter in sein Büro, das schräg gegenüber jenes Gästezimmers lag, in dem er damals während seines Gastspiels beim Männer-Seminar übernachtet hatte. Inzwischen war die karge Kammer sein Zuhause geworden. Er ließ sich auf den Schreibtischstuhl fallen und klappte den Laptop auf. Das Programm für die Akademietagung über »Australische Zuwanderungspolitik und was wir daraus lernen können« war noch nicht fertig, aber darauf konnte er sich jetzt nicht konzentrieren. Posch hatte ihn ernsthaft zu einem Mord anstiften wollen! Nur langsam sickerte die Erkenntnis in sein Bewusstsein. Was für eine empörende Idee! Dass ihm der Mann so etwas zutraute. Er ärgerte sich, dass er dieses Ansinnen nicht sofort rundweg abgelehnt, sondern einfach nur dazu geschwiegen hatte.

Wobei ... zur Hölle, ja! Ja, tatsächlich. Posch traute es ihm zu.

Posch sah einen Alpha-Mann in ihm.

Das war es, um was es in der *Manosphere* ständig ging. Ein Alpha-Mann zu werden. Wie bei einem Game, wo man Stufe um Stufe aufstieg, um sich irgendwann dem Endboss zu stellen.

Er starrte auf den Bildschirm, bis sein Laptop in den Standbymodus schaltete und Maikel im schwarzen Screen sein Spiegelbild sah.

Wer bist du? Alpha-Mann? Oder Ersatzdelegierter?

Für einen Moment glaubte er, ein Zittern zu spüren. Aber dann wurde ihm zu seiner Erleichterung bewusst, dass die ganze Sache natürlich vollkommen hypothetisch war. Dass er jemals in eine Situation käme, in der er ernsthaft würde entscheiden müssen, seine frühere große Liebe zu töten oder nicht, war zum Glück absolut ausgeschlossen. Er würde sich niemals bei Coco melden und sie um ein Wiedersehen bitten.

Und umgekehrt würde das ja wohl erst recht nicht passieren.

■

Der Frühling brach sich Bahn und mit ihm kam endlich die Entscheidung: Mitte März gab es im Bundestag den letzten Versuch, eine Minderheitsregierung zu bilden, aber die Kür eines neuen Bundeskanzlers scheiterte erwartungsgemäß in allen drei Wahlgängen. Drei Tage später verkündete der Bundespräsident die Auflösung des Parlaments und setzte Neuwahlen für den 8. Mai an. Am Morgen nach dieser Ankündigung waren die Straßen mit Plakaten vollgepflastert. Die monatelange politische Blockade im Land hatte sich über Nacht aufgelöst, wie aus dem Nichts war der Wahlkampf entbrannt.

FUTURE war vorbereitet. Tabea hatte eine kleine, aufstrebende Agentur beauftragt und die Regenbogenfarben des Parteilogos hoben sich unübersehbar im Straßenbild ab. Auch Coco war unübersehbar. Noch während des Fotoshootings hatte sie sich ausgemalt, sie müsse ständig erschrecken, sobald sie draußen ihrem eigenen Gesicht in Überlebensgröße begegnete. Aber jetzt, wo die Plakate geklebt waren, kam ihr diese Frau mit dem Hut da so vor, als wäre das gar nicht sie. Eigentlich ganz angenehm.

Die Auftaktveranstaltung fand bei herrlichem Wetter auf dem Kölner Heumarkt statt, es war fast wie Karneval, knapp zweitausend Leute kamen und jubelten Coco und Kerim zu und auch Lutz, der als Direktkandidat in Köln antrat. Auf der Tour folgten binnen zwei Wochen Dortmund, Münster, Osnabrück, Hamburg, Schwerin, Berlin, Magdeburg, Chemnitz, Leipzig, Nürnberg, München, Stuttgart, Karlsruhe, Saarbrücken, Frankfurt/Main und Kassel – ein einziger Triumphzug. Die altbewährte Technikcrew hatte einen Sponsor an Land gezogen, der ihnen einen E-Truck finanzierte. Damit karrten sie ihr Bühnenequipment durch die Republik, während Coco und Kerim mit

Marta, Tabea und Benno PR-tauglich per Bahn überall hinfuhren. Sie würden für die nächsten Wochen fast immer unterwegs sein, während Tabeas Assistent Jurij zusammen mit Krystina, David und den anderen *Bei Herta* in Berlin die Stellung hielt. Die Auftritte in den großen Städten sollten ihnen genug Schwung geben, um in der zweiten Phase »dahin zu gehen, wo es wehtut« – so hatte Tabeas Team die Route konzipiert. Wehtun sollte es überall dort, wo Corona den Strukturwandel noch verschärft hatte, wo seit dreißig Jahren die Leute wegzogen, wo man sich abgehängt fühlte und »Zukunft« für ein leeres Versprechen hielt oder wo man ganz einfach sehr gern unter sich war und keinen Bedarf an Neuer Langsamkeit sah. In der Lausitz, im Erzgebirge, im Duisburger Norden, in Freital kamen eher zweihundert statt zweitausend Anhängerinnen, dafür aber auch viele Leute mit Trillerpfeifen und »Haut ab!«-Rufen. Dass die Gräben nicht ganz einfach zwischen vermeintlich Rechts und Links verliefen, zeigte sich an einem späten Dienstagnachmittag in Schürvenich, einem kleinen Ort im rheinischen Braunkohlerevier, nicht weit vom Hambacher Forst. Vor der Bühne auf dem Marktplatz drängten sich viele Jugendliche aus dem FFF-Umfeld, auch Banner von *Ende Gelände* waren zu sehen, zugleich hatte die Gewerkschaft einige Dutzend Arbeiter aufgeboten, die mit Helmen und orange-blauen Overalls ein dichtes Spalier bildeten und für ihre Jobs demonstrierten, die sie durch FUTURE bedroht sahen.

Die Veranstaltung – *der Gig*, wie die Technikcrew es nannte – lief nach dem bewährten Muster ab: Jemand aus der FUTURE-Ortsgruppe begrüßte die Leute, dann sprach Kerim ein paar Worte, bevor der oder die örtliche Kandidat*in an der Reihe war. Heute Sung-Hyung Pak, eine Studentin, die für den Wahlkreis Düren antrat und eine flammende Rede gegen den Klimawandel hielt. Danach kam Coco als *Headlinerin* an die Reihe. Sie fasste sich wie immer recht kurz, damit Zeit für eine Diskussion blieb. Das Publikum konnte sich über eine Twitterwall beteiligen, aber sie hatten inzwischen gelernt, dass es gerade in ländlichen Gegenden mehr brachte, wenn sie sich einfach unters Volk mischten und direkt ins Gespräch kamen. Also sprach Coco ein Schlusswort und ging dann kurz hinter die Bühne.

»Du warst so wunderbar!«, sagte Tabea und reicht ihr eine Wasserflasche.

»Wir waren alle wunderbar, das ganze Team«, erwidert Coco, setzte an und trank. »Ihr seid alle wunderbar, vor allem du, Sung-Hyung.« Sie strahlte in die Runde und alle strahlten zurück. »Na los, nehmen wir ein Bad in der Menge.«

Während Kerim und Sung-Hyung bei den Jugendlichen vor der Bühne hängen blieben, bahnte sich Coco einen Weg zu den Arbeitern und fing den Blick eines jungen Mannes auf, der nicht viel älter sein konnte als sie selbst. Er sah sie unverwandt an und drückte den Rücken durch, als sie sich direkt vor ihn hinstellte. Sie waren beide ungefähr gleich groß und hatten auch dieselbe Frisur, soweit sein Helm und ihr Hut das erkennen ließen. Sie hätten ein ungleiches Zwillingspaar sein können. Wie bei einem Duell im Western bildeten die Umstehenden unwillkürlich einen Kreis, mehrere Leute zückten die Handys und filmten.

»Was hast du gegen meine Kinder?«, fragte er sie.

Coco fand es angenehm, dass er sie duzte. Zugleich wunderte sie sich, dass ein so junger Mann schon Kinder hatte und wie man überhaupt als junger Mensch auf die Idee kommen konnte, für einen Kohlekonzern zu arbeiten.

»Nichts«, sagte sie, »ich kenne deine Kinder ja gar nicht.«

»Du willst, dass sie mit einem arbeitslosen Vater aufwachsen«, sagte er.

»Ich will, dass sie auf einem lebenswerten Planeten aufwachsen«, entgegnete Coco. »Auf einem toten Planeten gibt es gar keine Jobs, nicht für dich und auch nicht für deine Kinder.«

»Ja, ja, blabla, das sagt ihr immer. Aber der Planet ist noch am Leben und wir brauchen eben unsere Jobs hier und jetzt. Du willst, dass die Braunkohle nicht erst in knapp fünfzehn Jahren endet, sondern sofort. Das heißt, dass wir ab übernächstem Jahr von Hartz IV leben. Weißt du überhaupt, was das bedeutet?« Seine Stimme war angenehm und ruhig und im Gegensatz zum Inhalt seiner Worte völlig frei von Aggression. »Kannst du dir in deinem Gutmenschenwolkenkuckucksheim auch nur annähernd ausmalen, was es für ein Kind heißt, von Hartz IV zu leben?«

»Ein zehnjähriges Kind hat pro Tag 4 Euro und 9 Cent für Essen und Trinken zur Verfügung«, antwortete Coco ebenso ruhig, »außerdem 14 Euro 90 pro Monat für Schuhe und 2 Euro 68 im Monat für Bücher. Jede und jeder weiß, dass sich der Staat hier total asozial verhält. Hartz IV ist nichts weiter als ein dicker Mittelfinger, den die Gesellschaft einem vors Gesicht hält, ein staatliches *Fickt euch!*. Darum tritt FUTURE für die Abschaffung von Hartz IV ein und für ein eigenes Kindergrundeinkommen.«

»Dann bin ich aber immer noch arbeitslos«, erwiderte der Mann.

»Wie heißt du eigentlich?«, fragte Coco.

»Robert. Meine Freunde sagen Bob zu mir.«

»Okay, Bob ...«

»Wir sind ganz sicher keine Freunde, du und ich.« Immer noch ganz ruhig, da war keine Wut in seiner Stimme, keine Nervosität in seinem Gesicht, als hätte er den Text vorher gelernt, als hätte ihn jemand dafür gecoacht. Unsinn, dachte Coco. Sie selbst hatte sich coachen lassen – aber darum musste sie das noch längst nicht anderen Menschen unterstellen.

»Okay, Robert«, setzte sie nochmals an. »Deine Firma kriegt in den nächsten Jahren runde zwei Milliarden Euro als Entschädigung für den Kohleausstieg. Unter anderem für entgangene Gewinne. Wir von FUTURE finden, dass das Geld nicht nur für die Eigentümer da sein darf, sondern für alle im Unternehmen. Wenn wir in die Regierung kämen, würden wir die Beschlüsse nachverhandeln. Wir wollen den Ausstieg sofort und wir wollen die Entschädigung daran knüpfen, dass deine Firma dir und deinen Kolleg*innen eine Umschulung bezahlt. Bei vollem Gehalt.«

»Und dann? Was passiert nach der Umschulung, wenn es keine Jobs mehr gibt?«

Inzwischen drängten sich immer mehr Leute um die beiden, auch Kerim, Tabea, Sung-Hyung und die anderen. Es herrschte gespannte Stille.

»Was würdest du denn überhaupt machen wollen?«, fragte Coco. »Wenn du einfach noch mal neu anfangen könntest? Du hast doch Ideen. Träume. Stell dir vor, du hättest dafür ... *Zeit.* Du könntest eine ganz neue Ausbildung machen, ein Studium meinetwegen – du könntest drei Jahre lang weiter dein ganz normales Gehalt kriegen, aber anstatt während dieser Zeit für eine sterbende Branche zu arbeiten, die das Sterben des Planeten beschleunigt, könntest du in derselben Zeit für dasselbe Geld in deine Zukunft investieren. Das tun, wovon du schon immer geträumt hast.«

»Das ist doch ...«

»Stell dir vor, du wärst noch mal in der zehnten Klasse und könntest dein Berufsleben noch mal von vorn planen. Was wäre dein Traum?«

»Koch. Ich ... wäre eigentlich gerne Koch geworden.«

Ein paar von Robert Kollegen lachten, aber das schien ihn nicht zu irritieren, er sah bloß Coco an.

»Nach unserem Plan könntest du das«, sagte sie. »Dir eine

Lehrstelle suchen und deinen Traumberuf leben, ohne dass du plötzlich nur noch ein Azubi-Gehalt hättest. Und wenn hier alles renaturiert wird, diese ganze Mondlandschaft vom Tagebau, wenn hier ein großer See entsteht und ein Ausflugslokal ... wer weiß?«

Robert wiegte den Kopf hin und her.

»Ich weiß, es ist schwer, aus dem Hamsterrad rauszukommen«, sagte Coco. »Immer diese Angst um den Job – die Kohlelobby will euch alle als Geiseln nehmen. Aber wir möchten, dass ihr Zeit bekommt. Neue Langsamkeit. Wie heißen deine Kinder?«

Überrascht sah er sie an.

»Paul und Änni.«

»Bitte grüß sie von mir, Robert.«

»Weißt du was?« Plötzlich lächelte er. »Kannst meinetwegen Bob zu mir sagen.«

Eine Stunde später, als sie in der Regionalbahn nach Köln saßen, hatte Benno sein Handyvideo vom Gespräch auf dem Schürvenicher Marktplatz hochgeladen. Und als sie später in den ICE nach Mannheim wechselten, trendete bereits der Hashtag *#braunkohlebob*. Sie hatten ein Sechserabteil für sich und tauschten sich über den Gig von vorhin aus.

»Der Typ war das Allerbeste, was uns überhaupt passieren konnte«, freute sich Kerim. »Absolut perfekt.«

»Ja«, meinte Coco, »fast ein bisschen *zu* perfekt.«

»Du hast eben dieses ganz besondere Charisma«, sagte Tabea. »Das macht was mit den Menschen.«

»Mmh«, brummte Coco, lehnte sich ans Fenster und vertiefte sich in ihr Handy, als checke sie weitere Netzreaktionen auf den Gig.

Tatsächlich aber checkte sie Maikel. Immer, wenn sie im

Rheinland unterwegs waren, berührte es sie unangenehm, als sei sie eine Besucherin im Museum ihres früheren Lebens. Ohne an der Museumskasse ein Ticket gekauft zu haben. Dass Maikel sie seit ihrer letzten Begegnung ghostete, verstärkte dieses Gefühl noch. Also er ghostete sie nicht im strengen Wortsinn, er war ja nicht plötzlich und grundlos aus ihrem Leben verschwunden wie ein Geist, vielmehr hatte er sehr klar und eindeutig Schluss gemacht. Aber seither kam er ihr tatsächlich wie ein Geist vor. Immer wieder hatte sie ihn angerufen, ohne dass er dranging. Er drückte sie nicht mal weg, er ließ es einfach klingeln, seine Mailbox war abgeschaltet. Er war auch nicht mehr bei Facebook oder Insta, hatte kein WhatsApp und kein Threema mehr, sie hatte schon überlegt, ob er sich vielleicht etwas angetan haben könnte. Aber irgendwer lud zwischendurch sein Handy auf, denn es tutete zumindest. Neulich hatte sie Lutz nach ihm gefragt, doch der hatte nur traurig mit den Achseln gezuckt und gemeint: »Er hat komplett den Kontakt abgebrochen. Angeblich soll er ein Praktikum machen, bei dieser Abendland Akademie, wo er mal einen Vortrag gehalten hat. Aber ich schnall das nicht. Kannst du dir Maikel als Nazi vorstellen?«

Konnte sie natürlich nicht. Aber vor zwei Jahren hätte sie sich auch nicht vorstellen können, mal Kanzlerkandidatin zu sein. Das Leben machte komische Sachen mit Menschen. Nicht mal Google wusste was. Alle Onlinespuren datierten aus der Zeit, bevor sie sich getrennt hatten.

»Machst du dir manchmal Sorgen um ihn?«, fragte Kerim.

Coco schrak hoch und bekam kurz Angst, er könne plötzlich ihre Gedanken lesen oder sie hätte vielleicht ihre Gedanken laut ausgesprochen, ohne es zu merken. Eine Art Liebeskummer-Tourette. Dann schnallte sie, dass es draußen fast dunkel war – er hatte das Spiegelbild ihres Handydisplays in der Fensterscheibe gesehen. Verärgert steckte sie das Handy weg.

»Sorry«, sagte er, »das war nicht fair. Du musst auch nichts dazu sagen. Es ist nur so, dass ich mich immer wieder mal frage, wer eigentlich im Januar der ZEITUNG den Tipp gegeben hat. Du weißt schon. Das mit den fünfhundert Euro.«

»Pfff«, machte Coco.

»Wer auch immer es war«, sagte Kerim, »wird womöglich auf eine neue Gelegenheit warten. Auf irgendeine Schwachstelle. Vielleicht ... können wir ihm irgendwie zuvorkommen.«

»Was redest du denn da für schwurbeliges Zeug.« Sie verzog das Gesicht.

Kerim wechselte einen kurzen Blick mit Tabea.

Tabea sagte: »Diese Leute, die uns hassen, spielen mit allen miesen Tricks. Diese ganzen Sharepics mit erfundenen Zitaten, meine ich. Die Gerüchte, dass du trans wärst. Oder dass du manisch-depressiv seist und dich demnächst umbringst ...«

Irgendjemand streut diese Gerüchte, überlegte Coco, irgendjemand aus dem Inner Circle. Sie schaute unwillkürlich zu Benno. Irgendwas an ihm weckte permanent ihr Misstrauen, ohne dass sie sich das erklären konnte. Trotzdem hatte sie während der letzten Monate noch ein paarmal mit ihm geschlafen und ihm hinterher jedes Mal wieder erklärt, dass es jetzt aber wirklich und unwiderruflich das letzte Mal gewesen war. Sie musste ihm gegenüber eigentlich kein schlechtes Gewissen haben, er war erwachsen und konnte selbst entscheiden. Andererseits war er eine Honorarkraft und sie war Parteichefin und Kanzlerkandidatin, natürlich gab es ein Machtgefälle, und wenn die Geschlechterrollen umgekehrt gewesen wären, würde sie diese Affäre moralisch verurteilen. Sie hatte also tatsächlich Gewissensbisse.

Vielleicht wollte sie die durch dieses Misstrauen einfach ein bisschen lindern. Vielleicht aber *wünschte* sie sich ja heimlich, dass Benno ein Verräter war, der alles torpedierte ... Vielleicht wünschte sie sich, dass bitte, bitte, *irgendjemand* alles torpedierte, dass es plötzlich irgendeinen Skandal gab, der mit einem Riesenknall die ganze Partei in Fetzen riss und das alles hier von jetzt auf gleich beendete. Gott, war sie plötzlich wütend! So wütend! Wütend auf die Leute um sie rum, die konnten nichts dafür, aber es war eben sonst gerade niemand da, auf den sie wütend werden konnte, und irgendwo musste sie ja wohl hindürfen mit ihren Aggressionen!

»Vielleicht bring ich mich ja wirklich um!«, platzte es aus ihr heraus. »Und vielleicht bin ich wirklich trans, na und? Hat hier irgendwer was gegen Transmenschen?«

Die anderen waren auf ihren Sitzplätzen wie versteinert und sahen Coco bestürzt an.

Gott, wie peinlich, Coco. Sie hatte noch das Echo ihres Ausbruchs im Ohr, aber schon bereute sie es unendlich.

»Niemand hat was gegen Transmenschen«, sagte Marta ruhig. »Die Partei ist voller queerer Leute, alle wissen das. Kein Grund, laut zu werden.«

»Tut mir leid«, murmelte Coco. »War nicht so gemeint. Ist nur der Stress.«

»Schon gut«, sagte Tabea. »Ich will auch gar nicht sagen, dass wir uns auf solche miesen Spiele einlassen sollten. Bloß will ich ebenso wenig, dass wir uns wehrlos in den sozialen Netzwerken abschlachten lassen.«

»Was auch immer.« Coco hatte sich gefangen und fühlte sich wieder ganz souverän. »Ich will überhaupt keine Spiele. Und vor allem keines, bei dem Maikel mitspielt. Keine Ahnung, was der treibt, wie es ihm geht, was er eigentlich denkt – aber kein Mensch dreht sich in ein paar Monaten um hundertachtzig Grad.«

»Es gibt genug Leute, die mal ganz links waren und jetzt ganz rechts sind«, wandte Kerim ein. »So was kommt einfach vor, aus welchen Gründen auch immer. Ich will damit auf keinen Fall sagen, dass …«

»Dann sag es halt nicht«, brummte Coco, fummelte ihre Earbuds aus der Jackentasche und stopfte sie sich in die Ohren. »Wenn ihr erlaubt, ich brauch mal 'ne halbe Stunde für mich.«

Es gab nicht mehr viele solcher halben Stunden. Wahlkampf war, wie das Wort ja schon sagt: Kampf. Vor allem ein Kampf gegen die eigene Müdigkeit, dachte Coco manchmal, ein Kampf nicht nur *um* die Aufmerksamkeit der anderen, sondern *mit* der eigenen Aufmerksamkeit, die leider nicht ohne Limit war. Vor jedem nächsten Gig versuchte sie, sich zumindest ein bisschen für die jeweiligen FUTURE-Leute vor Ort zu interessieren, Jurij hatte eine Art Dossier für Coco angelegt, aus dem sie für die Gespräche mit den Kandidat*innen immer ein paar Stichpunkte auswendig lernte: Özge Ergün hatte letztes Jahr Abi gemacht und war für die Bundestagswahl vorzeitig von ihrem Auslandsjahr in Südamerika zurückgekommen, Henrietta Odukoya hatte schon als Jugendliche über Rassismus gebloggt, Samira Hafiz war Salafismus-Aussteigerin und trat für islamischen Feminismus ein, Tim Landberg hatte mal im Jugendknast gesessen und war jetzt Lehrer für Deutsch und Philosophie … Es war wie kurzfristiges Hochdrucklernen an der Uni, wo du nach der Klausur alles sofort wieder vergisst, denn am nächsten Tag wusste Coco oft schon nicht mehr, mit wem sie da am Abend zuvor auf der Bühne gestanden hatte, weil sie bereits in einer neuen Stadt war und sich auf neue Leute konzentrieren musste. Es war ein unendlicher Strom von Gesichtern.

Zwischendurch schickte Jurij die neuesten Umfragezahlen. Und David leitete Interviewanfragen weiter.

»Frau Frahm, laut aktueller Sonntagsfrage könnte FUTURE zwölf Prozent der Wählerstimmen bekommen, womöglich haben Sie eine echte Regierungsoption. Die Leute wollen natürlich wissen: Würden Sie eher mit Union und Grünen zusammen einen CDU-Kanzler unterstützen oder eher mit Grünen, SPD und Linken einen grünen Bundeskanzler?«

»Wir wollen selbst so stark wie möglich werden«, war Cocos Standardantwort. »Und danach schauen wir, mit welchen Partner*innen wir unsere Ideen umsetzen können.«

»Das heißt also, dass Sie sich wirklich ernsthaft Hoffnungen aufs Kanzleramt machen? Man vergleicht Sie ja bereits mit den Regierungschefinnen von Neuseeland und Finnland.«

»Ja, warum eigentlich? Weil es junge Frauen sind? Das sagt doch nichts über die Inhalte der Politik aus. Von mir aus können Sie mich auch mit Bernie Sanders vergleichen.«

»Nun, immerhin sehen viele Menschen Sie als Sprachrohr Ihrer ganzen Generation ...«

»Und genau das bin ich eben nicht. Wir glauben, dass jeder einzelne Mensch eine eigene, unverwechselbare Stimme hat. Deshalb brauchen wir gar keine Sprachrohre, wir brauchen die Stimme jeder einzelnen Person.«

»Ihre Gegner hingegen sehen FUTURE als Teil einer abgehobenen Elite, die den einfachen Menschen das Autofahren und Fleischessen verbieten will und vom Alltag der kleinen Leute keine Ahnung hat ...«

»Unlängst wollte mich die ZEITUNG grillen, weil ich letztes Jahr vollkommen pleite war und fünfhundert Euro nicht in die Parteikasse abgeführt habe. Abgehoben ist ja wohl was anderes. Ich komme aus einer Arbeiterstadt und weiß genau, wie sich das sogenannte normale Leben anfühlt. Diese angebliche abgehobene Elite wurde erfunden von den Leuten, deren Hauptproblem es ist, dass ihr Dritt-Ferrari nicht mehr in die Doppelgarage ihrer Zweit-Villa passt. Diese Menschen haben Angst, dass irgendwann die sogenannten kleinen Leute dahinterkommen, dass

Geld und Macht und Chancen in diesem Land extrem unfair verteilt sind.«

»Das wollen Sie angeblich ändern, indem Sie per Grundgesetz verbieten möchten, Grundstücke der öffentlichen Hand zu verkaufen?«

»Ja. Wir können aus dem Immobilienwahn nur aussteigen, wenn wir Boden und Gebäude trennen. Nach unserer Meinung sollten Grundstücke nur noch in Erbpacht vergeben werden. Jetzt mal ernsthaft – die Idee, dass der Boden, also diese Erde, auf der wir leben, dass die nicht allen gemeinsam gehört, sondern einzelnen Personen, also dass man den Boden kaufen und verkaufen kann – das ist doch eigentlich völlig absurd, wenn man mal unvoreingenommen darüber nachdenkt, oder?«

+++ Hauseigentümer aufgepasst: Coco Frahm plant beispiellose Enteignungswelle! +++ Vermögensberater warnen: Wenn FUTURE an die Regierung kommt, werden Zigmilliarden Euro ins Ausland abwandern! +++ Skandal in der Frauenfußballbundesliga: Spielerin von Bayer Leverkusen zeigt bei Torjubel T-Shirt mit FUTURE-Logo +++ »Wir wählen Coco!« Diese TV-Stars bekennen sich öffentlich zu FUTURE +++ Lässt er sich von bunten Träumen einlullen? – Robert Wissem (27) alias Braunkohle-Bob im exklusiven Interview +++ Wenn am Sonntag Bundestagswahl wäre: FUTURE laut Umfragen bei 17 % +++ CDU-Präsidium: Zusammenarbeit mit FUTURE nicht von vornherein prinzipiell ausschließen +++ Campino: Ist sein Neuer Hosen-Hit eine heimliche Liebeserklärung an Coco Frahm? +++ Wirtschafts-Weise: »Neue Langsamkeit« als Chance für nachhaltigen Wohlstand? +++ Völlig gaga: Jeder dritte Deutsche kann sich Coco Frahm als Bundeskanzlerin vorstellen +++ »So jung, wie man sich fühlt«: Diese irren Promi-Senioren unterstützen FUTURE +++ Seniorenvertreter warnen vor FUTURE: »Öko-Jugend-Diktatur wird uns allen den Mund verbieten.« +++ Zusammenstöße bei FUTURE-Kundgebung: 7 Festnahmen +++ Umfragen: FUTURE kratzt an 20 %-Marke +++ Umfragen: Fast jeder Zweite wünscht sich Coco als Kanzlerin +++ Feiertagswetter: Ostersonntag bis zu 30 Grad erwartet +++

■

»Sie ist wie die Borg«, sagte Maikel dumpf. »Kennen Sie Star Trek, Herr Posch? Die Borg sind eine Rasse kybernetischer Wesen, die ein einziges Kollektiv miteinander bilden. Egal, mit welcher Waffe Sie auf die Borg schießen – die assimilieren einfach Ihre Feuerkraft und werden dadurch selber nur noch stärker.«

»Wir werden Ihre Freundin festnageln«, sagte Posch und lächelte. »Morgen ist Karfreitag – ein guter Tag, um eine vermeintliche Erlöserin aufs Kreuz zu legen. Ich habe vorhin Kontakt zu unserem Freund bei der ZEITUNG aufgenommen.«

»Mit welchem Thema denn diesmal? Die Sache mit den fünfhundert Euro ist ja eher nach hinten losgegangen.«

»Das hier hat ein anderes Kaliber«, meinte Posch und drehte den Bildschirm seines Computers so, dass Maikel ihn sehen konnte. »Diese E-Mails hat uns jemand zugespielt, der unsere Sache unterstützen möchte.«

»Von Kerim Makkawi?« Maikel überflog die Zeilen und runzelte die Stirn. »Das ist … unglaublich. Sicher, dass das kein Fake ist?«

»Das zu überprüfen ist nicht unser Job, das muss die Redaktion der ZEITUNG tun. Und selbst wenn es am Ende nicht echt ist – irgendwas bleibt doch immer hängen. Haben Sie gewusst, dass jedes Mitglied der Antifa für jede Teilnahme an einer Demo 45 Euro bekommt?«

Maikel musste lachen.

»Sorry, Herr Posch, aber jedes Kind weiß, dass das ein Hoax ist. Demo-Gehälter sind eine Erfindung. Und die Antifa ist ja keine Organisation im eigentlichen Sinn, sie hat überhaupt keine Mitglieder.«

»Ja, ja, das wird immer behauptet. Doch was können wir denn wirklich wissen? Weder die eine noch die andere Behauptung lässt sich ohne jeden Restzweifel widerlegen. Und solange das so ist, können beide wahr sein.«

Maikel dachte an das, was Posch von seinem damaligen Job bei der Stasi erzählt hatte.

Operative Psychologie. Zersetzung.

»Sie haben sich diese E-Mail nicht zufällig selber zugespielt?«, fragte er herausfordernd.

Eigentlich eine Unverschämtheit, so mit seinem Chef zu sprechen, aber er wollte plötzlich wissen, mit wem er es hier eigentlich zu tun hatte.

Anstatt sich über Maikels forsche Frage zu ärgern, lächelte Posch nur und sagte: »Kümmern wir uns nicht um nebensächliche Details. Erinnern Sie sich? Es geht um die Welt, wie wir sie sehen. Es ist unerheblich, ob die Mail echt ist oder nicht. Die Haltung dieser Leute spiegelt sie in jedem Fall wider.«

■

Das Sonnenlicht tröpfelte durch die Ritzen der Jalousie und tupfte helle Punkte auf das gerahmte Foto von dem Baum im Volksgarten. Coco lag zum ersten Mal seit Ewigkeiten in ihrem eigenen Bett in ihrer Kölner WG. Es war Karfreitag, sie hatten sich bis Ostermontag eine Auszeit verordnet. »Du kannst nicht 24/7-mäßig die Neue Langsamkeit predigen, ohne dich selbst ad absurdum zu führen«, hatte Kerim gesagt. Eine Pause musste sein, selbst mitten in der heißen Phase des Wahlkampfes. Tabea war mit Aljoscha an die Ostsee gefahren und Coco wollte am Ostersonntag ihre Familie besuchen, aber vorher doch noch einmal das Alleinsein ausprobieren. Sie hatte sich irgendein Mantra zusammengegoogelt, das sie nun vor sich hin brabbelte, ohne auf die Worte zu achten, die sie da murmelte. Sie spielten keine Rolle, es war bloß wichtig, dass weder die Worte *FUTURE* noch *Wahl* noch *Maikel* drin vorkamen. Sie lag da und atmete den leicht abgestandenen Geruch der Laken ein, als wäre dies das Bett einer anderen, als sei sie heimlich in eine fremde Wohnung eingestiegen.

Als das Handy klingelte, brauchte sie eine Weile, bis sie sich umdrehen und aufs Display schauen konnte. Marta Méndez. Eigentlich war es echt schön, eine Alliteration im Namen zu haben. Wenn Coco mal Kinder kriegte, könnte sie sie ja Fritzi und Frieda nennen. Oder Frodo. Frodo Frahm. Aus dem Auenland herausgerissen und auf eine völlig wahnwitzige Heldenreise geschickt, mit minimaler Überlebenschance. Das Klingeln hörte auf und ging sofort von vorne los. Wie oft klingelt es eigentlich, bis die Mailbox anspringt? Konnte man bestimmt irgendwo einstellen, darüber hatte Coco noch nie nachgedacht. Interessant. Sieben, Neun, verzählt. Das Klingeln hörte auf. Wann fing es wieder an? Gar nicht. Eine Nachricht ploppte auf, von Marta, Coco sah die ersten Worte im kleinen Vorschaufenster: *Bitte ruf mich sofort an, es ist extrem …*

Coco stellte sich vor, das wäre ein Lückentext. Ist es a) extrem lustig, b) extrem dringend, c) extrem extrem oder d) extrem gleichgültig?

Sie konnte sich nicht erinnern, jemals zuvor in ihrem Leben von einer solchen Lähmung erfasst gewesen zu sein. Sie konnte sich nicht erinnern, jemals überhaupt gelebt zu haben. Was hatte sie eigentlich den ganzen Tag gemacht, bevor sie zu FUTURE kam? Was hätte sie denn früher an einem Karfreitag gemacht?

Ich muss aufstehen.

Ich muss pinkeln.

Ich muss mir die Zähne putzen.

Ich muss Marta anrufen.

Ich heiße Constanze Frahm, ich bin vierundzwanzig Jahre alt und ich kandidiere für den Deutschen Bundestag. Meine Hobbys sind Basketball, Bouldern und Lesen, mein Lieblingsessen ist Pizza Frutti di Mare.

Ich werde jetzt dieses Handy nehmen und auf Martas Nachricht tippen.

Marta hatte ein PDF angehängt. Coco lud es herunter. Die Kopie einer E-Mail von Kerim.

Empfänger: Robert Wissem.

Robert aka Braunkohle-Bob.

Hi Bob,
morgen sehen wir uns wie vereinbart in Schürvenich. Ich hoffe, du kannst deinen Text. Wenn alles gut läuft, hast du übermorgen schon dein Geld. Ich zähle auf dich.
Viele Grüße
Kerim

PS: Coco weiß von nichts, ich habe sie nicht eingeweiht, damit sie ganz authentisch rüberkommt.

Das Handy glühte mit mindestens tausend Grad Celsius und brachte die Haut ihrer Handfläche zum Kochen, noch Minuten nachdem sie es losgelassen und in die Ecke geworfen hatte.

11

Coco braucht einen Augenblick, um zu begreifen. Maikel hat dieses Fläschchen auf den Tisch gestellt und dann zwei Schritte rückwärts gemacht. Sein Atem geht auf einmal ganz flach wie nach einem Marathon. Wie bei einem, der vor dem Ziel aufgegeben hat, weil er einsehen musste, dass er es nicht schaffen wird.

Sie greift nach dem Fläschchen und dreht es hin und her.

»Ist das ein Schlafmittel oder so was?«

»Man verwendet es auch in der Sterbehilfe«, sagt Maikel. Seine Stimme bebt.

Worte krabbeln durch ihr Rückenmark. Das Weinglas ...

»Sie haben dich geschickt, um mich zu töten!«

Der Satz hängt absurd zwischen ihnen in der Luft.

»Du wolltest mich töten?«

Er weicht noch einen Schritt zurück.

»Sag es!«, schreit sie. »Du wolltest mich töten?«

»Einen Augenblick lang«, flüstert er, »ja.«

»Das ...« Gott, was geht hier ab?

Sie muss weg, raus hier, sie steht näher an der Tür als er, aber wo ist der Autoschlüssel? Sie kann schnell zur Treppe und nach oben, sich verbarrikadieren und die Polizei rufen, aber wo ist das Handy?

Und warum spürt sie in Wahrheit gar keine Angst vor ihm?

Da steht er, sie haben ihn geschickt, er soll sie töten, und alle Alarmglocken schrillen, aber jemand hat den Ton abgestellt – man sieht, dass es einen Alarm gibt, hört es aber nicht.

»Wieso?«, fragt sie. »Wieso, Maikel? Weil ich dich so tief verletzt habe? Oder weil du wirklich an diese Abendland-Kacke glaubst und mich jetzt auch für eine Volksverräterin hältst?«

»Ich habe an FUTURE geglaubt.« Maikel schluckt. »Ich war der Krieger und du warst meine Königin. Noch vor einem Jahr wäre ich bereit gewesen, im Zweifel jemanden für dich zu töten. Heute war ich stattdessen bereit, *dich* zu töten.«

»Weil ich dich verraten habe.«

»Nein.« Er lächelt traurig. »Ich mich selbst. Ich hatte mir eine Rolle eingeredet, die gar nicht meine war. Dieses ganze Gender-Gelaber von mir, ich wollte das Mann-Sein neu erfinden, aber warum? Im Grunde doch nur, um ein Held zu sein. Ich wollte für dich in den Krieg ziehen gegen all diese Nazi-Orks, die dich im Internet dissen. Voll toxisch. Paradox. Nachdem ich bei FUTURE versagt hatte, wollte ich mich beim Abendland-Projekt noch mal ganz neu erfinden. Aber auch da habe ich jetzt versagt. Alles dreht sich in einem ewigen Kreis.«

»Versagt …«, wiederholt sie. »Weil ich noch lebe? Weil ich hier vor dir stehe? Das ist dein Versagen? Gott, Maikel, du müsstest dir mal zuhören. Ich dachte, *ich* wäre völlig fertig und komplett matschig im Kopf. Aber du hörst dich noch viel fertiger und matschiger an.«

»Ja. Ich glaub, das bin ich auch.«

»Warum hast du dich im letzten Moment dagegen entschieden? Warum hast du das Glas umgeworfen, bevor ich trinken konnte?«

»Weil ich Gott sei Dank im letzten Augenblick zur Vernunft gekommen bin.«

Vernunft.

Ja. Sehr vernünftig von ihm.

Scheiß auf Vernunft. Ihre Fingerspitzen prickeln.

Sie schraubt den kleinen Deckel ab und schnuppert.

»Riecht gar nicht«, sagt sie. »Und sieht total harmlos aus.«

Ihre Fingerspitzen wissen es besser, sie sind eiskalt. Die Flüssigkeit im Fläschchen vibriert. Ihre Haut kribbelt überall. Da ist keine Angst, eher Neugierde, diese Aufregung, wenn man etwas zum allerersten Mal tut. Erster Schultag, erstes Match, erstes Mal in der Kletterhalle, erster Sex, erstes Mal Kanzlerkandidatin ...

Es gibt erste Dinge, die man nur ein einziges Mal tut.

Alles ordnet sich plötzlich, alles ergibt Sinn, ja natürlich, das ist eine Fügung ... Maikel ist hier, weil sie ihn gerufen hat ... Sie konnte das nicht wissen, aber unbewusst vielleicht doch ... Sie hat ihn gerufen, damit er ihr das hier bringt ... Es ist ein Geschenk ... Sie riecht noch einmal daran.

Sie fragt: »Man schüttet es einfach in den Wein und trinkt, macht es sich auf dem Sofa bequem und ...?«

»Denke schon ...« Er sieht sie zweifelnd an, dann streckt er die Hand aus. »Wir kippen es einfach ins Klo, okay?«

»Weißt du was?« Sie hält das Fläschchen über ihr Glas. »Ich nehme es.«

»Nein!«, ruft er und will danach greifen.

Sie zieht die Hand weg. Eine Idee blitzt auf.

»Oder wir nehmen es beide«, sagt sie. Ja, das ist es! »Wir nehmen es beide zusammen. Du und ich. In Ewigkeit. Romantisch. Ein Mythos. Wäre das nicht erhaben?«

Maikel erstarrt.

Maikel, das Gespenst.

»Du bist ja vollkommen ...«

■

An jenem Küchentisch, auf dem sie es mit Kerim getrieben hatte, saß Coco nun an diesem Karfreitag und wartete, dass auf dem Bildschirm ihres Laptops die Gesichter der anderen erschienen. Marta hatte das Videomeeting einberufen, sie saß auf dem Sofa ihrer Eltern in Nürtingen und winkte in die Kamera. Coco winkte zurück und fühlte sich seltsamerweise besser als vorhin. Eigentlich hätte die Kopie dieser Nachricht von Kerim an Braunkohle-Bob sie endgültig paralysieren müssen, stattdessen hatte der Schreck sie aus dieser mysteriösen Lähmung überhaupt erst herausgerissen.

Krystina tauchte auf, winkte in die Runde und fragte: »Hat irgendjemand von euch Kerim erreicht?«

Coco und Marta schüttelten die Köpfe, Coco meinte: »Hab ihm zweimal auf die Mailbox gesprochen.«

»Ich dreimal«, ergänzte Marta. »Und hab ihm den Link zum Meeting geschickt, vielleicht taucht er gleich auf.«

Tabea schaltete sich zu. Als ihr Bild sichtbar wurde, sah Coco im Hintergrund eine flache Landschaft vorbeifliegen.

»Wo bist du? Sitzt du im Zug?«

»Ja, bin auf dem Weg nach Berlin«, antwortete Tabea. »Ich dachte, irgendjemand von uns sollte auf jeden Fall die Zentrale besetzen, wir wissen ja nicht, was da noch kommt.«

»Wolltest du dir nicht endlich mal eine winzig kleine Auszeit mit Aljoscha gönnen?«, fragte Krystina. »Der Arme ist doch bestimmt total enttäuscht, dass du gleich am zweiten Tag nach Berlin abhaust.«

»Spielt keine Rolle mehr«, meinte Tabea knapp.

»Was soll das heißen?«, fragte Coco.

»Er meinte, wenn ich jetzt gehe, bräuchte ich gar nicht mehr wiederzukommen«, sagte Tabea. »Weder zurück in den Urlaub noch in seine Berliner Wohnung.« Sie zuckte mit den Achseln. »Er hat eh nie verstanden, um was es bei FUTURE geht.«

Coco wollte etwas darauf erwidern, da öffnete sich ein weiteres Fenster und Gizems Gesicht tauchte auf. »Mädels, was macht ihr nur wieder für Sachen?«

»Wir? Bitte? Es geht um Kerim«, schimpfte Tabea. »Wir kriegen ihn bloß nicht ans Telefon. Sein Handy ist aus oder im Flugmodus oder liegt auf dem Grund der Spree, was weiß ich.«

»Auch ein Parteivorsitzender darf mal sein Handy ausschalten«, meinte Gizem. »Immerhin ist Feiertag.«

»Anscheinend nicht, oder?«, fragte Marta. »Die ZEITUNG gibt uns bis 15 Uhr Zeit, zu dieser Mail Stellung zu nehmen. Ich würde ihnen gerne schreiben, dass es sich um eine Fälschung handelt und dass Kerim bereits Anzeige gegen Unbekannt erstattet hat. Aber dafür wär's gut, zumindest mal kurz mit ihm zu sprechen.«

»Aber wenn das keine …«, begann Krystina und stockte. »Also wenn wir ihn nicht erreichen, was tun wir dann? Wir könnten der ZEITUNG natürlich sagen, dass wir für eine Stellungnahme mehr Zeit brauchen. Aber das nehmen die vielleicht direkt als eine Art Schuldeingeständnis.«

»Und wenn wir es machen wie beim letzten Mal?«, fragte Coco. »Wir veröffentlichen diese Anfrage der ZEITUNG und prangern an, dass sie wieder eine Kampagne gegen uns starten?«

»Damals wussten wir immerhin, was Sache war«, wandte Marta ein, »denn du hast es ja sofort zugegeben.«

»Diesmal wissen wir auch, was Sache ist.« Coco wurde laut. Die anderen griffen sich unwillkürlich an ihre Headsets, weil Cocos Stimme in ihren Ohren schepperte. »Oder hat eine von euch auch nur den leisesten Zweifel daran, dass diese Mail ein Fake ist?«

Die anderen schwiegen.

»Natürlich ist das ein Fake«, sagte Marta schließlich. »So einen

Mail-Header nachzubauen ist nicht schwierig. Jemand muss Kerims Adresse geleakt haben.«

Benno. Vielleicht gab es gar keinen Leak. Vielleicht kam die Mail aus dem Herta-Hillmann-Haus selbst. Nee, sie hatte nicht den geringsten Anhaltspunkt für diesen Verdacht.

»Wie ich das sehe, können wir im Moment nichts tun außer abzuwarten«, meinte Tabea. »Wenn Kerim sich nicht bis heute Nachmittag zurückmeldet, lassen wir die Frist verstreichen. Niemand kann davon ausgehen, dass unser Büro am Karfreitag besetzt ist.«

»Aber davon, dass alle Presseanfragen sofort an mich weitergeleitet werden«, sagte Marta. »Die sind nicht ganz blöd.«

»Aber die haben sowieso deine persönliche Mailadresse«, wandte Gizem ein. »Stattdessen haben sie ans Büro geschrieben – wahrscheinlich sogar in der Hoffnung, dass wir uns nicht zurückmelden. Genau wie sie es im Januar gemacht haben, als wir bis Mitternacht antworten sollten. Die wollen kein Statement von uns, die wollen nur schreiben: *Weder Kerim Makkawi noch jemand anderes von FUTURE war zu einer Stellungnahme bereit.* Das klingt dann, als hätten wir uns gedrückt, weil die Vorwürfe wahr sind.«

»Und warum sagen wir der ZEITUNG nicht einfach, was wir ihr sowieso sagen wollen?«, fragte Tabea. »Dass die Mail nicht von Kerim stammt und er Anzeige erstattet?«

»Weil wir es von ihm hören müssen«, sagte Coco entschieden.

Marta und Krystina nickten.

Tabea raufte sich die Haare und fragte: »Wer macht überhaupt so was?«

»Wer hat denn im Januar die Geschichte mit Cocos TV-Honorar verraten?«, gab Marta zurück.

Coco hatte das Gefühl, alle würden sie anblicken. Dummerweise ließ sich bei diesen Videomeetings aber nie sehen, wer gerade wen anschaut. Damals, als sie Maikel zum ersten Mal begegnet war, hatte sie ihn minutenlang einfach nur angeschmachtet, ohne dass es ihm oder sonst wem aufgefallen wäre. Jetzt sprach niemand seinen Namen aus, weder im Januar noch heute, obwohl alle, die Maikel kannten, ihn natürlich im Verdacht hatten. Es war wie ein finsteres Familientabu. Hatte Maikel Kerims private Mailadresse? Vermutlich schon, von damals, aus der Anfangszeit von FUTURE, da hatte Coco ihm manchmal Sachen weitergeleitet aus einem offenen Verteiler, als die privaten Adressen noch nicht geheim waren. Aber gerade weil es vor zwei Jahren noch diese großen Verteiler gab, konnten eben auch alle möglichen anderen Leute diese Adresse besitzen.

War alles nebensächlich. Kerim musste sich endlich melden, der Arsch, wahrscheinlich fickte er sich gerade durch sämtliche Betten seines Bekanntenkreises und … Gott, Coco, hör auf damit.

Sie fuhr sich mit beiden Händen durchs Gesicht. Dann kam ihr eine Idee.

»Ich wüsste gern, was Robert dazu sagt. Ihr wisst schon, Braunkohle-Bob. Ob wir den irgendwie erreichen könnten? Ein paar Zeitungen haben über ihn geschrieben, mit seinem vollen Namen, das müsste doch rauszukriegen sein.«

»Guter Gedanke«, sagte Tabea. »Ich ruf Jurij an, er soll sich dahinterklemmen.«

»Okay, mehr können wir im Moment nicht tun«, stellte Gizem fest. »Lasst uns einfach heute Nachmittag nochmals sprechen, ja? So gegen vierzehn Uhr dreißig? Hoffen wir, dass wir bis dahin ein Lebenszeichen von Kerim haben.«

»Gut. Bis später dann.«

»Jep, bis dann.«

»Schönen Feiertag noch, euch allen!«

»Haha, witzig.«

Marta, Krystina und Gizem verließen die Sitzung, nur Tabea und Coco blieben noch.

»Warte kurz«, sagte Tabea, »ich wollte noch mit dir allein sprechen.«

»Ich auch mit dir«, antwortete Coco. »Ich würde am liebsten mit dir schimpfen, dass du einfach so deine Beziehung geopfert hast. Ich bezweifle, dass es das wert ist ... glaub mir, ich weiß, wovon ich spreche.«

»Ja, genau, du weißt es. Und darum weißt du auch ganz genau, dass es das sehr wohl wert ist. Ich bin bereit, hundert Prozent zu geben, und du auch. Und wenn sich rausstellt, dass diese Mail doch kein Fake ist ...«, Tabea blickte sich kurz um und senkte die Stimme, »dann muss er weg. Sofort.«

»Wer? Kerim?«

»Dann muss er noch heute zurücktreten.«

»Die Mail ist nicht echt.«

»Es darf nichts mehr geschehen, was dich beschädigt«, flüsterte Tabea.

»Die Mail ist nicht echt«, wiederholte Coco.

»Ich mein ja nur.«

»Klar. Aber komm mal runter, okay?«

»Am 9. Mai komm ich runter«, sagte Tabea. »Bis dahin gebe ich hundert Prozent Vollspeed. Genau wie du.«

»Ja, dazu ... Ich hatte heute Morgen ein echt komisches Erlebnis, das ... aber davon erzähle ich dir lieber persönlich. Ich mach mich nachher auf den Weg zu dir.«

»Du willst nach Berlin kommen? Solltest du nicht deine Familie besuchen? Außerdem hab ich vor, in deinem Bett in der Zentrale zu schlafen, ich kann ja jetzt nicht mehr in Aljoschas Wohnung.«

»Schlaf du ruhig in meinem Bett. Es sind ja noch Matratzen irgendwo, ich bring einen Schlafsack mit.«

»Findest du nicht, es reicht, wenn ich *Bei Herta* die Stellung halte? Du musst nicht extra kommen. Vielleicht ist die Sache schon heute Abend ausgestanden.«

»Ich weiß. Ich komme trotzdem. Irgendwie kann ich gerade nicht gut allein sein. Zu meinen Eltern kann ich am Sonntag immer noch.«

Zwei Stunden später saß Coco im Zug und fühlte die Blicke der anderen Fahrgäste. Fast wünschte sie sich die Maskenpflicht der Coronazeit zurück, denn damit hätte sie sich gut verstecken können. Im Gegensatz zu Tabea, die vorhin in einem fast leeren Abteil gesessen hatte, war sie von Menschen umringt, darum schloss sie sich für das nächste Videomeeting um halb drei in der Toilette ein. Leider gab es nicht viel zu besprechen, denn noch immer hatten sie nichts von Kerim gehört außer der knappen Ansage seiner Mailbox.

Tabea plädierte nochmals dafür, ein Dementi zu veröffentlichen und klarzustellen, dass die Mail von einem Betrüger gefälscht worden sein müsse. Marta und Krystina waren dagegen.

»Auch Pressesprecherinnen sind der Wahrheit verpflichtet«, sagte Marta, »das ist journalistischer Standard. Wenn wir nicht zu hundert Prozent ausschließen können, dass an der Sache was dran ist, können wir nicht dementieren. Wenn wir hinterher zurückrudern müssten, wäre der Schaden bloß noch größer.«

»Dann antworten wir am besten gar nicht, sondern stellen uns tot bis morgen früh«, meinte Gizem. »Ist sowieso ein Unding, dass die Redaktion an Karfreitag arbeitet, wo sie doch angeblich christlich-abendländische Werte verteidigen. Hoffen wir einfach, dass wir morgen klüger sind.«

Stille.

»Coco?«, fragte Marta. »Wie entscheidest du?«

Coco erschrak. Sie musste was sagen, sie war die Vorsitzende. Diese Runde war schließlich kein Parteigremium, das demokratisch abstimmte, sondern die Arbeitsebene, das Backoffice – und sie war die Chefin.

»Können wir so machen«, sagte sie schließlich.

»Vielleicht haben wir ja Glück«, sagte Marta. »Es ist wie ein Pokerspiel. Kann sein, dass die ZEITUNG sich nicht traut, ohne unsere Stellungnahme mit dem Thema rauszugehen. Hängt davon ab, wie sicher sie sich mit ihrer Quelle sind. Wer auch immer ihre Quelle ist.«

Offenbar war die ZEITUNG sich tatsächlich ziemlich sicher. Kurz nach halb vier erschien auf ZEITUNG-online ein Riesenaufmacher: *Böse Propaganda-Lüge bei FUTURE: Ist Braunkohle-Bob nur ein bezahlter Schauspieler?*

Coco hatte das Gefühl, jede*r in diesem Zugabteil würde sie empört anglotzen, während sie den Artikel überflog. Die Mail wurde groß abgedruckt, wobei die ZEITUNG betonte, dass es für die Echtheit des Dokuments keinen Beleg gebe und weder Kerim Makkawi noch Robert Wissem aka Braunkohle-Bob für eine Stellungnahme zu erreichen gewesen seien. Sie stellten auch keinerlei Behauptungen auf, sondern verpackten alles in Fragen: *Wollte sich FUTURE die Sympathien der einfachen, ehrlich arbeitenden Menschen erschleichen? Wie viele falsche Aktivisten stehen noch auf der Gehaltsliste von FUTURE? Woher stammt das Geld? Hat Makkawi Kontakte zu islamischen Organisationen? Ist Coco Frahm wirklich so ahnungslos, wie sie hier dargestellt wird?*

Das ärgerte sie fast am meisten. Die E-Mail, egal ob sie echt war oder nicht, zeichnete ein Bild von Kerim als gewieftem Strippenzieher und von Coco als unbedarftem Püppchen, eine Pappfigur auf dem Spielbrett der Politik. *Hübsches Aushängeschild.*

Gott, Maikel …

■

Er saß an einem alten Holztisch im Garten der Akademie und las auf dem Handy den Artikel der ZEITUNG über Kerim und Braunkohle-Bob. Seit im Herbst auf einem Hügel in der Umgebung ein Funkmast installiert worden war, lag Zscheproda nicht mehr im Funkloch, der Handyempfang war tadellos. Irgendwie schade, fand Maikel, denn ein Stück Weltferne ging diesem Ort dadurch verloren.

»Ach, Sie sind noch hier?« Posch näherte sich. »Darf ich mich zu Ihnen setzen?«

Er zog sich einen Stuhl heran und zündete sich eine Zigarette an.

»Die haben das wirklich gebracht«, sagte Maikel. »Die pokern ganz schön hoch, oder?«

»Offensichtlich vertrauen sie der Quelle«, meinte Posch. »Immerhin ist es dieselbe Quelle, aus der die Information über die Unterschlagung der 500 Euro stammte – und diese Information hat sich ja als zutreffend erwiesen.«

»Und die verwendete Mail-Adresse scheint ja auch richtig zu sein«, sagte Maikel und musterte seinen Chef.

Wenn Posch selbst diese Mail gefälscht hatte – war er zu diesem Zweck in Maikels Laptop eingedrungen? Jedenfalls gab es diese Adresse in seinen Kontakten. Oder Posch hatte einen Maulwurf bei FUTURE. Im Geiste ging er rasch die Gesichter durch, die er noch vor Augen hatte, aber das brachte nichts, denn Tabea hatte offensichtlich eine richtige Parteizentrale aufgebaut, und von den ganzen Leuten kannte er niemanden. Er war komplett raus aus allem. Trotzdem erinnerte er sich gut genug an Kerim, um zu wissen, dass der Typ nicht so blöd sein konnte, einen derart kapitalen Fehler zu begehen.

»Kürzlich sagten Sie, solche Behauptungen wie die über die Antifa ließen sich nicht ohne Restzweifel widerlegen. Was aber wäre, wenn die besagte Mail tatsächlich eine Fälschung ist und wenn herauskäme, *wer* sie gefälscht hat – dann gäbe es vermutlich keinen Restzweifel mehr.«

»Guter Gedanke. Aber ich glaube nicht, dass das passieren wird. *Wenn* die Mail denn überhaupt gefälscht wäre. Lassen Sie uns einfach mal davon ausgehen, dass sie echt ist.« Posch lächelte. »Schließlich steht es in der ZEITUNG.«

■

»Und ich war einfach völlig paralysiert.« Coco hob ihre Hände, als wären da noch Spuren ihrer Lähmung zu sehen. »Ich konnte nicht mal nach dem Handy greifen, mein Bewusstsein war irgendwie komplett abgekoppelt. So was hab ich noch nie erlebt.«

»Gruselig«, meinte Tabea.

Sie hockten auf dem Bett im Vorstandsbüro im obersten Stock der Zentrale. Die Balkontür stand auf und der warme Frühlingswind wehte herein.

»Weißt du, was das sein könnte?«

Tabea zuckte mit den Schultern und meinte: »Du bist einfach erschöpft. Gut, dass du dich ein paar Tage erholen kannst. Ich wette, spätestens Dienstag bist du wieder topfit und ganz die Alte.«

»Und wenn nicht? Ich hab Angst … na ja, dass es ein Anzeichen von Burn-out ist, was ich heute Morgen erlebt habe.«

»Unsinn«, sagte Tabea eine Spur zu schnell. »Du hast kein Burn-out. Weißt du, was *Gaslighting* ist?«

»Nicht genau. Eine Form von Mobbing, oder? Was hat das mit mir zu tun?«

»Wenn man einer Person nur lange genug einredet, dass es ihr nicht gut geht, dann wird sie irgendwann wirklich krank. Und was auf diesen rechten Blogs über dich geschrieben wird …«

»Willst du sagen, ich lasse mir das einfach nur einreden, oder was?« Coco war aufgesprungen.

»So meine ich das nicht. Ich will nur sagen, wir sollten uns nicht runterziehen lassen.«

»Aha, toll, ganz toll.« Coco tigerte durchs Büro, zog Schubladen auf. Nirgends gab es Zigaretten. Warum hatte sie nicht längst irgendwo eine Notfallration deponiert?

»Der ganze Hass von diesen Leuten macht uns nur stärker«, sagte Tabea beschwörend. »Wir müssen einfach versuchen, daran zu wachsen.«

»Das ist doch der totale Selbstoptimierungskackmist!«, schrie Coco. »Genau so was wollten wir hinter uns lassen. Man kann nicht immer nur wachsen und nicht immer nur stärker werden, das ist die reinste neoliberale Unterdrückungspropaganda. Ich will überhaupt nicht wachsen, ich bin groß genug, ich will einfach nur ...«

Cocos Handy klingelte. Sie stürzte zum Bett und riss es hoch.

»Gott, Kerim, wir haben dich den ganzen Tag ...«

»Ja, hab ich gesehen«, sagte Kerim kurzatmig. »Ich bin bei einem Bekannten, der ... egal, jedenfalls – der hat eine Mitbewohnerin und die hat gerade auf Twitter mitgekriegt, was da auf ZEITUNG-online steht. Das ist ... also ich war das nicht, okay? Ich habe damit nichts zu tun. Ich hab Braunkohle-Bob nie zuvor gesehen oder gewusst, dass es ihn überhaupt gibt, und wenn ich so was inszenieren wollte, dann würde ich doch keine Mails schreiben, ich würde das ganz anders ... Coco, du glaubst mir doch?«

»Ja«, sagte Coco. Tabea kräuselte die Stirn. Das Handy war nicht laut gestellt, aber Kerim sprach so laut, dass sie trotzdem jedes Wort mitbekommen hatte. »Natürlich glaube ich dir. Wo bist du eigentlich?«

»Potsdam. Und du?«

»In der Zentrale. Mit Tabea.«

»Das ist gut. Ich komme sofort.«

»Ja, aber erst, nachdem du bei der Polizei warst.«

»Was soll ich denn bei – ach so, verstehe. Ich soll Anzeige erstatten, meinst du?«

»Ja.«

»Gut. Danach komm ich zu euch. Bis gleich.«

Tabea trommelte die anderen zu einem dritten Videomeeting an diesem Tag zusammen, keine Stunde danach ging das Pressestatement raus: *Angebliche Mail an Braunkohle-Bob ist Fake – Kerim Makkawi erstattet Anzeige.*

Als Kerim *Bei Herta* eintraf, war schon alles gelaufen. Jetzt konnten sie bloß darauf hoffen, dass die Presse am folgenden Samstag das Dementi aufgreifen würde. Zu Braunkohle-Bob gab es noch keinen Kontakt.

Kerim hatte Pizza mitgebracht und sie saßen zu dritt auf dem Balkon.

Er sagte: »Wenn sie uns nicht glauben, werde ich zurücktreten.«

»Unsinn«, sagte Coco. »Wir stehen das zusammen durch. Das waren deine Worte, damals im Januar. Du hast mich nicht hängen lassen. Und ich lasse dich nicht hängen. Wir sind ein Team.«

Kerim lächelte.

»Wenn wir Pech haben, wirft uns das in den Umfragen total zurück«, warf Tabea ein.

»Wenn wir Glück haben, stellt es sich tatsächlich als Fake heraus«, meinte Kerim, »dann sind wir Opfer einer bösen Intrige geworden, das könnte uns sogar noch pushen.«

Coco räusperte sich und meinte: »Dann wäre es ja fast schlau, wir hätten das selber eingefädelt, um nachher so dazustehen, wie du sagst?«

Neulich im Zug, auf der Rückfahrt aus ... Dings, na, Schürvenich bei Köln, da hatte er doch so was angedeutet. Dass man der ZEITUNG und ihrem mysteriösen Tippgeber zuvorkommen müsse.

Kerim erwiderte ihren Blick, dann brach er in Gelächter aus.

»Extrem gute Idee. Warum bist du da nicht früher draufgekommen?«

Sein Lachen kam ihr echt vor. Vielleicht war er aber auch einfach ein guter Schauspieler. Nein, Unsinn. Du musst aufhören, alle Menschen in deiner Nähe zu verdächtigen! Kerim, Benno, Maikel ... Du benimmst dich wie Stalin, der seine engsten Vertrauten regelmäßig umbringen ließ ... Hör auf damit!

Sie räusperte sich und sagte: »Ich bin nicht draufgekommen, weil meine Fantasie für so was nicht ausreicht.« Sie schob den halb leeren Pizzakarton von sich, lehnte sich zurück und sagte: »Ehrlich gesagt reicht meine Fantasie nicht mal dazu, mir vorzustellen, wie wir in den Bundestag einziehen. Wie wir dann wirklich echte Abgeordnete sein werden.«

»Oder Kanzlerin«, warf Tabea ein.

»Ja.« Coco lachte. »Was ich euch bisher verschwiegen habe – ich hab null Ahnung, was eine Bundeskanzlerin den ganzen Tag so macht und wie das geht. Klar, du regierst irgendwie das Land und bestimmst – wie heißt das? – die Richtlinien der Politik. Triffst dich mit deinen EU-Buddys und mit den diversen Präsidenten dieser Welt. Aber wie geht das konkret?«

»Na, vom Parteivorsitz hattest du auch keine Ahnung, trotzdem machst du es sensationell gut«, meinte Tabea.

Kerim räusperte sich.

»Ja, ja, du auch.« Tabea wuschelte durch sein Haar.

»Die Partei haben wir immerhin selbst aufgebaut«, widersprach Coco. »Die Bundesrepublik gibt es schon ein Weilchen länger.«

»Du bist ja nicht allein«, sagte Kerim. »Wir sind alle bei dir.« Er stand auf und holte sein Laptop, hockte sich wieder hin und öffnete ein Organigramm. Die schematische Darstellung des Kanzlerinnenamtes. Ein Wust aus Abteilungen und Stabsstellen, Staatsministerinnen, Referenten, Beauftragten für dies und das und anderes.

»Da oben würde dann dein Name stehen«, sagte Kerim.

»Und da meiner«, sagte Tabea und zeigte auf das Feld *Leiterin Kanzlerbüro*.

»Willst du nicht lieber Ministerin werden oder so was?«, fragte Kerim.

»Nee, ich will ins Zentrum der Macht. Und das ist da, wo Coco ist. Ich gehöre an ihre Seite.«

»Na, dann geh ich auch ins Kanzleramt«, meinte Kerim. »Ich könnte ja die Zuständigkeit für die Geheimdienste übernehmen, das würde mir gefallen. Mein Nachname beginnt ja eh mit M.«

»Hä?«, machte Tabea.

»Na, der Chef von James Bond, ihr wisst schon. M.«

Coco musterte Tabea. Ihre Mitbewohnerin und Freundin, die *an ihre Seite gehörte*. Sie musste schlucken. Zentrum der Macht. War Tabea einfach nur ihre rechte Hand? Oder die Hand, die die Marionettenfäden hielt, an denen Coco baumelte?

»Das hier sind die Spiegelreferate«, sagte Tabea. »Die heißen so, weil sie die Geschäftsbereiche der Ministerien spiegeln. Deine Leute dort sind supereng darüber informiert, was in den einzelnen Ministerien läuft, durch sie hast du quasi einen informellen Zugriff auf jedes Ressort der Regierung, ohne dass du das langwierig im Kabinett diskutieren musst. Ich hab schon überlegt, welche Leute aus dem Ladenteam wir dafür gebrauchen könnten.«

»Gott, woher weißt du das alles?«

»Na, ich hab mich vorbereitet. Hab mir auch von Gizem einiges erklären lassen, sie kennt jemanden, der schon unter Gerhard Schröder dort gearbeitet hat. Es ist wirklich keine Hexerei, im Gegenteil, der Laden läuft wie ein Uhrwerk. Du musst einfach nur die grobe Richtung vorgeben. Und dann mit allen kontinuierlich im Gespräch sein. Ich glaube, du wirst das großartig machen.«

»Du ... meinst das wirklich ernst, oder?«

»Klar«, sagte Tabea, ohne aufzublicken.

Coco schüttelte den Kopf, aber Tabea nahm das nicht wahr. Vielleicht führte sie im Geiste schon die Einstellungsgespräche.

Sie saßen hier an einem Frühlingsabend auf dem Betonboden des Balkons, Pizzakartons vor sich, und planten, die Macht in diesem Land zu übernehmen. Es war viel zu abgefahren, um das für wirklich zu halten.

Im Laufe des Abends griffen verschiedene Online-Medien das Dementi von FUTURE auf, aber ohne sich auf die eine oder andere Seite zu schlagen. Es stand quasi Aussage gegen Aussage. Am Samstagmorgen sprang die ZEITUNGs-Schlagzeile von der *Propaganda-Lüge* dann auch in Papierform den Menschen an Kiosken und Bushaltestellen ins Gesicht.

Für zehn Uhr an diesem Morgen hatten Coco und Kerim das Bundesteam zu einem Videomeeting einberufen, auch die Spitzenkandidat*innen aus den Bundesländern waren eingeladen. Es gab im Grunde gar nichts zu besprechen, aber trotzdem herrschte Redebedarf. Kerim musste noch einmal versichern, dass er niemals mit Braunkohle-Bob Kontakt hatte – der hatte sich zwischenzeitlich über einen Anwalt ebenso geäußert. Es war zu spüren, dass die Leute ihm glaubten. Vor allem, weil sie ihm glauben wollten. Eine historisch beispiellose Wahlsensation lag in der Luft, und irgendjemand versuchte, ihnen das auf der Zielgeraden mit miesen Tricks kaputt zu machen. Das war die Stimmung unter den Leuten im Meeting. Coco fand es einen Tick zu aggressiv. Klar, ein gemeinsamer Feind von außen schweißt eine Gruppe im Innern zusammen, das war ja immer so. Dabei war FUTURE doch angetreten, eine neue Kultur in die Politik zu tragen. Achtsamkeit, Resonanz, Neue Langsamkeit. Alle Menschen mitnehmen und so.

Pascal berichtete: »Wir hatten bei uns im Ländle zuletzt sehr gute inoffizielle Kontakte zu den Grünen. Einer aus der Führungsriege hat neulich signalisiert, dass sie sich im Bund gut eine Zusammenarbeit mit uns vorstellen könnten. Aber heute Morgen hat er mich angerufen und gesagt, dass er alle Gespräche auf Eis legt, bis die Sache geklärt ist.«

»Aber was heißt: geklärt?«, fragte Djamila. »Richtig geklärt wäre es ja erst, wenn rauskommt, wer wirklich dahintersteckt. Vielleicht passiert das nie.«

»Man weiß ja auch bis heute nicht, wer Kennedy erschossen hat«, fügte Jule hinzu.

»Also Kerim mit Kennedy zu vergleichen, wäre mir jetzt doch ein bisschen zu weit hergeholt«, meinte Lutz.

Normalerweise würden sich jetzt alle kaputtlachen. Coco liebte es, wie viel sie in den Gremien zusammen lachten. Aber heute lachte niemand, allenfalls sah sie ein müdes Schmunzeln in den meisten Rechtecken.

Das Meeting endete ohne irgendein Ergebnis oder irgendeine Abstimmung. Sie vertagten sich in der Hoffnung, dass die Affäre – eine Nachrichten-Website sprach schon von *Bob-Gate* – den Wahlkampf nicht zu sehr beeinträchtigen würde. Viel Anlass zu Hoffnung gab es an diesem Vormittag nicht, denn diesmal hielten die Medien sich zurück. Niemand schimpfte auf die ZEITUNG, niemand stellte sich demonstrativ hinter FUTURE.

Nach dem Ende des Meetings hatte Coco nochmals die wichtigsten News-Seiten überflogen, dann klappte sie ihren Laptop zu, stopfte den Schlafsack in den Schrank und machte sich auf den Weg nach Köln und dann weiter nach Leverkusen, um den morgigen Ostersonntag mit ihren Eltern und ihrer Schwester Katha zu verbringen. Der Weg zum Bahnhof, die Fahrt mit der Bahn, der Umstieg waren ein Anti-Catwalk auf dem Laufsteg der Meinungen, die man ihr offenbar völlig ungefragt entgegenrufen oder hinterherzischen durfte.

»Sind Sie nicht Coco Frahm? Sie sollten sich schämen!« – »Hey, du bist doch Coco von FUTURE. Ich wähl dich, ganz egal, was die anderen sagen!« – »Hey, Coco, oder? Coco Frahm? Sorry, aber ich muss das loswerden – ich hab echt an euch geglaubt, ich dachte, ihr wärt anders als die anderen. Danke für nichts.« – »Hier noch Zugestiegene, die Fahrscheine bitte.«

Zwischendurch rief Tabea an. »Jurij hat endlich den Kontakt zu Braunkohle-Bob klargemacht. Aber er will nicht mit uns reden. Genauer gesagt, mit überhaupt keinem. Er sagt, vor seinem Haus stünden Reporter und die ganze Zeit kämen anonyme Anrufe und würden damit drohen, dass bald ein Lynchmob käme, um ihn aus dem Haus zu zerren und in seinem eigenen Vorgarten aufzuknüpfen. Seine Kinder seien total verängstigt und er wolle einfach seine Ruhe.«

Coco seufzte.

»Aber er lässt dir was ausrichten, sagt Jurij. Dir persönlich, Coco. Er sagt, er hat weder Mails noch Geld von Kerim bekommen, er hat ihn nie zuvor gesehen. Und er sagt, du sollst weiterkämpfen. Für Paul und Änni.«

»Danke«, stieß Coco hervor. »Und frohe Ostern.«

»Das ist erst morgen. Ciao.«

Seltsam, dass sie plötzlich so erleichtert war. Als würde sie Robert mehr glauben als Kerim. Oder einfach seinen Kindern. Paul und Änni. Auch Roberts Dementi tauchte inzwischen in den Medien auf. Als Braunkohle-Bob hatte er es zu einer gewissen Berühmtheit gebracht – selbst Politiker*innen anderer Parteien bezogen sich inzwischen in ihren Reden auf ihn.

»Eine Steuerreform, von der Menschen wie Braunkohle-Bob profitieren.«

»Menschen wie Braunkohle-Bob wollen keine Steuerreform, sie wollen Kita-Plätze.«

Max Mustermann und Otto Normalverbraucher waren tot, es lebe Braunkohle-Bob! Hoffentlich stand er das durch. Ungefragt derart ins Rampenlicht gekübelt zu werden, war für niemanden leicht. Schon gar nicht mit kleinen Kindern ...

Coco hingegen ... also, wenn sie sich was antäte, dann wäre da immerhin kein ... Gott! Coco! Was für ein Kackmist ihr da durch den Kopf ging. Sie drückte sich die Earbuds in die Ohrmuscheln und drehte Missy Elliott auf.

Quiet! Sssshhhhhh, hush yo' mouth / Silence when I spit it out / In yo' face/ open your mouth, give you a taste/ Holla! / Ain't no stoppin me.

Als sie am Ende der langen Reise aus dem Bus gestiegen war und in die Straße einbog, in der ihr Elternhaus stand, sah sie ihren Vater und ihre Schwester im Vorgarten stehen, sie schienen irgendetwas zu arbeiten, die Hauswand auszubessern? Nein, sie schrubbten. Und als Coco näherkam, sah sie noch die Reste der Schmierereien: *Betrügerin! Femi-Nazi! Coco-Virus muss weg!*

Katha drehte sich herum, warf die Bürste in den Putzeimer und fiel ihr um den Hals.

»Ich bin so froh, dich zu sehen, kleine Schwester.« Sie sah zu der einen Kopf größeren Coco hoch. »Frohe Ostern.«

»Ist ja erst morgen«, sagte Coco und brach ohne jede Vorwarnung in Tränen aus.

12

Jetzt ist sie irre geworden.

Maikel starrt Coco an und dann das Fläschchen in ihrer Hand. Langsam hebt er die Hände, als wolle er ein Pferd besänftigen, das gleich durchgeht. Dabei hat er nie einem Pferd gegenübergestanden. Auch keiner Frau, die plötzlich zum gemeinsamen Selbstmord entschlossen ist.

Er will nicht sterben!

Coco *darf* nicht sterben!

Auf einmal kann er es sich vorstellen, wie das wäre – Coco tot. Bis gerade konnte er das nicht, konnte immer nur daran denken, wie es ihm selbst gehen würde mit so einem Mord. Hatte nur überlegt, wie es wäre, ein Mörder zu sein. Aber nicht, wie eine Welt aussähe, in der es keine Coco mehr gibt. Welches Loch das reißen würde.

»Schütte es weg, Coco«, sagt er so ruhig wie möglich. »Oder stell es meinetwegen da drüben hin. Und dann reden wir erst mal. Niemand wird sich hier umbringen.«

»Ich dachte, deshalb bist du hergekommen?« Sie sieht ihn herausfordernd an wie bei einem Spiel. Fang-das-Gift. Ihre Augen blitzen. Sie wedelt mit dem Fläschchen vor seiner Nase herum. »Du bist doch hier, um mich umzubringen.«

»Bullshit. Ja, okay, vielleicht habe ich mit dem Gedanken gespielt, vielleicht habe ich es, als ich herkam, sogar gewollt, aber das ist doch Wahnsinn. Ich will, dass du lebst! Und ich auch, ich will auch leben.«

Das Blitzen in ihren Augen erlischt. »Was für ein Leben? Ein Leben im goldenen Käfig oder ein Leben auf der Flucht ... Für mich gibt es keinen Ausweg mehr.«

»Bullshit«, wiederholt er. »Gib mir das Fläschchen. Wir schütten es weg und dann werden wir eine Lösung finden. Wenn wir ganz rational an die Situation ...«

»Ha! Rational! Du wolltest doch Erhabenheit. Mythos. Wiederverzauberung.«

Er schätzt die Entfernung. Eine Armlänge. Sie darf seine Bewegung nicht erahnen.

»Weißt du«, sagt er, »eigentlich habe ich ...« Und da schnellt seine Hand vor, fast hat er das Fläschchen erwischt, aber Coco reagiert blitzschnell, sie taucht unter seinem Arm durch, wie sie beim Basketball an einer Gegnerin vorbeidribbeln würde, eine flinke Drehung, Körpertäuschung, schon ist sie auf der Treppe, Maikel hinterher, Kopf einziehen, das laute Poltern müsste alle Leute aufschrecken, aber hier ist natürlich niemand, oben auf dem Treppenabsatz zögert sie, er wirft sich auf sie, sie macht den Rücken krumm und verbirgt das Gift in den vor den Bauch gepressten Händen, er kommt einfach nicht dran. Ineinander verknäult taumeln sie ins Zimmer, stoßen gegen das Bett, verlieren das Gleichgewicht, plumpsen auf die Matratze, auf einmal liegt sie auf ihm, ihr Gesicht ganz nah, seine Unterlippe zwischen ihren Zähnen, ihre Zunge kämpft gegen seine, er fasst mit beiden Händen ihren Hintern und sie mit beiden Händen seinen Kopf – ja, mit beiden Händen, wo ist jetzt das Fläschchen mit dem Pentobarbital? Sie küsst seinen Hals, knöpft sein Hemd auf, küsst sein Schlüsselbein, seine Brust, er zieht ihr das Top über den Kopf, spürt durch den BH hindurch ihre Brustwarzen auf seiner Haut, sie küsst seinen Bauch und beginnt, seine Hose zu öffnen, er wird hier überall Spuren hinterlassen, alles wird voll von seiner DNA sein, und das ist egal geworden, er tut es ja nicht und er wird nie mehr zu André Posch und seiner Akademie zurückkehren, nicht mal, um seine Sachen zu holen, denn das wenige, das dort in seinem kargen Zimmer ist, kann er getrost zurücklassen, er fährt mit den Händen durch ihr kurzes Haar, fährt mit den Händen unter ihre Arme und zieht sie zu sich hoch, fährt mit den Händen über ihren Rücken, unter ihren Rock, zieht an dem Stoff, kann ihre Schamlippen an seiner Eichel spüren, sie schiebt ihren Slip weiter nach unten, die Wiederverzauberung der Welt, sie gleiten ineinander, krallen und saugen sich fest, stöhnen auf, werden eins, Ein-heit, Ein-Klang, Einfachheit, sie schreit, er auch, Explosion, Implosion, Zusammenbruch, sie sinkt auf ihm in sich zusammen – nein, *in* ihn sinkt sie zusammen, er hält sie umklammert, die plötzliche Stille.

»Gott, Coco«, flüstert Maikel.

Nach einer Weile rutscht sie von ihm herunter, drängt ihren Kopf in seine Armbeuge, die Augen geschlossen, schlingt ihre Arme um ihn, wickelt ihre Beine um seine, ihr Atem wird gleichmäßiger.

Wo ist das Pentobarbital geblieben? Maikel tastet mit der freien Hand auf der Matratze und stößt gegen etwas. Es ist nicht das Fläschchen mit dem Gift. Es ist der Hut. Den hat er vorhin gar nicht bemerkt. Er nimmt ihn und hält ihn ins Abendlicht, das den Raum erwärmt.

Coco beginnt leise zu schnarchen.

Er lässt den Hut neben das Bett auf den Boden fallen. Sein altes Leben ist abgeschlossen, sein neues ist auch schon wieder zu Ende. Und nun?

Er könnte für immer so liegen bleiben, mit Coco im Arm, für den Rest der ganzen Ewigkeit.

Aber das geht nicht. Er muss sich um das Gift kümmern, irgendwo hier muss das Fläschchen noch sein. Er muss es finden und vernichten, das wäre sicherer.

Für ihn. Hauptsächlich aber für sie.

Am besten jetzt sofort. Aber zum Aufstehen fehlt ihm die Kraft.

Noch fünf Minuten hier liegen.

Bloß nicht einschlafen.

■

In Cocos todesähnlichen Schlaf polterte Katha.

»Schnell, das darfst du nicht verpassen!«

Coco hatte am Abend das Fenster verrammelt und das Handy ausgeschaltet und war mit dem Vorsatz in ihr altes Bett gekrochen, niemals wieder aufzustehen, jedenfalls nicht vor dem 9. Mai. Sie rieb sich die Augen, um das Bild ihrer Schwester scharf zu stellen, und brummte: »Muss ich jetzt Ostereier suchen?«

»Das Ei ist schon da. Das dickste aller Zeiten. Die Titanic!«

»Hä? Das Schiff?«

»Die Zeitschrift! Dieses Satire-Magazin! Sie waren das! Sie haben diese angebliche Mail von Kerim Makkawi der ZEITUNG untergejubelt. Es ist nichts weiter als eine riesengroße Verarsche!«

Es kam im Radio. Es lief im Fernsehen. Es ging über Twitter. *#Bob-Gate.*

Coco schaltete das Handy ein und ließ die Flut an Tönen und Meldungen über sich perlen. Auf allen Kanälen Erleichterung, Entzücken, Euphorie. Halleluja.

Wie auch immer sie es gemacht hatten.

Eigentlich sollte Coco auf die Frankfurter Satiretruppe sauer sein, denn sie hatten ihr die letzten achtundvierzig Stunden zur Hölle gemacht. Sie hatten FUTURE benutzt, um die ZEITUNG und die rechte Empörungsindustrie vorzuführen. Komischerweise war Coco nicht sauer, sie war nur erleichtert, auf welche Weise sich die Affäre auflöste. Nach dieser Schmach konnte die ZEITUNG sich in naher Zukunft keine halbgaren Schlagzeilen über FUTURE mehr erlauben.

Es war nichts weniger als ein Osterwunder. Am Karfreitag waren sie abgeschlachtet worden, hatten sich Karsamstag in Lethargie gewälzt und am Ostersonntag folgte die mystische Auferstehung von Deutschlands jüngster und kurzzeitig fast totgesagter Partei FUTURE.

■

+++ FUTURE am Boden +++

Oder so ähnlich halt.

Maikel hatte es sich ausgemalt. Das ganze Projekt wäre auseinandergeflogen, die Wähler wären in Scharen davongelaufen, die Partei hätte sich selbst zerfleischt. Coco wäre vielleicht noch in ein paar Talkshows aufgetreten, aber nicht mehr als Politikerin, sondern eher so It-Girl-mäßig. Aber bevor man sie am Ende noch ins Dschungelcamp schickte, hätte sie irgendwann den Hut (seinen Hut!) an den Nagel gehängt und wäre in ihr altes Leben zurückgekehrt. Sie hätte sich wieder an der Uni eingeschrieben, würde dann und wann Basketball spielen oder klettern gehen.

Eines Abends würde sie mit Tabea rumhängen, nebenher durch die TV-Kanäle zappen und plötzlich hängen bleiben!

»Mein nächster Gast, Maikel Kornmüller, Chefstratege der Stiftung Abendland«, würde Brit Biller ihn begrüßen. »Herr Kornmüller, Sie waren ursprünglich einmal bei FUTURE aktiv. Mich interessiert Ihre Analyse – wie konnte diese hoffnungsvolle Partei derart abstürzen und bedeutungslos werden?«

»Nun«, würde Maikel antworten und kurz lächeln, weil er ahnt, dass Coco zusieht. »Nun«, würde er sagen, »es hat der Partei und den führenden Köpfen schlicht der unbedingte Wille gefehlt. Verstehen Sie? Sie hatten eben alle keinen Sinn für *Thymos*. Vor allem nicht Coco Frahm.«

Ja, *Thymos* …

Der Cayenne brauste über die Autobahn. Weg von Bremen, zurück nach Zscheproda. Ostern bei seinen Eltern zu verbringen, war niederschmetternd gewesen. Der einzige Grund, warum Maikel sie überhaupt besucht hatte, war der Wagen gewesen. Er fand es geil, mit dem SUV die ganze Strecke bis nach Bremen und wieder zurück zu fahren, sie hatte etliche Autobahnabschnitte ohne Geschwindigkeitsbegrenzung und er gab sich dem Tempo hin. Bei seinem Auszug im Januar, beim Aufräumen, hatte er eine Skizze gefunden, die Vorlage für das Schild von dem Online-Klimastreik zwei Jahre zuvor. »Tempolimit ist kein Grund für Kastrationsangst!«

Es hatte ihm nichts ausgemacht, die Zeichnung wegzuwerfen. Natürlich ordentlich in die blaue Tonne. Er fand seine Ansichten von damals aus heutiger Sicht nicht mal falsch, nur die Gewichtung hatte sich verschoben. Der Klimawandel war Realität, man konnte ihn nicht mehr aufhalten, dazu war es längst zu spät – und für Klima-*Gerechtigkeit* erst recht. Die Völker des globalen Südens würden die Zeche zahlen, wie sie es immer taten seit einem halben Jahrtausend. Der Norden musste sich einfach wappnen, um von ihnen nicht überrollt zu werden. Es können halt nicht alle überleben. Klingt hart, aber ist so. Komplexitätsreduktion. Ein-fach leben. Ein-fach denken.

Gas geben.

Wenn er an seine Eltern dachte, verging ihm die Leichtigkeit. Sie hatten sich null für seinen Job interessiert, sie hatten nicht das Geringste gefragt, und vor allem hatten sie keine Meinung dazu. Wenn sie es wenigstens scheiße fänden, dachte er. Dann hätte er was, womit er sich auseinandersetzen konnte. Aber nichts.

»Also wirst du erst mal kein Beamter?«, hatte sein Vater nur gefragt und seine Mutter hatte gemurmelt: »Dann kann das ja noch dauern, bis wir mal Enkelkinder kriegen.«

Im Radio ging es nur um Bob-Gate. Von wegen FUTURE am Boden.

Nichts passte zusammen. Wenn das stimmte – wie waren die Titanic-Typen ausgerechnet auf Posch gekommen, um gerade ihm die fingierte Mail zuzuspielen, damit er sie an die ZEITUNG weitergab? Oder hatte Posch sich das Ganze doch selbst ausgedacht und die Titanic wiederum hatte überhaupt nichts damit zu tun? Sondern stellte sich jetzt als Urheber hin, wie Trittbrettfahrer das bei Terroranschlägen tun? Einfach mal ein Bekennerschreiben veröffentlichen, vielleicht glaubt es ja jemand. Weil ... sie dachten, sie müssten Coco den Arsch retten? Oder was?

Fake oder Fakt.

Hypermoral oder Volksempfinden.

Mord oder Selbstmord.

Die ganze Welt war vergiftet, das Pentobarbital aus dem Safe in Poschs Arbeitszimmer sickerte in alle Ritzen dieser Gesellschaft. Es gab keine objektiven Maßstäbe mehr, vielleicht hatte es nie welche gegeben.

Wahrheit wird geschaffen, und zwar durch Willen. Hatte Posch kürzlich gesagt.

Maikel traf ihn im Hof, als er an diesem Ostersonntagabend zurück zur Abendland Akademie kam. Er hätte ihn gern direkt gefragt, ob Titanic wirklich dahintersteckte oder nicht doch Posch selbst. Aber er war müde – und wollte es auch eigentlich gar nicht wissen.

Stattdessen fragte Posch: »Erinnern Sie sich, wie ich einmal sagte, die Gutmenschen seien kein echter Gegner, weil sie nicht fähig sind zu kämpfen?« Er räusperte sich. »Anscheinend habe ich sie unterschätzt. Das sollte nicht noch einmal passieren.«

Plötzlich fürchtete Maikel, sein Chef würde unmittelbar auf die Andeutungen eines Giftmordes zurückkommen. Doch Posch sagte nichts weiter, sondern verschwand in Richtung seiner Wohnung.

■

+++ Allensbach-Umfrage: CDU/CSU jetzt nur noch bei 24 Prozent, FUTURE bei 21, Grüne runter auf 17, erstmals drei Parteien mit halbwegs realistischen Chancen auf Platz eins +++ Analyse: FUTURE sowohl attraktiv für Grünen-Wähler als auch für ehemalige Merkel-Fans unter den Unions-Anhängern +++ »Keine Experimente!« – Warum die CDU mit einem Retroslogan gegen FUTURE punkten will +++ Ein klassisches TV-Duell scheint nicht mehr zeitgemäß, stattdessen soll es zwei große Fernsehsendungen im »Town Hall«-Format geben, eine »Wahlarena« von ARD und ZDF sowie einen »Wahlcheck« bei RTL und Sat.1 +++ Forsa-Umfrage: Union weiter bei 24 Prozent, FUTURE klettert auf 22 Prozent +++ Koalitionspoker: Wie realistisch ist schwarz-bunt? +++ Wie realistisch ist bunt-grün-rot-rot? Eine linke Mehrheit wäre möglich. Aber ist FUTURE überhaupt links? Die alten Kategorien scheinen kaum noch zu greifen +++

»Coco, die Atmung!«

»Was ist denn jetzt mit meiner Atmung?«

»Du ziehst schon wieder so die Luft zwischen den Zähnen ein – das wolltest du lassen.«

»Lsshhlllsshh?«

»Genau das. Und deine Hände! Hör bitte auf, so wild zu gestikulieren! Du hast aber auch große Hände! Halt sie still, okay? Und los, noch mal.«

Coco blickte ernst in die Kamera, die Tülay für das Training aufgebaut hatte, und sagte: »Am Anfang der Coronakrise habe ich den Lockdown wie eine Entlastung empfunden. In Wahrheit war diese Situation für viele Menschen extrem belastend, besonders für Kinder und ihre Familien. Obwohl ich selbst noch keine Kinder habe, kann ich mich gut in ...«

»Stopp, Coco! Was soll das mit der Hüfte?«

»Boah, keine Ahnung, Tülay. Sag du es mir.«

»Du wechselst ständig den Körperschwerpunkt. Kannst du nicht stillstehen?«

»Ich versteh das Problem nicht. Ich war schon zigmal im Fernsehen.«

»Oh ja, ich hab's mir alles angesehen. Genau darum trainieren wir ja.«

»Das bin eben ich. Soll ich authentisch in diese Arena gehen oder soll ich mich total verbiegen?«

»Coco. Du willst an diesen beiden Abenden nicht die Leute erreichen, die dich wählen werden, weil du so bist, wie du bist. Du willst die Leute erreichen, die dich wählen sollen, *obwohl* du so bist, wie du bist. Okay?«

»Puh. Ja. Okay – noch mal. Am Anfang der Coronakrise habe ich ...«

»Hände, Coco?«

»Gott!«

Coco griff nach ihrer Trinkflasche und leerte sie in einem Zug. Bestimmt hatte es auf dem alten Parkett der ehemaligen Tanzschule niemals ein härteres Training gegeben als an diesem Vormittag. Tülay war Rhetoriktrainerin für Fernsehen und Social Media, kannte den Geschmack der Masse und hatte zugleich die Unerbittlichkeit einer Ballettlehrerin.

Jetzt rief sie völlig überraschend: »Themenwechsel, Frau Frahm. Für den Fall, dass Sie sich an einer Regierung beteiligen – würden Sie dann als Erstes das Umweltministerium für sich reklamieren?«

»Leider ist beim Thema Klimawandel kein anderes Ministerium derart machtlos wie gerade dasjenige für Umwelt«, antwortete Coco, ohne zu zögern. »Um wirklich etwas zu erreichen, brauchen wir …«

»Falsch, ganz falsch. Welche Antwort hatten wir ausgemacht?«

Coco stöhnte. Dann leierte sie herunter: »Wir werden uns erst mal nur über Inhalte unterhalten, Ressortzuschnitte und Personal als Letztes blabla, bitte haben Sie Verständnis blabla, dass ich hier im Fernsehen keine Koalitionsverhandlungen blabla.«

»Großartig«, sagte Tülay, »darauf können wir doch aufbauen.«

Ja, sehr aufbauend. Coco nahm noch einen Schluck Wasser und rülpste demonstrativ in die Kamera.

»Du musst bitte nett zu der Kamera sein«, sagte Tülay mit einer Spur echter Entrüstung. »Versuch, ein bisschen zu flirten. Ich weiß, es ist eine abstrakte Vorstellung, dass du da draußen zu einem gesichtslosen Millionenpublikum sprichst. Den meisten Leuten hilft es, sich eine ganz konkrete Person vorzustellen, nur eine einzige. So, als würdest du das, was du sagst, jemand ganz Bestimmtem sagen wollen.«

Unwillkürlich nahm Coco den Hut ab und drehte ihn kurz in der Hand. Dann setzte sie ihn wieder auf und brummte: »Ich will ja bloß Deutschlands nächste Kanzlerin werden, nicht gleich Germany's next Topmodel.«

»Wobei du bei deiner Größe echt Chancen hättest.« Tülay legte den Kopf schräg und vermaß Cocos Körper. »Kann es übrigens sein, dass du abgenommen hast?«

»Ja, ist mir auch aufgefallen«, sagte Tabea, die gerade den ansonsten leeren Saal im Erdgeschoss betrat. »Coco isst viel zu wenig in letzter Zeit.«

»Ich kann wohl kaum essen, wenn ich meine Hände nicht bewegen darf«, knurrte Coco.

»Können wir schnell was besprechen?«, fragte Tabea. »Ich muss noch kurz weg, bevor wir abfahren.«

»Macht mal, ihr zwei«, sagte Tülay und fummelte ein Päckchen Zigaretten aus ihrer Handtasche. »Ich geh solange vor die Tür.«

Coco sah ihr neidisch hinterher, bevor sie sich zu Tabea umdrehte. »Gut, was gibt's?«

Tabea machte ein ernstes Gesicht. »Ich hatte einen Anruf vom LKA Niedersachsen. Wegen des Gigs heute Abend in Göttingen. Sie sagen, dass sie eine hitzige Atmosphäre erwarten und dass ihr nachher nicht von der Bühne runter zu den Leuten gehen dürft.«

»Wie bitte?«

»Es ist wohl so, dass Faschos in diversen Foren dazu aufgerufen haben, heute die Veranstaltung zu stören. Und das haben wiederum Leute von der Antifa mitbekommen, und die rufen jetzt ebenfalls dazu auf, nach Göttingen zu kommen. Und das LKA sagt, dass die Polizei vor Ort nicht für eure Sicherheit garantieren kann, wenn ihr vor die Bühne kommt.«

»Gott, wie krass. Das muss ich mit den anderen besprechen.«

»Nee, die meinen das nicht als netten Tipp oder Vorschlag, es ist eine Anweisung.«

»Dürfen die das?«

»Ich denke mal schon.« Tabea zuckte mit den Achseln. »Haltet euch einfach dran, ja? Ich rufe gleich auch Gizem an, die ist vernünftig, die passt auf euch auf.«

»Gizem ist heute Abend dabei?«

Ach ja, richtig. Coco schlug sich mit der flachen Hand gegen die Stirn. Göttingen ist Niedersachsen, Gizem ist Nummer eins auf der Landesliste dort, darum wird sie heute Abend mit dabei sein, und der Direktkandidat für den Landkreis heißt Janek Janzcar, Azubi Tierpflege. Stand ja alles auch in ihrem Handy.

»Klar so weit?«, fragte Tabea. »Abfahrt kurz nach halb eins an Gesundbrunnen, drei Uhr Treffen mit der Ortsgruppe, halb fünf Betriebsbesichtigung, halb sechs Pressegespräch, sechs Uhr Besuch im Jugendzentrum, um sieben gibt es ein Briefing und Snacks, um acht steigt der Gig vor dem Alten Rathaus, zirka elf geht der Zug nach Osnabrück. Wir treffen uns direkt am Bahnhof, okay? Dann bis nachher.«

Okay, bis nachher, nachher, nachher, noch das Training mit Tülay durchziehen, dann ganz kurz aufs Klo, duschen, umziehen, Bahnhof, bitte iss wenigstens den Bagel, schnelle Zigarette, Briefing unterwegs, Jubel am Bahnsteig – fast fünfzig Mitglieder von FUTURE Göttingen sind da, Selfies, Autogramme, Talkrunde, Janek ist wirklich noch sehr jung und ausnahmsweise mal kein Student, sondern Azubi, das ist echt wichtig, Empfang am Firmentor, wir produzieren hier nachhaltig, vielleicht in Zukunft reduzierter Mehrwertsteuersatz, wäre eine Idee, können Sie uns ins Gästebuch, ein Foto mit den, weiter zum, hier im Jugendzentrum schon seit Jahren gegen rechts wichtig toll danke selfie alle ah Gizem auch wirklich ich hat sehen uns selfie briefing snack bühne selfie selfie kurz mal eben danke selfie danke spannend toll neue langsamkeit lsshhlllsshh.

»Coco? Hey, Coco, Showtime.«

»Okay, bin da.«

Ja, da war sie. Als hätte jemand sie angeknipst. Die Sinne scharf, der Geist hellwach. Die Bühne stand vor dem Alten Rathaus und eine Menschenmenge hatte sich auf dem Platz davor versammelt, Minimum achthundert Leute. Menschen jeden Alters, auch Kinder waren dabei, ein Meer aus Regenbogenfahnen, weiter hinten eine Kette aus Polizisten, breitbeinig, Helme am Gürtel, sie schirmten die Menge von einer Gruppe junger Männer in dunkler Kleidung ab, Reichsfahne, erhobene Fäuste und Mittelfinger, kaum mehr als dreißig Typen, aber ziemlich laut. Auf der anderen Seite, ebenfalls in dunklen Klamotten, die Antifa, von doppelt so vielen Polizist*innen bewacht, aber sie waren auch dreimal so viele wie die Rechten.

»Ihr habt das alle verstanden, ja?« Tabea sah beschwörend von Kerim zu Gizem zu Janek zu Coco. »Ihr verlasst die Bühne ausschließlich Richtung Backstage, ja? Niemand geht nach unten zu den Leuten. Heute kein Bad in der Menge. Klar?«

Kerim und Gizem nickten. Janek schluckte und nickte auch. Coco sah, dass er zitterte.

»Es ist nur schlimm bis zu deinem ersten Wort ins Mikro«, sagte sie und lächelte ihn an. »Ab dann packt dich der Flow und du gehst ab. Genieße es.«

Er nickte wieder. Coco linste zum Bühnenrand. Sonst war dort immer ein kleines Treppchen angebracht gewesen, nur drei metallene Stufen nach unten. Heute fehlte es. Aber kein Problem, da runterzuspringen. Die Ordner*innen vor der Bühne gehörten alle zur Ortsgruppe von FUTURE.

»Dann los«, sagte Tabea und nickte den Leuten am Mischpult zu, die auf das Zeichen hin die Captain-Future-Musik aufdrehten. Jubel vor der Bühne, »Haut ab!«-Gebrülle von rechts, »Nazis verpisst euch!«-Rufe von gegenüber.

Während Gizem, die heute die Begrüßung übernehmen sollte, nach vorne ging, beugte sich Coco zu Zille aus der Technikcrew hinab und fragte: »Dieses Funkmikro – würdest du sagen, das reicht bis dahinten, wo die Rechten stehen?«

Zille kniff die Augen zusammen, ließ den Blick einmal über den Platz wandern, als zähle sie dabei die Meter, und erwiderte:

»Du hast aber schon gehört, was Tabea sagt, oder? Dass die Polizei es verboten hat?«

»Ja, hab ich gehört.«

»Gut, wollte bloß sichergehen.« Zille grinste. »Die Reichweite ist absolut okay. Ich mach dir gleich noch 'n frischen Akku rein.«

»Danke.«

Coco begab sich auf ihre Position und musterte den rechten Block. Während Gizem sprach und dann Kerim und schließlich Janek wurde es allmählich dunkel über der Stadt und im Gegenlicht der Bühnenscheinwerfer konnte Coco keine Gesichter mehr erkennen, nur eine unförmig wabernde Masse.

Den meisten Leuten hilft es, sich eine ganz konkrete Person vorzustellen, nur eine einzige. So, als würdest du das, was du sagst, jemand ganz Bestimmtem sagen wollen.

Wohlan, Maikel, flüsterte sie, als der Applaus für Janeks Rede allmählich abzuebben begann, sie nahm das Funkmikro, das Zille ihr hinhielt, und ging nach vorn, bis ganz zum Bühnenrand, wie sie es damals bei ihrer Kandidatur zum Vorsitz getan hatte.

Coco-Sprechchöre hoben an.

»Hallo Göttingen«, rief sie in die Menge, »danke für diesen großartigen Empfang. Ich hatte eigentlich eine coole Rede vorbereitet, aber ich glaube, Janek hat schon alles auf den Punkt gebracht.« Sie streckte den Arm aus und zeigte auf ihn und rief ins Mikro: »Das ist euer Mann, schickt ihn am 8. Mai nach Berlin und er wird den Laden ordentlich aufmischen und das Beste rausholen für eure Stadt und euren Landkreis und für den ganzen Planeten. Aber FUTURE ...« Sie wartete, bis der Beifall sich wieder legte, »... aber FUTURE ist keine Einbahnstraße, FUTURE steht für offenen Austausch.«

Damit machte sie einen Satz und sprang von der Bühne. Ein

Raunen lief über den Platz. Wie auf Kommando verstummte das Geschrei des rechten Blocks, gespannte Stille legte sich über die Menge. Die Ordner*innen sahen verunsichert hoch, aber Kerim zuckte nur mit den Schultern und Tabea zog eine Schnute, weiter passierte nichts. Eine Gasse öffnete sich vor ihr, als sie auf den rechten Block zuschritt.

Eine Polizistin kam ihr entgegen und sagte: »Frau Frahm, das ist gegen die Auflagen. Ich muss Sie eindringlich bitten, wieder nach oben zu gehen.«

»Nur eine Minute«, sagte Coco und ging weiter.

»Nein, sofort«, beharrte die Beamtin, »ich kann dafür nicht die Verantwortung übernehmen.«

»Die übernehme ich selbst«, sagte Coco, dann stand sie vor der Polizeikette.

Die Frauen und Männer in gepanzerten Uniformen sahen sie ratlos an, blickten zu der einen Beamtin, die offenbar die Chefin war, aber von der kam kein Kommando. Die Typen hinter der Polizeikette feixten und reckten ihre Mittelfinger hoch, aber als Coco versuchte, einen Blickkontakt herzustellen, guckten sie fast alle weg wie Kinder in der Schule, die bloß nicht nach vorn an die Tafel wollen. Aber einer reckte sein Kinn, als sollte das heißen: Komm doch her!

Es war ein bulliger Typ mit schwarzem Kopftuch, sein muskulöser Hals war tätowiert. Er stand leicht nach hinten versetzt zwischen zwei Polizisten und musterte Coco herausfordernd.

Als Coco das Mikro an ihre Lippen hob, zuckten die beiden Polizisten, aber Coco sagte beruhigend: »Wir reden nur kurz. Wie heißt du?«

Sie streckte das Mikro zwischen den Köpfen der beiden Beamten hindurch und hielt es ihm hin.

»Anon«, sagte er und drehte sich zu seinen Kumpanen um. »Wir heißen alle Anon, hab ich recht?«

Zustimmendes Gegröle antwortete ihm, dann wurde es wieder still.

»Hallo Anon, ich bin Coco.«

»Denk nicht, du kannst mit mir so 'ne Nummer abziehen wie mit Braunkohle-Bob«, höhnte der Typ. »So viel Geld kannst du mir gar nicht bezahlen.«

Wieder Gegröle bei seinen Leuten.

»Wie viel brauchst du denn?«, fragte Coco.

»Hä? Wie?«

»Wie viel Geld brauchst du jetzt gerade? Und wofür? Oder wenn es vielleicht gar nicht um Geld geht, was brauchst du dann?«

»Hä?«

»Was brauchst du, Anon?«

»Ich brauch, dass du abhaust. Du und alle Femi-Nazi-Schlampen und Gutmenschen und Zecken und Drecksflüchtlinge … dass ihr alle abhaut, raus aus Deutschland, das brauch ich.«

»Und dann? Was hast du dann davon?«

»Dann … dann … hab ich meine Ruhe. Dann können wir endlich in Ruhe leben, wie es uns gefällt. In einem freien Deutschland.«

Beifall von rechts.

»Das ist ja interessant«, meinte Coco. »Wir haben dasselbe Ziel. Ich will auch in Ruhe leben, wie es mir gefällt. In einem freien Land. Ich glaube, das wollen alle hier. Es wäre schade, wenn dafür erst jemand abhauen müsste.«

»Ja, schade, Schlampe!«, blaffte er. »Schade für dich und dein Gesocks!«

»Ich fänd es schade, wenn *du* abhauen müsstest«, sagte Coco. »Ich find absolut scheiße, was du gerade gesagt hast. Aber ich find *dich* nicht scheiße, ich find gut, dass es dich gibt. Ich find gut, dass du hier bist, denn das zeigt doch: Die Welt ist dir nicht egal. Aus demselben Grund sind wir alle heute hier. Ihr doch auch.« Sie nickte den Polizist*innen zu. »Und ihr. Und ihr, da drüben. Wir alle. Uns allen ist die Welt nicht egal. Gemeinsam könnten wir uns allen ein schönes Leben machen. Das ist keine Bedrohung. Buntheit tut dir nichts. Fürchte dich nicht.«

»Was?«, schnappte er.

»Fürchte dich nicht. Danke, dass wir miteinander sprechen konnten.«

Damit wandte sie sich um und ging durch die Menge zur Bühne zurück. »Anon« und die anderen schrien ihr irgendwas hinterher, aber das ging im Jubel von achthundert Leuten unter.

Als sie um kurz vor eins in der Nacht in Osnabrück ausstiegen, konnte Coco sich nur noch bruchstückhaft erinnern, was anschließend passiert war. Jedenfalls war sie auf die Bühne zurückgeklettert und hatte noch irgendwas gesagt, Kerim hatte ein Schlusswort improvisiert und den Gig *nach Hause gefahren.* Beim kurzen gemeinsamen Backstage-Bier mit dem ganzen Team und den Leuten aus der Ortsgruppe hatte Euphorie geherrscht und während der Rückfahrt hatten sie an ihren Handys die Reaktionen der Netzwelt gecheckt, die sich vor Verehrung für Coco überschlugen, *#cocomania, #cocokanzlerin, #die-mit-dem-hut, #mitrechtenreden, #fürchtedichnicht.*

Okay, es gab auch kritische Töne – irgendein Vertreter irgendeiner Polizeigewerkschaft verurteilte die Aktion aufs Schärfste, das hätte ja ganz böse enden können, auch jemand von der CSU twitterte: *Überlassen Sie das Land nicht einer Frau, die Sicherheit und öffentliche Ordnung für ihre Selbstdarstellung opfert.*

Zwei Leute von FUTURE Osnabrück holten die Gruppe am Bahnhof ab – Lili und Luan oder Leila und Lasse, beide irgendwas mit L jedenfalls, ihre Augen leuchteten und Luan/Lasse sagte: »Coco, das war der Wahnsinn, es kam eben im Fernsehen. Wir haben übrigens damals in Rastatt mal kurz an der Theke gequatscht, du und ich, wahrscheinlich erinnerst du dich nicht mehr.«

»Doch, klar, natürlich«, sagte Coco mit voller Überzeugung. »Wir freuen uns total, dass wir morgen mit euch eure Stadt rocken dürfen.«

»Das wird legendär«, sagte Lili/Leila.

Die beiden Ls begleiteten Coco, Kerim, Tabea, Marta und Benno zu einem Hostel, wo die fünf die Nacht verbringen würden. Eigentlich waren alle todmüde, aber zugleich total aufgekratzt, und weil die Bar längst geschlossen hatte, lief jemand zur Tanke und holte Getränke und Zigaretten und sie saßen noch auf dem Bordstein vor der Tür des Hostels.

Marta sagte: »Es ist April, es ist mitten in der Nacht, es müsste arschkalt sein.«

»Klimawandel«, brummte Kerim. »Gut, dass du uns daran erinnerst, warum wir das hier alles eigentlich machen.«

»Ja, das ist echt gut.« Coco zog an der Zigarette und drückte sie aus.

Irgendwann verabredeten sie sich mit den beiden Ls und dem Rest der Ortsgruppe fürs Frühstück, zückten ihre Codekarten und verteilten sich durch die Flure, mit letzter Kraft ihre Rucksäcke schleppend, während die halb geschlossenen Augen nach den Wegweisern mit den Zimmernummern tasteten.

»Hey«, sagte Coco zu Benno, als plötzlich nur noch sie beide am Ende des Flures standen. »Willst du mit zu mir?«

»Nee, lieber nicht. Ich mein – doch, schon, irgendwie will ich, aber … dieses On-Off, weißt du, ich meine … ich bin ja nicht dein Toy Boy.«

»Nee«, brummte sie. »Gute Nacht.«

Sie sah ihm nach, wie er im Zimmer verschwand und die Tür hinter sich schloss.

Aha, klar, Benno entzog sich mal wieder ihrer Kontrolle.

Gott, Coco – was für ein beknackter Gedanke! Erst diese Aussetzer, jetzt auch noch Kontrollwahn.

Sie öffnete ihr Zimmer, warf den Rucksack in eine Ecke und ließ sich aufs Bett fallen. Starrte die Decke an und versuchte sich zu erinnern, wie schön es war, alleine einschlafen zu können.

■

Maikel wippte sacht mit der Schuhspitze das Gaspedal und malte sich aus, wie er einen Kavalierstart nach allen Regeln der Prollkunst hinlegen und mit dem Wagen einmal quer über die Abzweigung schießen würde und mitten durch die Plakatwand hindurch, die drüben auf der Wiese stand. Er würde Cocos falsches Lächeln in tausend Sperrholzplattensplitter zerschmettern und vor allem das Zitat, das sie seit dieser bizarren Show von Göttingen vor ein paar Tagen wie eine leuchtend rote Banderole schräg über die Plakate direkt unter ihr Gesicht gekleistert hatten: »Fürchte dich nicht.«

Was für eine bodenlose Arroganz!

Vielleicht sollte Coco selbst allmählich anfangen, sich zu fürchten.

Als die Ampel gelb wurde und dann grün, fuhr er ganz manierlich an und bog auf die Landstraße ein, die zurück nach Zscheproda führte. Das könnte Coco ja so passen, dass sie mit den Splittern ihrer Plakatwand den Lack seines Autos verkratzte. Streng genommen gehörte der Wagen natürlich nicht ihm, sondern der Stiftung, aber für Maikel war er eine Art Zuhause geworden, mehr noch als der alte Gutshof, der die Stiftung mit dem Verlag und der Akademie beherbergte. Eigentlich besaß er gar kein Zuhause, vermutlich hatte er nie eines gehabt. Dieser Andersort mitten in den Wäldern, irgendwie jenseits von Raum und Zeit, ließ einen das jedoch leichter vergessen, als wenn man anonym in irgendeiner Großstadt lebte, eines von hunderttausend austauschbaren Gesichtern.

Er erreichte den Gutshof und stellte den Wagen im Hof ab. Posch kam gerade aus dem Haupthaus und winkte.

»Na, wie geht es unserem Professor Juraschek?«, fragte er.

»Gut, und er lässt Sie grüßen«, antwortete Maikel. »Und er sagt, es werde ihm eine Ehre sein, den Eröffnungsvortrag bei der Herbstakademie zu halten.«

»Sehr schön, dann war Ihre Reise erfolgreich. Wollen Sie mich übrigens in den Fernsehraum begleiten? Ich werde mir diese Wahlarena ansehen.«

»Meinen Sie, das kann man ertragen?«

»Wir haben Alkohol. Kommen Sie.«

»Und seit wann haben wir eigentlich einen Fernsehraum?«

»Seit Slavko vorhin einen Fernseher gekauft hat.«

Das große Flachbildgerät stand im Kaminzimmer und zwar passenderweise mitten im Kamin, anstelle des Feuers, für das es ohnehin viel zu warm gewesen wäre. Jens schloss sich ihnen an, und so saßen sie zu dritt mit Whiskeygläsern in den tiefen Ledersesseln und sahen sich das Gehampel der Vertreter von Union, SPD und Grünen, Linken, AfD und FUTURE an. Britt Biller und ihr Moderatorenkollege hantierten mit bunten Kärtchen, die sechs Kandidaten standen ihnen an schmalen Pulten gegenüber, dahinter war im Halbrund in fünf Reihen das handverlesene Publikum drapiert, einzelne Zuschauer durften zwischendurch Fragen stellen, die vermutlich abgesprochen waren. Weil die Debatte der Kandidaten immer wieder von kleinen Einspielfilmen und dem Einblenden irgendwelcher Grafiken unterbrochen wurde, kam kein rechter Gesprächsfluss zustande, aber das schien auch nicht das Ziel der beteiligten Sender zu sein, in erster Linie ging es um Show.

Das müsste Coco doch entgegenkommen, dachte Maikel grimmig. Vollkommen verrückter Gedanke, dass das Ding auf ihrem Kopf mal sein Hut gewesen war.

Einer ihrer Kontrahenten wandte sich an sie und sagte: »Bei allem Respekt, Frau Frahm, Ihre Gefühligkeiten schaffen keine Arbeitsplätze und bauen keine Straßen. Sie müssen jetzt endlich mal Farbe bekennen. Der Wähler will doch einfach nur wissen, ob er, wenn Sie Kanzlerin sind, hinterher weniger Geld im Portmonee hat oder mehr.«

»Die Leute, bei denen das Geld im Portmonee wirklich einen Unterschied macht, werden mehr drin haben«, antwortete Coco. »Und die anderen zumindest nicht weniger. Denn wenn Sie als Milliardärin ein paar Millionen abgeben, merken Sie das nicht im Portmonee.«

»Die Leistungsträger sollen also bluten?«

»Reich zu sein oder reiche Eltern zu haben ist aus unserer Sicht eher keine persönliche Leistung. Darum werden wir Arbeitseinkommen niedriger besteuern und dafür Erbschaften und Vermögen höher. Beziehungsweise überhaupt wieder.«

»Ha, Sie sprechen von Reichen«, rief eine andere Kandidatin, »die Vermögenssteuer trifft jedoch die Mittelschicht. Dazu sollten Sie mal was sagen. Aber leider haben Sie ja außer Feel-Good-Sprüchen nichts im Angebot. Wenn Sie wirklich Politikerin werden wollen, müssten Sie sich zur Abwechslung auch mal mit Zahlen beschäftigen.«

»Ab einem Vermögen von 210 000 Euro gehören Sie zu den reichsten zehn Prozent in diesem Land und diese zehn Prozent besitzen zusammen über zwei Drittel des Gesamtvermögens. Und das reichste Prozent der Bevölkerung besitzt alleine sogar 36 Prozent des Vermögens. Dazu zählen Menschen mit mehr als 770 000 Euro Privatvermögen. Die unteren 50 Prozent der Bevölkerung besitzen alle zusammen ganze 1,4 Prozent des Gesamtvermögens. So, meine Damen und Herren.« Coco lächelte in die Runde. »Und jetzt zeigen mal kurz alle auf, die der Meinung sind, dass das fair ist und so bleiben soll. Ach, niemand? Okay, danke. Ich glaube, wir könnten uns bei der Vermögenssteuer auf eine Freigrenze von einer halben Million einigen, aber ich wäre auch offen für andere Vorschläge im Detail, falls jemand von Ihnen mit uns koalieren will.«

»Guck an«, machte Jens. »Die Kleine hat Zahlen gepaukt.«

Sie ist nicht klein, fuhr es Maikel durch den Kopf, und sie hat nicht gepaukt, sie hat VWL studiert und weiß solche Allerweltszahlen im Schlaf, sie hat es nur bisher nicht raushängen lassen. Aber ich verteidige sie nicht etwa – ich hasse sie und ihre zur Schau gestellte Kompetenz!

»Sie hat sich ihre Fachkompetenz gleichsam als strategische Reserve für ganz zum Schluss aufgehoben«, sagte Posch und in seiner Stimme schwang ein gewisser Respekt mit. »Während die anderen einfach nur noch kraftlos das immer Gleiche repetieren. Traurig.«

»... werden Sie vermutlich als Erstes das Umweltministerium für sich reklamieren?«, wurde Coco gerade von Britt Biller gefragt.

Sie zögerte, als müsse sie unter mehreren Antworten eine auswählen, dann huschte ein Grinsen über ihr Gesicht, bevor sie sagte: »Wir wollen das Klima retten. Darum reklamieren wir das Verkehrs- und das Wirtschaftsministerium für uns. Und das Außenministerium, schließlich ist das ja ein globales Thema.« Wieder grinste sie. »Aber da wir wohl nicht gleich die absolute Mehrheit kriegen, werden wir das Auswärtige Amt ganz traditionell unserem Koalitionspartner überlassen.«

»Apropos internationale Politik: Frau Frahm, Ihre Haltung zum Umgang mit Flüchtlingen gilt als ganz besonders konträr.«

»Was ist daran konträr?«, fragte sie. Und bevor Britt Biller nachlegen konnte, holte sie aus: »Alles, was heute Abend zum Thema Flucht gesagt wurde, war totales Geschwurbel. Außer vom Kollegen der AfD natürlich, der hat sich klar positioniert.« Der Angesprochene sah irritiert auf. »Und das war natürlich absolut unsäglich«, fuhr Coco fort. »Wer hierherkommt, hat ein Recht auf ein faires Asylverfahren. Menschlichkeit kennt keine Obergrenzen …«

»Das sagen Sie in Ihrer jugendlichen Naivität …«, warf jemand ein.

»Man hat uns so erzogen!« Coco wurde plötzlich laut. »Wir sind in diesem Land so erzogen worden, dass die Würde des Menschen an erster Stelle steht. Das galt mal als Richtschnur des sogenannten christlichen Abendlandes. Menschen in Not zu helfen, ist eine Frage von Sitte und Anstand und ich schäme mich dafür, dass wir überhaupt darüber diskutieren müssen.« Unvermittelt blickte sie direkt in die Kamera und Maikel zuckte förmlich zurück, als könne sie ihn über Hunderte Kilometer hinweg genau hier in seinem Sessel sitzen sehen, mit dem Whiskeyglas in seiner Hand, und spräche ausschließlich zu ihm, zu ihm ganz allein.

Jens beugte sich vor und rieb sich die Hände.

»Ja, gut, sehr gut, Coco-Virus, weiter so«, frohlockte er. »Jetzt reitet sie sich rein, jetzt zeigt sie ihre wahre Fratze.«

»Zuwanderung muss ja auch irgendwie, ich sag jetzt mal, vermittelbar bleiben«, meldete sich eine andere Kandidatin. »Die Akzeptanz der Bevölkerung, also nicht nur, aber vor allem, ich sag jetzt mal, in Ostdeutschland, ist eben traditionell auch begrenzt.«

»Traditionell?« Coco schaute Maikel ganz fest in die Augen und zitierte: »Ein sehr berühmter Ossi, der Preußenkönig Friedrich der Große, hat gesagt: *Wenn Türken und Heiden kämen und wollten das Land bevölkern, wollen wir ihnen Moscheen und Kir-*

chen bauen. Das, meine Damen und Herren, ist eine ostdeutsche Tradition.«

Posch lachte leise vor sich hin und murmelte: »Nicht schlecht, Fräulein Frahm. Nicht schlecht. Die Dame muss zumindest ein paar fähige Berater haben, scheint mir.«

Maikel versank in seinem Sessel. Vor Scham oder Wut? Erst hatte sie seinen Hut geklaut, dann seine Partei, an die er mal geglaubt hatte, und jetzt auch noch seinen Spruch.

■

»Oh, Mann, Coco!«

Coco konnte die Gesichtsausdrücke von Tabea und Kerim, Marta und Tülay nicht richtig deuten, vor allem, weil ihre Augen von den über zwei Stunden im grellen Licht der Studioscheinwerfer und vom anschließenden Abschminken in der Maske brannten und sich ganz verquollen anfühlten. Sie saßen zu fünft in einem separaten Garderobenraum und an der Wand hing ein Bildschirm mit dem stumm laufenden Programm, wo sehr schlaue Politikwissenschaftler*innen die Debatte analysierten und um die Wette orakelten, wer wohl jetzt gewonnen habe.

»Das mit den Flüchtlingen war Harakiri«, urteilte Tülay kühl.

»Es war absolut hammermäßig«, widersprach Tabea. »Ist mir egal, wenn es uns am Ende ein paar Prozent kostet.«

»Ja, hammermäßig unklug«, sagte Kerim. »Die Prozentpunkte, die uns das vielleicht kostet, stehen für jede Menge Leute, die sich da draußen für Coco und uns den Arsch aufreißen und dann vielleicht am Ende nicht ins Parlament kommen, weil wir es wichtiger fanden, in der TV-Debatte hammermäßig einen rauszuhauen.«

»Können wir einfach warten, bis wir morgen belastbare Zahlen kriegen?«, fragte Marta.

»Ja, können wir«, sagte Tülay. »Ich brauche einen Drink. Wer kommt mit zur Bar?«

Tabea und Marta schlossen sich an, Kerim blieb zurück. Als die Tür zuklappte und sie nur noch zu zweit waren, sagte er: »Du bist da gerade durch dieses Haifischbecken geplanscht, als ob du gar nicht dazugehören würdest. Als wärst du nur zum Spaß Kanzlerkandidatin und hättest überhaupt nicht den ernsthaften Willen, Bundeskanzlerin zu werden.«

Sie atmete hörbar ein und aus und rieb mit beiden Handballen über ihre Augen. Im Kopf suchte sie nach Worten für eine mögliche Entgegnung, aber es gab nichts zu entgegnen, denn genau so war es ja. Besser hätte Kerim es nicht auf den Punkt bringen können.

Da strahlte er sie auf einmal an. »Weißt du noch, damals? Wie ich dir sagte, dass nicht die Person sich das Amt aussucht, sondern umgedreht? Vielleicht ist genau das der Schlüssel zum Sieg.«

Coco schluckte. Seine Worte wogen zentnerschwer wie ein unerbittliches Urteil: Je weniger sie wirklich Kanzlerin sein wollte, desto größer wurden ihre Chancen, es tatsächlich zu werden.

Gott, es gab ja überhaupt gar kein Entrinnen!

■

Der Fernseher lief immer noch, aber sie hatten den Ton abgestellt, um sich zu unterhalten.

Bis Jens irgendwann sein leeres Glas abstellte und sich schwankend erhob.

»Ich muss dann mal los.«

»Bullshit«, brummte Maikel. »Wie viele hattest du? Vier? Lass dein Auto stehen und nimm dir eins von den Zimmern.«

»Bist du ’ne Pussy oder was?«

»Er hat recht«, sagte Posch. »Nehmen Sie sich ein Zimmer. Der Schlüsselschrank steht offen, Sie kennen sich ja aus.«

Jens rang kurz mit sich, dann rief er theatralisch: »Jawoll, Herr Kaleun!« Er schlug die Hacken zusammen und entfernte sich.

Maikel starrte auf den tonlosen Nachbericht zur Wahlarena. Zwischendurch wurden Ausschnitte der Debatte eingeblendet. Coco sah Maikel an und bewegte stumm den Mund. »Sitte und Anstand«. Er konnte die Worte von ihren Lippen lesen. Sie hatte von Scham gesprochen. »Ich schäme mich dafür, dass wir überhaupt darüber diskutieren müssen.«

Sie schämte sich. Für Millionen Menschen, die eben Zweifel an der Mainstreampolitik hatten.

Nein.

Sie hatte nur ihn angesehen. Sie schämte sich für ihn. Vielleicht hatte sie das immer getan. Sie schämte sich für den armen Cuck, der ihr seinen Hut überließ und seine Sprüche und seine Partei und alle seine Visionen und der sich feige hierher zu diesen faschistoid-romantischen Waldschraten geflüchtet hatte, statt an jenem Abend Kerim Makkawi einfach eine aufs Maul zu hauen und ihn achtkantig aus Cocos und Tabeas Wohnung zu schmeißen.

Ekel überkam ihn. Ekel vor Kerim und vor FUTURE, vor Köln und Berlin, vor Posch und Jens, vor den Wäldern und diesem Ort hier.

Vor allem aber Selbstekel.

Er schrak hoch, als Posch aufstand und den Fernseher ausschaltete.

»Gute Nacht, Maikel.«

»Moment, bitte. Mir kommt gerade eine Frage.«

»Nun?« Posch setzte sich wieder aufs Sofa.

»Wie genau haben Sie sich das eigentlich vorgestellt? Das mit dem Pentobarbital?«

Posch tat kurz, als müsse er sich erst mühsam erinnern.

»Ach«, sagte er dann, »das war doch nur rein hypothetisch. Gelegentlich treffen sich getrennte Paare nach einigem zeitlichen Abstand noch einmal wieder, um sich auszusprechen. Ein Glas Wein, ein paar Tropfen aus diesem Fläschchen, es wäre eine Erlösung für Fräulein Frahm und das Land gewesen.«

»Ich meine – wie haben Sie sich meine Rolle vorgestellt?«

»Nun, manchmal müssen gewisse Dinge einfach gemacht werden, und da ...«

»Noch konkreter – denken Sie, man könnte es tun, ohne dass es herauskommt?«

Posch richtete sich unwillkürlich ein Stück in seinem Sessel auf. »Sie sollten natürlich möglichst keine Spuren hinterlassen, Sie wissen schon, DNA und so. Dessen ungeachtet ist es ja immer so, dass der Suizid einer prominenten Persönlichkeit viele Verschwörungstheorien ins Kraut schießen lässt. Wer hätte nicht alles ein Interesse daran, Fräulein Frahm zu stoppen? Moskau, Washington, die deutsche Autoindustrie, die Friseurinnung ... Davon mal ganz abgesehen hätten Sie als mein unabkömmlicher Mitarbeiter hier im Hause ein lupenreines Alibi.« Er lachte. »Ist ja alles rein hypothetisch, wie gesagt. Oder beabsichtigen Sie etwa in den sieben Tagen, die bis zur Wahl verbleiben, Ihre Freundin noch zu treffen?«

»Tja. Ich wüsste nicht, wie. War auch nur so ein Gedanke.«

■

+++ Eilmeldung: FUTURE geht bei Umfragen erstmals in Führung. Laut einer Befragung durch Infratest Dimap im Anschluss an die »Wahlarena« käme der Parteineuling auf 23 Prozent, CDU/CSU nur noch auf 22 und Bündnis 90/Die Grünen auf nur noch 16 Prozent. Die AfD legt hingegen wieder zu. +++ Analyse: Ein Teil der Wähler goutiert offenbar Frahms unkonventionelles Auftreten und ihren Klartext zur Flüchtlingsfrage. Paradoxerweise profitieren davon sowohl FUTURE als auch die AfD. Man könnte sagen: Die Konturen werden klarer, die Menschen im Land schätzen unterscheidbare Positionen. +++ Rekordwahlbeteiligung erwartet: Deutschland ist so politisiert wie seit den Siebzigerjahren nicht mehr. +++ Letzte Umfragen vor dem Wahltag: FUTURE immer noch knapp vor der Union, Demoskopen erwarten ein Kopf-an-Kopf-Rennen. +++

Musterstadt, Dingsbumsdorf, Soundsohausen, Bühne, Backstage, Selfies, Wahnsinn, Legendär, Historisch, Selfie, wir sind echt voll am Gewinnen, ich kann das gar nicht glauben, alles nur mit dir, mit dir, mit dir, durch dich dich dich ich Selfie händeschüttel schüttel schüttel küsschen wunderbar wahnsinn abgefahren toll toll toll coco kanzlerin schalalalalala … a … a

Es brummte in ihrem Kopf. Nein – *unter* ihrem Kopf, da lag das Handy, unter dem Kopfkissen, es sah interessant aus, angeblich fair produziert, sie hatte schon davon gehört, und irgendwie wusste sie ja auch, dass es ihres war, sie hatte es gekauft, also nicht wirklich gekauft, das hatte Jurij gemacht, und sie wusste, wer das war, Jurij, dass er Tabeas Assistent war und dass Tabea ihre Freundin war, sie hatten mal zusammengewohnt, damals in der Studizeit, Gott, war das lange her, wobei, eigentlich wohnten sie immer noch zusammen, rein theoretisch. Tabea war auch der Name, der auf dem Display stand. Das hier war aber nicht die WG und sie lag auch nicht in ihrem Bett *Bei Herta*, es war ein Hotelzimmer, in dem sie gerade aufgewacht war, und während das Handy mit dem Namen ihrer Freundin im Display weiterklingelte, versuchte sie, eine sinnvolle Verbindung zwischen all den Dingen herzustellen, dem Handy und dem Hotel und den Leuten in ihrem Kopf und dem Grund, warum sie heute hier war, sie wusste ja, dass alles zusammenhing und dass der schöne junge Mann, der nackt aus der Dusche kam, Benno hieß und neben ihr geschlafen hatte, all das wusste sie, aber es schien sie irgendwie nichts anzugehen, es war ihr fast unangenehm, als sei sie versehentlich in die Privatsphäre von jemandem eingedrungen.

»Coco? Alles klar bei dir?«

Benno kam auf sie zu und nahm das Handy.

»Tabea.« Er hielt es ihr hin.

Sie schloss die Augen.

Er sprach Worte, sie passten nicht zusammen. Er legte eine Hand auf ihre Stirn, sie fühlte es, aber nur das Gewicht, nur den Druck einer Hand auf ihrer Stirn, keine Haut, nicht seine, nicht ihre eigene.

Ich heiße Constanze Frahm, ich bin vierundzwanzig Jahre alt und ich setze mich jetzt hin. Das ist es, was ich tun werde. Mehr muss ich nicht, es reicht für den Moment.

Ganz langsam begannen sich in ihrem Kopf Konturen herauszuschälen, die Worte hörten allmählich damit auf, gleichzeitig alles und nichts zu bedeuten, und die Hand auf ihrer Stirn war kalt und nass von der Dusche.

»Ist ja schon gut«, brummte sie und schob Bennos Hand weg.

»Warst du irgendwie kurz weggetreten oder so?«

»Manchmal meditiere ich morgens vor dem Aufstehen«, sagte sie und schwang sich aus dem Bett. Na klar, sie war in Quedlinburg, Tabeas Geburtsort, es war Samstag, nachher stieg die Abschlusskundgebung, der letzte Gig des Wahlkampfes.

Tabea rief nochmals an, Coco meldete sich.

»Hey, bist du endlich wach? Ich hab eine Überraschung. Rate mal, wer heute zu uns stößt und auf der Bühne ein paar Worte sagen will?«

»Gott ... was weiß ich.«

»Nein, nicht Gott. Es ist Braunkohle-Bob. Er hatte ja noch Jurijs Nummer und er sagt, er glaubt an uns. An dich, Coco, an dich. Wegen seiner Kinder! Er will, dass sich was ändert, und er wird es der Welt sagen. Krass, oder? Wir bauen ihn ins Programm ein, ja?«

»Ja, echt. Bis gleich beim Frühstück.«

»Du meditierst vor dem Aufstehen?«, sagte Benno. »Ist mir noch nie aufgefallen. Seit wann machst du das?«

Coco überlegte kurz.

»Seit morgen«, sagte sie.

Er lachte gequält. »Ich weiß echt nie, wann du mich verarschst.«

Das tat weh.

Sie ergriff seine Hand und sagte beschwörend: »Ich habe nicht die Absicht, dich zu verarschen. Hatte ich nie. Ehrlich.«

»Schon gut.«

»Ich möchte wirklich niemanden verarschen. Auch nicht aus Versehen.«

»Ja, schon gut«, wiederholte er. »Ich bin ja nicht dumm, ich weiß, dass das nicht deine Absicht ist. Und ich weiß, dass du manchmal ein schlechtes Gewissen hast, weil du dich fragst, ob du mich bloß ausnutzt.«

Er zog seine Hand aus ihrer und begann sich anzuziehen.

Sie hockte sich auf die Bettkante und sah ihm dabei zu. Seltsam, dass sie ihm über Monate misstraut hatte.

Er hielt inne, erwiderte ihren Blick und sagte: »Ich bin vielleicht erst zwanzig, aber ich komme ganz gut mit dem Leben klar.

Mach dir keine Sorgen darüber, ob ich mich ausgenutzt oder verarscht fühle.«

Er sah auch gar nicht mehr aus wie ein Zwanzigjähriger, dachte Coco unvermittelt, sein Blick war auf einmal so abgeklärt.

»Wenn du dir unbedingt Sorgen machen möchtest, sorge dich lieber um dich selbst«, fügte er hinzu. »Dass du dich nicht selbst ausnutzt. Und dich nicht selbst verarschst.«

Sie musste wegschauen. Sie kannte diese Szene, sie hatte ein solches Gespräch schon einmal erlebt. Vielleicht bloß ein Déjà-vu?

Nein, jetzt wusste sie es wieder. Maikel hatte ihr damals gegenübergesessen.

...damit du wieder Kontakt zu dir selber kriegst, hatte er gesagt.

Wenn sie nur noch einmal mit ihm über all das reden könnte, über die Partei, die Wahl, das Kanzleramt. Nur noch ein einziges Mal.

13

Maikel wird von Vogelgezwitscher geweckt. Er tastet nach Coco. Seine Hand greift ins Leere. Draußen ist es immer noch hell. Oder schon wieder.

Der Schreck durchfährt ihn wie glühendes Eisen, mit einem Satz ist er auf den Beinen. Das Fläschchen, zur Hölle!

Kaffeeduft. Er taumelt aus dem Zimmer, poltert die Treppe hinab. Unten sitzt Coco am Tisch, sie trägt frische Klamotten und sieht zwei Jahre jünger aus. So entspannt ist sie ihm ewig nicht vorgekommen. Seit dem ZDF-Interview beim FUTURE-Camp nicht mehr. Vor ihr steht eine dampfende Tasse, daneben die Kaffeekanne, eine zweite Tasse ist leer und wartet auf ihn. Die Weingläser von gestern stehen blitzsauber und kopfüber auf dem Abtropfbrett neben der Spüle.

»Wo ist das Pentobarbital?«

»Das brauchte ich nicht.« Coco lächelt. »Ich hab auch so ganz hervorragend geschlafen. Zum ersten Mal seit Monaten.«

»Wo ist es?«

»Jedenfalls nicht im Kaffee, falls du das meinst. Keine Sorge, ich hab das Fläschchen weggeschmissen.«

Er reißt den Unterschrank auf. Im Mülleimer liegen nur die Scherben von dem Weinglas, das er umgeworfen hat.

»Draußen in die Tonne«, sagt Coco. »Willst du mich kontrollieren? Warum sollte ich dich anlügen?«

»Ja, warum wohl«, brummt er.

»Kaffee?«

»Gleich.«

Er läuft zurück nach oben, geht aufs Klo und wäscht sich, dann sammelt er im Schlafzimmer seine Klamotten ein und zieht sich an. Neben dem Bett liegt der Hut. Er setzt ihn auf und betrachtet sich im Spiegel. Sein früheres Ich mustert den Maikel von heute erst mit blankem Unverständnis. Dann schaut es aufmunternd, fast als zwinkere es ihm zu.

Als er wieder hinuntergeht, sich ihr gegenübersetzt und an dem Kaffee nippt, kommt es ihm für einen Augenblick tatsächlich vor wie früher.

»Ich wünschte, ich könnte dich mitnehmen«, sagt sie.

»Nach Berlin? An deiner Seite, quasi? Wie soll das gehen ... Wir können nach gestern nicht so tun, alles wäre alles gut. Oder?«

»Nein.« Ihr Blick ist ernst. »Natürlich ist nicht alles gut. Ganz und gar nicht. Ich sitze hier schon seit einer Stunde und glotze in meinen Kaffee und versuche, mit all dem irgendwie klarzukommen: Ich war gestern nah dran, mir was anzutun. Dann tauchst du auf, um mich umzubringen. Stattdessen landen wir im Bett. Gott, das ist so ...« Sie wirft die Hände in die Luft. »Je mehr ich darüber nachdenke, desto ungeheuerlicher wird es. Es gibt nur einen Weg, damit klarzukommen. Nämlich was obendrauf zu setzen, was noch ungeheuerlicher ist.«

»Zum Beispiel, eine Bundestagswahl zu gewinnen.«

»Ja, zum Beispiel. Willst du nicht doch mitkommen? Scheiß drauf, was deine Leute dazu sagen.«

»Oder deine.«

»Genau.«

»Nee.« Er nimmt den Hut ab. »Ich glaub, ich muss erst wieder Kontakt zu mir selber kriegen.«

Coco brummt: »Was für 'ne bescheuerte Phrase.«

»Aber echt.« Er muss lachen. »So was von. Trotzdem brauch ich Zeit.«

»Neue Langsamkeit?«

»Genau das.«

»Aber du meldest dich irgendwann?«

»Versprochen. Wenn deine Bodyguards mich dann durchlassen.«

Er steht auf und setzt ihr den Hut auf den Kopf. Sie streckt die Arme nach ihm aus, packt ihn und zieht ihn zu sich heran für einen Kuss, der niemals enden soll. Tut er aber doch.

Sie hält noch kurz sein Gesicht zwischen ihren Händen und flüstert: »Wenn du nicht hierhergekommen wärst, um mich zu töten, dann würde ich jetzt vielleicht nicht mehr leben. Verstehst du das?«

»Puh«, macht er, löst sich aus ihrem Griff und nimmt den Autoschlüssel. »Nee. Du?«

»Nee. Ich auch nicht.«

■

Sie schaut lange auf die Türe, durch die er gerade gegangen ist. Das Brummen des wegfahrenden Autos klingt noch als Echo in ihren Ohren.

Es kann passieren. Sie kann wirklich Bundeskanzlerin werden. Dieses Land regieren. Nach vier Jahren wiedergewählt werden. Nach zwei Amtszeiten wäre sie 32 Jahre alt. Im perfekten Alter, um aus der Politik auszusteigen, eine Familie zu gründen, mit Mann und Kindern um die Welt zu reisen.

Ja, es gibt ein *danach*.

Immer. Solange man lebt.

Als hätte jemand einen schweren, staubigen Vorhang zerrissen und den Blick zum Horizont freigemacht. Und vor diesem Horizont fühlt sich alles erträglich an. Schön sogar. Zum ersten Mal hat sie Lust, diese Wahl zu gewinnen. Richtige, unbändige Lust.

Sie schaut auf die Uhr. Zeit zum Packen.

Als sie mittags *Bei Herta* vorfährt, ist ein Sirren in der Frühlingsluft, sie könnte die Hand ausstrecken und die Spannung fühlen. Tabea wirkt total erleichtert und drückt Coco an sich.

»Gott, Tabea, hast du gedacht, ich komme nicht?«

»Doch, na klar.«

Im Saal wird geschmückt, auch im Hinterhof, wo schon ein Pavillon steht und die Technikcrew alles für die Wahlparty vorbereitet.

»Weißt du, was mir einfällt?«, entfährt es Tabea plötzlich. »Total bescheuert, aber ... ich habe komplett vergessen, die Briefwahlunterlagen abzuschicken.«

»Gott, ich auch!«, ruft Coco und bricht in schallendes Gelächter aus. »Schon wieder hab ich vergessen zu wählen.«

»Wehe, es scheitert nachher an zwei Stimmen«, sagt Kerim, der mitgehört hat. »Das würde mich voll ärgern.«

Während unten noch fleißig weiter gewerkelt wird, ziehen sie sich nach oben ins Vorstandsbüro zurück. Coco steht auf dem Balkon und raucht hastig. Die ersten Zahlen kommen rein, auf Basis der Nachwahlbefragungen, aus denen später auch die erste Prognose erstellt wird, bevor dann die eigentlichen Hochrechnungen ...

Gott ... der Vorsprung ist hauchdünn. Viel zu dünn selbst für vorläufige Gewissheiten. Und die Minuten vergehen nicht.

■

Maikel bezahlt und steigt aus dem Taxi, wuchtet seinen Rucksack aus dem Kofferraum und geht die Treppen zu dem kleinen Bahnhof hinauf. Diesmal hat Posch nicht angeboten, ihn zum Zug zu bringen.

Er hat überhaupt nichts gesagt. Nur stumm genickt, als Maikel lapidar berichtet hat, es habe nicht geklappt. Und nicht mal überrascht gewirkt, als Maikel ihm anschließend die beiden Schlüssel hingelegt hat – den Schlüssel seines Zimmers in der Akademie und den Zündschlüssel des Cayenne.

Ab jetzt wird er wieder Bahn fahren, vielleicht sogar sehr viel. Er hat Lust, ein wenig herumzureisen. Bei Posch hat er ziemlich gut verdient und fast keine Ausgaben gehabt, sein Leben ist beinahe asketisch gewesen, von seiner kindlichen Freude an dem Auto mal abgesehen. Er hat ein paar Tausend Euro auf dem Konto und keine großen Ansprüche. Es wird für eine Weile reichen.

Halb sechs. Gleich kommt die erste Prognose. Er wird dann im Regionalzug sitzen und hat vielleicht gar keinen Handyempfang. Ist auch nicht so wichtig, ob er von Cocos Sieg oder Niederlage sofort erfährt oder ein bisschen später. Sie lebt. Der Rest macht nicht mehr so viel Unterschied.

Sein Erstwohnsitz ist immer noch die Adresse seiner Eltern in Bremen. Er muss sich nirgendwo ab- oder an- oder ummelden. Er hat keine Möbel oder sonstigen Hausrat, nur das, was er auf dem Rücken trägt.

Er betritt den Bahnsteig, setzt den Rucksack auf der einsamen Bank neben sich ab und schaut an den Gleisen entlang, die sich hinter einer Kurve verlieren.

Wahlfreiheit haben, denkt er. Das ist früher sein Credo gewesen. Jetzt hat er sie. Aber so echt mal so richtig.

Keine Pläne, keine Termine. Man kann auch ohne Porsche frei sein.

Vor dem inneren Auge sieht er sich noch einmal an diesem

Vormittag aus dem Ferienhaus kommen und zum allerletzten Mal in dieses Auto steigen. Irgendetwas stört ihn an diesem Bild.

Moment …

Da stand gar keine Mülltonne vor dem Haus!

■

Coco steht auf dem Balkon und kann das Kribbeln fast nicht mehr aushalten. Unten im Hof ein Gewimmel von Menschen, es füllt sich, aufgeregtes Plaudern. Draußen an der Straße reihen sich die Übertragungswagen der Fernsehsender auf, die Luft vibriert. Bei den anderen Parteien hält sich das Spitzenpersonal anfangs zurück und zeigt sich frühestens nach einer Stunde seinem – je nachdem – jubelnden oder deprimierten Parteivolk. Aber das wäre nicht FUTURE. Coco stupst Kerim an, der nickt. Sie gehen nach unten, mischen sich unter die Leute, sehen gebannt auf die beiden großen Leinwände, auf einer läuft ARD, auf der anderen ZDF, eine kleine Uhr wird eingeblendet, laut zählen sie alle gemeinsam die Sekunden herunter, zwölf, elf, zehn, sie schreien die ganze Anspannung heraus, all die Energie aus zwei absolut unglaublichen Jahren, sieben, sechs, fünf, Coco fühlt das Fläschchen in ihrer Hosentasche, als wäre das ein Talisman, drei, zwei, eins, dann ertönt der Gong.

Was würde passieren, wenn
du einer App die Entscheidung
über dein Leben überlässt?

ALLE LIEFERBAREN TITEL, INFORMATIONEN UND SPECIALS
FINDEN SIE ONLINE

Auch als eBook

www.dtv.de dtv

Stell dir vor, die digitale Welt
ist von heute an offline …

ALLE LIEFERBAREN TITEL, INFORMATIONEN UND SPECIALS
FINDEN SIE ONLINE

Auch als **eBook**

www.dtv.de dtv

#readbold

Alles zu unseren Büchern und Autoren findest du auf
www.readbold.de
@read_bold
@READboldWRITEbold

bold